创新视角下文学教学与实践研究

文　通◎著

线装书局

图书在版编目（ＣＩＰ）数据

创新视角下文学教学与实践研究 / 文通著. -- 北京:
线装书局, 2023.8
ISBN 978-7-5120-5634-3

Ⅰ. ①创… Ⅱ. ①文… Ⅲ. ①文学理论－教学研究
Ⅳ. ①I0-42

中国国家版本馆CIP数据核字(2023)第162970号

创新视角下文学教学与实践研究

CHUANGXIN SHIJIAOXIA WENXUE JIAOXUE YU SHIJIAN YANJIU

作　　者：文　通
责任编辑：白　晨
出版发行：线装書局
　　　　　地　址：北京市丰台区方庄日月天地大厦 B 座 17 层（100078）
　　　　　电　话：010-58077126（发行部）010-58076938（总编室）
　　　　　网　址：www.zgxzsj.com
经　　销：新华书店
印　　制：三河市腾飞印务有限公司
开　　本：787mm×1092mm　　　　1/16
印　　张：13.5
字　　数：320 千字
印　　次：2024 年 7 月第 1 版第 1 次印刷

定　　价：68.00 元

线装书局官方微信

前　言

　　文学是以语言文字为媒介和手段塑造艺术形象，反映现实生活，表现人们的精神世界，并通过审美的方式发挥作用的艺术。而文学教育是以文学为媒介培养人的活动。文学教育对学生语言文化知识的掌握、语言读写能力以及审美能力的提高、思想品德的完善和精神境界的提升都具有独特的功效。我国从古至今产生了很多文学教育教学实践，对为我们开展文学教育教学具有丰富的借鉴意义。现如今，创新视角下文学教育教学与实践研究成为社会和学术界的热点问题。

　　本书以上下篇布局，上篇分为前五章，下篇分为后六章。上篇主要是理论阐述；第一章为文学与文学教育，主要介绍了基于教育视角的文学概述和文学教育阐释；第二章对我国文学教育的历史考察做了相对详尽的介绍，内容包含了我国远古时期的前文学教育、我国古代的泛文学教育和我国近现代的语言文学教育；第三章介绍了西方国家文学教育的经验，主要是财务战略概念、西方语言文学教育的历史溯源和西方文学教育方法的三种模式；第四章是我国文学教育的现状，主要介绍了文学教育在我国基础教育中的地位和学教育理念和方法问题；第五章介绍了文学教育的创新性发展，本章主要介绍了拓展文学教育理论视野、发挥教师和学生在文学教育中的主体作用、开展丰富多彩的文学教育活动以及不断提升文学教育的境界。下篇主要是文学大家教育思想创新性启发；第六章是梁启超文学教育思想研究，分别从功利与审美、善变与不变、尊师与重道三个方面梳理梁启超文学教育思想；第七章对朱光潜文学教育研究做了相对详尽的介绍，本章介绍了朱光潜文学教育思想的成因、价值以及意义；第八章为闻一多文学教育研究，主要介绍了闻一多文学教育的实践方式、成果以及意义和启示；第九章对朱自清文学教育研究做了相对详尽的介绍，主要介绍了《中国新文学研究纲要》与朱自清文学教育的代际传承和朱自清文学教育的特征及其成因；第十章是贾平凹与文学教育研究，主要介绍了贾平凹以多种方式进入了文学教育，并在这个过程中一直在尽其所能地从事着文学教育；第十一章主要是讲述了苏轼文学教育研究，主要介绍了苏轼对"苏门四学士"、"苏门六君子"、"后四学士"以及其他弟子的文学传授及影响。

　　本书在撰写过程中，参考、借鉴了大量优秀著作与部分学者的理论与作品，在此一一表示感谢。由于作者精力有限，加之行文仓促，书中难免存在疏漏与不足之处，望专家、学者与广大读者批评、指正，以使本书更加完善。

目　录

上篇：理论阐述

下篇：文学大家教育思想创新性启发

上篇：理论阐述

第一章　文学与文学教育

第一节　基于教育视角的文学概述

一、文学概念

　　文学是以语言文字为媒介和手段塑造艺术形象，反映现实生活，表现人们的精神世界，并通过审美的方式发挥作用的艺术。文学具有多方面的教育价值。

　　文学概念有一个演变的过程。"文学"一词在中国古籍中早已有之，但其含义与现代美学中专指语言艺术的概念不同。先秦时代，"文学"兼有"文章"、"博学"两重意义，即将现代所说的文学、哲学、历史等都囊括在"文学"之中。至两汉，人们开始把"文"与"学"、"文章"与"文学"区别开来，称有文采的、富于艺术性的作品为"文"或"文章"，而把学术著作叫做"学"或"文学"——这与现代所说"文学"一词的含义差别很大。到了魏晋南北朝，一方面许多人仍然沿用汉代的说法，把现代所说的文学称为"文章"，把现代所说的学术称为"文学"；另一方面也有许多人开始在同一种意义上来使用"文学"和"文章"，即把这两个词都用表示现代所说的文学，而将学术著作另外称为"经学"、"史学"、"玄学"等等。但到了唐、宋时期，由于强调"文以明道"或"文以载道"，以致出现了重道轻文的倾向，于是又不大重视"文"与"学"的区别，重新把"文章"与"博学"合为一谈，"文学"一词又成了一切学术的总称。一直到清代，"文学"一词通常都是在这种意义上被使用的。如清末民初的学者章炳麟在《文学总略》一文中就说："文学者，以有文字著于竹帛，故谓之文，论其法式，谓之文学。"

文学作为专指语言艺术的美学术语，在中国是20世纪初、特别是"五四"新文学运动以后才被确定下来，并被广泛使用的。自此，"文学"这个概念才比较严格地排除了非艺术的含义，而成为艺术的一种样式的名称。

在西方，"文学"（拉丁文为 lit（t）eratura；英语为 literature）这个词也有广义和狭义两种含义。广义的文学是指用语言文字记录下来的具有社会意义的人的思维的一切作品；狭义的文学即指语言艺术。作为专指语言艺术的"文学"这个术语，只是在近代、特别是18世纪之后才取代了以前的"诗"、"诗的艺术"的术语而被广泛使用的。

文学有不同的体裁和种类。在整个艺术领域中，文学是具有自身特点的一种样式。而就文学本身而言，它又具有各种不同的体裁和种类。中国古代有所谓"文"、"笔"之分或"诗"、"笔"之分，即分为韵文和散文两类。中国现代美学通常把文学分为诗歌、散文、小说、戏剧文学四种体裁。在西方美学中，也有人把文学分为诗歌和散文两种基本类型。还有人从内在性质上——即以文学所反映的对象和内容、所用的塑造形象的方法等为标准，把文学现象分为叙事的、抒情的、戏剧的三大类。文学的不同体裁和种类之间，虽有大体上的区别，但无绝对界限。而且不管什么体裁、什么种类的文学作品，都有着共同性和统一性。它们都以反映在作品中的现实生活以及融化于其中的作家的认识、评价和思想感情为内容，以内容的组织结构、存在方式及其语言表现为形式。而优秀的文学作品的内容与形式，总是辩证地完美地统一在一起，成为一个有机整体的。被选作教育内容的文学往往是公认为文质兼美的文学作品，低年级往往以诗歌和作为散文的故事、童话为主，高年级开始包含小说、戏剧等。

二、作为活动的文学

长期以来，人们对文学是什么、文学是怎样形成的等文学基本理论问题，往往只作静态的、单一的考察，因而出现了"再现论"、"表现论"、"形式论"、"接受论"等各种各样的文学界说，但人们仍然感到不满意，于是文学活动观应运而生。

再现论认为，文学源于生活，实质上是对生活的描摹和再现。这种理论观点源远流长，其源头，在西方可追溯到两千多年前古希腊哲人德谟克利特所提出的"模仿说"，他说："在许多重要的事情上，我们是模仿禽兽，做禽兽的小学生的。从蜘蛛我们学会了织布和缝补；从燕子学会了造房子；从天鹅和黄莺等歌唱的鸟学会了唱歌。"稍后，另一位古希腊哲学家苏格拉底也认为：第一，"绘画是对所见之物的描绘"，艺术以不同的媒介，准确地把自然再现出来；第二，这种描绘与再现，不仅是对事物外表的逼真模拟，而且"应通过形式表现心理活动"。苏格拉底还说，诗人、艺术家"在塑造优美形象的时候，由于不易找到一个各方面都完美无瑕的人，你们就从许多人身上选取。把每个人最美的部分集中起来，从而创造出一整个显得优美的形体"。应该说，在苏格拉底那里，模仿说的形态已相当完备。其后柏拉图的"理式模仿"，亚里士多德的"自然模仿"说，虽二人有唯心与唯物之分，但他们却认定艺术是"模仿"，这一基本思想与苏格拉底的说法是一脉相承的。"模仿"的文学观念统治西方达两千年，直到18世纪末至19世纪初欧洲出现了浪漫主义的文学思潮，这种模仿说才真正被打破。我国古籍中也有与古希腊"模仿说"类似的见解，如《吕氏春秋·古乐》所言"听凤皇之鸣以别十二律"，"飞龙作乐，效八风之音"等。

再现论将现实生活这一要素作为阐释文学本质特征的重要依据，无疑具有一定的合理性。因为它肯定了文学活动的客观基础。再现理论在欧洲雄霸了二千余年，一直在文学研究中占据着主导地位，直到浪漫主义文学兴起后才受到冲击。这一冲击直指再现论的理论缺陷，那就是局限于"现实"这单一要素，在客观至上的前提下挤掉了主观的一席之地，从而把复杂的文学活动简单化、机械化。同时，再现论的理论涵盖面并不能囊括全部文学现象，至少对抒情作品、超现实作品的解释是牵强附会或者柔弱无力的。

浪漫主义文学在对再现论的冲击中，直接将表现论写上了自己的大旗。当然，表现论并不是始于欧洲18世纪末出现的浪漫主义文学，中国古代的"言志"、"缘情"说就是最古老的表现论。近现代以来，随着浪漫主义思潮的兴起，西方表现论才逐渐确立了与再现论抗衡的地位，特别是20世纪以来，主观论美学勃起，随之文学研究的表现论倾向在西方蔚然成风，诸如弗洛伊德的"白日梦"说、克罗齐的"直觉说"、立普斯的"移情说"等等。

表现论摈弃文学是现实的"模仿"、"反映"的再现理论。它对文学与现实的关系不以为然，而是看重文学与作家的关系，认为文学是作家心灵的独特表现。中国古代的"言志"、"缘情"、"独抒性灵"的说法中，"志"、"情"、"性灵"就都属于作家心灵的产物。弗洛伊德认为文学是"白日梦"，实际是说人的潜意识升华而为艺术。在人与自然的关系上，表现论和再现论也不同，表现论是主体的本质力量丰富和发展的产物。当充分发展、逐渐强大了的人类确信自己能够驾驭自然、征服自然的时候，他们便会在包括文学在内的观念形态里弘扬主体，从中寻求一种主体超越客体、直观自身的心理体验。因而，从这一意义上说，表现论是人类心理成熟的标志。表现论弘扬主体，弥补了再现论的不足，但如果脱离开现实谈表现，则表现论也便成了空中楼阁。而且文学是一种复杂的精神现象，因而并不是仅从作家这个单一要素入手，就能够揭示出其真谛的。

20世纪初叶开始，出现了种种文学形式论，认为文学是一种独特的语言建构。

当然，文学不可能不与社会生活以及读者发生关系，形式论并不否认这些关系的存在，但认为作品与社会的关系，作品与读者的关系，都是文学之外的关系，不在"文学性"之内，只有作品语言的结构关系，才是文学之内的关系，才具"文学性"。形式论认为作品一旦从作家的笔下诞生之后，就获得了完全客观的性质和独立的"身份"，它既与原作家不相干，也与读者无涉，它从外界的参照物中孤立出来，本身是一个"自足体"，出现了所谓的"客观化走向"。形式论者们或热衷于探究文学作品的语言学和修辞学因素，或热衷于寻找文学作品的普遍的叙事结构。他们前无古人地凸现了文学作品形式的独特魅力，开拓出一条文学理论的崭新途径。然而，当他们试图把文学仅仅视为作品形式，并以作品研究涵盖文学的整体研究时，其理论之路也就失去了前途。

在"形式论"之后，人们的注意力从作品本体转向了接受主体。"接受论"的形成与英伽登的现象学文论和伽达默尔的解释学文论的影响不无关系。英伽登接受了现象学家胡塞尔的意向性学说，又抛弃了其先验原则，很注重本体论的研究。他把讲究语言艺术以供审美的文学作品称作"文学的艺术作品"，认为它是一种存在于具体个人（作者和读者）的意向性活动中的"意向性存在"，一种具有多层结构的"图式性"产品，其中有许多"空白"和"未定点"，有待于读者的"重建"活动来填充和"具体化"，因此文学作品的最终完成可以说是作者和读者的共同创造。伽达默尔认为，作为审美对象的文学作品的存在，展示为向未来的理解无限开放的意义显现过程或效果史，因此读者的理解成了作品历史性存在的关键。接受美学则更为明确地肯定了"读者"对文学意义生成和作品存在的意义和作用。姚斯认为，文学作品的存在方式既是作品与作品、作品与社会历史之间相关性的历史，也是作品与接受相互作用的历史，"真正意义上的读者"实质性地参与了作品的存在，甚至决定着作品的存在。因此，作品"对它的第一读者的审美视野是满足、超越、失望或反驳"，就被看作"一个决定其审美价值的尺度"。

应该说，读者中心地位的确立为文学本体意义的实现带来了无限生机。一部作品的意义空白暗含了阅读见解的多种可能性，不同的读者会赋予其不同的现实意义。鲁迅曾说，一部《红楼梦》，"经学家看见《易》，道学家看见淫，才子看见缠绵，革命家看见排满，流言家看见宫闱秘事。"读者阐释的主观差异性使作品本身由形式主义自足体系的封闭状态走向了接受体系的开放状态，形成了一种读者与作者的潜在对话。甚至，一部作品可以被不同时代、不同社会、不同观念、不同知识结构和不同艺术修养的读者永无止境地阅读下去，其内在意义也便会永无止境地显现下去。从这一意义上说，是读者赋予了文学作品以永久的生命力。

上述这些对文学是什么的立论都是人们各自从文学活动系统的某一个要素出发作出的，不免有些偏颇。按照美国当代文艺家艾布拉姆斯的观点，文学作为活动，是由世界、作者、作品和读者共同构成的，他说："每一件艺术品总要涉及四个要点，几乎所有力求周密的理论总会在大体上对这四个要素加以区别，使人一目了然。第一要素是作品。即艺术作品本身，由于作品是人为的产品，所以第二个共同要素便是生产者，即艺术家。第三，一般认为，作品总得有一个直接或间接导源于现实事物的主题——总会涉及、表现、反映某种客观状况或者与此有关的东西。这第三个要素便可以认为是由人物和行动、思想和情感、物质和事件或者超越感觉的本质所构成，常常用'自然'这个通用的词来表示，我们却不妨换用一个含义更广的中性词——世界。最后一个要素是欣赏者，即听众、观众、读者。作品为他们而写，或至少会引起他们的关注。"

艾布拉姆斯提出的文学四要素的观点专业性很强，已获得文学理论界的广泛接受。文学作为人类的一个活动系统，它既在"摹仿"、"反映"、"再现"的大千世界中，因为大千世界提供了一注不竭的源泉，也在"言志"、"白日梦"、"表现"的心灵中，因为心灵提供了一双飞翔的羽翼；既在作品的语言结构形式中，因为形式提供了一方着陆的土地，也在读者的"期待视野"中，因为"期待视野"提供了一双寻觅的眼睛。但是，如果你仅仅从那个庞杂的世界中、或作家孤寂的心灵中、或封闭而僵死的作品形式中，或读者的一厢情愿中去寻找，那么你永远不可能捕捉到那个美的家园。因为这个美的家园是在以人为中心的整体文学活动观中建立起来的。文学活动系统中的各个要素，都在文学本体复杂的关系中占据一席之地，共同构成相互依存、相互作用的整体。世界就是我们所指的社会生活，社会生活是"一切种类的文学艺术的源泉"。但社会生活本身还不是文学，社会生活的原料必须经过作家的艺术创造，才能变成作品。作家创作出来的作品是一个复杂的结构，其中象文体、语言、结构、风格等都是作品构成中的问题。文学作品作为文本如果被束之高阁，不跟读者见面，那还是死的东西，还不是活的审美对象，文本一定要经过读者的阅读、鉴赏、批评，才能变成有血有肉的活的生命体，才能变成审美对

这种文学活动观的具有重大的教育意义。文学不是孤立、静止的客体，文学是不同要素共同构成的一个有机活动系统。这个活动系统是由世界、作者、作品、读者构成的一个螺旋式的循环结构。其中，人类的生活世界是文学活动产生、形成和发展的客观基础，它不仅是作品反映的对象，也是作者与作为读者的师生的基本生存环境，是他们能通过作品产生对话的物质基础，文学教育必然要和学生生活经验相联系；作者则是文学产生的主体，他不单是写作作品的人，更是把自己对世界的独特审美体验通过作品传达给读者的主体，对作者的了解无疑有助于学生对作品及其所描写的世界的理解；至于读者，他作为文学接受的主体，不仅是阅读作品的人，而且是与作者生活于同一世界的活生生的人，双方通过作品进

行主体间的精神沟通，缺乏读者的真实体验和自主建构，文学教育就不会真正有效；而作品，作为显示世界的"镜子"，作为作者的创造物和读者阅读的对象，是使上述一切环节成为可能的中介。作品既是作者本质力量对象化的显现，又是读者接受的对象。文学教育应紧紧围绕文学作品，而决不应该抛弃文学作品，空做理论诠释。没有世界，文学活动不会存在。没有作者，就没有作品，就没有文学接受和文学教育。反之，没有作品，作家也就不成其为作者。没有文学接受，作家的创作就失去了意义。显然，由于处于一个有机整体中，这四个要素必然是相互依存的，无法孤立对待。只有在对文学活动的整体关照和把握中，才能准确地认识文学的本质特征、取得更好的文学教育效果。

三、作为结果的文学

文学作为人的创造物，它从一开始就是按心灵家园的图景来设计和建造的。用"家园"这个日常的词语来形容文学，那是因为即使在生活现实中，家园的含义也十分丰富、温馨甚至是精神化的，它正好以一种形象而亲切的方式传达出文学缥缈而实在的功能作用。"家园"综合了家和故乡的含义。前者是人所不能缺少的，后者是人永远不能忘怀的。没有家，人将失去归依之所，终生飘零，孤独、寂寞乃至精神崩溃都有可能，所以，历经艰难，人总想"有个家"。故乡是人童年的摇篮，亲情的发源地，充满了父母亲友的抚育关爱之恩。这使它必然要升华为心灵意象，否则将不符合人的情感天性。成年之后获得了自我意识的人，即使已经远离故乡，走到天涯海角，故乡的意象总会与之形影不离，终生相伴。哪怕作为一个实际的所在，其故乡可能是贫穷落后的地方，心灵化之后所产生的距离感也会使人获得审美选择的可能，从而涤去痛苦体验，保留美好甜蜜的记忆。当然，一个人也有可能从来就不曾离开过他的故乡，但他没有离开的只会是空间意义上的故乡，在时间意义上，生命历程不可抗拒地要使他告别过去，那么在他的心灵中，故乡正是退隐到时间深处的童年时光或者往昔岁月。总之，对于人来说，家园是永恒的诱惑，充满着自我关照的梦；家园还是现实与幻想编就的情结，强烈地渴望着相应的满足与释放。已经心灵化，已经上升为精神存在的家园之思，又绝不可能在现实的家园里获得彻底的满足，反之，在生活里，人们还会对家的价值视而不见，甚至心生厌恶；故乡也同样，浪迹天涯的游子一旦回到故乡，他的贫弱落后、人事纠缠、功利所求往往会使他倍感失望；即使故乡发生了富裕的巨变，他又会顿觉面目全非、恍若隔世，亲情不再，悠梦难酬，必然也要使他感到失望。那么在什么地方才能找到自己魂牵梦绕的心灵家园呢？回答当然只能是在文学与其他艺术里，因为除此以外，并没有什么东西能使人既置身于一个具体的境界又可以对它们拉开距离，获得心灵的满足。所以，文学与艺术，是人别无选择的心灵家园。

没有这种内在的情感、心理动力和蓝图，作家不可能自言自语地编织出美丽动人的文学世界，人们也不可能在这个世界中因那些与自己毫不相干的人、事、物而动情，经历流泪与欢笑、憎恨与挚爱等大起大落的情感颠簸，并从中获得安慰与满足。黑格尔说过："群众有权利要求按照自己的信仰、情感和思想在艺术作品里重新发现他自己。"实际上艺术做到这一点，因为作家与读者都是人，肯定有着生活给予的共同感受，家园之思必然是其中最为重要的成分之一。

"文学的精神向度是文学价值的根本体现，它超越世俗规约，充分突出了审美的精神色彩，使文学真正成为人类不可缺少的一个精神栖居之地。"人类从动物中分离出来，在漫长的劳动生产实践的积淀中，形成了特有文化心理结构，其中以情感为本体的审美心理结构成为重要组成部分，而艺术就成为其物态化的对应品，成为"这种灵魂、心理的光彩夺目的镜子。"于是，当原始人把对自然的征服化作美丽的神话，文学就成了人类理想的化身；当悲剧家把人生的苦难搬上舞台，文学就成了人类情感的净化场；当战斗者把豪情吟进诗行，文学就成了人类生存价值的寄托；当小说家把生和死的故事讲给你听，文学就成了人类命运的缩影。在文学在种种具体的感性形式中，都毫无例外地蕴含了人生的意味、生命的存在和命运的悲怆，文学实际上成为人类生命情感的载体。同时，正是"这伟大的人生意味在艺术作品世界中的保存，才使人类的心理——情感本体有不断的丰富、充实和扩展。"因此，文学的历史，也就是人的文化心理结构的历史，"是人类自己建立起来的心理——情感本体而世代相承的文化历史。""艺术正是人类这种作为精神生命的本体在不断延伸着物态化的确证。"于是，文学就成了人类的精神家园，成了人类心灵的归宿，成了人类情感得以表现、得以寄托的一种生命形式。

在文学教育的具体活动过程中，人的生命情感经过理性的净化、想像的剪裁而实现了秩序化，并升华为巨大的精神力量在对象中表现出来。在这一过程中，人们通过巨大的热情投入、细腻的感知捕捉、深沉的理性探索、活跃的感性创造、丰富的情感体验，其感知力、理解力、想象力、创造力、征服力，得到了最大程度的实现。在这个本质力量对象化的过程中，或者说在对象中直观自身的过程中，人的整个心灵暂时告别了纷扰的现实世界，而进入了一个用生命缔造的情感世界。在这个世界里有着美的追求和爱的向往，有着死的悲哀和生的欢畅，还有失败的惋惜、成功的喜悦、挣扎的痛苦和实现的辉煌。寻索玩味中，人的心灵沉浸在由超越而带来的巨大的精神愉悦和审美享受之中。在这个和谐自由的艺术境界里，人们那种寻找家园的生命情感，终于找到了一个富有诗意的归宿。

由此，我们甚至可以断言，一部世界文学史，实际上就是一部人类精神皈依的心灵史。在这条历史的路上，奔走着"路漫漫其修远兮，吾将上下而求索"的楚大夫屈原，奔走着为寻找世外桃源而"采菊东篱下"的陶渊明，奔走着百折不回地寻找着炼狱出口的但丁，奔走着冲出书斋去寻找理想的歌德，奔走着"哀其不幸、怒其不争"的鲁迅，奔走着现代荒原上的角斗士海明威……奔走的艰辛和热情，终于在他们脚下化作了文学的伊甸园。正像一位学者在他的西方文学研究著作的题记中所说："文学，是人类心灵的历史。西方的一些真诚的心灵探险家们，以西西弗斯推石上山的胆略和毅力，在宇宙般浩瀚深邃的内心世界摸索着，顽强地向着它的神秘底蕴掘进。他们是情感的受难者，几乎没有一种痛苦与欢欣不被他们品味过、表现过。流动不已的生命现象和变幻无定的精神生态构成了西方文学多姿多彩的河流。醒来的人们，沿着这条心灵之河走一走吧！你会惊奇地从中发现你自己。"

恩格斯曾怀着诗意的情愫赞美德国民间故事书带给人的精神慰藉："民间故事书的使命是使一个农民作完艰苦的日间劳动，在晚上拖着疲乏的身子回来的时候，得到快乐、振奋和慰藉，使他忘却自己的劳累，把他硗瘠的田地变成馥郁的花园。民间故事书的使命是使一个手工业者的作坊和一个疲惫不堪的寒冷的楼顶小屋变成一个诗的世界和黄金的宫殿，而把他的矫健的情人形容成美丽的公主。"不辱使命的文学在人的心灵中创造出一个"诗的世界"，一座"黄金的宫殿"，也就是创造出一个让精神得以栖息和遨游的心灵"家园"，这便是作为结果的文学，也是它的全部的神奇魅力之所在。文学教育的过程就是再现这个心灵的家园的过程，进而在学生心中构建出自己的心灵家园。

第二节　文学教育阐释

一、文学教育界说

简而言之，文学教育是以文学为媒介培养人的活动。文学教育对学生语言文化知识的掌握、语言读写能力以及审美能力的提高、思想品德的完善和精神境界的提升都具有独特的功效。

我们可以把文学教育划分为审美教育和非审美教育两个层面。就人的文化心理结构来说，它包含着认知、伦理、审美（知、情、意）三个层面，分别属于审美和非审美两个方面，人的任何精神活动都是在这一心理结构上完成的。就文学教育的媒体——文学作品本身来说，它也具有审美形态和意识形态双重性质。从审美形态方面说，一切文学作品都是对象化了的审美经验。作家在审美创造过程中把构思而成的意象世界，凭借一定的语言载体物态化为文学作品，成为现实的艺术审美存在。基于此，在文学教育中，文学作品首先是作为审美对象呈现在受教育者面前的，通过对它的审美欣赏观照，受教育者的审美能力和审美境界最终得到提高和完善；从意识形态方面说，文学是生活的形象反映，文学中包含着大量的真和善的内容，它必然会对受教育者的思想观点、伦理道德、认知能力、知识积累等方面产生这样或那样的影响，从而使受教育者在非审美层面上获得教益。当然，我们这只是在思辨中将审美、非审美两个层分开来谈，其实在实际的文学教育过程中二者是融合统一的。因为，从心理结构上说，人的精神活动是在知、情、意的综合作用下进行的；从文学本身说，它所蕴含的真、善、美三方面也是不可分割的。当然在具体的文学欣赏过程中，文学作品首先是作为审美对象进入人的审美经验的，作品所激发的一切非审美的理智感、道德感等都是在美感的大前提下实现的。这就是说，接受者对作品非审美因素的把握是通过审美因素实现的，或者说二者是融合统一不可分割的。在这一前提下，文学教育的两个层面呈现为相辅相成、相得益彰的和谐状态。

可见，无论是审美层面的教育还是非审美层面的教育，其教育作用的诱发者都是作为审美对象的文学作品。而文学作品之所以成为审美对象，正是在于它提供了一个由审美经验所构成、由想像力所创造的审美意象。因此，我们可以说，文学教育是通过审美意象进行的教育。作为欣赏者的受教育者面对一篇/部文学作品，首先通过审美观照进入它的意象世界。在感知、想像、情感、理解等一系列心理功能的综合作用下，对其作出审美判断，并进一步寻索玩味，探索其中的艺术真谛、人生哲理和思想教益，使自己的心灵升华到一个新的境界。所以，不进入审美意象，文学教育便无从谈起，这是文学教育与其他各种各样的思想政治教育、智力开发教育等教育形式的根本区别，由此也决定了文学教育区别于其他教育形式的鲜明特点。

文学教育是一种自由有序的系统活动。所谓自由，从一般意义上说，作为文学教育的主要手段的文学作品欣赏品评是一种具有愉悦性的审美享受，它在学校教育和非学校教育中都普遍存在，当然在非学校教育中它很少受到群体约束性的限制而表现为更多地带有个体随意性的轻松协调的自由活动；从深层意义上说，文学作品欣赏作为一种审美活动，它使人在美感中净化情感，陶冶性情。欣赏中欣赏者常常处于一种超越功利、摆脱物欲的精神自由状态，因此，它又是一种自由情景中的教育活动。所谓有序，是说文学教育的规范性和系统性。尤其是学校文学教育，它是一种有组织、有计划、有具体教育目的的群体教育活动，是以特定的层面组合和特定的目标指向的规范下对人进行的陶冶和塑造。同时，一定的社会文化对文学教育也形成一定的制约和影响。因此，文学教育的自由便不能是一种我行我素、自生自灭式的绝对自由，而是呈现为一种秩序状态下的自由。在教育实践中，严格的学校文学教育既不同于一般道德教育、智力教育中常见的严肃刻板的说教、推理,也不同于一般个体阅读中即兴偶发的嬉笑怒骂,它是在一定的组织结构中,在一定的导向调控下的自由陶冶和塑造,是审美的自由性与教育的规范性紧密结合的系统活动。

文学教育还有别于文学专业教育。文学专业教育,是通过文学作品的赏评、文学理论的研究和文学创作技巧的传授等,培养出作家、诗人、文学批评家、文学研究者等,而文学教育虽然在教育媒体和手段上也让受教育者进行作品的欣赏和技巧的训练,但其目的却不在培养作家等文学专业工作者而是陶冶人性,使受教育者在成为某一专业的行家里手的同时成为一个人格健全的、精神世界丰富的、和谐发展的人。因此,从教育手段和教育目的来看,文学教育与文学专业教育是有区别的。

文学教育媒介和手段的特殊性,使它在落实素质教育的过程中具有不可取代的特殊作用。一般来说,人的素质包含着德、智、体、美、劳多种生理和心理方面的机能特性,实现这样的素质教育,使这诸多方面的素质得到全面培养和协调发展,文学教育的作用可以说是得天独厚的。这是因为,一方面,文学教育是具有审美、非审美两个层面的教育,在这个教育过程中受教育者的知识文化、思想道德、审美素养、实践能力等审美、非审美的多方面综合素质可以得到全面培养和训练;另一方面,由于文学教育的非审美功能溶解于审美功能之中,而带有情感性和形象性,所以其感染力、吸引力、渗透力更强。

就教育目标来说,文学教育与素质教育有着共同的培养方向,那就是使受教育者成为素质全面发展的人;就教育形式来说,文学教育为素质教育的总体目标提供了生动的教育手段和教育内容。由此可见,文学教育的最终目的是落实在素质教育上的。文学教育对个体素质教育的实现,构成了社会群体素质提高的重要基础。当由个体素质组成的社会群体素质走向全面协调而自由发展的时候,整个社会的面貌就会焕然一新了。

二、文学教育的特点

文学教育更具体一点可以说是一种艺术教育、审美教育,而同时它又不仅仅是一种艺术教育、审美教育。文学教育是一种艺术教育,一种通过审美意象进行的教育,那么,在实际的教育过程中,就离不开艺术的审美特性。但是,文学教育又不完全等同于审美教育,它还具有思想品德教育、智力开发等非审美教育功能。这就使文学教育具有了审美和非审美的复杂多面性,而文学教育的鲜明特点,恰恰就体现于这多面性的完美融合过程之中。

（一）全面性

所谓文学教育的全面性是指文学教育过程涉及到受教育者整体人格，具有全面影响学生人格建构的特征。当然，文学教育的全面性并不是指文学教育可以独自担负起促进个性全面发展的任务，而是指文学教育在促进个性向健全人格发展的过程中，内在地包含着对个性诸心理功能与意识的全面开发，并使它们处于相互协调的和谐状态。

文学教育的全面性与文学用语言反映生活、塑造形象具有密切关系。文学以语词作为物质手段，而语词与现实世界有着最广阔的联系。文学可以传达世界上的一切情景、事件、色彩、声音、气味、感觉、人的心理活动等。正如黑格尔所说："在造形艺术和音乐里，感性媒介起着重要的作用，而这种材料（媒介）又各有特殊定性，能完全靠石头，青铜，颜色，或声音去获得具体的实际存在（获得表现）的东西就要局限于比较小的范围里了，……至于诗则一般力求释脱外在材料（媒介）的重压，因而感性表现方式的明确性并不致迫使诗局限于某一种特定的内容以及某些特定的构思方式和表现方式的窄狭框子里。因此，诗……可以用一切艺术类型去表现一切可纳入想象的内容。"由于语词能以描写、叙述、比喻、暗示、象征等手法自由而广阔地与感性经验取得联系，能表现无比广大的外在的客观世界和人的复杂的内心活动，因而就能更全面、更广泛地反映现实，使人们可以更全面、更充分地感受、认识世界、社会和人自身。

文学表现的全面性导致文学教育功能的全面性，它不仅对个体认识的发展有促进作用，而且对审美、情感、道德等均有促进作用。审美是一种高度复杂而综合的活动，它介于感性实践与理性认识之间，兼有二者的性质又克服了感性与理性的对立，因此涵盖了极为广泛的生理、心理领域。康德把"审美的判断"说成是"在心意诸能力的活动中的协调一致的情感"意味着审美情感是一个包含所有心理功能的广阔领域。席勒由此提出了审美教育的全面性，认为在美育过程中，个性的人格分裂可以消除，以恢复到"人性整体的心境"，即"审美状态"。文学教育既涉及人的感性方面，又涉及人的理性方面。文学审美心理结构是感觉、知觉、想象、思维诸心理功能以情感为中介的综合结构，它以感性为基本特征，又具有理性的品格。审美知觉、审美表现和审美体悟不脱离感性形式，但感性形式本身又渗透着理性内涵。理智力，作为一种理性功能，以非压抑性的形态给审美表现赋予秩序，给审美体悟赋予深刻的理解力，从而成为审美创造力与欣赏力的内在组成部分。因此，文学教育不仅发展着个体的理性功能，而且发展着个体的感性功能。

文学教育的全面性还体现为它不仅在意识层面，而且在无意识的层面广泛深入地促进个性的发展。文学欣赏、品评和创作产生于意识与无意识的广阔领域，并创造性地贯通了这两个领域。在文学教育过程中，无意识得到释放，与意识相互作用，一方面使意识富于生命活力，另一方面使无意识得到升华。弗洛伊德用机械的观点看待无意识的审美释放，看不到上述相互作用过程中无意识本身向文化的、社会的层面转化。这种转化使审美活动与生理层面的欲望满足区分开来，而无意识对意识的积极渗透作用，又使审美表现与情感生命始终保持直接的亲密关系，从而区别于理性认识活动。

（二）活动性

文学教育的另一个重要特征是它的活动性。所谓文学教育的活动性是指文学教育的价值实现于文学教育中的感悟与理解、自由与引导、陶冶与体验、功利与超越相融合的活动过程之中。过程与结果既有区别，又有联系。一般来说，生命活动的意义在过程之中，而无生命活动的价值在结果之中。文学教育作为促进个体的生命情感成长、构建个体精神家园的教育，它的目的、功能与价值均实现于文学教育的活动过程之中。

文学教育首先是感悟和理解的活动过程。文学教育的操作手段主要是文学作品的欣赏品评，有时辅之以创作训练，这一手段决定着文学教育是一个感性和理性交相融会的教育过程。在文学欣赏过程中，欣赏者首先凭借感知、想象等心理功能观照文学作品，在头脑中形成审美意向，从中获得情感体验和审美判断，并在此基础上进一步理解把握深层意蕴，最终领悟社会人生的真谛，达到心灵的净化和境界的升腾。卡西尔指出："我们所具有的但却只是朦胧模糊地预感到的无限可能性，被抒情诗人、小说家、戏剧作家们揭示了出来。这样的艺术品决不是单纯的仿造品或摹本，而是我们内在生命的真正显现。"比如欣赏王之涣的《登鹳鹊楼》：

"白日依山尽，
黄河入海流。
欲穷千里目，
更上一层楼。"

先是感知它的优美画面，构筑登楼极目的文学意象，随之悟出其中意蕴，理解到志存高远，才能目光远大的人生哲理。最终的理解完全是建立在对意向的感悟之上的。

文学教育就是在这种意味领悟的审美理解中进行教育，在这个过程中追求感悟与理解的统一。在教育中，对审美意象的感悟是前提，是基础，在感悟基础上对意蕴的把握理解是结果，是升华。只有前者而无后者，则只能流于肤浅的情绪激动却不能实现文学教育的最终目的，使受教育者精神升华，品格完善；而只有后者而无前者，则离开了审美前提而变成了纯概念的理性说教，失去了文学教育的精髓。因此，只有二者的完美统一，才能使文学教育呈现出巨大的丰富性、广阔性和深刻性。

由此可见，文学教育中的理性因素与一般理性教育是迥然有别的。一般理性教育主要是以概念、判断、推理的理性活动来传播知识、伦理道德观念，而文学教育的理性是建立在审美感悟之上的审美理解，是在文学意象的创造过程中将感知、情感、想象、理解诸因素渗透融合统一，最终在审美感受和领悟中实现教育目的。这就是说，文学教育活动首先是一种审美活动，它的一切教育结果都是建立在审美感悟和理解的基础之上的。这是文学教育区别于其他各种纯理性教育活动的根本特点之一。

文学教育还是自由与引导的活动过程。文学教育是通过文学的审美意向进行的教育，因而它具有审美的自由性，同时文学教育又是一种定向有序的规范性教育活动，所以它又必须在自由之中贯穿穿着目的性调控引导。在具体教育活动过程中，自由与引导呈现为有机统一状态。

文学教育的过程，首先表现为文学意象的审美活动。在这一过程中，审美意象以其形象性和感染性打动着欣赏者，使其沉浸在身心愉悦的情感体验之中，这对于受教育者来说，而不是像纯粹的智力教育那样接受刻板的推理，也不是像纯粹的道德教育那样接受直接的说教，从这一意义上说，文学教育是一种自由方式下的教育。同时，在审美过程中，欣赏者摆脱物质欲念追求，超越个人功利目的，心灵升腾于一种至善至美的艺术境界，并在这一状态下启迪智慧，完善道德，所以文学教育是真正实现自由和超越的教育活动。

但是，文学艺术教育既然是一种教育活动，就必然受到规范性的调控和制约。文学意象的审美是文学教育的手段和途径，具体实施过程中的适当调控是实现既定目的之重要保证。首先是教育内容的选择。古今中外大量的文学作品，因受到不同历史时期的社会经济、政治、文化的影响而不同比例地杂糅着精华和糟粕，艺术品味也有高下优劣之分，如何依据教育目的有针对性地选择具有特定意义和价值的文学作品作为教育内容，是文学教育活动的前提。其次是教育过程中的引导。作为教育内容的文学作品丰富多彩，作为受教育者的欣赏者也是千差万别，参差不齐，主客体的复杂性决定了定向引导的必要性。优秀的文学作品，往往蕴含着深刻的思想内涵和独特的艺术魅力，不同个性的欣赏者会从中生发出不同的认识和感受，如何根据既定目标有的放矢地指导阅读，诱发美感、快感、道德感和理智感，是教育成败的关键所在。

文学教育是陶冶与体验的活动过程。文学教育的陶冶性与体验性是从这种教育对人产生的整体特点上来看的。文学教育让人进入文学审美活动之中，让人在对审美对象的感知与体验中获得愉快的感受。这种愉快的感受对于人的性情是一种陶冶，即熏陶、培养、感化。因为在这个过程中，通过对审美对象的关照、把握，人的一般心理能力得到培养、训练，转化成审美能力，并使审美能力走向丰富和成熟，成为自由运用和创造形式的能力。更主要的是，通过对审美对象所蕴涵的意义的感受、体验、领悟，人不断地使自己的情感、心灵得到震荡、洗涤、超越，就会逐步培养和建立起一种超越的人生态度，改变人的心性与性情。陶冶是一种潜移默化的过程，它的作用是在不知不觉的状态中发生的，有如杜甫在《春夜喜雨》中所描写的细雨润物的情景，也就是梁启超在《论小说与群治的关系》一文中说的，小说支配人的力量在于"熏"、"浸"，即熏染、浸润，于不知不觉中接受影响、教育。而这种陶冶又是和接受者的体验一起进行的。

文学教育的体验过程性是从受教育者的受教育方式上来看的。在文学审美活动中，由于审美对象的激发，参与审美活动的人首先对对象产生一种情感态度，即形成肯定或否定的态度。这种态度是决定文学教育能否顺利达到目的的关键。如果受教育者对于作为文学教育的必要媒介的审美对象在情感上是否定的，那么就会在内心终止这种活动；反之，受教育者则能自觉自愿地作为审美主体进入对审美对象的体验中。正是在体验中，生活的底蕴才能向人们呈现出来，使人们在体验中获得教益。体验的世界本身还是情感的世界，审美不是传授知识、传授技艺，也不是向人们提供某种行为规范，而是给予体验者以情感的定向，或爱、或憎，或好、或恶，在情感的接受中接受理性的内容。文学教育更多地是以情感人，是理融于情而不是情融于理，这一特点决定了受教育者要在体验中接受陶冶、达到受教育的目的。

文学教育还是功利和超越的活动过程。我们可以说，没有审美，就没有文学教育，因为它是以审美意象活动为前提的。但是，这并不是说，文学教育完全等同于审美教育，因为，文学教育是审美的超越性与非审美的功利性相统一的教育活动。这是和文学的性质分不开的，因为"文学作为审美意识形态，从目的看，它既是无功利的（disinterested），也是功利的（interested）。"

不言而喻，审美一般是不带有实用功利目的的。审美所产生的情感愉悦，是审美观照满足主体的审美需要而产生的，而不是满足主体的实用感性欲念。建筑物给你美感，并不一定要去住，文学作品中美的女性，也不要求成为你的妻子，这是一种完全脱离实用功利目的的自由快乐，是一种纯粹的超越性快乐，因此，它可以帮助人走向自由境界，进而完善心理和人性结构。文学欣赏就是这样一个审美过程，因为它可以使人摆脱物欲，提升境界，实现超越。这是文学教育的审美特性决定的。这种超功利的文学教育有益于防止教育的失衡和异化。正如杨东平先生在题为《语文课：我们失去了什么》的文章中所言："以迅速实现国家工业化和发展科学技术为目标，强调教育作为人力资源的开发所具有的国家功利主义价值，无疑是必要与合理的。然而，它却面临一种考验：在发展功利主义科学教育的同时，必须保持教育的人文价值和人文内涵，重视普及教育和普通教育，重视人格养成、个性发展、思想文化和艺术的发展等非功利的教育价值，防止教育的失衡和异化。"

在审美基础上，文学教育还体现出非审美功能，即通过文学意象传达出科学的、道德的、哲学的、政治的、经济的等多方面的教育内容，而就这方面的教育来说，它是具有功利性的。巴尔扎克的小说和曹雪芹的《红楼梦》所给予人们的，是启发人对社会历史进行认识和反思，《钢铁是怎样炼成的》所给予人们的，是鼓舞人在伟大的事业中去创造壮丽的人生。这种认知和教化作用，对于社会的经济政治活动，对于个人的人生道路，都产生着一定的功利影响，所以历史上文学便常常用来做"战斗的檄文"或者"匕首"、"投枪"什么的，孔子说《诗》可以"观"，可以"群"，可以"怨"也是这个意思。

文学教育将审美的超越性和非审美的功利性融合为一。一方面，它的手段是具有审美超越性的，它使受教育者在文学意象提供的审美情境中感受、领悟、体验，在超越物欲中实现审美能力的提高和人生境界的升华；另一方面，它的目的是具有非审美功利性的，它使受教育者将审美过程中培养的情感体验和各种能力转化为思想观念和实践行为，进而实现科学的、伦理的、政治的、经济的等功利目的。

（三）趣味性

文学教育的趣味性是指文学教育过程本身对受教育者应具有的吸引力，使他们始终对文学审美保持着浓厚的兴趣。文学审美活动是一种高级的精神消费或精神享受。人们接受文学教育的过程，同时也是获得高尚的精神享受、获得精神愉悦的过程。文学教育如果不能给人以精神上的享受与愉悦，就不能取得预期的效果。真正的文学教育从不采取强制的方式，受教育者却会自觉地参与。因为在这种教育活动中可以获得身心地愉悦。文学教育是人类独有的精神游戏，人们在快乐中受到教育。这种令人教育对人的影响是深远的。正如弗洛伊德所说："凡懂得人类心理的人都知道，要一个人放弃自己曾经经历过的快乐，比什么事情都困难。"懂得并追求精神快乐是人超越动物性、造就高尚人格所不可或缺的。

生活中常有这样的现象：有的人几次到电影院、剧院去看同一部影片或戏剧：有的人为了看同一部小说或散文，可以废寝忘食、通宵达旦。这些说明什么？说明文学审美活动是人类的一种自由的精神活动，人们在这种活动中获得身心愉悦，因此人们会自觉自愿地接受美的教育和熏陶。古罗马诗人贺拉斯说过："寓教于乐，既劝谕读者，又使他喜爱，才能符合众望。"寓教于"乐"之中，这种"教"无疑就带有享受的性质，是在愉悦中接受教育，当然，文学教育的享受是有"教"寓于其中的，不是为娱乐而娱乐，为享受而享受，而是要在娱乐和享受中接受教育、陶冶性情。这种寓于娱乐中的"教"，使人乐于接受。其实，古人早就懂得这个道理。可以说，文学和教育一同起源于人类的劳动中，文学从最初阶段就在作为人类文化传承和创新的教育活动中起着举足轻重的作用。

第二章　我国文学教育的历史考察

　　培根说得好，读史使人明智。的确，任何一门学问的研究，都不能忽视历史的经验与教训。本着"以史为鉴"，"古为今用"的原则，我们首先对我国文学教育的历史作一番考察，以期对我们当今文学教育有所借鉴和启迪。远古时期，尽管已有文学的萌芽，但严格意义上的文学尚未产生，我们称这个阶段的文学教育为前文学教育期。在此后整个古代，文学教育融会于经、史、子、集等多方面的内容之中，我们称之为泛文学教育期。到了近代，"文学一般是母语教学的一部分。"文学教育以语言文字教育为基础，文学教育和母语教育紧密相连，即使到现在文学教育与母语教育的关系也是难解难分。因此我们把近现代的文学教育称为语言文学教育期。

第一节　我国远古时期的前文学教育

　　远古前文学教育时期在这里特指从原始社会到奴隶社会中期，大约从170万年前开始，到公元前11世纪结束。这是一个相当漫长的历史时期，在此期间，人类经历了洪荒时代、蒙昧时代和野蛮时代，开始向文明时代迈进。人们出于生存、生活的需要而进行群体生产劳动；为了使劳动更有成效，必须制造劳动工具。由此，传授技能和经验成为必需。我国古代的教育，就起源于使社会成员适应群体社会生活和群体的生产活动的需要。

　　第一、文学教育渗透于生产劳动和生活之中尚未分离出来，是一种名副其实的"生活教育"。当时也没有严格意义上的文学，文学就是语言，文学教育渗透在生产劳动和生活之中，所以我们称这一时期的文学教育为前文学教育。人们基于吃、穿、住的需要，必须学习和参加渔猎，人工取火，缝制衣服、制造生产工具等活动；在氏族村落内部，人们参与选举、管理、集会、习武、祭祖祀神、节日喜庆、歌舞娱乐等活动。在这些生产生活中，处处包含有文学教育的因素。不过，这种文学教育在很长一个时期是通过"言语"——口耳相传的形式来进行的。原始状态的言语教育，是一种广义的文学教育，是狭义文学教育的胚胎。

第二、文字的出现和学校的产生促成了语言文学教育萌芽

这一时期语言文学教育发展的又一里程碑是文字的出现和学校的产生，它使语言文学教育成为可能。在氏族公社末期，文字产生了。这是一件划时代的大事，人们利用文字，既便于知识的记录积累，又便于知识的广泛传播，从而使信息突破了时间和空间的限制。但是，掌握文字不是一件容易的事，需要进行文字教学，这就要有传授文字、从事施教的专门人员和专门场所。可见，文字的创造促进了学校的萌芽。

应当说，虞舜时代出现的"庠"，便是学校的雏形。孟轲说："庠者，养也"。意为庠是养老的场所。在氏族公社中，教育年轻一代的任务通常是由具有丰富生活经验的老人承担的，而这种活动又应当趁老年人的方便，一般就在养老的地方进行。所以，庠既是养老机构，也兼作教育的场所。

学校的萌芽，使比较完整的语言文学教育成为可能。在文字产生之前，语言文学教育是在劳动和生活中进行的。人人参加劳动，人人也同时接受教育；成人做什么，儿童也就跟着做什么；大人怎么说话，儿童也就学着怎么说话。自从文字产生以后，在口头言语教育之外就有了书面文字教育。学校的雏形出现以后，言语教育和文字教育有了较为固定的场所，比较完整的语言文学教育就以最粗放的形态得以出现了。

语言文学教育的历史跨度，从原始社会到奴隶社会中期经历了一百多万年之久，基本上是一个无文字记载的时期。教育尚在萌芽之中，内容贫乏，形式简单，语言文学教育的内容也就具有混沌、粗疏、宽泛的特点。

第一、原始社会语言文学教育与生活教育合二为一。

在"北京人"时期，人们过的是群居生活，集体劳动，集体生活，教育内容就是学习打制石器和人工取火。到了"山顶洞人"时期，由于建立了氏族公社，原先的原始群组织开始为"血缘家庭"的生产集体所取代。氏族社会的初级阶段为母系制社会，崇拜女神，有了相当规模的宗教。人们在原始的劳动、宗教和艺术活动中学习说话，创作神话和诗歌。母系氏族社会繁荣阶段的仰韶和马家窑文化的居民，他们还做游戏、讲故事（这是最早的口头文学形式）。而这些活动，都与生产与生活密切相联系。

新石器时代中期以后的中国社会，则是父权制盛行的父系社会。这一时期，教育内容和教育形式日益丰富和多样，如"仰韶文化"时期的居民，他们学习道德规范、祭祀礼仪和风俗习惯；"龙山文化"和"齐家文化"的居民，还学习歌

谣、谚语、神话等等。所有这些和生产、生活融为一体的教育内容，也都是最早的语言文学教育内容。

第二、夏商两代书面文学教育开始

我国最早的文字产生于氏族公社末期，到了夏代，有了新的发展。可以说从夏代开始我国进入了有文字记载的文明朝代。先秦典籍《左传》、《国语》等书就引用了《夏书》的材料。到了商代，文字已发展到基本成熟的阶段。在夏商两代，学校教育进一步发展，学校教育的内容包括政治教育、人伦道德教育、军备教育、宗教教育、礼乐教育等，而文学教育无不渗透其中。这是书面文学教育了。当然，此时的文学是广义的文学，因为狭义的文学分类尚未产生。

原始社会和奴隶社会中期的前的语言文学教育，虽然形式简单，处于混沌、粗疏的状态，还不是严格意义上的文学教育，但是，它也为我国以后的语言文学教育提供了最原始的经验。

第一、语言文学来自生活，生活是学习语言文学的大课堂。

在生产实践和社会交往中，人们靠口耳相传的方式传播和学习劳动技能，从而促使口头语言不断发展，以至创造了谚语、歌谣、神话、寓言等口头文学。这朴实而生动的文学教育材料，既来自于生活，又服务于生活。这一看似异常朴素的道理，却是语言文学教育最基本的规律。

第二、文字读写训练是语言文学教育的基本功。

《易经·系辞》有云："上古结绳而治，后在圣人易之以书契。""书"是写在竹帛上的文字，"契"是刻在木石或甲骨上的文字。前者用笔，后者用刀。由结绳而象形、书契，这是中国文字最早的发展史实，是语言文学教育发展的一种巨大的推动力。

以文字作为语言文学教育的工具，需要一批知书识字的人本担任传授工作，促进了教师职业的形成。由于文字读写是学校教育的基础，而且文字数量多，结构繁，难认难写，花费时间，因而使得它在学校教育活动中占有较大的比重。这种以文字读写训练为基本功的教学传统，对以后绵延了几千年的语言文学教育产生了很大的影响，直到今天仍为我们所重视。

第二节　我国古代的泛文学教育

我国现代意义上的语言文学——"语文"，独立设科于20世纪初（1904年元月）。在此之前，一直上溯到西周学校产生以后，其间漫长时期内的语言文学教育，我们称之为"古代泛文学教育时期"。

这一时期与此前早期语言文学教育期的区别，在于有无正式学校的设立。早期语言文学教育期只有学校的萌芽，还没有正式的学校，语言文学教育与生产劳动和社会生活紧密联系在一起；而在传统语言文学教育时期，语言文学教育逐渐与生产劳动和社会生活分开。这个时期语言文学教育是突出的特点，一是以"四书""五经"为教材，或以历代名家名篇为范本，有时候读专书，有时候选文，学的都是书面的"文"；二是文、史、哲不分，仍然是一种广义的语言文学教育。

一、古代泛文学教育的历史轨迹

从历史分期来说，古代泛文学教育期包括从春秋战国末期起，经秦汉、魏晋南北朝、隋唐五代、宋元明清等朝代、前后近三千年，时间跨度很大，情况极其复杂。因此，只有联系与语言文学教育有关的社会背景，才能深刻理解语言文学教育的发展脉络，理清其基本轨迹。十分明显的是，古代泛文学教育期内的主要社会制度是封建制度，所以，我国古代泛文学教育，主要指的就是封建时代的语言文学教育。

（一）春秋战国时期

自公元前770年周平王东迁始，至公元前221年秦始皇统一中国，前后500余年，史称春秋战国时期。这是中国文化史上至为难得的"大黄金时代"。德国当代哲学家雅斯贝尔斯高度评价两千多年前"人类轴心时代"的深远影响的时候，对中国春秋战国时期的大思想家的贡献也推崇备至。这个时期，正是我国从奴隶制向封建制过渡的时期。随着阶级关系的变化，文化、教育也发生了巨大的变化："学在官府"的局面被打破，私学开始兴起并得到空前的发展和繁荣；文化下移，学术思想空前活跃，百家争鸣，学派林立，出现了一大批思想家，如老子（老聃）、孔子（孔丘）、墨子（墨翟）、孟子（孟轲）、庄子（庄周）、荀子（荀况）等，形成了先秦时期儒、道、墨、法等各个学派争奇斗艳的局面。这些学派，同时也是教育流派，他们的学术思想和教育思想，对后世产生了极其深远的影响。

《诗经》是我国第一部诗歌总集。在它成为儒家经典之前，通称为"诗"，收集了西周到春秋（约公元前11世纪到公元7世纪）约五百年的诗歌三百余篇，分属于国风、小雅、大雅、颂。它所给后世文学教育的影响是巨大的。这不仅因为它有美好的语言，而且还因为它有纯正诗风。这是我国古代第一部于习礼、习乐结合的专用诗歌教材。

《楚辞》主要是屈原的作品。"屈原的出现是中国文化史上的一件大事，他不仅是我国文学史上第一位伟大的诗人，也是标志着中国文学专业创作的开始，他的人格和作品在中国文化史上的意义，可以提到塑造民族性格的高度来分析。"《楚辞》开创了一种诗歌新体骚体，是最富于人民性的。比起《诗经》来，它首创了史诗般的诗歌创作的先河，它与《诗经》一起共同构成了中国文学的两大源头。《楚辞》的浪漫主义想象和直指本真情感的审美追求为后世文学提供了不竭的源泉，也成为了我国历代语言文学教育的专用教材。

《春秋》的寓意褒贬、《左传》的直书无隐、《孟子》的雄畅善辩、《荀子》的言简意赅、《庄子》的洒脱浪漫、《韩非子》的周密透辟长久地教育着我们中华民族的子孙后代。这些作品，都是我国古代语言文学教育的教学内容，有时选读部分篇章，有时整本地用作教材。

（二）秦汉时期

秦灭六国，建立了我国历史上第一个统一的多民族的封建专制的王朝。秦立国时间虽短，但在全国范围内实行封建土地所有制，统一钱币和度量衡，大大促进了社会经济的发展。在文教方面，实行"书同文"，统一规范字体等措施，对统一汉民族的文字具有重要作用。

汉代初期实行了"休养生息"政策，到汉武帝以后"罢黜百家，独尊儒术"，确立了儒家思想的统治地位。此后，儒家思想就成为维护封建统治的精神支柱，并且出现了以治经为主要内容，重师法、重考据的汉代学风。"汉学"对汉代乃至后世的语言文学教育思想产生了一定的影响，其中有积极的，也有消极的。如重视识字、写字教学，重视记诵，逐渐发展成为文字学、音韵学、训估学、书法艺术等，促进了汉语言文化的发展，而重视教师的讲解，使读经解经也成为一门学问，甚至使语言文学教育成了经学的附庸。所以，自汉代以后，历代只重视古典书面语的传习，而不重视当代口语的习得。

秦汉时期的识字教材《急就篇》整齐押韵、注重实用，帮助学童集中识字、拓宽知识面并同时进行思想教育。《急就篇》对后代童蒙课本有很大影响。唐宋以后盛行的《千字文》《三字经》《百家姓》等都和《急就篇》有一些渊源关系。《急就篇》在我国语言文学教育史上占有不可忽略的地位。"五经"（《易》、《书》、《诗》、《礼》、《春秋》）等书则是汉代主要的阅读教材。《尔雅》在汉代是一部重要的语文教学专门用书。它是秦汉之间学者纂辑的经师讲经的故训汇编，汉代的教师学生都要用它。先是用作教学参考书，以后用作教材。汉代人编写的《方言》、《说文解字》是语文学习的两种工具书，说明汉代对于语言文字的研究和语言文学教育已经达到很高的水平，对后世影响很大。秦汉时期对语言文学影响较大的人则有李斯（变籀文为小篆，撰《仓颉篇》）、董仲舒（推崇儒术、讲学著书）、司马迁（著《史记》）、史游（撰《急就篇》）、刘歆（整理经籍，撰《七略》）、扬雄（撰《方言》、《训纂》）、王充（著《论衡》）、许慎（撰《说文解字》）、郑玄（讲学注经）、蔡邕（书写石经，撰《劝学》等童蒙课本）等。

（三）魏晋南北朝时期

魏晋南北朝是我国历史上长期处于动乱和分裂状态的时期，为时约 400 年（公元 190-589）。新旧时代时兴时亡，使生产力遭到很大的破坏，但传统文化教育却并没有因此而中断。特别是国内各民族之间的文化交流，促进了文学艺术的繁荣。日本和朝鲜等国学习中国的传统文化，一时成为风气。"五经"等书继续作为阅读教材，还加上了《老子》、《庄子》、辞赋文章和史书。《昭明文选》是这一时期的重要文选读本。《文心雕龙》是这一时期出现的我国古代一部重要的文学理论专著，对文学的教育功能发表了许多真知灼见。《开蒙要训》、《千字文》出现，并相继传到了各友好邻邦，而周边各国的思想文化也影响到了中国的学习和生活。这一时期的文章、诗歌、书法、绘画和雕刻，得到了长足的发展，对语言文学教育产生了很大的影响。

《昭明文选》书名本叫《文选》，因为是南朝梁昭明太子编选的，所以后来称它作《昭明文选》。它收集了从周代到梁朝七八百年间 129 位知名作者和少数佚名作者的作品 700 多篇，共 30 卷。魏晋南北朝时期，对文学作品已经有一定的认识，当时人已经能够把文学与经学、史学、玄学分开。这种认识反映在《文选》的编撰上，就是经书（"姬公之籍、孔父之书"）不选，子书（"老庄之作，管孟之流"）不选，说话的记录（"贤人之美辞，忠臣之抗直，谋夫之话，辩士之端"）不选，史书（"记事之史，系年之书"）一般不选，只选其中有文学价值的赞论序述。萧统选文的标准正如他在《文选·序》里说的，要求"综缉辞采，错比文华，事出于沉思，意归呼翰藻。"这就给选文确定了一个艺术标准。《昭明文选》的编辑体例，是按照文章的体裁分类编排，共 39 种文体。每种文体中的作品按作者生活的时代排列。全书共有作者 129 人，计周秦 5 人，汉 39 人，三国魏蜀吴 14 人，晋 45 人，南朝宋齐梁 25 人。《文选》中的作品有不少还是诗歌。这是因为那时已经把诗也包括在"文"内的原故。那时有"文"和"笔"的分别。刘勰《文心雕龙·总述》云："今之常言，有文有笔，以为无韵者笔也，有韵者文也。"诗是有韵的，当然属"文"的范围。不过"文"的范围有时更宽，把"笔"也包括在内。陆机的《文赋》和刘勰的《文心雕龙》讨论的"文"都是兼有韵和无韵而言的。《文选》也是如此。

《昭名文选》是我国现存的最早的语言文学阅读课本，里面选了不少优秀的文学作品。唐以后的文人学子，大都要读这部书。宋代有句谚语："《文选》烂，秀才半"。可见它在当时的影响。这部书的编写体例也为后来这类语言文学阅读选本所沿用，所以说《昭明文选》在我国文学教育史上占有突出的地位。

刘勰的《文心雕龙》是一部概括地总结了从先秦到晋宋千余年文学成就的文学理论专著。它还可以被看作是一部"文学教材教法"专著和文学人才的"教育学"，它探讨了三十五种文体的写作要求，多方面评论了两百多位作家的艺术才能极其得失，并因此提出了一系列文学教育主张。刘勰认为孔子等古代圣贤创作典制，没有不根据自然之道的精髓来写文章，钻研精微道理来开展教育。由此可知，自然之道依靠圣贤的文章来表达，圣贤借助文章来阐明道理。这里，刘勰提出了"因文而明道"的命题。它揭示了文学的教育功能——"文以明道"。这个"道"是指一种综合多种学说的自然之道，其中儒学之道占主导地位。在刘勰看来，各种文学体裁都是以儒家五经为根源的，他的这种文学渊源于儒经的说法，客观上强调了文学的政治教育功能。这个观点对后世的影响较大，曾被北齐的教育家颜之推所吸收。根据这个观点，刘勰进一步就不同文学体裁的教育功能分别给予了探讨。

注重文学的政治教育功能，是中国古代自孔子以来的文学传统。刘勰继承和发展了这一传统，他对孔子整理六经以育后人的做法深表赞赏。称赞孔子编订六经，陶冶性情，重视教育，不但写下了天地的光辉，而且启发了人民的智慧。无疑，刘勰重视文学的政治教育功能是有道理的，因为文学是一定社会、一定阶级的意识反映，他必然要通过语言艺术的特殊作用来为一定社会的政治服务。然而，文学的教育功能具有多重性。它除了政治教育功能之外，还有审美、认识和娱乐等多种功能，如果片面强调它的政治教育功能，必然会导致文学其它教育功能的萎缩，降低文学教育的应有作用，今天的文学教育依然存在着这个问题。

《千字文》成书在南朝梁天监初年（公元6世纪初），是我国使用时间最长的一本蒙学课本，一共使用了将近1500年，直到清朝末年（19世纪末）我国农村还用它来教儿童。《千字文》内容丰富、文辞华美，讲究声律、对偶押韵，用典使事、励志笃学，对我国古代语言文学教育产生了深远的影响。

《开蒙要训》虽然没有象《千字文》那样风行，但直到五代还在传抄，又能完整地保存下来，并且不只一本说明它还是流行过相当长的一个时期。再从以后产生的各种杂字来看，好些地方都能看出它的影响，比如，收入日常用的俗语俗字，注重实用，分类编排等。研究古代蒙书，《开蒙要训》是很值得重视的一种。（张志公《传统语文教育初探》）

（四）隋唐五代时期

这段时期共379年，其中隋39年（公元581-618），唐289年（公元618-907），五代53年（公元907-960）。隋唐，主要是唐代，是我国封建社会的极盛时代，出现过历史上所谓的"贞观之治"（公元627-649）。到了唐玄宗开元年间（公元721-741），封建经济达到了空前繁荣的水平。与此相适应，文化教育事业也得到了进一步发展。

单从与文学教育有关的方面说，就有几点值得注意：一是唐诗鼎盛，开一代诗风，创一代诗教，是这一时期文学教育最显著的特点。唐朝不到300年遗留下来的诗歌有5万余首，以李白、杜甫、白居易为代表的独具取格的著名诗人约有五六十个。唐诗对我国语言文学教育的影响极其深远，经久不衰，直到今天。二是韩愈、柳宗元提倡的古文运动和散文教育，与诗教相得益彰，对后代的语言文学教育的影响也很大。三是从隋炀帝大业二年（公元606年）开始的科举制度，到唐代逐渐完备，一直沿用到清末，对语言文学教育的影响很大。四是中外文化交流、特别是中日文化交流频繁，还有佛教从印度的传入，对中华民族的文化教育也产生了不小的影响。

唐代是我国诗歌发展的黄金时代，诗歌教育也空前发达。唐代学习诗歌的人很多，面也很广，各阶层、各民族的人都有。甚至当时一些外国人也学习写中国诗。儿童学语言文学首先读一些诗歌，大概很早就是这样做的。到了唐代，就成为普遍的现象。唐代村校的教师大都要教儿童读诗，他们教的多半是当代诗人写的诗。有的教材是摘句或选本如《文场秀句》。有的教材是村校教师临时指定的某位诗人的作品。这些作品被选为教材的诗人，大都是有地位、名气很大的人，也有科举还没有中第却有一些名气的人。一般说儿童读的诗应该是短章，这样好读，容易接受。不过也有读长篇巨制的。唐宣宗吊白居易诗云："童子解吟长恨曲"（《唐诗记事》卷二）。《长恨歌》就是长篇。唐代的诗歌运用了不少当时的口语（有些词语是现在仍然用的），这些词语随着唐诗的传播对后世语言文学教育起了一定的作用。唐诗给后世文学作品中运用口语提供了有益的经验。由于唐诗的高度成就，历代有不少选本选它作为教材。唐诗，尤其是盛唐的诗歌，洋溢着自由的气氛和青春的气息，绽放出中华诗国鼎盛时期最绚丽的异彩。盛唐名家辈出，诗派众多，李白、杜甫这两座诗歌史上的丰碑即产生在这一时期，以王维、孟浩然为代表的山水田园诗派和以岑参、高适为代表的边塞诗派也产生在这一时期。盛唐诗歌形成了一种总体的精神风貌，人们常用"盛唐气象"来形容。所谓"盛唐气象"具体说来，蕴涵着这样一些审美特质：1.历史文化的底蕴、社会人生的内容、自然本真的情感交融，迸发出来的强大的情感力量与气势；2.词理意兴浑然一体，意境浑厚博大；3.语言刚健、明朗、自然、晓畅。可以说，"盛唐气象"是中国文学审美追求的理想境界。唐诗成为了我国文学教育的经典选材是不无道理的。

古文运动是唐代文学与文学教育的一种以复古为革新的重要现象。陈子昂就是这一时期第一个以复古为革新的人。而韩愈、柳宗元更从理论与实践上大力提倡，他们以复古为革新，力去陈言，词必己出，开创了一种随着语言的自然音节、自由书写的文风。韩柳提倡的这种"古文"，就成为支配我国文坛1000多年的散文文体，可谓千载雄风，一脉传承。他们以及后来北宋欧阳修、"三苏"（苏洵、苏轼、苏辙）、曾巩、王安石被称为"唐宋八大家"。以他们的作品为代表的这类散文，被选入历代文章选本，作为学子学习的用书。古文运动对后世的语言文学教育产生了十分深远的影响。

科举制自隋产生以后，就不断探索考试的方法，到唐代逐渐形成了口试、帖经、墨义、策问和诗赋五种方法。口试是一种简单的对经义的问答；帖经是将经书某行帖上数字由考生填写出来；策问即就时事政治设题作文，有方略策和时务策之分；诗赋亦称试帖诗，即写诗作赋，要求考生当场做诗赋各一篇，主要考察应试者的文学修养和文学创作能力。诗赋考试始于唐高宗永隆二年（681年），吏部考功员外郎刘思立以进士科考试只考时务策，知识太狭窄为由，要求加试杂文两首。但此时考试仍以策问为主。至神龙元年（705年），才于策问之外增添了诗赋考试。后来进士科的考试偏重诗赋，往往帖经不及格，如果诗赋好也可以放过。诗赋考试在一定程度上推动了唐诗的繁荣发展，唐诗的发展盛行也促使诗赋考试越来越为人们所重视。不过诗赋考试的这种诗格律体裁均有固定格式，语句用词又必端庄典雅，堂皇华丽。每诗十二句或十六句，首两句见题，中间八句两两相对，最后两句做结。这种格式在以后的科举考试里慢慢形成一种禁锢思想的形式主义八股文。

（五）宋元时期

宋元时期，指的是从宋初到元末（公元960-1367）这一历史时期，包括两宋（北宋、南宋）及北方的辽、西夏、金和元。这是我国封建社会历史发展的重要时期，前后有400多年。宋代学术思想异常活跃，科学技术也很发达。理学的勃兴，火药、活字印刷、指南针的发明，都极大地推动了社会的进步和教育的发展。元代，是我国少数民族威震天下的特殊历史时期，它对于促进国内各民族的大融合，促进中外文化特别是中国与阿拉伯文化和欧洲文化的大交流，起到了不可磨灭的作用。

这一时期影响语言文学教育的重大事件有四个：一是理学的产生和发展。理学家大都是文学家、教育家。所谓"唐宋八大家"，除了韩愈和柳宗元是唐代人外，其余大家都是宋代人，即欧阳修、王安石、苏洵、苏轼、苏辙、曾巩、构成了宋代古文运动的宏大势力，并且以他们的文学实绩，极大地推动和影响了当时和以后的语言文学教育。单从教育思想来说，无不受他们各自的理学思想的影响。欧阳修的散文名篇《泷冈阡表》、《醉翁亭记》，表面上写景状物，但实际上却在表情达理，表述他为政清明、不慕名利的思想。王安石的散文，就更见其析理严谨、弘扬正气的特点。这些，都与他们的理学思想互为表里，相得益彰。二是文学艺术的发展。宋词、元曲和唐诗一样，为中国文学史的长河注入了话水。宋代的词人，群星璀璨，盛况空前。如北宋的晏殊、柳永、苏轼、周邦彦、南宋的李清朝、陆游、辛弃疾、姜夔等。举南宋一个最伟大的爱国诗人陆游为例，就有不少脍炙人口的好诗，一直激励教育着我们子孙后代。元代戏曲对语言文学教育影响最大的是关汉卿、马致远、王实甫等。关汉卿的《窦娥冤》《救风尘》《望江亭》《拜月亭》《单刀会》，一直作为一种典型的艺术教育教材活跃在我国戏剧舞台。在我们的语言文学教育中也经常用作教材。三是宋代三个宰相（范仲淹、王安石、蔡京）的三次兴学，对教育产生了一些影响。还有宋代的官学、私学和书院教育的发展，对语言文学教育也有深远的影响。宋代产生的《三字经》（南宋王应麟编，一说是宋末区适子编），《百家姓》（北宋人编，作者佚名）长期作为童蒙识字教材使用。《三字经》通行本共1248字，三字一句，押韵，便于学童诵读。从宋、经元、明、清，直至近代仍广为流传。专讲修身教育的《童蒙训》（又名《吕氏童蒙训》，南宋吕本中编），《童蒙须知》（南宋朱熹编）、《教子斋规》（南宋真得秀编）也是这个时期出现的。四是宋元时期各民族之间的思想融合和文化交流，影响也很大。两宋农业、手工业的发展，促进了都市的繁荣和海外贸易的兴盛。元朝的统一，使历来由少数民族地方政权统治的一些地区统统归属于中央政府的管辖之下，加强了中央与地方，中原与边疆的联系；同时也加强了国内各民族之间的联系。中原文化、南方文化、北方草原文化、边疆各族文化，乃至中亚的伊斯兰文化、南亚的佛教文化，都在中国元代文化的系统中留下了各自的深刻烙印。

（六）明清时期

这一时期指从公元1368年到1911年，共543年。其中明朝（1368-1644）276年，是高度专制的中央集权制度，经济比较繁荣，科学技术也比较发达；到中后期，还出现了资本主义萌芽。清朝（1644-1911）共267年，以1840年的鸦片战争为界，分成两个时期，前期政治上比较稳定经济得到发展，与各国的外贸往来也日益频繁，后期由于帝国主义的入侵而变成了半殖民地半封建国家。因此，明清500多年的封建统治期间，有进步，也有倒退；有内忧也有外患；阶级斗争和民族矛盾一直没有停止过。文化教育方面，表现出以下几个特点：第一，保守派尊经崇儒，服膺程、朱理学，而革新派则力主经世致用，在批判程、朱理学的基础上，建立自己的学说。第二，一方面是科举制度愈来愈僵化，教育内容愈来愈空疏；另一方面私学、义学愈来愈昌盛，搜书、藏书、编书之风愈来愈风行。第三，西学东渐，给当时的封建文化注入了新的活力；多民族的文化交流，又给当时的汉族本体文化注入了新的生机。

这些特点，对语言文学教育产生了很大的影响。例如，随着私学、义学、社学的普遍发展，幼学教材多起来了；"三、百、千"等仍然是幼学的重要教材，还新编了如《弟子规》、《龙文鞭影》、《幼学琼林》等新教材。还编选了不少阅读教材，如《古文观止》（清吴楚材、吴调侯编）、《古文辞类纂》（清姚鼐编）、《经史百家杂钞》（清曾国藩编），还有浅易的诗歌读本如《千家诗》、《唐诗三百首》（孙洙编）之类。明清小说在我国文学史上占有非常重要的地位，对语言文学教育的影响极大，大大地丰富了语言文学教育的内容。明代的《三国演义》、《水浒传》、《西游记》、《金瓶梅》，清代的《聊斋志异》、《儒林外史》、《红楼梦》，都在历史上大放异彩。清代还编纂了不少家书和类书。《四库全书》按经、史、子、集分类，共收书3457类，79070卷，洋洋大观，为后世的文史教育和研究提供了极大的方便。

我国古代的泛文学教育史，是以儒家思想为主导的。春秋战国时期，百家争鸣，学术思想空前活跃，此后的两千多年中，除了秦王朝主张设法，废除儒术外，其他历朝历代没有不崇尚儒家思想的。有时虽有反对者，但不是主流。这一现象，有其深刻的社会历史原因。当然，这里所说的儒家思想，不只是孔子一个人的思想，更不是一成不变的思想，而是在长期的百家争鸣、百花齐放中，在反对把儒学竭力神化的斗争中，不断地改变着并发展着。我们在总结古代语言文学教育思想的时候，可以发现一个基本的发展轮廓，从春秋战国时期的儒家，到秦汉时期的经学，到魏晋南北朝的玄学，到隋唐时期的佛学，到宋元时期的理学，到明清时期的科举，几乎都与儒家思想有关。这个关系，可以说是以儒家思想为主导，在与道家（老庄）思想、佛家思想、法家思想、墨家思想的相互融合中不断发展的。

我国古代的泛文学教育史是以历代的学校教育制度、教育内容的演变为线索而逐步演进的。纵观我国两三千年的学校兴衰史，可以发现一种现象，大凡皇权政治高度集中、封建经济空前繁荣的时候，官学、国学、中央学校就得以发展，伴随而来的是私学、乡学、地方学校也相应得到发展。而私学、乡学、地方学校兴旺发达的时候，文化下移，语言文学教育也就大为兴盛。在这种情况下，我国历代都出现了众多的语言大师，文学大师和语言文学教育家。

我国古代的泛文学教育史，突出地反映在两个环节的发展变化上：一个是文字的演变，一个是文学的运动、包括文章的变化。从夏商周三代的象形文字教育到秦汉的小篆、隶书，到西汉的小学、训诂，唐代的字林、说文，乃至后唐的《马氏文通》，都是沿着一条文字变等的道路进行语言文字的学习和训练的。同时，总是一次又一次的文学（文章）运动，推动着文学（文章）的发展，同时也推动着语言文学教育的发展。唐代的古文运动和晚清的白话文运动，都显示出这个特点，也可以说是两次最突出的表现。世变引起文变，文变也必然引起语言文学教育的变化——这是一个历史发展的规律。

二、古代泛文学教育的内容特点

古代泛文学教育内容有两个明显的特点，一是综合性，二是丰富性。

所谓综合性，一是指泛文学教育内容包含着经学、史学、哲学、文学、文字学、伦理学、社会学、乃至自然科学等各个方面，是一种综合性的学科教育。二是指训练内容的综合性、包括听、说、读、写、书（法）等。

早在奴隶社会时期，我国就有礼、乐、射、御、书、数的六艺教育。春秋战国之后，在长期的封建统治下，"五经"、"四书"成为封建社会学校的必读教科书。汉武帝"罢黜百家，独尊儒术"，把"五经"列于学官，取得统治思想的地位，宋代朱熹作《四书集注》，"四书"成为从中央到地方，官办和私办的一切学校最基本的教材。宋儒认为"四书"是学习"五经"的阶梯；学好了"四书"，再学"五经"，一个阶梯一个阶梯地上，就可以登堂入室。这种风气、一直沿袭到元明清。所以，历代研究中国古代哲学、历史、政治、教育乃至语言文字，无不以"五经"，"四书"为依据。这期间的语言文学教育，综合性十分明显。如果从童蒙读物"三、百、千"来看，传统的语言文学教育，是把识字教育，知识教育和伦理道德教育结合在一起的。魏晋南北朝以后出现的文选教材，也是把阅读、写作与文章、文学知识教育乃至思想政治教育、伦理道德教育结合在一起的。这也是传统语言文学教育内容综合性的体现。

所谓丰富性，是指在漫长的历史时期中，语言文学教育内容极其广泛而多样。我们可以按照历史发展的大致顺序来阐明这个问题。

春秋战国是我国历史上思想比较解放的时期，在文化教育方面呈现出十分活跃的景象。这个时期散文的勃兴，就是一个例证。从古代的《尚书》到《春秋》，以至于《左传》、《战国策》，这是历史散文发展的一条线索；从《老子》、《论语》到《墨子》、《孟子》、《庄子》以及《荀子》、《韩非子》等等，这是哲理散文发展的一条线索。无论历史散文还是哲理散文都是我国语言文学教育的传统内容，历代文选中都选过其中的很多篇目，现在的语文教材中也选有很多，可见它们的影响巨大而深远。

汉魏六朝文学的主要成就在辞赋方面。当时的鸿都门学，主要教学内容就是辞赋。汉赋之所以发达与此有很大的关系。贾谊的《悼屈原赋》、司马相如的《子虚赋》和《上林赋》、枚乘的《七发》等，都是历代学习辞赋的典范教材。魏晋南北朝时期，虽然处于长期的战乱之中，但各民族之间、南北方之间的文化交流却没有中断。儒家的文化思想在玄、佛文化思想的冲击、碰撞之下退居次要的地位，代之而起的是魏晋南北朝占优势的玄学。受老庄哲学思想影响而表现出来的文章和文学风格，在许多文人学士之间大放异彩。自此以后，我国文学史上就出现了稽康、阮籍、左思、陆机、郭璞、陶渊明等一类辞赋家或散文家。陆机的《文赋》、左思的《三都赋》、陶渊明的《桃花源记》、《五柳先生传》、《归去来辞》等，都风行一时并作为历代古文教育的内容。一直到宋代，如欧阳修的《秋声赋》、苏轼的前后《赤壁赋》等，长期地教育我们的子孙后代。还有班固的《汉书》和司马迁的《史记》，是我国历史散文的双璧。它们是文学的历史，也是历史的文学。当然，《史记》更富于文学色彩，被鲁迅称之为"史家之绝唱，无韵之离骚"，不仅影响于古代，而且影响于今世。在整个语言文学教育史上，《史记》都收到了良好的教育效果；《汉书》的影响虽不及《史记》，但也发挥了很大的作用。此外，汉代的乐府民歌、魏晋南北朝的田园山水文学，也不乏名篇佳作，对后代的影响也很大。

唐宋古文有突出成就，与之相适应的古文教育也有明显发展。诗是唐代文学的代表，流传至今的《唐诗三百首》是唐诗中的精华，长久地教育着后人。诗之外，传奇的兴起，变文的出现，也都给古文教育以重大影响。词是宋代文学的代表，词之外，散文在唐代古文运动的推动下，也有新的发展。唐宋八大家在我国文学史上有很高的地位，对语言文学教育产生了深远的影响。

明代的散文虽不及唐宋那样繁荣，但也有一些优秀之作，其教育影响也不可忽略。如宋濂的《送东阳马生序》、《秦士录》，刘基的《卖柑者言》、《楚人养狙》，高启的《书搏鸡者事》，马中锡的《中山狼传》，王守仁的《瘗旅文》，归有光的《项脊轩志》、《先妣事略》，唐顺之的《竹溪记》，宗臣的《报刘一丈书》，袁宏道的《满井游记》，张溥的《五人墓碑记》，黄淳耀的《李龙眠画罗汉记》，徐光启的《甘薯疏序》，徐霞客的《楚游日记》等。这个时期文学的最大成就体现在四大奇书的出现。四大奇书即《三国演义》、《水浒传》、《西游记》、《金瓶梅》，它们全是用纯熟流利的白话文写的，开一代文学创作的新风，蕴涵着丰富而复杂的文化内涵，成为中国文学的经典之作。四大奇书中的许多章节，经常被选作语言文学教材，起到很好的教育作用。

到了清代，在桐城派古文运动中，也产生了一些内容健康、形式工整的优秀散文，如魏禧的《大铁锥传》，方苞的《狱中杂记》、《左忠毅公轶事》，彭端淑的《为学》，姚鼐的《登泰山记》、《快雨亭记》，龚自珍的《病梅馆记》，徐珂的《冯婉贞》，全祖望的《梅花岭记》等。清代的小说，特别是蒲松龄、吴敬梓、曹雪芹三位伟大作家的作品，大放异彩。《聊斋志异》是一部描写神怪妖精的小说，想象丰富，题材多样，文笔奇美，堪称文言短篇的绝唱，为历来各类读者所喜爱；《儒林外史》深刻描绘了受科举制度毒害而丑态百出的旧社会知识分子，文笔尖锐泼辣，达到讽刺艺术的高峰；《红楼梦》是我国古代小说的集大成，思想内容深刻，艺术成就巨大。这三部书中的很多篇目和章节，也经常被选进语言文学教材，成为语言文学教育的经典。

三、古代泛文学教育的基本经验

古代泛文学教育一直比较重视读写基础训练，重视诗文的教化作用，重视内外的文化交流，这可以总结为古代泛文学教育的基本经验。

第一、读写为基础

重视读写训练，是古代语言文学教育的一条重要原则。这种基础训练又分为两步：第一步是学习识字和写字，第二步是学习阅读和写作。

古人十分重视阅读。多读是古代语言文学教育的一条基本经验，曾经有"书读百遍，其义自见"、"熟读唐诗三百首，不会作诗也会吟"等说法。当然，多读、熟读也要伴随多方面的思考，所以，朱熹在总结读书经验时说，要"循序而渐进，熟读而精思"。这条经验说明我们现在将语言教育和文学教育紧密结合并以语言教育作为文学教育的基础是正确的。那种认为语言教育应与文学教育绝然分开的想法在基础教育阶段是不适宜的。

第二、诗文教化

古代语言文学教育重视诗文教化作用，表现在教化的目的和教化的实施两上方面。

古代语言文学教育的最终目的，在于"化民成俗"、"建国君民"。《学记》中说："古之王者，建国君民，教学为先。"又说："君子欲化民成俗，其必由学乎？"意思是说，古代的帝王、国君，如果要治国、育民，就要把教育摆在首位；如果要教化民众，养成良好的社会风气，也必须从兴办教育开始。儒家学者认为，"诗书教化，所以明人伦也"。意思是说，诗书教化的目的在于张明人伦，进行道德教育。讲教化而不讲刑罚，这可能就是中国历代人君不习惯法制的一个思想根源。诗书教化，就是提倡在诗书教学中，以和风细雨的方式，进行人伦道德的潜移默化，所谓"春风风人，夏雨雨人，寓教于诗，寓道于文是也。"

古代语言文学教育的诗文教化的实施主要是通过"五经"、"四书"的教学来进行的。此外还有：古代的神话传说，如精卫填海、夸父逐日、女娲补天、后羿射日等；先秦诸子百家、诗经、楚辞；两汉的史记、汉书；魏晋南北朝的辞赋；唐诗、宋词、元曲、明清小说和历代散文等；还有各个时代的典型文体和名篇佳作。它们对传统语言文学教育的影响是极其广泛而深刻的。有讲为政、为人的，有讲治学、治军的，有讲理学、理财的，有讲抗暴、抗灾的，有讲爱国、爱民的，有讲为仁、为义的，有讲知命、知性的，等等。通过这些典范性作品的教化作用，培养爱国主义思想，安贫乐道思想，除暴安良思想，不畏强暴、见义勇为的思想，学无止境、精益求精的思想，精兵简政、为政清廉的思想，自强不息、人定胜天的思想，等等。可见，传统语言文学教育的教化作用，的确是多方面的，是无比丰富的。

可以说，通过语言文学教育实施教化是我国古代一以贯之的传统，"教育主要是服务于教化的功能，教育目的在于培养统治者或为统治阶级服务的人才，教育的作用在于修身养性，诚意正心修身齐家治国平天下。"应该说这个总结是符合历史事实的。我们今天的文学教育也承担一定的教化任务，不过我们的目的是培养全面、和谐发展的时代新人。

第三、文化交流

古代泛文学教育，受着内外文化交流的影响。

文化教育的内部交流影响着泛文学教育的发展。春秋战国时期，有儒、道、法、墨、名、阴阳、纵横、杂、农、小说等十大学派。后来，儒家又一分为八，墨家又一分为三，形成了所谓百家争鸣的"鼎盛"时期。这就是文化内部交流的结果。学术思想的活跃，使这一时期的语言文学教育思想也得到了蓬勃的发展。

文化教育的对外交流，从秦统一中国以后就有很大的发展。以汉族为中心的中国文化与世界各国的文化交流，特别是印度佛教以及雕刻、乐器的传入使我国的文化教育发生了许多新的变化。南北朝时期，是国内各民族之间文化大交流的时期，北方各民族加速了汉化的过程，南方的经济和文化进一步得到了开发。同时，中国与西方、南方及东北各邻邦的经济文化交流的机会也越来越多，与日本、朝鲜互派留学生，相互学习，取长补短。到了魏晋时期，玄学与佛学趋于合流，佛学用玄学语言加以翻译，使汉语吸收了不少外来语，部分佛经也作为汉字语言文学教育的教材使用。到了隋唐五代，对外文化交流日益频繁。成为唐朝社会繁荣、政治稳定的重要因素之一。唐朝高僧玄奘为探求佛理，历尽千难万险，终于从印度取到了真经，为中印文化交流做出了巨大贡献，对我国古代的语言文学教育也产生了深远的影响。一部《西游记》，就形象地说明了这一事实，历代的语言文学教学中很少有不取《西游记》部分篇章作为教材的。现代汉语里有许多词汇如"世界"、"刹那"、"功德无量"、"五体投地"等等，都来源于佛经。与此同时，国外的逻辑学、音韵学、新医学等也相继传入中国，明代杰出的启蒙教育家徐光启还提出了"向西方学习"的口号。在学习理科和数学等的同时，也引进了人文科学和社会科学中的先进的东西。这一切，对我国古代的语言文学教育都产生了良好的影响。当然，中国文化对外域好产生积极的影响，日本在我国隋唐两代不断派僧侣和学生来中国留学，把中国的文化和各种上层建筑的意识形态，差不多和盘地吸收了过去。在这样的交流中，语言文学教育自然也有了相应的发展。

今天我们依然要坚持文化交流的好传统，文学教育内容的选取上要考虑不同地域、不同民族、不同国家的作品，以培养我国新一代的国民具有兼容并包的志趣、广纳百川的胸怀。

第三节　我国近现代的语言文学教育

1904年1月13日，清政府颁布《奏定学堂章程》，要求国文与其他学科分开教学，从此语文成为一门独立的学科。以此为起点，至1949年新中国成立前夕，是我国近代语言文学教育期。这一时期的前期，中小学堂开设了以"中国文学"命名的早期语文课，我们称之为文学设科期；后期，在"五四"新文化运动提倡白话文的影响下，学校中除了国文科，还设置了国语科，一般是小学多设国语，中学多设国文，所以我们将这后期称为国语国文期。

现代语言文学教育期始于1949年中华人民共和国成立。这一时期，我国经历了社会主义改造、社会主义过渡时期、"文化大革命"、新的历史时期的思想建设，以及正在进行的"改革开放"，运动不断，波浪叠起，历史在曲折中前进。这一时期内的所有的政治运动，都对语言文学教育造成了极大的影响。

一、我国近现代语言文学教育的历史轨迹

（一）文学设科期（1904-1919）

我国古代的语言文学教育，从来没有专门设立"语文"一科。语言文学教育是一种集经学、哲学、史学、伦理学与语言文字教学为一体的综合教育，有时，甚至还与农业、手工业、自然科学等，结合在一起。这种教育逐步暴露出弊端。到了清末，封建科举制度和入股取士方式，使封建教育"所学非所用，所用非所长"（孙中山语）。封建教育日益"阻碍了我们在智力方面和物质方面的发展"，使人民"陷入穷苦愚昧"的境地。

鸦片战争的失败，清政府丧权辱国的卖国行径，使中国社会危机四伏。外部强敌环伺，内部国困民穷。这种残酷的现实，使人们对封建专制制度和教育制度产生了怀疑。人们开始睁眼看世界，从新的角度思考中国面临的问题。一些卓有远见的志士仁人认识到，要改变中国积贫积弱的悲惨地位，其首要任务就是要改变旧的教育制度，学习西方的教育思想和教育方法，进而朦胧地提出了向西方学习，以西方为榜样，建立新教育的思想。

"西学东渐"进一步促进了中国教育的近代化。京师同文馆的设立，洋务运动"中体西用"的思想和维新运动"变法维新"思想的传播与实践，逐步奠定了中国近代教育的基础。人们认识到要救国只有维新，要维新只有学外国。1902-1904

年，清政府颁布的"壬寅——癸卯学制"就是学习西方资本主义而建立的新式学制。这个学制的确立和实施，变更了中国封建式的官学、私学、书院等学校形式，为中国近代形式的学校制度的建立奠定了基础。在"壬寅——癸卯学制"下，"中国文学"正式单独设科，有了自己的学科宗旨和要求，至此，中国具有学科意义的一种语言文学教育，即"中国文学"的教育开始确立。

"壬寅——癸卯学制"虽然在形式上披上了资本主义的新式外衣，但其本质还是封建的，是为维护清政府封建专制统治服务的。辛亥革命胜利后，1912-1913年，在蔡元培主持下，进行了学制改革，制定了一个新的学校系统——"壬子——癸丑学制"。这个学制的本质则是资产阶级性质的，是为在中国发展资本主义服务的。在"壬子——癸丑学制"下，语言文学学科开始有了现代意义上的教育、教学目的。此后，伴随着新的国文教科书的编写，语言文学教育呈现出一些新的面貌：1.编写新蒙学读本，进行新思想新文化的启蒙教育；2.改进文言，倡导白话，以求经世致用；3.编写新的国文教科书，贯彻新的教育宗旨；4.国语运动和白话文教科书的萌发等。

"中国文学"的设科是随着中国的新学制"壬寅学制"和"癸卯学制"而发生的。这里的所谓"中国文学"，其实并不纯属文学，而是语文教育科目，还不是现代意义上的文学教育。

（二）"国语""国文"期（1919-1949）

从1919年到1949年，我们的国家处在多灾多难之中，但在语言文学教育理论方面却取得了重大的突破。

国语国文期始于"五四"运动，直到新中国成立。这里所说的"国语"，指的是当时流行的共同语。由于新文化运动发展的需要，当时语言文学教育界特别强调推行这种全国统一的共同语。这里所说的"国文"，指的是本国的语言文字。它与近代的"中国文学"不同——不是全讲授文言文，而是文言、语体都要学一点；它与近代中期的"国语"也不同，而是学习普通大众需要的本国语言文字。

在这一时期，中国政局发生了剧烈的动荡，新旧意识开展了激烈的交锋，东西方文化发生了强烈的碰撞，思想文化战现出现了自春秋战国以来最为活跃的百家争鸣的局面。在语言文学教育领域，也涌现了不断革新的潮流。具体分析，则可以看到"文"和"言"的分合、"文"和"道"的分合以及"文"和"知"的分合几条明显的轨迹。

先看"文"和"言"。"五四"新文化运动的一个鲜明标志，就是白话文和文言文的斗争。1919年，国民政府首任教育总长蔡元培在《国文之将来》的演说中提出："国文的问题，最重要的，就是白话文与文言文的竞争，我想将来白话派一定占优胜的。"新文化运动的倡导者胡适竭力提倡用白话文写诗作文。从民元以后到"五四"运动，倡导国语统一，言文一致的行动，会合成一股强大的潮流。这股潮流猛烈地冲击着学校的语言文学教学。1920年，教育部通令全国兹定自本年秋起，凡国民学校一二年级，先改国文为语体文，以期收言文一致之效。"随后，又把初级中学"国文"科改名为"国语"科。从这时开始，"文"和"言"的长期分离的局面终于被冲破了。1949年春，当时的华北人民政府教育部教材编审委员会决定，把原来的"国语"和"国文"学科的名称一律改为"语文"，其中的"语"即为口头语，而"文"即为书面语。至此，"言文分离"的问题才真正解决。

再来看看"文"与"道"。传统的中国语言文学教育，讲究的是"义理、考据和辞章"，虽然"道"的内涵在不断地变化，但"文以载道"，"以道驭文"的教育观念长期占据统治地位。新式学堂实行分科以后，"道"，设"修身"和"读经"科目；"文"，设"中国文字"和"中国文学"。虽然两者并不完全分离，但各自的侧重点是比较明显的。民元以后，学校取消了"读经"，保留了"修身"，在"国文"一科中又提出"启发智德"的任务，强调读文讲文中的思想、道德教育和美育，"文""道"之间由分而趋于合。在当时"文道"趋合的过程中，又潜藏着两种"分"的动力：一种是反对复古势力的革新派，他们希望通过语言文学教育着重传播新思想、新文化。另一种是死抱封建道统的复旧派，宣扬和灌输封建伦理道德。虽然两者所张扬的"道"之内涵有天壤之别，但各派所使用的手段却十分相似——都把"道"高高凌驾于"文"之上，使"文"和"道"造成了一种新的分离。时隔不久，语文教育家们发现对文道关系的这两种理解都各有偏颇的。1920年，陈启天在《中学的国文问题》一文中，把"文"和"道"两方面的教育目的，分为"正目的"和"副目的"。1925年，朱自清也提出了"主目的"和"次目的"的观点，他认为，后一个目的"是与他科相共的"，指出，"人的教育"全副重担都放到国文教师身上是不妥当的，从理论上阐明了他关于语文学科中"文""道"间的关系。这种阐释对当时和以后的语言文学教育都产生了巨大的影响。

最后说说"文"与"知"。这里所说的"文"，指的是包括文学作品在内的一篇篇文章；"知"，指的是包括语言文学知识在内的百科知识。语文学科，既要学习一篇篇的文章，又要学习文中所包含的许多知识，应该如何处理两者之间的关系，也是人们不断思索和探索的问题。在新式学堂兴办之初，所有语文基础知识，一概融合在文的读写之中相机进行讲授。到了民元以后，就出现了独立地、系统地讲授语文知识的状况，有的开设"文字源流"、"文法要略"、"中国文学史"等课程，所设的分支课十分繁复，"文"和"知"的分离达于极致。从1929年起，中学学制又改为单一的普通科学制，"国文"科的教学内容相应作了简化归并，基本上把有关的语文基础知识编排在单元的前后，或作为附录集中编排在课本之后，供教师选用，"文"与"知"又从分离趋于融合。这种处理方法，一直沿用到新中国成立前夕。

（三）语文定名期（1949-1956）

语文定名阶段从1949-1956年，这一阶段语文教育的基本轨迹，反映了社会主义改造这一历史时期的革命要求，"语"和"文"，从命名到教材建设，逐渐趋于统一。所谓"语""文"统一，就是指解放后全国中小学的语文课，一律名为"语文"，不再名为"国文"或"国语"；同时，全国中小学的语文教材，也一律使用统编本。这是新中国建立之后语文教育的一个大变化。为什么要把"语"和"文"统一起来命名为"语文"？叶圣陶有个说明："平常说的话叫口头语言，写到纸面上叫书面语文。语就是口头语言，文就是书面语言。把口头语言和书面语言连在一起说，就叫语文。这个名称是从一九四九年下半年用起来的。解放以前，这个学科的名称，小学叫'国语'，中学叫'国文'，解放后才统称'语文'。""语文"名称的确立，对扭转当时语文教育实践中脱离语文交际实际、忽视口语教学的弊端，有十分积极的意义。不过，把语文教育的内涵二分为书面语与口头语，纯属一家之言，有把语文教育当作纯粹语言教育的嫌疑。事实上，单纯以语言学的观点来把握语文的内涵是不够的，因为语言只是形式，文化、思想、审美价值才是其内容，且形式和内容是不可分割的。单纯地以语言学的规范来分解语文，势必把语文仅仅视为一种工具，而忽视了这一工具的超工具价值。因此，从某种意义上说，"语文"科名称的确立，正是语文学科"惟工具"观确立的标志，它为后来的汉语、文学分科教学思想的提出埋下了伏笔。

（四）"汉语""文学"分科期（1956-1958）

汉语、文学分科阶段以1956年6月北京全国中学语文教学会议为标志，这一阶段语文教育的基本轨迹则由原来的混合教学发展而为中学汉语与文学分开教学（包括中师）。

其实，分科教学从1951年就开始酝酿，1954年人民教育出版社着手编写分科教学大纲、教材和教学参考书，1955年秋季在部分学校进行试验，1956年秋季全面实施，到1958年停止试验。

为什么要进行这样一次汉语、文学分科试验？这是与当时的形势密切相关的。新中国建立后，由于缺少社会主义建设的经验，而且面临帝国主义的包围和封锁，于是党中央指示，全面学习苏联。在教育领域内，各级各类学校都学习了苏联的教育理论和经验，有组织地翻译了苏联各科教学计划、教学大纲、教材和各种教育文献资料，如翻译了《文学教学法》、《阅读教学法》、《作文教学》等有关中小学文学和语言教学法的书。并且对高等师范教育进行调整和改造，加强了中小学教育研究并邀请苏联教育家，包括教学法专家，到各高师学校讲授教育学，介绍苏联各科教育，教学经验。苏联凯洛夫的《教育学》，是全国学习教育理论的基本教材，它的五个教学环节（组织教学、检查复习、教学新课、巩固新课、布置作业）和五级记分法等在中小学广泛采用。语文课也普遍使用这些教学方法。

　　1953年5月，在北京师范大学指导教育工作的苏联专家普希金，在北京师范大学女附中听了实习生讲授《红领巾》之后，发表了要加强语言课的语言和文学因素教学、课堂要用谈活法讲课等意见。接着，《人民教育》介绍了这一教学经验，并发表了关于改进语文教学的短评，同年12月，中央语文教学问题委员会给党中央写了《关于改进中小学语文教学的报告》，正式提出语言和文学分科问题：我国中小学的语文教学，历来都是把语言和文学混在一起教，这样教学的结果，不论从语言方面看，还是从文学方面看，都遭到了很大的失败。一般语文教学着重在语言文字的解释方面并没有有计划地教给学生的系统的语言规律的基本知识，所用教材也不适于进行语言教育，其结果是使学生缺乏严格的语言训练，在写作中形成语法、修辞、逻辑上的严重混乱，遗害很大。另一方面，一般语文课都不注意文学教育，没有经过文学培养青年的高尚的品格和健康的人生观，也没有使学生得到必要的系统的文学基本知识和文艺欣赏能力。"这是对过去语文课存在问题的评价，说过去的语文课为"一般语文课"，那就意味着改革后的语文课为"不一般语文课"。要把"语文"分为"汉语"和"文学"两部分，即"汉语"和"文学"两门。叶圣陶在《关于语言文学分科的问题》专题报告中指出："语言学和文学性质不同，语言学是一门科学，文学是一种艺术。性质既然不同，知识体系也就不同，教学任务也有所不同。"在苏联，俄语和文学也是分开教学的。早在1951年3月，胡乔木在第一次全国中小学教育工作会议上就谈到应把"语言教育"与"文学教育"分开。1954年2月，毛泽东主持中央政治局扩大会议，讨论了中央语文教学问题委员会上提出的报告，并正式批准了这个报告。1955年8月，教育部叶圣陶副部长就分科教学的意义及有关问题向北京市语文教师作了《关于语言文学分科的问题》专题报告。与此同时，中央教育部陆续制定和发行了《初级中学汉语教学大纲（草案）》、《初级中学文学教学大纲（草案）》和《高级中学文学教学大纲（草案）》。人民教育出版社根据新的教学大纲编出了《初级中学汉语课本》和《初级中学文学课本》、《高级中学文学课本》，并编有教学参考书。依据初、高中文学教学大纲编写的初、高中文学课本各六册。初中第一、二册按思想内容编排，第三、四册按文学史编排，第五、六册按体裁（诗歌、小说、戏剧、散文等）编排。高中文学教材第一至四册从《诗经》到"五四"以来的作品按文学史编排，第五、六册选编外国文学作品。课文之前穿插文学理论常识和文学史概述供学生阅读。选文文质兼美，大都为名家名篇。每篇课文后有思考和练习。

正文配有相当数量与课文内容相关的插图，使图文并茂。这套教材使用时间虽不长，但产生了深远的社会影响，被认为是"清末以来有代表性的六种中学语文教科书"之一。1958年3月，中央宣传部宣布汉语、文学仍合并为语文，同年秋季停止使用分科课本。

1956年的汉语、文学分科教学是我国语言文学教育史上的一次有意义的积极探索。因分科教学而编写的文学、汉语教材，从教材体系到教学内容，都突破了传统的模式，受到了众多师生的称赞。说它影响了一代人也不过分。多少年后，一位受益于汉语、文学分科教学的学者充满深情地回忆道："至今我还时时想起当初高中语文的文学课本，它给我留下了很深的印象，每当想起，就像多年的老朋友一样，久久不能忘怀。"由分科教学而产生的《暂拟汉语语法教学系统》，对我国汉语语法教学和研究均产生了积极的推动和促进作用，以后中学语文教学一直采用的教学语法系统正是由此脱胎而来的。

这次汉语、文学分科教学试验有不少经验和教训值得我们总结。第一，这次实验第一次把语文这个综合性较强的学科拆分成两个相对独立的学科进行较为系统的教学，并且制定了一套相对完善的方案，编写出了体系相当完整的汉语、文学教科书，实属难能可贵。然而试验开始后，暴露出不少问题，如因为教师培训不到位，教师把握大纲有难度，不会选择正确的文学教学方法，不会协调汉语、文学及写作之间的关系。第二，这次试验与政治联系过于紧密。水能载舟，亦能覆舟。随着政治形势的急剧变化，文学教育试验也就在短短的时间内匆匆结束了。第三，这次文学教育试验在文学教育基本理论问题的认识上准备不足，没有认识到文学作品不是政治教育的工具，尽管用政治这把标尺衡量过的相对优秀的文学作品才能进入课本，但是文学作品并不是政治逻辑的产物，所以为文学教育套上的政治枷锁最终也会成为束缚文学教育的枷锁；没有认识到文学教育必须与学生的经验相连接，必须通过对学生经验的调动来进行，而不能过于强调对文学知识、经典作品的机械记忆，在教学内容上不能严格按照文学史的线索选择作品使得低年级的学生面对的却是最难懂的上古时期的作品。所以，即使没有政治的强力干预，这次文学教育试验在后来也可能步履维艰。

（五）语文波折期（1958-1978）

50年代末、60年代初，由于政治形势的急剧变化、学习苏联高潮的消退等原因，中学语文教学中的文学教育遭遇强力反拨，《人民教育》1963年第1期发表了洛寒的文章《不要把语文课上成文学课》，至此"工具论"产生并逐渐占据主导地位。"工具论"对当时和后来的影响非常深远，以致构成今天的语文教学的基本模式。1963年颁布的语文教学大纲和编写的教科书集中体现了这种"工具论"思想。

　　大纲开篇写道:"语文是学好各门知识和从事各种工作的基本工具。"至于如何理解这种"基本工具"的性质和作用,大纲指出:"中学语文教学的目的,是教学生能够正确地理解和运用祖国的语言文字,使他们具有现代语文的阅读理解能力,具有初步阅读文言文的能力。"只字未提文学教育或文学欣赏。

　　受大纲指导思想的影响,教材回避或掩盖了文学性、文学色彩。尽管大纲规定"选材的范围应该广泛,包括古今中外的优秀文学作品;包括文学、社会科学、自然科学等方面的内容;包括记叙、说明、议论、抒情等表达方式;包括书信、通讯、报告、总结等应用文。"其中不乏"文学"内容,但教材并不引导教师把课上成文学课,只是把课文当做学习语言文字的凭借依据。在教材编写者眼里,组合成单元的课文是白话文或文言文、散文或韵文、记叙文或议论文,没有一点文学的意思。大纲规定教材"散文可占课文总数的百分之八十左右",这里的"散文"指的是故事、寓言、特写、传记、游记、杂文、说明文、议论文、科学小品等,是大散文、泛散文的概念,与现在的文学概念迥然不同。

　　有人说文学教材厚古薄今,离"现实生活"太远,而且充满"小资产阶级情调",成为当时极左势力向文学教育大肆伐挞的借口。可以说,这一时期语文教学是一次以牺牲文学教育为特征的波折。

(六)语文革新期 (1978-)

　　历史走过了漫长曲折的道路,又回到了正确的轨道上来。"文革"结束后,语文教育界的拨乱反正,努力重新整合被打碎的传统,从某种意义上说,这次革新是从有限回复传统开始的。

　　首先是重提语文的工具性。"文革"后的语文教改,从某种意义上说,是在不断抵制极"左"思潮、消除"文革"残余影响的情况下进行的,在课程设置的指导思想及策略与方法上回归从前,那就是强化工具论,强调语言文字运用、文章作法,同时又强调语文教学的思想性。不过重提了文学教育。1986年的语文教学大纲是初高中"综合本",总的性质、目的是合着写的,教学要求、教学内容、教材内容是分着说的。初中部分不提"文学教育",高中部分提到了"初步具有鉴赏文学作品的能力"。从重提语文的工具性方面说,是回复1963年的教学大纲和教材的传统;从重提文学教育方面说,是回复1956年的教学大纲和教材的传统。然而,这种回复是有限的。"文学教育"的名分颇低,无法与50年代同日而语,不见于大纲的"教学目的",只见于大纲的"教学要求"。"教学目的"提到了"具有现代语文的阅读能力、写作能力和听说能力,具有阅读浅易文言文的能力",却没有"鉴赏文学作品的能力",说明在大纲编写者心目中,后一种能力与前面诸种能力不在同一层次上;"教学要求"对前言和"教学目的"而言,属于下一个层次的东西。所以说这次"文学教育"传统的回复是有限的回复。

90年代以来，语文教育的发展呈现复杂的态势，各种观念交相碰撞，语文教学在责难和呼吁中发展着。但文学教育的发展仍相对落后。对这种落后的责难的最强音是由文学界发出的。1997年11月，《北京文学》以"忧思中国语文教育"为题，发表了《女儿的作业》（邹静之）、《中学语文教学手记》（王丽）、《文学教育的悲哀》（薛毅）三篇文章，对语文教育开展猛烈批评，产生了强烈的社会反响。紧接着，《中国教育报》、《中国青年报》、《光明日报》、《文汇报》、《中华读书报》、《新民晚报》、《羊城晚报》等报刊也发表了大量文章，展开了一场语文教育的大讨论。这些参与讨论的文章，汇编成三本书：《中国语文教育忧思录》（教育科学出版社，1998年11月）、《审视中学语文教育》（汕头大学出版社，1999年4月），《问题与对策》（教育科学出版社，2000年12月）。参与讨论的人士从各自不同的视角揭示了中小学语文教育和语文教材中存在的问题与弊端。一些人认为，语文老师客观上是一批把聪明的孩子当成白痴来教的教书匠，在这个岗位上，不需要创造性地工作，也不需要文学感悟力与想象力，一本教科书，一本教学参考书，就是一切，而且使学生的整个家庭都笼罩在苦读的氛围中。他们认为，语文教材远离社会生活，陈旧、落后、入选的记叙文有一半是从思想政治教育的角度等考虑的，大多是五六十年代的作品，议论文除了领袖讲话和鲁迅作品之外，其余几乎都是一些人云亦云、毫无新意的平庸之作，课后练习，有不少是莫名其妙和令人烦恼的，有点教人牵强附会，甚至投机取巧之嫌。教学参考书则成了教师的锦囊妙计，诱使学生去钻预先设置的圈套，寻求唯一的答案便是课堂教学的一切。他们认为，语文教育中的文学教育被扭曲，受制于意识形态对人的要求，感兴趣的是作品的思想性，在文学之上建立一整套阐释体系，远离人道主义，将丰富、深刻的文学作品演化为简单、浅薄的"政治标签"，把青少年与文学的联系隔开了，他们的心灵日益狭窄，感情日益匮乏。他们认为，作文教学是公式化、教条化的，多是"八股腔"，空话、假话，套话俯拾皆是。他们认为，语文考试中的标准化试题简直是语文教育的灾难，能考倒鲁迅与巴金，为了追求电脑评分的"科学性"与"准确性"，竟然不惜以扼杀孩子们的生机和灵气为代价，何其惨也。从感情上说，这些措辞尖刻的批评，对于兢兢业业、辛勤教学的语文教师无异于当头一棒，他们感到无比的委屈；但是，理性地看，这些批评确实击中了语文教育的不少要害，虽然有些言辞不免言过其实，但至少可以促使人们反思语文教育及其改革。

面对社会的责难与挑战，语文教学界开始了冷静思考，重新审视1978年以来的语文教改得失。例如，关于语文和语文学科的性质，80年代以来曾一度强调它的工具性，这对于清除极左路线的影响，恢复语文和语文学科教学的本来面目是必要的，不如此则难以拨乱反正；然而，在实践中如果对"工具性"的提法理解得过于狭隘、过于机械就有可能使语文学科的教学实践产生偏差。于是，90年代中后期开展的新一轮关于语文学科性质的针锋相对的争鸣中，有学者提出的"基础性"取代"工具性"，既符合语文学科是一门基础学科的实际，又适应素质教育的新形势，使语文学科在奠定学生素质基础方面发挥它特殊的功能。还有学者提出的"人文性"取代"思想性"，更能涵盖语文学科中异常丰富的文学教育因素、审美教育因素、知识教育因素、道德教育因素、情感教育因素和创造教育因素。讨论也涉及到了文学教育在语文学科中处于何种地位的问题，而确立文学教育的地位又与语文教材的编写、课文的选择、语言文学知识的取舍、教学方法的更新、考试评价方法的改革都密切相关，所以非同小可，对此人们至今顾虑重重。

二、世纪之问：文学教育地位何在

我国古代语文教育中文学教育有着很高的地位。由于文史哲不分家，文学教育散落在语文教育各个方面，这就使文学教育在量上有了足够的保证，最终也使文学教育的质得到了一定程度的保证。到了现当代，学生接受文学教育主要是在中小学期间的语文教育中，能够到大学接受文学教育的人少之又少，说明中小学文学教育是十分重要的。当然，在古代文学教育地位甚高，但属于文人精英教育；今天的文学教育是大众素质教育。古代的文学教育内容以散文和诗歌为主体，今日文学教育内容复杂得多，故今天更有必要明确其性质和地位、内容及方法。然而令人遗憾的是文学教育在语文学科中的地位问题自语文独立设科以来就一直没有确定下来。语文教育家各派观点纷呈，20世纪前期主要有以下几派观点：

重"实用""五四"前，蒋维乔在《论小学校以上教授国文》中指出，普通教育"学文之道，其始则求明晰以适日常之应用，小学校学生所有事也。进而则尚势力（指文气），中学校学生所有事也。又进而取优丽，则文学者之事，而非人人所需也"。（1909）潘树声更明确强调"所望于生徒"，"惟求能叙事述意而已"。（1912）以上仅就写作而言。到了1918年，刘半农为了改变"往往读书数年，能做'今夫''且夫'，或'天下者天下人之天下'的滥调文章，而不能写通畅之家信，看普通报纸杂志文章"的怪现状，主张"在短时间内使学生人人能看通人应看之书，及其职业上所必看之书；人人能作通人应作之文，及其职业上所必作之文"。除以上从教学目的的角度主张"实用"外，吕思勉从教学对象的"知识程度及年龄"特点，阐明"旧文学"不能"用之学校之教授国文"的理由。1920年，陈启天论及中学国文教学，认为"中学国文教授的主目的"除要能说普通言语、做现代应用文外，要能看现代应用文和略解粗浅美术文。看点美术文（指诗歌），旨在涵养性情，启发文学上的兴趣。其理由是"中学是普通教育，不是文学专科，所以只能略解粗浅就足了。"

"实用""文学"兼重：1919年，孙本文根据中学教育的宗旨，认为："中学教育，一则竟普通教育之功，养成社会上应用之知能；一则植人材教育之基，指导研究专科学问之途径。由前言之，中学国文宜注重社会上普通之文，涵养通解应用文字，及发表思想之能力；由后言之，中学国文宜兼重文学之文，培成研索文学之始基。"

重"文学"：1922年，孙俍工力主文学在中等教育应该占有一个极重要的位置。为鉴赏文学，为稳固白话文的基础，为调剂生活，必须注重文学。对此，他加以阐发："鉴赏则不必一定是专门家，也不必有特别的才能，（学生）都应该有这种鉴赏文艺的兴趣了。因为这是人类的一种本能，我们自孩童时候即知道从父亲母亲或是兄姊或是旁人处学得一个歌，或者听得一个故事，便孜孜自喜唱个不休，或津津地对同辈述说着。这种兴趣实在不是从人家学习的来的呀！在中学时代的学生，对于文艺，虽说不到专门的研究，说不到天才的创作——有这两种兴趣的原也不妨——但鉴赏的兴趣培养实在有十二分的必要呢。"

"五四"时期，胡适主张"中学国语文的教材应该带文学的性质"，何仲英也认为选取教材"总要以文学的意味为前提"，并确定教材的范围包括散文、韵文、戏剧和小说。

20世纪后期，对于文学在语文学科中的地位问题依然有不同的认识，以下几位语文教育大家的观点具有代表性：

叶圣陶先生早在1942年说过："要养成读写的知能，非经由语文学和文学的途径不可……站定语文学和文学的立场，这是对于国文教学的正确的认识。从这种认识出发，国文教学就将完全改观。"1948年草拟的《中学语文科课程标准》中特意指出："高中的阅读包括文艺欣赏。"后来，1963年和1978年的重要论文谈语文教学改革，就不再专门谈指导学生欣赏文艺作品了。吕叔湘先生在《关于中学语文教学的种种问题》一文中指出："'语文'这个词本身的意思就不清楚，可以解释是语言和文字，也可以解释是语言和文学。"但他又说："文学和语言比较，语言是主要的，文学是次要的。读文艺作品，首先是把它作为范文来学习。"

王力先生在《中学语文教材改革第三次座谈会上的发言》中指出："我们这语文课到底是语言文字还是语言文学呢？好像多数人的了解应是语言文学。可是照我的理解，应该是语言文字。"但在《漫谈中学的语文教学》一文中却又指出："'语文'这个词有两种意义：一个是'语言文字'，另一个是'语言文学'。我想中学的语文课大概是指'语言文学'。1956年中学语文分科，就分为'汉语'和'文学'。"

张志公先生在1984年提出在中学语文中要进行文学教育。他洞察到当前语文教学的一大弊病："目前的语文教材里有比例很不小的文学作品，但并不是用来进行文学教育，而是用来进行'读写训练'的，连古典文学作品也不例外。这样的语文教学、语文教材，实际上是一种互相制肘，两败俱伤的作法。"他认为"应当向儿童，少年，青年进行文学教育"，并不要求人人，也不要求很多人成为文学家，但是应当要求所有受过教育的人都能理解文学，欣赏文学。具有文学的鉴别能力，接受优秀文学作品在道德情操方面以及敏锐深入地观察社会生活的想象能力方面地感染、熏陶和启迪，具备必要的文学素养《为了真正有效地搞好文学教育，张志公主张在语文课之外，从初中起增设文学课。由于意见不统一等种种原因，文学教育至今没有在语文教育中得到一个合理的定位。

"语文教学实非小节，它事关民族的精神素质，所以不可小看。……其实我们不妨把眼光放开阔点，看看左邻右舍如何在中小学教文学，可以为我们的语文教学提供佐证。"

第三章　西方国家文学教育的经验

英、法、德、意等西欧国家的传统语言文学教育是资产阶级上升时期的产物。文艺复兴运动不仅给文学艺术带来了极大的繁荣，也使教育发生了急剧的变革。如果说西方中世纪的语言文学课程只是基督教会的一种工具，教材以宗教教条为主要内容，那么文艺复兴之后，人文学科的兴起，使语言文学盛极一时，扮演了人文主义课程的主角，在学校教育中处于中心的地位。当时的教学目的虽有让学生接受现实主义精神的感染，抵制中世纪腐朽的教会意识的一面，但主要是为了让学生从小接受古典文学的熏陶。语言文学课主要把古代诗人和散文作家的作品作为榜样来改善自己的口头语言和书面语言。只有在那些专门为劳动人民子女设立的学校，如英国的现代中学、法国的技术中学、联邦德国的初级中学和中间学校等才不设古典语言文学学科。

随着科学的不断发展，学科的课程设置也逐渐增多，原先的文法科开始分化为文法、文学和历史三科，以后又发展为语言与文学科。资本主义进入垄断时期以后，各国的语言文学学科逐步形成了一套带有民族特色、比较适合本国国情的教学内容和教学体系，但教学的主要目的始终是文学熏陶和道德教育。英国的文学教材几乎全部选用20世纪前的本国优秀作家的代表作，莎士比亚的作品被选为文学教学的主要内容。尔后，为了对学生进行审美教育，教学大纲把分析作品的创作手法和作家的艺术风格放在重要的位置，并且重视作品的道德基础。法国的传统语言文学教育同样如此，入选教材的作品多为内容博大精深，文采斑斓绚丽的语言艺术的名家名篇，其根本目的是对学生进行古典人道主义教育。德国的传统语言文学课也偏重于文学作品的阅读和欣赏，并以文学史为序，系统地讲授作家作品。

西欧国家的传统语言文学教学无疑旨在为资产阶级培养人才作好思想、道德、情感诸方面的准备。

文学教育、情感熏陶是文艺复兴以后欧洲语言文学教育的主要目标，并且历时几百年。时至今日，他不仅没有被各国语言文学界抛弃，而且经过短暂的沉寂后又重新受到了青睐。目前世界各国普遍认为它是母语教学目标中一个不可分割的组成部分，所不同的是以前这种教育和熏陶是由"绅士教育"的目的所决定的，而今天则是为人的和谐发展所必需的。众所周知，美国的母语教学是最重"实用"的，但它并没有放弃文学教育。1982年10月，"美国全国英语教师理事会"曾通过一份题为《英语的要素》的文件。文件认为，学习英语包括知识本身，即学习作为基本的交际手段的语言运用，以及在对文学中所表现出来的语言艺术的欣赏。可见文学教育仍是美国母语教学中的重要一环。文件认为，文学是人类想象的文字表达，是人类经历的一面镜子和一种文化借以自我传播的基本方法。阅读和研究文学作品能使学生开阔眼界，使他们身临其境般地阅历一些地方、人物和事件，增加他们对日常生活的情趣和探索，从而给学生的生活增加一个特别的天地。法国的母语教学也同样如此，阅读教材的范围几乎遍及社会生活的各个方面，但文学作品仍为重要的部分，教材精选了许多文学作品。以1975年鲍尔达斯出版社出版的安德列·拉加拉德的法国中学四年级的阅读教材为例，全书12个单元中，就有"小说节选"，"艺术"，"舞台与银幕"等多个有关文学的单元。而且，法国的作文教学特别是议论文写作，多以法国的文学精髓为素材，进行细致解释，要求学生用自己的话加以论证，从而培养学生具有敏锐的感受能力和一定的推理能力。德国由弗兰茨·海贝尔教授主编的一套母语教材也指出：教学任务是指导学生会读、会说、会写、会交际，并且有文学欣赏能力。前苏联十年制学校使用的母语教科书更是以语言教材和文学教材两类，平分秋色。文学教材的内容既包括俄罗斯文学和苏维埃文学，又包括一部分外国文学。日本高中的现代国语课，课文也大多是著名的文学作品和有定论的评论文章。由此可见，进行文学教育与培养语言实际运用能力并不是对立的，母语教学脱离语言的实际运用是没有出路的，但只重视语言的实际运用而轻视或忽视文学教育也同样是片面的。语言的实际运用和文学熏陶并重已成为各国母语教学的共同要求。

第一节　西方语言文学教育的历史溯源

考察西方语言文学教育的发展，我们可以发现，其中有两个很重要的特点。第一，和中国的语言文学教育发展道路不同。西方主要国家的语言文学教育大多经历了从希腊语、拉丁语到本国语文两个阶段。本国语在各国语言文学教育发展中地位的确立与提高，揭开了西方现代语言文学发展的序幕。第二，人文主义一直是西方语言文学教育发展的不变传统。这两个特点实际上又很难截然分开。

　　尽管迟至19世纪初，人文主义一词才由德国教育家F·J·尼特哈麦提出。但就其精神实质而言，它最早可上溯到希腊时期的文法、修辞和辩证法三艺课程。三艺课程的产生是当时希腊，确切地说，是雅典公民，民主生活的需要。因为当时城邦政治生活及有关事务常常采取讨论公决的方式进行。在希腊学者看来，三艺课程的学习，不仅可以提高一个人的谈话能力和论辩能力，而且通过希腊语固有文法规则和结构原则，可以进一步塑造他的心灵或理智。柏拉图就指出，辩证法作为课程的基础，其教育的价值除了在辩论中取胜或者去阐明某些具体的真理，更重要的是为了把它作为理智地去领会一切真理的基础。人文主义传统由此奠基。罗马帝国早期，希腊教育仍然是重要的主宰力量。不仅希腊语教育和三艺课程为罗马学校所继承而且成为职业的雄辩家和法律家的希腊教育理想。也是罗马公民的希腊教育理想，也是罗马公民的梦想。罗马帝国早期出现的游戏学校、读写学校和修辞学校主要以训练学生的希腊语读写能力，文法和修辞能力为主。以后，由于罗马帝国版图的不断扩大，拉丁文学的发达，拉丁语逐渐取代了希腊语，成为罗马世界的通用语。从此，拉丁语不仅作为一种教学用语，而且作为一种学术性课程进入了罗马学校。文艺复兴时期，随着思想启蒙，一些学者指出，接受人文主义教育不仅是摆脱中世纪封建教会精神奴役的重要工具，而且，也是一个人文明生活的条件和风范。在这一风气开导下，人们开始醉心于搜寻、阅读希腊、罗马时代那些不朽史诗、戏剧等伟大作品与作家，人文主义教育盛极一时。

　　17世纪以后，古典人文主义教育逐渐走向了衰落，现代人文主义教育开始兴起。之所以造成这一状况，除了自身的原因外，还有深刻的社会根源。这一时期西方各国民族意识的普遍觉醒，民族运动不断高涨。在这一声势浩大的民族运动中，不少国家把矛头直指封建教会，他们把运用本国语言进行教学及传教，看作是提高民族凝聚力，向封建教会斗争的武器。1536年，英国国王与罗马教廷发生了尖锐的冲突，双方互不相让，结果，亨利八世下令，出版《圣经》英译本，以后教会讲经、布道等仪式活动悉用英语。英国国王的这一行动，冲破了罗马教廷在欧洲政治、宗教和教育领域、拉丁语话语霸权的世界，随之，英语走进了英国的中小学课堂，英语教学内容亦代之以鲜活的本国作家的作品，英语教育的地位终于得到了确立。17世纪以后，德国的民族意识进一步高涨。人们视外国语言及外国教育制度在国内的流行为德意志民族的耻辱。1890年，威廉二世在柏林召开的教育领袖会议上，向过去中等教育过分注重古典语文知识教学而置本民族语文教学于不顾宣战。他声称："最要紧的是我们要巩固国家的基础，我们的古典文学，必须以德意志的语文为根本，不要再以拉丁文或希腊语文为标准。"确如威廉二世所言，自此以后，作为德国中等学校的语文课程，德语的地位得到了确立并不断提升。西方各国文学大师及著名学者利用本国语言创作的经典作品，大大提高了本国语的地位，促进了本国语文的教学。以法国为例，法语属拉丁语系，虽然语言优美，文字规范，语文严谨，表达能力较强，但在法国语言文学教育史上，相当长时期，却是由希腊语和拉丁语来书写的。文艺复兴时期，卢梭、伏尔泰等法国思想界的先驱率先吹响了启蒙主义的号角。一些学者提出，一种语言不仅仅是知识载体或交流工具，也应该是一个鲜活的生灵，跟着时代变化而变化，成为社会群体的体现和镜子。作为这种思想的回应，17世纪到19世纪，法国的文学大师创作了一大批震撼欧洲文坛乃至世界文坛的具有巨大影响力的经典作品，从而大大提高了法语在欧洲的地位，它不但确立了法语在法国中小学教育中的特殊地位，而且使法语在整个欧洲大陆流行，甚至博得欧洲贵族语言之美誉。在近两个世纪里，法语几乎成了希腊、拉丁语等古典语言的取代物。此外，工业革命以后，科学主义的兴起，迫使人文主义不得不在课程方面作出让步。人们普遍反映，中等学校课程离社会越来越远，必须加重课程中实用性学科的分量。他们以古希腊七艺课程为例，认为数学等课程对于发展和提高人类的心智同样重要。培根就说："数学作为心智的磨刀石远远比拉丁文来的好。"

　　以上对西方一些国家语文教育发展历程的描述，主要想说明，尽管各国语言文学在教育民族化、本土化所经历的路线存在着一定差异，时间亦有先后，但就整体而言，西方一些主要国家语言文学教育发展及传统的形成，其源头和轨迹却大致相同，希腊文、拉丁文两种古典语言是西方各国语言文学的主要源头，其后，在民族解放与独立运动的推动下，各国母语先后被确立为学校教学用语，然后又正式进入中学课程，成为语言文学教育的主体。正是在这一历史演变过程中，形成了西方语言文学教育中人文主义的传统。如果以母语进入本国中小学语言文学课程为界标，那么西方语言文学教育的发展经历了两个阶段；第一阶段可以称为古典人文主义教育，第二阶段则可称为现代人文主义教育。尽管前后两个人文主义教育传统，具有不同的内容与特征，但其中仍然具有许多相同的内容和取向。

　　从古希腊、罗马开始，人文主义一直把促进人的和谐发展，个性和人格的完善作为教育的最高理想。所谓人的和谐发展，在希腊时代，主要指一个人在智、美、德、体诸方面都得到充分的塑造。七艺课程中，和数学、几何、天文和音乐自然主义课程相对，辩证法、逻辑和修辞人文主义课程就是为实现这一教育理想而设计的。这一教育理想构成西方语文教育发展的内在动力。当然，随着社会变迁，人文主义内涵也起了变化。文艺复兴时期，为了唤起和恢复被封建宗教长期压抑的人性，人文主义积极肯定人的价值，提倡以人性反对神性，以人权反对神权；尊崇理性，反对蒙昧与无知；主张个性自由解放，反对把人的肉体视为灵魂的监狱。从这一思想出发，人文主义提出了人的自由教育。意大利人文主义转育家韦杰里乌斯说："自由教育是一种符合于自由人的价值的教育；是一种能唤起训练与发展那些使人趋于高贵的身心的最高才能的教育。"尽管人文主义教育家以倡导和恢复希腊时期身心和谐发展为教育的理想，但自由教育还是增添了一些新的内容，比如肯定宗教教育的价值，甚至把它与道德相提并论。这在希腊人的教育理想中是很难找到的。与此相关，在语文课程里，虽然许多课文仍然取自希腊、罗马时代的古典作品，但加进了历史和道德哲学的内容，突出了道德教育。

关于人的和谐发展，也有了新的理解。在这方面，韦杰里乌斯的观点很有代表性。他指出，并不需要把所有课目都揣摩得烂熟，人只要熟练掌握其中之一，便足够一生事业的享用了，关键在寻找到最适合于个人理智和爱好的发展途径。值得一提的是，自此以后，西方主要国家语文教育在继承和发展人文主义传统时，也形成了各自的特色。在人文主义丰富内涵中，有的强调心智训练，有的强调审美教育，有的则突出道德教育。在欧洲文艺复兴的发源地意大利，语言文学教育突出审美能力的培养，认为人文主义教育不是工具性教育，而是要引导学生充分享受生活。在语言文学课程学习中，从词汇、方式、语言，到作品的风格，强调必须具有优美的形式，认为只有这样，作品才能成为传世之作。与此同时，德国的人文主义教育则强调思想上的批判性和独立性，认为风格的优美固然重要，但培养一个人的理智更为重要，它是有用的教育，不管学生将来过思辨的生活还是行为的生活，阅读古典作品可以使学生的心智变得敏锐起来。正因为如此，德国成为欧洲宗教改革与社会改革的先驱。

注重古典语言及古典文化的训练，是西方语言文学教育中人文主义传统的重要内容。西方语言文学教育中之所以注重拉丁、希腊两种语言的学习，第一，因为它是培养和发展个体心智能力的重要基础。在西方的语文中，希腊语、拉丁语两种语言句法复杂、曲折变化较大。不少学者指出，教学希腊语、拉丁语，固然有内容训练方面的积极意义和价值，就是语言文字本身也是塑造心智的不可或缺的工具。因为两种语言的文法及逻辑本身反映了人类心智活动的一些重要规则。比如，对拉丁文词汇含义、语法结构连接思想概念的方式，以及对一个主次强调不同的拉丁文句子整句的意思的确切领会，就是培养学生精确的表达能力以及独立的分析能力的绝好材料。正因为如此，在古典语言教学中，十分注重文法的训练。所谓"不懂文法，就无法懂得其余各艺"。语法是对语言的科学分析，掌握了语法，就可以发展一个人的逻辑思维能力，使心智得到锻炼，因此，它在西方语言文学教育中占有十分重要的地位。从希腊的三艺课程，到公元前五世纪普罗塔歌勒斯编写文法训练专门教科书——《论正确语言》，文法一直是西方语言文学教育言说的重要主题。罗马时代，学校教育的重要任务是教授希腊、罗马文法。文法训练的重点是准确地使用希腊和拉丁文，以保证正确地传播各种思想。第二，通过两种语言的学习与掌握，可以直接接触和继承古代西腊、罗马的文化。作为欧洲文明的源头、希腊、罗马文化是西方文明发展的永恒的源泉和动力。在欧洲不少学者眼中，希腊、罗马的学者早已将人类重大问题言说殆尽："他们探测了人性必须提供的几乎每个问题的深度，并以令人吃惊的深度和洞察力解释了人类思想和志向"。因此，训练学生掌握希腊、拉丁语，对于学生而言，他们可能会发现希腊、罗马时代的伟大思想和不朽文化，从而和先贤们直接对话，并成为真正受过欧洲古典文化训练的人。文艺复兴以后，掌握希腊和拉丁语言被看成是一个人博学和身份的象征。法国人文主义学者拉伯雷就说过，一个人如果不会希腊文而说自己博学，就是一种可耻。他甚至提出："文字语言方面，希腊文要学习柏拉图，拉丁文要学习西塞罗。"第三，接受古典语言的训练是掌握其他知识学科的必要条件。怀特海说："在古典文化学习中，我们通过对语言全面而透彻的研究，来培养我们在逻辑学、哲学、历史和文学鉴赏诸领域的能力。语言——拉丁语或希腊语——的学习只是促进这个目标的辅助手段，目标达到后，语言学习便可以中止，除非学生有机会或愿意对这种语言作进一步的学习和研究。"

作为西方语言文学教育中人文主义传统的重要构成，古典语言的训练和古典文学的教育具有同样重要的地位，实际上，二者密不可分。在西方文学史上，古希腊罗马文学是欧洲文学史上最宝贵的遗产。因此，在语言文学教育中，进行古典文学的训练具有多方面的价值。

首先，以希腊、罗马文学为代表，古典文学的教育是陶铸、塑造西方公民的重要基础。西方文明之所以有别于其它文明，就在于它具有希腊、罗马那样的文化源头，因此，西方优秀古典文学的训练是传递西方文明价值观念，培育文化教养的重要工具。怀特海说："拉丁文学的作用是表现罗马。当你的想象力可以为英国和法国增加罗马的背景时，你便具有了坚实的文化基础。"他所说的文化基础，就是整个西方文明的基础，包括这种文明塑造下的特定的行为方式，历史人物所体现的伟大崇高。其次，古典文学训练具有认识历史，洞察人生的意义和价值。文学作品不仅是一种丰富经验的来源，而且是认识社会，培养学生观察生活，分析矛盾，剖析人生的重要手段。透过希腊、罗马文学，作为欧洲文明的一分子，学生可以深入认识和评价希腊、罗马时代历史生活和精神状况的各个层面，培养超越时代的历史意识和人文精神。希腊、罗马文学曾经拥有一批充满活力的作家，他们成功地将那个时代人的精神生活的各个方面搬上舞台。那些不朽的经典作品不仅完美地表述了人类生活的共同要素；而且，其中饱含着对各种不同的人类生存状态的表达以及人物对环境的反应。因此，教授古典文学并不指望这些古典作家成为学生的终生伴侣，而在于使他们获得对人类历史中生存状态的关注。这种训练是其它文学作品不可替代的。此外，包括古典文学在内，西方古代经典还是当今许多分支学科的重要源头。它是普通教育必不可少的组成部分，是理解当今世界的重要基础。当代美国教育家赫钦斯指出："你会发现西方的名著涵盖了知识的所有领域。柏拉图的《理想国》是理解法学的基础；在教育方面对于了公民的权利和义务同样重要。"从西方主要国家的文学教育看，不同时代对古典的理解和界定并不一致，甚至对古典文学教育的侧重点亦有较大差异，但有两个特点是比较一致的，一是希腊、拉丁文学一直是古典文学教育的基础，二是诗歌和戏剧历来是文学教育的重点。还有一个突出的地方是，在文学教育中，尤其是诗歌教学中提倡吟诵的方法。这种吟诵法时至今日在一些国家仍然很有市场，比如美国的一些学校就主张学生在课堂上大声地跟着老师诵读经典文学作品，教师无须做出过多解释。

如果说在西方早期的语文教育中，希腊语、拉丁语及希腊、拉丁文学占据统治地位，那么，进入现代以后，由于本国语及本民族文学在各国语言文学教育中地位的提升，希腊语和拉丁语课程逐渐有所削减，但它仍然在中小学课程改革中具有特殊的意义。从18世纪末普鲁士开始推行义务教育，到20世纪中后期西方各国中学课程改革，各国或将希腊语、拉丁语改为选修课，或削减其课时，或将其集中于高中阶段，但没有哪一个国家将其取消，这就说明，他们对古典语言及古典文学学习的重视。重视古典语言文学训练的传统对近代以来的西方语言文学教育也产生了积极的影响，比如，不少西方国家在中小学把包括古典文学在内的文学列为一门独立的课程，就显然可以看到注重古典文学训练传统的影子。当然，注重古典训练给西方语言文学教育也带来了不少消极影响。比如，在语言教学中一味地崇古，过于重视语法，为了对学生进行语法和词汇练习，不异肢解作品，甚至把教材当做训诂研究的材料，等等。在19世纪以后的各国语言文学教育改革中，古典语言与古典文学教育受到了来自各方面的挑战，但它仍然保持着其应有的地位。各国在语文教育改革中都把古典课程的学习当做现代精神的重要补充力量。怀特海曾以英语、法语和拉丁语为代表、指出在现代教育中古典课程的价值和意义。他说："英语，法语和拉丁语对我们来说犹如一个三角，在这个三角中，英语和法语组成的一对顶显示了表达两种主要的现代精神的不同方式，它们与第三个顶即拉丁语的关系，显示了源于古代地中海文明的不同进程。这是文学修养必不可少的三角，它本身包含着生动鲜明的对比，包容了现在和过去。它绵亘于时间与空间。"对西方语言文学教育中古典主义和现代主义取向做了极形象的说明。雅斯贝尔斯在谈到教育内容时的话则对西方古典主义价值做精当的概括，他写道："我们之所以成为人，是因为我们怀有一颗崇敬之心，并且让精神的内涵充斥我们的想象力、思想及活力的空间。精神内涵通过诗歌和艺术作品所特有的把握方式，进入人的心灵之中。西方人应把古希腊、罗马世界和圣经作为自己的家，尤其在今天，我们拥有前所未有的最佳翻译作品和便宜的版本，即使不懂古老语言，也是能够接触古希腊、罗马文化和圣经的。透过古代那种纯朴而深邃的伟大，我们似乎达到了人生的一个新境界，体验到人生的高贵以及获得做人的标准。谁要是不知古希腊罗马，谁就仍停留在蒙昧、野蛮中。"

第二节　西方国家处理母语教育与文学教育关系的几种类型

在当今世界上，语言都是民族的语言，文学都是民族的文学，任何一个民族的语言文字都不仅仅是一个符号系统或交际工具。一方面，语言文字本身反映了一个民族认识客观世界的思维方式，另一方面，包括文学在内的民族文化也附着于语言文字得以继承和发展，因而任何一个民族的母语教育都承担着继承和延续本民族文化的任务。从西方母语教育发展的历史加考察，在处理母语与文学教育的关系上大致可以分为以下几个类型，即以英国为代表的西方古典类型，以美国为代表的西方现代类型和俄罗斯语言文学分科教育类型。

一、英国：重文学熏陶到语言实际运用

这里讲的西方古典类型，大而言之，主要是指西欧国家的传统语言文学教学。从历史上看，文艺复兴运动之前，西欧的语文课只是基督教会的一种工具；文艺复兴之后，语言文学才担当起人文主义课程的角色。随着社会的发展，尤其是资本主义进入垄断时期以后，各国的母语课程才逐步形成了一套带有民族特色、比较适合本国国情的课程体系，但教学的主要目的始终是文学熏陶和道德教育。英、法、德等国的母语课程都非常注重于文学作品的阅读和欣赏，文学教材几乎全部选用20世纪以前本国优秀作家的代表作，课程十分重视作品的道德基础，其根本目的是对学生进行古典人道主义教育。

除此之外，由于以语法、修辞为代表的西方经典语言学科导源于欧洲，于19世纪基本定型，所以在二次大战以前欧洲国家的母语教学与"文学"并行的还有"语言"，并且各有自己的明确的教学目标，分别组成教学系列。如果说"文学"以选篇（包含大量节选）为主要形式，重视经典名著，注意使学生获得必要的文学修养和比较系统的文化知识，那么"语言"则以语法知识为主体。

然而到了70年代，西欧各国长期形成的语文教学传统却遭到越来越多的怀疑和反对。具体表现在：一是对传统语文教学中长期以文学教学为主的肩面感到不满，认为语文课只强调古典人道主义的价值观是不全面的；二是反对把语文课当作一门知识课，而要把它作为语言表达和思维训练课，认为传统的语文教学过于偏重知识教学而忽视学生实际语言能力的培养，而且语言教学过于繁琐；三是主张语文课程要联系社会生活，扩大阅读范围，注重实际运用；四是反对贫乏单一

的教材内容，主张多样化和生活化，语文教科书要包括政治、军事、经济、科技、文学、历史等多方面的内容。由此可见，西欧国家，尤其是英国，语文教学的发展主要经历了由重视文学熏陶和语法教学，逐步走向重视语言的实际运用。

（一）多视角认识语言文学课程性质

英国教育界对语言文学课程性质的认识多有不同。"个人发展观"着眼于学生，强调语言文学在儿童个人发展中的作用。"学科交叉观"着眼于学校，强调母语课既是一门独立学科，又是其他学科传授知识的工具。"成人需要观"着眼于校外，强调在不断变化的世界中，语言文学在帮助学生适应成人社会需要的责任。此外，"文化遗产观"强调通过语言文学课引导学生欣赏与继承优秀的文化遗产。"文化分析观"强调通过语言文学课帮助学生以批判的眼光认识世界和文化环境，了解信息传递过程，学会透过传媒表象抓住实质内容。如此等等。面对这一颇有争议的问题，英国采取了宽容的做法。英国的教育法令没有硬性规定语言文学课程的性质，也没有强制规定某种观点为一"一尊"，而是列举出各种观点供教师参考。这一作法带有鲜明的英国特色，也是自20世纪初以来，英国教育改革不断深化的产物。

对语言文学课程性质的认识不同并不影响语言文学课程在学校教育中的重要地位。在英国，从国家课程的确立到调整，都把语言文学课程放在突出的位置。英国以前没有全国的统一课程，直到1988年才开始制定国家课程标准，明确规定全国中小学统一课程，共10门，分为两类，一类是核心课，一类是基础课。由于语言文学课有助于其他基础课的学习而被归为核心课程。1994年实施国家课程调整，拓宽了基础学科，其结果之一是"超过1/3的小学毕业生在语言文学方面未能达到期望的成就水平。"因而2000年，英国再次调整课程基本结构，从提高学生基础学力出发，特别强调加强对本国语的指导。同时，英国最新提出的发展"交流"基本技能的观点也充分体现出对语文课程重要性的认为，最新国家课程目标提出发展六项基本技能的要求，包括：交流，数的处理，信息技术，与人合作，改进学习，解决问题。其中，交流技能居六大核心技能之首，而交流技能又以语言文学课为主要培养渠道。可见，英国把语言文学教学放在"基础之基础""重中之重"的地位。

（二）全方位确定语言文学教育目标

随着对语言文学课性质认识的深入及语文课程地位的提高，英国语言文学课程教学目标也表现出自己的特点。

注重文学教育及读写结合。在英国的语言文学教学目标中，听说、阅读和写作占有重要地位，比重大致相当。如初中年级的教学目标规定，听说、阅读、写作比重相同，各占1/3。高中年级听说比重略有下降，为20：40：40。在听说读写中，英国给予口语教学以重要地位。

注意文学教育及读写结合也是其重要特点之一。首先，阅读教学目标提出了较为完备的文学教育要求。学生除阅读现代作家作品外，必须学习和赏析至少包括两部莎士比亚作品在内的古典作品，并为学生提供两份1914年前的作家和诗人名单，供学生选择。同时明确指出，阅读教学必须使学生阅读并欣赏完整的小说、剧本、诗歌所具有的广度和深度。其次，提出了阅读与写作结合的教学结构，即模仿——分析——衍生模式。要求学生先模仿，规定必须学习散文、诗歌、戏剧三种文学体裁，学习掌握"详尽分析"与"广泛阅读"两种必须的阅读能力和方式。然后分析，向学生提供文学理论知识及运用理论，并指导分析的模式。最后要求"衍生"，注重学生的自我感觉，用写作方式报告个人反应及表达自己感受到和想象出的东西。这种由浅入深，由阅读到写作的教学结构具有很强的系统性，充分体现出英国教育注重文学素养和文化陶冶，并将阅读与写作结合的特点。

注重思维能力的培养。1997年，英国教育部发表白皮书，建议将思维教育纳入国家课程，2000年正式实施。采取把思维能力培养渗透到普通课程教学的形式，并提出了渗透思维教育的教学要求，即明确目的——鼓励表达——强调教师中介——把学习与经历联系，使学习富有情景性与实践性——自主评估倡导元认识，使学生认识到能力是不断发展的。同时还建立了较为成熟的思维教育模式，以利于教学实际操作。包括：课前准备——开始"下水"——活动指导——共同管理——深化拓宽。其中，开始"下水"指当学生开始活动就开始思考；共同管理，中学生管理为主、教师管理为辅；深化拓宽，要求学生解释他们得到答案的理由，并思考所在场景中能否使用这种方法。思维教育教学要求和教育模式的提出确立了思维教育在英国语言文学教育中的地位和重要性。

注重提高信息和交流能力。英国的语言文学课程教学目标明确提出，要求学生在英文书写中能够利用与任务相应的信息手段如打字机、计算机图表、电脑打印、艺术字体等。最新英国国家课程又进一步提出，以新的"信息和交流技术"（ICT）要求取代现有的"信息技术"（IT）要求，规定将ICT运用于语言文学教学，通过ICT的作用促进语言文学学科的学习，努力提高学生信息和交流技术能力。信息和交流技术的学习和运用可以提高学生的远程距离交流能力，学会怎样与人包括本校的、外校的、本社区的、本国的、世界各国的人维持交流，共享信息。这是作为现代英国人必备的能力，也是语言文学教学目标的重要内容。

重视价值观和精神道德教育。价值观及精神道德教育是英国语言文学教育的重要内容。2000年国家课程进一步强调语言文学的教学目标要促进学生思想道德的发展，并提出了四项发展目标，即精神、道德、社会、文化。道德教育的基本要求是传递国家政治形态的核心价值，而居于中心地位的是自我确定的价值。正如《GCSE 国家标准》中明确指出的那样，"道德的发展包括明辨是非、理解道德冲突、关心他人和采取正确的行动的意志。能够、愿意去思考行动之后果，学会如何善待自己和别人。发展做出负责的道德决策并付诸实施所需要的认知、技能、理解、品质、态度。"也就是说，道德不仅仅针对国家而言，对他人的态度、行为也是道德的表现。人的意志、知识、技能、理解等内容有助于促进学生的道德发展，因此教师可以从这些具体内容的教育入手指导学生发展道德。语言文学课程作为国家统一的核心课程，无疑担负着培养学生价值观和道德品质的重任，语言文学教学目标中也明确提示出通过语言文学教学发展学生道德与学生个体和未来生活的关系。由于对道德发展的含义有了明确界定，教师在教学中不再感无所适从，从而更有利于把握教学方向，在课程活动和其他过程中体现这些价值。

（三）丰富多彩选编语言文学教材

在全面细致的语言文学教育目标指导下，英国的语言文学教材在种类、编排体例及课本内容上也呈现出丰富多彩的特色。

英国没有统一的语言文学教材，也没有任何教材的审定和认定制度。因此，英国语言文学教材种类繁多。民间教科书出版社根据国家课程标准、研究机构的课程研究成果或中等教育毕业资格考试的要目来考虑教科书的编写。选择教科书的权利在学校校长和教师手中，学校校长经过与教师的协商之后决定教科书的使用。如果学校或教师对教材不满意，也可以使用自己编写的教材，或根据据教学目的及要培养的技能需要，自己准备教学材料，可以在浩瀚无边的书本上选材，也可以在现期报纸和杂志上选材，还可以在互联网上选材。同时编排形式的多样也体现了英国语言文学教材多样化的特点。

英国语言文学课本中还包含有综合性学习的内容，最集中地体现在生活化的"专题"课文中。这种课文本身就是练习，作业是课文的一部分，是生活型研究性学习的材料，包含了很多内容。如在"我们在岛上的生活"专题中，编者用具体形象的文字为学生提供了荒岛生活的情境，如旅伴的性别、年龄、性格优缺点介绍，多个岛屿的信息等，用以指导学生充分利用所提供的信息，按课文中的要求设想自己在荒岛的生活。其中包括了思维训练，如"根据荒岛的有利、不利条件和伙伴情况决定小组应选那个岛屿"。

在安排生活化专题课文的同时，英国语言文学教材也选有许多文学作品，特别是选取多种诗歌及戏剧文学剧本作为课文。这与英国语言文学教学目标中阅读能力培养的要求相呼应，也源于英国历来所具有的文学教育和崇尚古典文学的传统。英国经验主义强调，文学作品不仅是一种丰富经验的来源，而且是认识社会，培养学生观察生活，分析矛盾，剖析人生的重要手段。在英语母语教材里，特别是在15-18岁学生的课本中，进入我们视野的，不仅有20世纪以前英国优秀作家的作品，还选入了相当数量和质量的现代著名作家作品，比如萧伯纳的作品。在英国的文学教育中，除小说，诗歌、散文作品外，戏剧受到格外注意。而戏剧大师莎士比亚的作品更是首选之作。在戏剧教学中，教师要引导学生探讨剧本中的基本道德问题，戏剧冲突的构成和发展问题以及主人公在特定情况下的行为方式问题等等。

（四）师生共同参与的语言文学教学形式

围绕着教学目标和丰富多样的教材，英国语言文学课堂展开了多彩的教学活动。在语言文学课堂教学中，注重教师教有反馈，学生学有所获。反映在教学模式和教学方法上，即以社会结构心理学为基础建构教学模式，以"阅读与反应"为重要的教学方法，创设师生共同参与的语言文学课堂教学形式。

英国的语言文学教学模式以社会结构心理学为基础，强调语言文学教学的社会性特征。在课堂教学中，一是要给学生提供尽可能多的创造性机会，二是强调教师有足够余地结合自己个性和知识结构，依据自己职业判断力，采取恰当、有效的教学方法，进行创造性教学。这种教学模式有别于以往的"以教为主"的行为主义教学模式和"以学为主"的认知主义教学模式。它不是教师知识权威的体现，也不是单纯的学生的自我发现。社会结构主义教学模式注重课堂教学中的交流与对话，让学生学会分组实践，进行以师生共同参与为基础的群体活动。在教师与学生的关系上，教师不是退居一旁的组织者，让学生"自己去探索发现"，而是师生相互平等的组织者、协调者和参与者，"大家一起做，共同探索，共同总结"。在这种课堂教学中，教与学是动态的过程，目标在于使教学过程从系统的信息传递转变为以讨论为基础的学习，教师在课堂上通过启发学生反馈来呈现内容以及检验自己的教学方式。这种教学模式设计符合学生愿意与同龄伙伴一起活动、交流看法、期待新经历和创造愿望等心理特点，也充分考虑到学生作为学习者具有主动性和作为受教育者的被动性的特点，重在启迪智慧，开发智力，引导学生获得成功，建立自信心。

根据20世纪80年代在实践过程中的调整，英国的英语教学强调语言与文学不可分割和学习文学对学生个人发展的作用。从各个学校实际来看，有语言与文学并成一课的，有文学单独开设非考试性课程的。在文学教学方法方面，60年代以来语文改革在文学上的最大革新恐怕是以"阅读与反应"方法取代了传统的"理论与批评"方法而占了主导地位。这种教学方法强调学生的个人发展及学生的参与意识，要求学生在阅读与反应中感受、体验、理解人物的思想、性格和人际关系。如把小说改写成诗歌或戏剧，并组织、指导学生排演戏剧；从小说中某句关键的话展开一段情节，如按《威尼斯商人》提供的情景编一期报纸，设想该报出版于当时的威尼斯，尽量摹拟当时的口吻，把莎剧所表现的风土人情、社会风貌，尤其是主要剧情，都当做真人真事反映出来，形式可以有社论、短评、新闻报道、庭辩纪实、轶闻琐事、星相算命、插图漫话，甚至添字游戏等，并要求用电子计算机编辑排版。英国中学还十分流行"班级小说"教学法。在语言文学专业组起草的教学大纲报告中，详细介绍了29种教学"班级小说"的方法，供教师在教学中选用，其中有地图法、家庭谱系法、广告法、插图法、分配角色法、新闻发布法、日记法、变换人称法、通讯法、蜡像法等，内容异常丰富。这些方法都是"阅读与反应"的具体化，是以社会结构心理学为基础的教学模式在文学教育中的应用。

二、美国：重语言实际运用到文学熏陶

世界上任何一个国家的语言文学教育，都不仅仅着眼于向学生传授一种符号系统或让学生掌握一种交际工具。语言文学反映一个民族认识世界的方式，语言文学教育本身的不断继承和发展，也沉积着一个民族深刻的文化积淀。美国没有可以炫耀的悠久历史，但由于其自身的特殊历史条件而形成了与众不同的哲学观念和教育思想，这些思想无一不在影响着美国的语言文学教育，从而使其具有了自己独具的特点。美国的语言文学教育也面临着种种问题甚至危机，远没有达到完美的境地。正因为如此，了解与认识美国的语言文学教育，会给我们以诸多启示，也会引发我们深入思考。

（一）注重于语言文学教育的自主性

自主是美国语言文学教育的重要特征。美国采取教育分权制，没有全国统一的课程标准、教学大纲和教材。为了更好地达到教育目的，他们将许多施展教育作用的权力下放到具体实施教育的工作者手中。从课程的设置、教材的选定到教学的模式，美国的语文教育呈现出自主、开放的特点。表现在：

自主的课程设置。美国没有全国统一的课程标准，各州公立学校课程由州宪法或州教育立法规定。州教育行政机构是州教育局或教育委员会，这些机构依据州宪法和教育法规定州内各种学校的课程标准，制订教学纲要。管理学区的是地方教育委员会。它依据所在州的有关法律，规定本学区学校的课程标准，制订具体的教学计划。市或区教育机关规划学校的学科，学校决定具体的课程设置和教材的使用。

自主的教材编选。由于课程的多样性，美国教材也呈现出自主性、多样性和

灵活性的特点。教材的编辑往往由各出版社牵头，出版社通过调查比较，组织编辑各种教科书推荐给学校。在学年结束时，学校校长和各科教师都会收到许多书目和教材，这给学校和任课教师提供了诸多选择。有时出版社推出的新教材还能带来教学改革的新思想，深受教师的欢迎。

在教材的选用上也体现出自主的特点。美国没有全国统一的教科书，每一个州都可以依据本州的法令对教科书的有关问题做出规定，以供地方学区参考。而地方学区可以不受州的有关规定制约，自主选定教科书，如纽约州、马萨诸塞州等。也有的地方学区根据所在州提供的教材目录选定教科书，如阿拉斯加州、加利福尼亚州等。还有的地方学区遵照所在州规定的标准选定教科书，如南达克他州、明尼苏达州等。在同一州内各学区也可以采用不同的方式。在具体教材的使用上，教师具有决定权，任课教师可以从学区选定的多种教材中选取自己认为适合的一种或几种供教学使用。在美国，同一门课，不同的教师使用的教材往往不同，教材使用中的细节问题和教材的补充内容更是完全由教师自己掌握。教师能够自主选用教材，使教师在教学中有了发挥其自身优势及创造性的广阔空间。

自主的教学模式。在美国的语文课上，教师真正把学生当做教育的主体，把教学视为教师与学生之间的交流与对话，语文教师更注重对学生的引导和开展课堂讨论。语文课堂组织形式本身也是灵活多样，不拘一格的。教师和学生围坐在一起共同参与讨论是很常见的，师生之间的交流与对话也是无拘无束的。教师很在意如何为学生营造一个自主的心理氛围，而不是把自己当成一个居高临下的权威者。因此，美国语文课堂气氛往往轻松活跃，学生的参与意识很强。

此外，五花八门的教学内容和名目繁多的作业任务也兼顾到学生的兴趣、爱好与理想，并常以自主活动的方式进行。为了解决自己热衷的问题，学生要做很多的工作，如到图书馆搜集资料、到社会上做调查、写出报告等等。由于这些活动多是学生自己选择的，所以在培养学生思维能力和独立解决问题能力的同时，也带给学生由衷的快乐。对于问题的答案教师并不作统一的要求，而重在有自己的思考和观点。学生可以探索，可以怀疑，可以批判，也可以标新立异。也许正是这种自主的精神，孕育出创新的火花，也使语文对学生产生了巨大的吸引力。

（二）着眼于学生的发展

美国人早已认识到语文学科的基础地位，并指出语文课程不仅是学习其他科目的基础，而且对人的一生具有重大意义。因此，他们能够不断地为学生的"未来着想"，以发展的眼光制定语文教育的计划。美国把从幼儿园到高中毕业的语文教育作为一个整体来安排，并要求每一个阶段的学习都为下一个阶段乃至学生的整个人生做准备。这种发展的思想主要表现在：

　　强化儿童早期教育。学生未来能否更好地发展，基础准备是十分重要的。为此，美国十分重视早期的语文教育。美国某教育纲要特别指出"应该向学生家长和教师强调，幼儿园以前和幼儿园时期文化环境就很重要。"克林顿政府于1994年向国会提交并获得通过的《美国2000年教育目标法》中也有"所有的美国儿童都要有良好的学前准备"的内容。本届美国政府教育改革计划再次强调了"强化早期教育"的重要。布什认为："由于阅读技能的培养早已在上学之前就开始了，我们将强化'头脑'计划。入学前最重要的是开始前阅读和前识数教学，为上学做准备。"这一阅读优先计划具体包括：关注低年级阅读，实施早期儿童阅读教学；以科学研究为基础，为幼儿园到小学二年级儿童建立综合阅读课程等。在关于幼儿园时期应达到什么样的水平，以便为入学做好充分准备等细节方面，美国语文教育工作者为儿童考虑得十分周全。

　　强调中学与大学之间的衔接。美国要求中小学语文教学，特别是高中阶段的语文教学必须为学生进入大学深造练就"基本技能"。美国大学入学考试协议会CEEB发表的报告《进入大学之前应有的学术准备——学生应该掌握什么知识和具备什么能力》鲜明地倡导这种取向，并描述了升学者应当学习的语文、艺术、数学、理科、社会科、外语"六门基础学科"和包括阅读能力、写作能力、听说能力、推理能力、探究能力、观察能力、数学思维能力、使用电脑能力在内的"八种基本学习技能"。这"六门基础学科"和"八种基本学习技能"——或者属于语文能力，或者与语文能力直接相关，都是有效地开展大学学习所不可缺少的。

　　美国不以考试的分数来衡量学生的一切，而是更注重学生的未来发展。倘若考试本身割裂或妨碍了学生持续渐进的发展，他们会毫不犹豫地加以抵制。例如本届布什政府教育改革议案中规定的全美三至八年级的学生每年要参加阅读和数学的全国考试，就引起了美国教育界的强烈反响。美国教师工会组织持否定态度，他们的意见主要有：考试太频繁，每年一次，而不是克林顿时期每四年考一次；标准化考试将扼杀教室里的创造性活动，肢解学习过程，迫使教师不得不应付考试，"为考试而教"等。

　　将社会和家庭纳入教育体系。学生的发展不仅要靠教育工作者的努力，也要依靠社会、家庭与每个公民。因此，美国很重视社会对教育的参与，他们不仅考虑民众对语文教育目标、课程、教材的认可，还将对教育评价的权利更多地赋予社会公众。美国还希望每一位民众都能为儿童的教育做出贡献，《美国2000年教育目标法》中就提出了"必须更多的帮助所有孩子阅读。要建立一支百万支援导读员大军，帮助读完三年级的学生都能独立阅读"的要求。

　　美国也十分注视家庭教育的作用。美国教育工作者认为，家长是学生的第一位老师，家庭对学校教育的成功至关重要。家庭的教育作用主要表现为"家庭课堂"。有研究表明,"家庭课堂"对学前儿童启蒙教育的作用比家庭的社会经济地位重要两倍。"家庭课堂"的课程包括:父母与孩子进行关于日常生活的交谈,和孩子一道谈论课外阅读,引导孩子并组织分析那些反映同龄人活动的电视节目,教育孩子先苦后乐,体现爱心,以成年人的身份表示对孩子在学习或其他方面的进步感兴趣等等。为了引起社会重视,搞好家庭的语文教育,有些州在有关提高语文教学效率的指导性文件中,还专门对家庭语文教育提出建议,如威斯康辛州教育局制定的《英语语言艺术课程指导计划》一书中就有关于帮助学生提高文学欣赏水平、发展演说技能、提高写作水平等方面给家长的建议。

美国教育工作者重视社会和家庭语文教育的作用,亦旨在通过社会、家庭和学校的多重参与和相互影响,保证学生的正常发展,提高公民文化素养的整体水平,并促进全社会语文学习的良性循环。

(三)讲求语言实用与文学熏陶的结合

工业革命开创了学校教育面向社会现实生活的先河,从这个意义上讲,杜威的"学校即社会、教育即生活"在某种程度上反映了社会大工业生产对学校教育的要求。美国早在二次大战之前就博采各国之长,并根据本国实际形成了自己独特的"实用"教育思想。他们把准备就业作为办学的根本目标,强调培养学生适应生活的能力。这种"实用"思想表现在语文教育的各个方面:教学内容的选择以面向生活为宗旨、教学活动的安排以发展学生实际能力为目的、语言训练以交流运用为手段等。"实用"是美国教育的核心内容。在美国人的观念中,"一个人阅读水平的高低,决定着他知识总量的多少,知识总量的多少决定着他工作质量的优劣,而工作质量的优劣,则决定着他薪金数目的多少。因此,阅读能力能够转化为一笔经济财富"。这个连环,不仅适合于个人,也适合于地区以至国家。不但是阅读,听、说、写也是这样。面向实际,是美国教育精神的实质,从这一角度出发,我们不妨从中体会美国教育工作者为未来人才真正"实用"的煞费苦心。

美国的语文教学可以说是最重"实用"的,但它并没有放弃文学教育。早在1982年10月,"美国全国英语教师理事会"曾通过一份题为《英语的要素》的文件。文件认为,学习英语包括语言知识本身,即学习作为基本的交际手段的语言应用,以及在对文学中所表现出来的语言艺术的欣赏。可见文学教育仍然是美国语文教学中的重要一环,即使是小学的语文教材,文学的素材也非常丰富。以麦克格劳——希尔公司麦克米兰分部1997年版《通往独立阅读之路》四年级教科书内容为例,它标明每一篇课文的体裁,其中,传说与童话占32%,小说占21%,信息小说与幻想文学占12%,文学素材的课文总量占整册教材的56%。事实上,美国的许多学校将语言课程称为"语言艺术"。不仅如此,一些地方开设的英语课的种类多达几十种。最新资料显示，如威斯康星州麦迪逊公立中学的高中英语课开有 38 种，计有写作、新闻、语法、文学、科幻小说、电影、戏剧、演讲等。文学还分现代文学、当代文学、英国文学、美国文学、欧洲文学等。新泽西州海兹雷特市莱瑞顿高中（四年制）1997-1998 年度开设的英语课是：

9 年级：英语 1（快班）、英语 1、英语、英语/新闻 1、基础英语 1；

10 年级：美国文学快班、美国文学、美国文学基础；

11 年级：英国文学快班、英国文学、英国文学基础、实用写作（10 年级、11 年级可共选）；12 年级：文学风格基础、大学英语快班、英语 4、英语 4 快班、有效交流。

英语选修课：

戏剧入门 1（供 9、10、11、12 年级选修）

戏剧 2（供 10、11、12 年级选修）

新闻 2（供 10、11、10、年级选修）

SAT 应试（供 10、11 年级选修）

美国关于普通高中基础学科课程设计指导的"绿皮书"中指出："高中毕业生应当拥有获得新知的洞察力，应当拥有发现更深更广的人生真谛的自信，应当拥有阅读教科书的充分的批判力。文学，即使是不同文化的、难解的文学，也会使人感到是良师益友，是知识的源泉。……学生通过阅读，培育起对于人的成长与发展的感受性，同时，在变化的趋势与种种的角色中，理解最鲜明地展示出来的这种本性的思考。""绿皮书"援引莱昂内尔·特里林（Lionel Trilling）的话说："文学是教会我们人类多样性的范围与这种多样性之价值的唯一武器。"

现在，我国也有一些中小学生在美国就学，有人从这一角度比较了中美语文教学的差异：在美国的中国中小学生，读文学作品甚少，至于对小说作故事分析评论等，更是闻所未闻，没有受过任何训练。而美国的学校，从开始阶段就是通过阅读故事来学习语文的，从初小一年级开始，就要通过人物、故事主题、背景、情节等方面分析文学作品。关于书的分类（如童话、纪实、侦探故事、传记、非小说等等），也就从很早就开始了，美国的小学二、三年级学生，每月要写一篇读书报告，且每份还必须是写不同种类的故事书。下面我们还可以从美国两个英语课程标准的部分条款来看看他们语文教学中对文学鉴赏的要求。

美国太平洋研究所的研究认为，加州的英语课程标准是全美最好的标准之一，是"细致、具体、全面的典范"。他们在将其与新州的英语课程标准作出比较后认为："如果学生完全按照加州全面的标准学习，那他们就可以作为精通文学的社会成员从高中毕业；如果新州的高中毕业生达到同样水平，那决不是因为该州的阅读标准。"

美国虽然没有法定统一的全国性的课程标准，但由国家权威机构颁布的文件，也带有标准的性质。美国中学生"必读"的"文学著作"的确定，便是一例。美国的国家人文科学促进委员会，是美国联邦政府旨在促进学术发展的全国性机构。1984年8月20日，在该委员会主席的主持下，来自全国的400多名教授、作家、史学家和新闻记者等文化界的领导人参加了一项民意调查。

三、俄罗斯：语言文学分科

"苏联的教育曾经也是世界上最优越的教育之一。……应该说，苏联70多年的教育为社会主义教育提供了丰富的经验。它在列宁教育思想的指导下，建立了民主平等的教育制度，在很短的时间内普及了教育，提高了全体国民的文化科学水平，培养了千百万名干部和专家，亿万名训练有素的劳动大军。正是有了这样一只队伍，才能在苏联共产党的领导下，取得了伟大为国战争的胜利。……苏联虽然解体了，但是反映教育规律的一些苏联教育思想却永放光芒。"自1917年十月革命胜利至1991年底的74年间，前苏联历经了多次曲折的教育改革，成为教育强国。它不仅教育普及程度高，教育结构自成体系，而且教学方针和教育理论独树一帜，更以特色鲜明的教育内容与方法、优良的民族传统而著称于世。1991年苏联解体，作为前苏联主要加盟共和国的俄罗斯语言文学教育继承了苏联时期的优良传统，同时顺应时代变革，努力改革创新，形成了自己独具的特色。

（一）坚持语言文学的分科

苏联中小学十分重视语文教学，并将其特点规定为兼顾教育功能和教养功能及二者的高度和谐统一。这里的教育功能指对学生语言文学基础知识的传授以及相关能力的培养，而教养功能则是指学生的思想品德及审美情趣的培养。苏联解体后的俄罗斯继承了这一传统，始终如一地将语言文学课置于学科的中心地位，并继续采用大语文下的语言与文学分科课程。

语言文学的学科中心地位始终如一。语言文学课在普通学校的中心学科地位在苏联由来已久。19世纪俄罗斯著名教育家乌申斯基在论述语文课的地位时就曾经指出："语文课在初步的教学中是一门主要的中心学科，它是涉及一切其它的学科并把各种学科的结果集中在自身里的一种学科。"语文课的这种中心学科地位最直接地反映在历次的教学计划中，1967-1968年的教学计划中俄语从一年级开至八年级，累计周课时总数为53学时，文学课从四年级开到十年级，累计周课时总数为18学时，两项总计达71学时，超过数学的58学时，更远远超过其他学科。1981-1982年颁布的普通学校标准教学计划与之几乎完全相同，语文课在整个课程中的重要地位，由此可见一斑。

解体后的俄罗斯国情在变，教育背景在变，但语文学科的重要地位没有改变。1993年，俄罗斯颁布了解体后的第一个联邦普通教育机构基础教学计划，在该计划中，俄语从一年级开到九年级，累积周课时总数为27学时；文学从一年级开到十一年级，累计周课时总数为54学时，两项总计83学时，远超过数学的46学时。1998年俄罗斯颁布新的联邦普通教育机构基础教学计划，俄语的累计周学时总数仍为27学时，文学增至62学时。总计89课时，也大大超过数学的49课时，与苏联时期相比，俄语的课时减少了，文学的课时增加了许多，但是总起来看，语文课的总课时仍然超过其他学科，且有上升的趋势，这说明语文课的中心学科地位不仅没有改变，而且更加受到重视。俄罗斯教育界认为，语文教育对人的一生发展有重要意义，它所兼备的教育、教养功能优势具有不可替代性，随着教育改革的不断深入，其中心地位会越来越突出。

在大语文学科下的实行语言与文学学科教学。语文课工具性和人文性的统一是国际语文教育的共同特点，但与一些国家不同的是，苏联从20世纪40年代末起，就把语文课分为两个科目："俄语"和"文学"。长期以来俄语被认为是基础工具，是学习其他学科的必要条件，主要实现教育功能，因此，"俄语"的课程目标被规定为："使学生获得有关俄语的系统的基本知识和技巧，培养读、说、听、写的能力和思维能力，训练学生利用口语和书面语的技能，同时发展学生的智力。"文学则是认识社会和培养学生审美情趣的重要途径，是语文人文性的体现，可更好地实现语文课的教养功能，故"文学"的课程目标是："使学生获得有关俄罗斯古典文学、苏联文学形象以及社会关系的认识能力，发展学生运用语言和自觉阅读的技巧，培养爱国主义的思想和审美能力。"两学科独立设置，突出强调了从不同的角度去实现语言运用与文学熏陶的并重，教育和教养的和谐统一。

解体后的俄罗斯进行了一系列教学改革，但俄语与文学并重，教育与教养和谐统一的原则没有改变。俄罗斯是一个拥有130多个民族的多民族国家，各民族有自己的语言和文化，对教育的需要自然也不尽相同。新俄罗斯教育改革的一个重大举措是修订教学计划，1993年，解体后的第一个教学计划出台，它的最大特征是将教学计划分为两部分：不变部分和可变部分，其目的是适应不同地区、不同民族的需要。所谓不变部分是指为保证俄罗斯联邦教育空间的统一，国家规定的最必须、最基本的全国教学内容，各地方和学校可根据实际情况进行设置、调整和安排。在该教学计划中，语文课被列为不变部分的主要内容称"语言与文学"，根据地区语言环境的特点可有三种不同的结构方案，但无论哪一种方案，俄语和文学都是"语言与文学"下分开设置的两门必修课。1998年，俄罗斯公布新的基础教学计划，同样也将教学内容分为不变部分和可变部分，语文课改称"语文学"，但仍然位于不变部分的首位，"俄语"与"文学"仍是"语文学"下分开设置的两门重要学科。直至今日，在俄罗斯，"俄语"与"文学"分科设置仍然没有改变，语言运用和文学熏陶并重，教育与教养统一也依然是俄罗斯语文教育的原则。

（二）从俄语中心向文学中心发展

作为前苏联主要成员国的俄罗斯，在坚持语言文学教学的学科中心地位和教育与教养和谐统一原则的同时，为顺应新的历史时期的需要，进行了一系列的教育改革，从标准的教学计划到基础教学计划，从统一稳定的教材到多样化的教材，从俄语重心到文学中心，处处体现出俄罗斯语文教育顺应时代潮流，锐意改革创新的决心。

首先，教学计划：从标准到基础。作为中央高度集权的国家，苏联从教育体制、教学计划到教材均实行统一标准，集中管理，形式单一。以教学计划为例，从1920年颁布实施的第一个教学计划"统一劳动学校教学计划"起至1985年"中等普通教育学校标准教学计划"，均实行全国统一标准，无论各地区、各民族的基础如何，差异多大。在一个幅员辽阔的多民族国家实行单一的标准教学计划无疑是弊大于利，高度集中必定束缚改革创新，高度统一无疑造成僵化呆板。苏联建于1934年的教育体系在50年代初完善、成熟进入鼎盛时期，很快便处于停滞状态，并遭到教育界广泛的批评，便是高度集中、高度统一造成的结果。

苏联解体以后，俄罗斯根据各民族的不同需求、各地区存在的教学水平的差异，将标准的教学计划改为基础教学计划，只规定各课程的最低限度课时，保证全俄罗斯在教育空间上的统一，保证全国教育的等效性，仅为各地区，各民族制定自己的教学计划提供理论依据，这便带来了较大的灵活性、选择性和适应性。在1993年和1998年公布的两个基础教学计划中，俄语被规定为俄罗斯联邦的国语，是各民族相互交流的工具，所有学校都得开设，但可视地区的语言环境和具体学校的特点有所区别，故而教学计划提供了三种形式：其一，在用俄语授课且俄语是母语的学校里，语文课包括俄语、俄罗斯文学等课程；其二，在用本族语授课的学校里，语文课包括作为国语的俄语、本族语、地方文学、俄罗斯文学等课程；其三，在用俄语授课，但俄语不是母语的学校里，语文课包括作为国语的俄语、本族语、地方文学、俄罗斯文学等课程。教学计划从标准到基础的转变，使得俄罗斯既保证了全国教育空间的统一，又使各地区、各学校办出自己的特色，使学生的个性得到较好发展。

其次，语言文学教材：从统一稳定到丰富多样。苏联长期实行中央高度集中统一管理课程，实行统一教材。解体后俄罗斯实行三级课程管理制度，允许各地区、各学校编写自己的教材，教材由统一稳定转向了丰富多彩。

　　语文教材实行国定制是苏联时期教材的一大特点。1933年苏联通过《关于中小学教科书的决定》，决定出版全国稳定统一标准教科书，委托"教育人民委员部和出版事业管理局能实际保证出版可以多年采用的稳定教科书"，并确定了教材编审和出版的国定制度。自此，教科书相对的统一稳定性成为苏联一贯的追求目标，如索洛维约娃等人合编的《文学》从1963年出版后再版了21次，至少使用了20年；扎柯茹尔尼科夫等人编写的《俄语》和瓦西里耶娃等人编写的《文学》课本自1979年起再版8次，使用了8年以上。这些被苏联人称为"标准教科书"的教材质量的确较高，是由不同领域的专家精雕细刻出来的精品。但是随着时间的流逝，时代的不断发展，教材内容应该更新，加之苏联幅员辽阔，从繁华的都市到偏僻的农村，不同民族、不同区域的学生使用同一套教材，其弊端是不言而喻的，最显而易见的问题是它无法顾及地区差异和学生的个性差异。因而，自上世纪80年代末起，存在于教材中的诸多问题引起苏联社会的普遍观注。解体以后，俄罗斯更为关注这些问题，1993年制定的第一个基础教学计划改变了过去统得过死的局面，实行三级课程管理制度，即国家、地方和学校逐级管理课程，自上而下设置国家课程、地方课程和学校课程，三者可有差异，学校可根据自己的情况选择和安排课程。根据此计划精神，各级各类学校均有权编写自己的教材，于是各种各样的教材如雨后春笋般涌现。到1999年，仅适于联邦的教材就有近千种，教材改革出现异彩纷呈的繁荣景象。

　　如果说教材数量上的增加是教材繁荣的直接体现，那么教材编写理念的转变则是教材改革的核心和精华。按照苏联传统的教学理论，帮助学生形成牢固的知识和技能是教材应完成的主要任务，因此，知识系统化、内容难度大是苏联时期教材的一大特色，他们希望通过高难度的教材，帮助学生形成牢固的知识，培养他们的顽强意志。但是，这种所谓"苏联特色"的教育理念却使学生精神高度紧张，也没有体现因材施教的原则。针对这一情况，在教材改革中出现了"以学生为中心"的新理念。以两套新的教材为例，一套是模拟教学程序编排的小学三年级至四年级的俄语和阅读教材，该教材将教材内容分割成小块，用清晰简明的话语陈述，以使学生消化和理解。此外，该教材将教学内容按模拟的教学程序编排，即学生自学——教师讲解的顺序，避免了教师在讲解教材时，把自己的节奏、个性和风格强加于学生的缺陷。另一套教材的特点是在教材中提供两种材料：带有问题的学习材料和带有插图的解释材料，前者通过调动学生的思维、记忆、注意力、想象力来掌握知识，整套教材培养了学生对知识研究的态度。

　　语文教材从集权到分权，从稳定不变到丰富多样，解决了教材单一引起的弊端教材编写理念从"苏联特色"到"以学生为中心"，推动着教材改革的步伐，更加快着教学改革的前进速度，使得俄罗斯的教材领域呈现千姿百态的新气象。

最后，教学：从俄语中心到文学中心。俄罗斯民族是一个富有文学艺术传统的民族，非常重视文学艺术修养教育，从苏联时期起，俄语与文学就分开设置。苏联解体以后，俄罗斯继承的这一传统，而且更加强化文学教育，集中体现在俄语和文学课时的调整、文学教学的要求和课外阅读的内容上。

自苏联时期起，文学教育就被认为是人的和谐发展所必需的重要内容，是语文教学目标中不可分割的组成部分。因此，文学是作为一门独立的课程设置的，但总体而言，从课时的安排上可看出仍然偏重俄语，俄语的累计周课时总数为54学时，而文学课的周课时总数仅为18学时。解体后的俄罗斯却有了很大的改动，俄语课的学时从54减到27学时，而文学课的课时却从18学时猛增至62课时，显而易见文学课程得到进一步加强，从而强化了文学培养学生想象力和语言表达能力、丰富自身的重要作用。

俄罗斯1999年公布了完全中学的最低教学内容，俄语的教学内容可根据地区的不同而有所改变，而对文学教学却提出了比较一致的要求，认为文学教学要让学生了解：俄罗斯文学的人道主义理想和民族性；俄罗斯文学的爱国主义和世界性；文学作品中真实生活和艺术虚构之间的关系；古典文学作品的历史意义；文学的种类、体裁以及表现作者意识的基本方式；文学作品语言美的功能和思想风格的统一；文学派别的基本特征；俄罗斯文学中的道德、社会、历史、文化等问题。可见，俄罗斯将文学教学提升到了很高的高度，将文学教育看做是产生民族凝聚力的主要途径，对人的一生发展具有重要意义。

另外，文学中心的思想还体现在课外阅读教学中，文学作品被规定为课外阅读的主体。我们知道，课外阅读与课堂教学需要保持有机的联系，所以作为课堂教学延伸与拓展的课外阅读在俄罗斯当然以文学作品为主，其范围包括俄罗斯文学、俄罗斯各民族文学、地方文学以及外国文学。

去过俄罗斯的人说起俄罗斯民族少有不称赞俄罗斯人素质高的。"苏联政权解体后，俄罗斯经济陷入了暂时的困境，莫斯科普通市民只能靠配给维持生存，然而就在这样极为困难的情况下，目睹苏联巨变全过程的中国外交人员从没有见过不法商人哄抬物价，更没有见过普通市民抢购商品，人们自觉地排着长队，静静地等待属于自己的那份食品。社会心态的安详、宁静映衬着一个民族沉淀下来的基本素质，靠着这样的素质，民族兴盛的日子绝对不会太远。"刘相平在《俄罗斯人二三事》一文中讲述了一个"醉汉也'文明'"的亲身经历：在乌苏里斯克很繁华的一条街道上，一俄罗斯人烂醉如泥的时候，还没有忘记不乱丢杂物，保持着清醒的环保意识，嘴里还一直嘟囔着诗句："它寻求什么，在遥远的异地。它抛下什么，在可爱的故乡……在祈求风暴，在风暴中才有安详……"，从这个醉汉身上作者感受到了俄罗斯人的公德意识和精神素质。对塑造俄罗斯民族精神素质来说，大学前的文学教育、艺术教育恐怕功不可没。前苏联教育家苏霍姆林斯基毕生致力于具体的教育工作，他非常重视包括文学艺术教育的美育。他认为，实行德、智、体、美和劳动教育，并不仅仅意味着使儿童分别在这些方面得到收获，而最根本的在于形成儿童统一的、丰满的精神世界。他说："儿童时代错过的东西，到了少年时期就无法弥补，到了成年时期就更加无望了。这一规律涉及孩子精神生活的各个领域，特别是美育。""每一个孩子就天性来说都是诗人，但是，要让他们心里的琴弦响起来，要打开他创作的源泉。"前苏联及现在的俄罗斯大学前的文学教育，似乎就是要拨响这根琴弦。下面以俄罗斯十年级（相当于我国高中毕业班）文学教学计划为例，看看俄罗斯是如何在学生中学生活的最后一年倾力进行文学教育、以拨响未来公民心灵的琴弦的。

这一计划建议在研究文学作品的过程中掌握俄语。总体的教学安排是要求在这一学年两个学期完成108个学时，每周三个学时。其中81个学时用于文学，5个学时进行言语训练，5个学时进行课外阅读，还有17个学时用于掌握俄语。教学内容包括研究文学作品和掌握俄语两大部分。我们只看关于文学的部分。关于文学总体上讲是要求在研究名作的同时，掌握基本的理论性概念和创作过程中的规律性，并运用它们分析文艺的文本。理论性的概念分两大部分，一部分关于作品的文学构成，包括主题、基本思想、题材、结构、形象系统；一部分关于创作过程中的规律性，包括：文艺形象作为反映生活的形式，文学与人、社会生活的关系，文学流派。

这是纯粹的文学教学计划，有掌握文学理论的的目标、了解作家和研读作品的内容以及有关教学方法的建议，可谓目标、内容、方法一应俱全，但这份计划的缺陷也很明显，讲来讲去全是他们自己的东西，没有涉及外国的优秀文学作品。

在俄罗斯的语文课外阅读中，占据主体的依然是文学作品。课外阅读指导主要以文学作品指导为主。既然课外阅读与课堂教学需保持有机的联系，那么课外阅读当然也应该是课堂教学的延伸和拓展。苏联时期，小学语文课的设置为俄语和文学，俄语自小学一年级起设立，文学则从四年级起设立。苏联解体后，俄罗斯不但继承了这一传统，而且更加强化文学教育。1998年俄罗斯教育部调整过的教学计划"作为国语的俄语"从一年级开到九年级，而"语言和文学课"则从一年级开到十一年级。显然在整个语文课程中，文学课程得到了进一步的加强。与课堂教学相配合，苏联及俄罗斯语文教学大纲均列有课外阅读书目。这些书目包括俄罗斯文学、俄罗斯各民族文学地方文学以及外国文学。值得注意的是，俄罗斯当代作家的作品也进入了课外阅读的范围之内。至于课外阅读的具体实施情况，我们可以从苏霍姆林斯基在帕夫雷什中学有关实验中窥见一斑。

俄罗斯的语文教育改革是在传统基础上的改革，并在传统与改革之间寻求着有机统一。俄罗斯民族是一个富有文学艺术传统的民族，在语文课程分语言和文学设置以及语文课外阅读安排上也充分体现了这一传统特色。

第三节　西方文学教育方法的三种模式

西方文学教育的另一个特点，就是重视对方法的研讨与改进。这方面也值得我们学习与借鉴。关于西方文学教育方法，A.C.珀维斯在《简明国际教育百科全书·课程》概括为三种：模仿模式、分析模式和衍生模式。当然，在任何历史时代或任何国家中，这些模式不大具有单纯的状态，即使这样，还是可以区别它们的。正如思想史上的许多概念一样，这些方法模式也有其深层的渊源，受不同文学教育观的支配。

文学教育除了具有接触人类优秀文化遗产的意义外，还被看作是培养人类想象力和语言表达能力，丰富自身的主要手段与途径。一些国家对本民族文学教育的阐述，其意义更深一层：民族文学教育可以产生一种民族凝聚力。通过文学教育把社会精英分子与广大民众联系在一起。在西方母语教育中几乎无一例外地存在着一个比较系统的文学教育计划。早期的文学教育，其作家及作品主要限于古典语言作家，特别是希腊语、拉丁语和希伯来语，渐渐地，随着教育越来越本土化，本国的作家也纳入到各国文学教育的范围之内，如意大利的但丁、彼特拉克，法国的蒙田、拉辛，英国的莎士比亚和弥尔顿。

早期语文教育中的文学教育往往不是一门独立的文学课程，而是通过阅读文学名著，学习和掌握阅读方法，也有的是为获得"经典"知识而教育。晚近一些，文学教育则在许多国家成为一门与语言教育相并列的课程，英国、法国和俄罗斯都曾出现了文学史和文学课程。文学教育方法愈来愈受到重视。

一、模仿模式

主张采用模仿模式进行文学教育的人认为文学是人类的遗产，阅读、吸收、模仿这一遗产可向年轻人传递文化价值观念；能否掌握优秀文学作品是人类是否具有文化教养的"试金石"。在对待世界伟大思想和伟大作家方面，更注重前者和本国作家。因此，一些国家，如芬兰的课程就强调必须使学生的注意力特别地集中于文学作品所展示的民族精神。英国文学课程标准明确规定学生应阅读和研究的各个时期本国、美国、以及其他国家的作家与作品；规定了学生必须学习的文学体裁；规定了详尽分析与"广泛阅读"两种必备的阅读能力和方式。

模仿模式是历史上最古老的文学教育方法。在西方它起源于希腊语和拉丁语占支配地位的时代，当时，学生通过记忆和模仿经典的方法接受教育。在英国，模仿模式最有力的支持者是马修·阿诺德（Mathew Arnold）。他提倡以是否掌握优秀文学作品作为一个人是否有文化教养的"试金石"。后来大多数模仿模式的支持者是民族主义者。在欧洲大陆，象圣一伯夫（Saint-Beuve）和泰纳（Taine）等人，极力宣扬那些可能作为文化教育基础的民族主义的优秀典范作品，重建了法国文学史和传记文学的重要地位。

二十世纪，T.S.艾略特（Eliot）认为，民族文学可以作为一种社会凝聚力，而且进一步认为，学校为民族文学的社会凝聚力发挥作用开辟了道路，艾略特把社会精英分子看成是通过共同语言、共同教育，与广大民众紧密相联的那些人。

采用模仿模式的文学教育课程强调细节，这是因为他更多地以知识为依据，注重作品的、作家的和文学趋向等的知识。至于教材的排列顺序，模仿模式的课程结构一般是按年代进行排列，尽管年代的划分要根据具体的文学流派和主题而有所调整。

二、分析模式

分析模式的文学教育方法是建立在文学批评和文学审美的研究成果基础之上的。分析批评是近期才有的现象（尽管在十九世纪就有基础，尤其在哲学家中）。

主张采用分析模式文学教育方法的人认为，文学本身是不能传授的，人们只能教会学生进行文学批评；把逻辑评论的方法用于文学作品的讨论；或对作品的理论结构作些补充——不管这个结构是语言学的，修辞学的，还是平铺直叙的。分析模式的文学教育强调进行有组织地进行探索研究作家作品的原则，强调发展学生的文学批判才能；发展学生对文学作品的理解、分析以及作出反应的能力。为此，这种模式主张要教给学生有关文学作品的理论知识，并且要给学生提供将文学的理论应用于分析具体作品的框架；给学生提供有关文学作品的第一手知识。

以分析模式为基础的文学教育，强调发展学生的文学批评才能，强调发展学生对所学文学作品的理解、分析以及作出反应的能力。在学校里，文学的分析课程具有多种形式，而且看来部分地以那个时代的文化评论的主流为基础。然而，一般地说，分析模式强调进行有组织地探索研究的原则。课程指导书中有许多有关"评论技巧"、步骤及完成某些程序的参考资料。但无论是教导式的还是启发式的教育，都要给学生提供考虑的模式，要解决的问题、应采纳的建议、要掌握的程序，其重点是使学生熟练掌握对作品作出比较、分析和反应的技能。

实际上，分析模式在西方许多国家中有所发展。在比利时，常常提及"原文分析"；在美国，有文学流派的研究。在瑞典，分析模式与模仿模式相互竞争，尤其是在高层次水平上。以分析模式为基础的文学教育中，关于文学感受的词语描述训练远比模仿模式的审美感受能力的训练重要。在西方许多国家中，大学入学考试的文学部分就包括对不熟悉的文学作品的分析、解释。

分析模式文学课程也重视知识，但它重视的是术语和评论结构的知识。至于教材的排列顺序，分析课程常根据文学作品的流派类型的进行编排。

三、衍生模式

衍生模式实际上是一种文学批评的心理学模式，其理论基础是弗洛伊德等的心理学学说。弗洛伊德学派的文学批评，最早对作者和作品人物的精神进行分析，但后来转向对评论家的反应以及对其他读者的反应作分析，以此判断读者的个性。杜威的文学教育思想也对衍生模式产生影响。杜威的影响来自他对弗洛伊德学说所作的哲学论证，尤其是他在"未知与已知"一文中提出的观点；后来，路易斯·罗森布拉特（Louise Rosenblatt）所写《文学即探索》一书又对文学教育起了特殊作用。她论述了这样一个观点：所谓"诗"实际上是读者与作品之间产生的共鸣，所以所读的诗并非所写的诗。这个观点得到了法国结构主义和后结构主义评论家的进一步肯定。他们否认有"纯诗"，认为纯诗是一个由诗人和评论家加上去的结构。罗森布拉特分析了这种观点的教育学意义："教学是通过阅读课文来引导学生进行自我评价，以提高其个人从课文激发思维能力的过程。思维发展的起点在于必须依靠每个人自己的努力，发挥自己的才智，针对课文的刺激组织相应反应。教师的任务就是促使形成良好的相互作用，或更确切地说，是引导具体阅读者对具体作品产生交流。"衍生模式的文学课程，在对待通过阅读而达到个体发展的目的与达到发展其评论技能两者之间，更重视前者。在课堂上，衍生模式常常采取无固定的探究形式，注重学生对作品的体验，引导学生与作品产生交流，指导学生在文学阅读中得到自我发展。

衍生模式课程要求大量情感行为，其目的直接指向学生本身，注意学生接受文学的心理活动。至于教材的排列顺序，衍生模式课程结构通常是按主题安排的。

第四章 我国文学教育现状审视

第一节 文学教育在我国基础教育中的地位

一、关于语文"姓"什么的争议

　　我国国民基础教育阶段的文学教育是附着在语文中进行的。语文就是语言和文学，这已成常识，早已经被人们的长期实践所证明，似乎无需深究。1996年7月修订出版的《现代汉语词典》对"语文"词条的解释是：1）语言和文字：语文程度（指阅读、写作等能力）。2）语言和文学的简称：中学语文课本。从权威的语文学家的著作中，我们可以找到《现代汉语词典》释义的理论依据。如吕叔湘多次讲过："'语文'有两个意义：一是'语言'和'文字'；二是'语言文字'和'文学'。"

　　世界上教育发达的国家，如美国、英国、法国、俄罗斯、德国等，母语课程就是语言文学，是常识。中学语文（母语）课程，或分设两门课，语言（含写作）课和文学课；或合成一门语文课，分成平行而相对独立的语言（含写作）和文学两个系统；而且无论分设两门课还是合成一门课，其中文学的分量都要重于语言。在美国，中学语文科分为"英语"和"文学"两科，语文教科书分为"英语"和"文学"两种。在英国，"英语"一词有两个含义，一是仅指英国语言，二是兼指英国语言和文学。英国中小学开设的英语课，包含语言和文学两个方面。在法国，中学语文科分为"法语语法"和"法语文学"两科，语文教科书也就分为这两种。在我国的大学里，语文就是语言和文学，也是常识；谁也不会怀疑，为中学培养语文教师的师范大学中文系，就是中国语文系，也就是中国语言文学系。

　　然而，在我国中小学语文教育界，语文就是语言文学这一常识，不仅不适用，而且简直不啻于离经叛道。"语文是什么"这个常识问题，困扰我国中小学语文教育竟然长达半个世纪。且不用说语文教师，甚至有些语文教育专家对"语文是什么"的解释，都悖乎常识。

近半个世纪来，我国语文教育界，对"语文是什么"发表了许多不同的看法，与认为语文就是语言文学相抵触的观点，归纳起来大致有以下几种：

第一种解释，语文是语言和文字。"文"的外延局限于"文字"，不仅空间太狭隘，而且逻辑上也成问题，因为文字只是语言的符号载体，它记录了语言的内涵，是语言学科系统的组成部分。总不能因为汉语的方块字掌握起来比拼音文字难度要大，就规定我国的学生要花12年时间去掌握汉字吧？

第二种解释，语文是语言和文章。把"文"的外延无限扩大了，所有形成书面文字的东西，一份文件、一个合同、一张便条、一个写在黑板上的通知，都可以称为文章，历史课本、地理课本、数学课本、物理课本、政治课本、生理课本，也都是文章，是不是都要纳入语文教学系统？这种解释经不起分析同样是显而易见的。

进入20世纪90年代，语文教育界发动了一场语文课程人文性的大讨论，中小学语文教学改革——语文教育现代化终于迈出了可喜的一步。这场大讨论前后——上世纪90年代至今，语文教育界又有了"语文是什么"的第三种解释。

第三种解释说语文就是语言和文化。一些人根据语文学科的思想教育性、审美情趣性，把语文视为一种社会意识形态，看做一种文化代码，认为文化载体性就是语文的本质含义。这种解释貌似高深，实则过于宽泛，因为文化的内涵远远超出语文的范围，而且语文传承文化有自己的特点。

研讨语文是语言和文学，是语言和文字、语言和文章，语言和文化，或是别的什么？切不可以为这只是咬文嚼字。语文概念的界定，其实质就是，文学教育在现代国民基础教育中应不应该占有突出地位的问题。"语文是什么"和"文学教育在现代国民基础教育中应不应当具有突出地位"的问题，如同一张纸的两面。认识了文学教育在现代国民基础教育中应有的地位，语文是什么的争论，也就迎刃而解了。

语文学科的确不能没有语言文字，也不能没有文章、文学、文化，这些因素本身就存在相互交叉的关系。文字是语言的书面表达形式，所以把语文理解为语言文字就等于说语文课就是语言课，这就把文学教育完全排斥在语文课之外了。说语文是语言文章，也有一定道理，因为"文章"是一个传统的模糊的概念，它的包容性很强。文章在古代，可以只指文字，但后来多指独立成篇的文字作品，可以是非文学的应用性文章，但更多的是指文学性的作品，如诗歌也包括在其中，杜甫《偶题》诗云："文章千古事，得失寸心知。"这里的"文章"主要是指诗歌。

不过现代学者建立的文章学则明确强调，"文章"是指切实致用的非虚构的实用文、普通文，不包括诗歌、小说、戏剧等文学作品。这与语文教材中所选文章往往多数是文学作品这一情况不符。至于文学，其最初含义也指一切用文字书写的书籍文献，近于文章，只是到现代才发展成专指一种语言艺术。而语言文字、文章、文学，从广义上说都属于文化，新修订的语文课程标准中说语文是"人类文化的重要组成部分"，自然是不错的，但这样定义失于宽泛，显然不妥。

二、确立文学教育的地位

语文主要是指语言文学。在小学阶段，语言的成分多于文学，到中学阶段，文学的成分又多于语言。语文以语言文字为载体，主要以古今中外优秀的文学作品作范文，从文体上向非文学性的文章作适当扩展，从内涵上可向文化方面延伸。我们这样理解语文的含义，出于三个方面的考虑：

（一）基于近现代以来的语文课程理念。

1903年设"中国文学科"，1912年又改"中国文学科"为"国文科"，1921年又将小学与中学分开，小学称"国语"，中学称"国文"，这里的"文"主要就是指文学；英、美、俄等国文学教育都是母语教育的重要组成部分，在他们的课程标准中，实施文学教育有非常具体的规定；我国建国初便比较重视文学教育，中间经历了一些波折，近年来，有识之士开始大声疾呼要加强语文教育中的文学教育。所以将语文定位为语言文学，是符合国内外重视文学教育、人文素质教育的大趋势的。为语文学科的定位正名，就是要恢复文学教育在语文教育中的重要的、甚至是不可替代的地位。早在1962年，华中师范学院教育系教育学教研室编写的《教育学》教材就对中小学语文学科的意义和任务有过明确的界定："语文包括语言和文学两个因素。语言是人类相互交往，交流思想，达到相互了解的工具。语言是思维的直接现实，它把人类认识活动的结果记录和固定在词句里面，它是进一步认识客观世界的工具。不掌握这个工具，就不可能掌握科学知识。文学是用形象思维的方式反映客观现实，反映人们的生活和劳动，反映人类的社会关系。文学作品是强有力的教育手段……"北京市高中实验教材《文学读本》主编沈心天老师指出，"文学教育在中学语文教育中如何定位涉及到文学教育的地位、作用问题。我们现在提倡素质教育，其最终目的不仅是为了建设人的物质家园，还要建设人的精神家园，而人的精神家园的建设离不开文学修养。文学教育是语文教育的专利。学生语言能力的发展在很大程度上，或者说其主渠道主要是通过学习文学作品；学生的思维能力的发展，特别是形象思维、直觉思维主要也靠文学作品学习；还有培养学生的情感、意志、灵魂、审美情操，也离不开文学教育。没有文学教育或文学教育很弱的语文教育是缺少生命力的。"

确认语文就是语言和文学是解决文学教育地位的关键。这里的"语言"是汉语，更准确地说是现代汉语和适量的古代汉语，着重于现代汉语的基本规律及其运用的教学，完全不同于大学中文系所开的关于语言学的课程。汉语是我们的母语，中学毕业生应当对自己的母语有相当的理性认识，而不能是一头雾水，混沌一片。为了培养一个个真正有文化的中国人，形成和发展学生理解和运用汉语的基本能力完全必要。语言教育是从语言学的角度进行有关汉语言文学的基本知识、技能的教学，主要目的在于培养学生正确理解和运用汉语言文学的基本能力。文学教育则是情意教育、审美教育、心灵教育、人格教育，在文学课上不能去讲关于语言文字本身的系统完整的知识，也不能以培养学生的语言能力为主要责任。如果说文学是"心学"，那么汉语就是"人体解剖学"，当然互有联系，但毕竟有很大的区别，各自的教学应有其相对的独立性。汉语的规律是从汉语言作品中抽象概括出来的，文学作品的言语只是它的源头之一，但不是全部。学习汉语规律有助于文学教育，文学教育也有助于提高汉语水平，但各自都有独特的规律、独特的任务，不能也不应相互取代。文学教育当然要牵涉到语言文字的运用，文学作品的阅读教学也要从语言入手，知言而会心，但绝对不能只是一味讲究有关语言运用的技术、技能、技巧，若把文学作品仅当作语言知识的资料与例证，文学教育势必丧魂失魄。

（二）基于当代教育学关于人的全面、可持续发展的理念。

现代教育学理论认为，"人的发展，是一种多层次多因素的发展。首先一个层次是个体的发展，包括生理和心理两方面；第二个层次是生理和心理的发展，又分别包含多种因素；第三个层次的每一个因素（体、智、德、美）又各由多种因素组成。"要实现促进人的全面发展的教育目的需要语言和文学在不同的学段配置不同的内容和重点，这是客观现实和学生主观需要所决定的，不以个人意志为转移。语文学科在实现教育目的中智育的、美育的、德育的几个方面都可大有作为。智育方面：教授语文应用知识体系，积累语言材料和文学素质，培养理解和运用语言的能力、现代文读写能力、口语交际能力、初步的文学鉴赏能力、阅读浅易文言文的能力、自学语文的能力，并主义发展开观察力、记忆力、思考力、想象力、创造力等智力。美育方面：培养健康高尚的审美情感、审美情趣和一定的审美能力。德育方面：培植热爱祖国语言文字的情感，认识中华文化的丰厚博大，培养爱国主义感情、社会主义道德品质，逐步形成积极的人生态度和正确的价值观。文学教育作为语文教育的一个重要组成部分，能够为实现语文教育目标作出不可替代的贡献。文学教育的教学目的是：学习我国和外国的优秀文学作品，掌握文学语言，发展形象思维，培养文学鉴赏能力；陶冶审美情感、审美情趣和审美能力，不断充实精神生活，完善自我人格，提升人生境界，逐步加深对个人与国家、个人与社会、个人与自然关系的思考和认识；热爱中华民族优秀文化，吸收民族文化智慧，增强民族自信心和民族自豪感；喜爱外国优秀文化，尊重文化的多样性，汲取人类优秀文化的营养，陶冶高尚的情操，提高文化素质。

"学习我国和外国的优秀文学作品"要求学生阅读相当数量的文学原著，重在积累和感受。在学习和鉴赏过程中，具有积极的鉴赏态度，注重审美体验，陶冶性情，涵养心灵。能感受形象，品味语言，领悟作品的丰富内涵，体会其艺术表现力，有自己的情感体验和思考。努力探索作品中蕴涵的民族心理和时代精神，了解人类丰富的社会生活和情感世界。

"培养文学鉴赏能力"要求学生了解诗歌、散文、小说、戏剧等文学体裁的基本特征及其主要表现手法。了解作品所涉及的有关背景材料，用于分析和理解作品。还要求发展学生对文学形象和语言的感受能力，理解能力，想象能力，情感共鸣能力，评价能力。

"发展形象思维"要求鼓励学生探索和幻想激发想象力和创造潜能。

"培养审美情感"要求引导学生探索美，享受美，创造美，热爱美；用美来净化心灵、抵制丑恶。

"热爱中华民族优秀文化"要求学生从文学作品学习中，汲取中华民族的精神品质和崇尚真善美的情感，种下民族之根。在学习中国古代优秀作品时，体会其中蕴涵的传统文化精髓，为形成一定的传统文化底蕴奠定基础。学习从历史发展的角度理解古代作品的内容价值，从中汲取民族智慧；用现代观念审视作品，评价其积极意义与历史局限。

现代教育追求以育人为本，追求人的全面发展。正如现代意识的核心是人的意识，人文精神的核心也是人的意识。作为一个现代人，仅仅掌握现代科学技术是不够的，因为科学技术可能造福于人类，也可能成为人类的祸害。作为一个现代人，必须具有自觉的人的意识，也即以人为本的人道主义精神。古今中外的经典文学宝藏，是文明人类在几千年发展历程中创造和积累起来的人文荟萃。说文学的精华——古今中外的经典文学作品是人类的良心，一点也不过分。它们毫无疑问是滋养、熏陶、锻造、培育现代国民的精神、灵魂和人格、促进人的健康、和谐和可持续发展的最可宝贵的资源。

正如杜威所言，在一个民主的社会里，保证文学教育发挥其应有的功能的问题就是留心使现在社会所必须的技术科目具有一个人文的方向。他表示相信，文学教育的功能就是利用我们手头所掌握的资源，不管人文文学也好、科学也好、具有职业意义的学科也好，以保证人们有能力赞赏我们生活于其中的这个世界的需要和争端。作为大正时期八大教育主张之一——文艺教育论的提出者，原日本早稻田大学俄语系主任、文艺评论家片上伸先生甚至主张文艺教育的宗旨不在于单纯提高文艺鉴赏力和创造力，而在于以优秀的文艺思想浸润整个教育事业，在于依靠文艺对人进行教育和依靠文艺精神对人进行教育。学校中的修身、伦理学等课程亦可借助文艺作品的形象感染，纠正其空洞说教和缺乏生命活力的现状。并认为，包括文学教育在内的文艺教育绝非单纯的感情教育，而是对人进行最微秒、最深刻、最永久、最根本的道德感化教育。《学会生存》也指出："我们个性中的一个根本而必要的部分是对美的兴趣，是领悟美并把美吸收到性格中去的能力。然而，艺术教育能够而且应该还有另外一种功能：它是我们和自然环境与社会环境相互沟通的一种手段；它是了解环境的一种手段，而且当某种情况发生时，它又是对抗环境的一种手段。但这个因素在教育实践中至今还没有受到应有的重视。"

（三）基于青少年儿童学习兴趣发展的理念。

根据读书兴趣随年龄增长而变化的研究，心理学家把读书兴趣的发展分为六个阶段：

第一阶段（4~6岁）为绘画期。

第二阶段（6~8岁）为传说期。

第三阶段（8~10岁）为童话期。

第四阶段（10~15岁）为故事期。

第五阶段（15~17岁）为文学期。

第六阶段（17~……）为思想期。

上述研究表明，基础教育阶段，尤其是中学阶段是青少年接受文学教育的黄金时期。错过了这个时期也就耽误了学生接受文学的最佳时期，对文学兴趣的培养也相对地难一些了。故事期是儿童想从对现实生活的具体描绘中获得社会的间接经验。文学期是少年挖掘社会内在价值的自我追求时期。思想期青年是探索人生究竟的理念时期。适时的文学教育可以满足在儿童身上发展起来的抽象思维的要求、享受个人没有直接参加的实践经验、从现实步入自己所向往的或所要模仿的事物或人的理想，逐渐完善自己的价值体系，获得适应社会的能力等等。

在小学进行文学教育时，应采用篇幅较短、文字鲜明、内容生动的故事、童话和诗歌，使儿童感到津津有味。最好选择跟儿童的生活经验相联系的阅读教材和看图识字的图画故事，这样可以起到更好的效果。对儿童讲民间故事、谚语和谜语，不仅有重大的美育意义，而且有重大的道德教育意义。因为它不仅使儿童认识群众的伟大创造能力，而且使他们深刻理解人民正义的声音和理想。杜威在

《明日之学校》一著中特别推崇讲故事的教育活动。他认为儿童不仅十分喜欢听优美动听的故事，而且每个儿童都喜欢别人听他讲故事，为了讲好故事他们又很自然地学会了阅读，"读那些好书——因为图书馆里除了好书以外没有别的——还学会了如何读好书，因为他们总是希望能发现一个故事可对全班讲，或是能表演出来。用这样的方式可以很早就开始欣赏优美的文学作品，或更确切地说，这样的欣赏习惯以后永远不会消失。"这样的讲故事活动就等于上阅读和写作课了。"儿童在学校里养成不喜欢读书的习惯，就会舍弃好的文学作品而追求拙劣的作品。但是，假如允许和鼓励儿童在学校里听故事，读故事和表演故事，就象他们在家里做的那样——也就是说，为了故事中的趣味而做这一切——他们就会保持对好书的喜爱，爱读好书。"1999年在美国出版的《多元智能教与学的策略》（Teaching&Learning Throgh Multiple Intelligences）一书专为教育工作者而写，旨在提供多元智能理论在教师情景中的实践应用方法。该书的作者认为："讲故事是最古老、最生动的语言技巧之一。这种教育方法的运用旨在激发学生的动机、解释事件或过程，或者仅仅为了创设一个适宜的环境。……教师用充满激情与感触的声音朗诵他们所钟爱的文学作品，由此所激发的兴致能够维持终生"这种方法不仅仅适用于语文学科，在所有学科领域里，讲故事和朗读都是激发兴趣、增进学习的有效方法。举例来说，历史课中通过奇闻轶事，或著名历史人物，如探险家或宪法的制定者的信件或日记，能够使课堂教学更为生动。

初中学生对英雄故事、科学幻想小说、介绍遥远异地的风土人情的作品、冒险小说等非常感兴趣，阅读这类作品能丰富他们的想象力，激发他们的探索精神，增长他们的知识。英雄故事或革命英雄主义小说特别富于吸引力，英雄人物的英勇行为、崇高品质，都激发着学生的情感，使学生感到英雄人生的壮美。

高中学生不仅对一般的英雄故事有兴趣，而且开始喜爱有较深的思想性的和情节比较复杂的作品。他们能对这些作品加以分析，发表自己的观点，开始塑造自己心目中一个理想的人的形象，进而树立自己奋斗的理想。

对文学教育能够促进学生的对客观现实的认识、发展他们的智力及完善他们的精神品质之外人们往往忽略了这一点：文学教育的过程本身对于充实学生的日常生活、使他们的学校生活过得幸福愉快和丰富精彩起着很重要的作用。而"教育是否把儿童的快乐、幸福、自尊、纯真、童稚活泼作为人之生活权利的一部分而加以尊重并且以此作为教育的出发点，这是涉及到教育是否人道，是否具有人文关怀的根本性问题。……我们尊重儿童，要把他们当作权利主体，不仅仅是使儿童免受伤害，而是创造一个教育环境和社会氛围以使他们能够自由地享受生存与发展的权利、选择与判断的权利、理解与表达的权利、创造的权利、在教育中获得快乐与幸福的权利。"心理学研究证明：欣赏文学艺术精品或自然美景是生活丰富多彩和幸福偷快的重要源泉。在学校接受文学艺术的教育过程中，学生必然会受到文学艺术作品的熏陶和感染，因而生活也就生气勃勃，活泼愉快，他们也就能更好地成长。正如蔡宁伟所说的"能乐呵呵笑上整整一个星期，甚至一个学期都觉得自己生活在阳光灿烂的日子里。"没有了文学艺术教育，不仅影响学生的全面发展，而且学校生活本身也必然呆板、枯燥、没有生气，心中的琴弦哑然无声。当然文学教育要充分体现它寓教于乐的特性还有一个前提条件，那就是要用正确的文学教育的方法来进行文学教育，否则文学教育也可能显得沉重和枯燥。

第二节　文学教育理念和方法问题

我们在"语文是什么"的答案上，义无反顾地回到常识上来，确认了文学教育在现代国民基础教育中应有的突出地位。接下来应该是探索如何进行文学教育，怎样上好文学课，这一问题的解决比上一个更问题艰难，更需旷日持久的努力。

一、文学教育方法的理论研究薄弱

在我国，文学理论界、文学批评界远离语文教学、文学鉴赏教学的研究，已经见怪不怪。我国传统的文论，诚如刘衍文所言："由鉴赏始，以鉴赏终。"但始终未转化为文学教学论，丰富的文论积累，对中国传统的语言文学教育没有发生大的积极影响。在现代，文学理论研究也始终没能有力地介入语言文学教学。我国当代的文学理论在粉碎"四人帮"以后有了根本性的转变，得到了长足的发展，但至今也没有对文学教育、文学鉴赏教学产生大的积极影响。在文学理论、文学批评红红火火的同时，我国中小学语文教育中的文学鉴赏教学，却相对寂静与贫乏。

美国大陆中部六州《语言艺术标准》的"语言艺术标准6"的部分条款，嵌入着不少的专业术语（知识），比如"情节的复合成分"、"角色"、"动机"、"变化"、"定型"、"缺掉的细节"、"预示"、"倒叙"、"渐进和离题"、"悬念"等等，这些术语，使相应的目标得以合适地表达，也是学生为达到列举的目标所必需先行学得的工作概念。只有借助于这些新的文学术语，学生才能学会该标准所期望的"文学反应和分析"。换句话说，如果他们的知识界不能有效地提供这些知识的话，那么美国大陆中部六州《语言艺术标准》中6-8年级的"展示阅读文学作品的一般技能和策略方面的能力"的大多数目标，既无法编制，也不可能得到切实的实施。

而我国目前的中小学的文学鉴赏教学迫切需要新的理念来指导实践，可谓正是处于无米下锅的窘况。语文课程教材专家研讨出不无泄气的结论："文学鉴赏能力如何具体化，理论界还缺乏研究。"于是乎，传统的理念和方法大行其道，使我们的语文教学常常强调文以载道，顺理成章地走向泛政治化的极端，或者以强调语文教学的特点为由，又滑向另一个工具化的极端。我国近半个世纪以来的语文教学总是在这两个方面来回摇摆，处于困境。这一历史经验是值得我们认真总结、以求突破和超越的。

二、文学解读的误区

就目前的情况看，文学教育方法存在着两大误区——泛政治化和技术化。因了这两重障碍，文学解读活动便不是使学生走近文学，而是相反，离文学远去。

（一）泛政治化

将文学政治化，在我国文学史和教育史上由来已久。闻一多先生就曾指出："汉人功利观念太深。把《诗三百》做了政治课本。"汉之后，这种以政治图解文学的旧传统历久不衰，一直延续到现代。鲁迅及其作品受到某些"左翼作家政治""围攻""恐吓""中伤"和"泼污"，是现代文学史上的一个显例。茅盾在新中国成立后，"顺应时代潮流"，把一部《水浒》全部纳入"阶级斗争"的观照之下，是当代文学史上的一个显例。延及"文革"这一"传统"发扬到了极致。影响至今，就是文学解读的不自觉的泛政治化。具体表现为：政治的二元对立，成了解读文学的隐性的普适性的"规律"。当然，这种"规律"的形成，还有一个重要的外来影响，那就是前苏联"无产阶级文艺理论"的长期"熏陶"。内外结合，这一"规律"几乎就成了许多教师的潜意识（事实上，不独教师，一些专家、学者也是如此）。

正因为如此，尽管不少人早就指出，不可把语文课讲成政治课，不可用政治的眼光观照文学，语文教师们也都赞成这种观点，但许多教师一走进课堂，就又走进了固有的观念中，那种早已流淌在血液中的传统的意识形态，使他无法跳出"用政治眼光观照文学"的圈子。于是，面对一篇文学作品，总是自觉不自觉地将其置于"封建主义"或"资本主义"或"社会主义"这样的政治制度之下去观照，总是自觉不自觉地用二元对立的思维去研究作品"歌颂了什么""揭露了什么"，缺乏文化层面价值观关照、鉴别和认同，总是习惯于从政治概念出发而缺乏事实求是地分析问题的胆略和习惯。用单一的和既定的价值取向来衡量作品，是非常简单和非常容易的事，却也是一种非常有害的、惰性的思维习惯。而这种思维习惯会一点一点地吞噬我们的审美能力和判断能力。总是不自觉地用阶级分析的观点去评判作品中人物的行为巧拙……即用政治化了的阅读心理去解读文学，去寻找作品的"革命因素"与"时代局限"。这样，自然就会简单化地将作者、作品即作品中的人物最终归入某一阶级、某一阶层之中，也就是自然地将一些政治术语如"定理"一样地加在作者、作品及作品中人物的身上。

有两个大"定理"至今还在课堂上通行无阻,一个是"资本主义的罪恶",一个是"封建时代的黑暗"。这两个大"定理"又推导出了许多小"定理",比如"资本主义制度下人与人之间赤裸裸的金钱关系""资本主义制度下底层人民的悲惨生活""资本主义民主制度的虚伪性",比如"封建官场的黑暗""封建宿命论""唯心主义""封建伦理"……我们不能否定"资本主义的罪恶"和"封建时代的黑暗",但我们不能将这样宏大而抽象的政治理论随便就加之于一篇文学作品之上。

李白的长诗《梦游天姥吟留别》,一些参考书和一些教师至今还把"反映作者政治上的不得意和权贵的不妥协态度,同时也反映了作者消极遁世的思想"看作它的主旨。这就把颇具"李白精神"的伟大诗篇变成了图解政治理论的道具。从这首诗作中我们至少可以感受到这样几种"李白精神":1.满腔抱负蒙受莫大挫折后,借神奇山水引发的喜悦来超越悲郁的自我;2.梦游富丽堂皇的山水神迹,与其说在游仙,不如说李白是以自己阔大的文人情怀在召唤山水的精魂;3."世间行乐亦如此,古来万事东流水",是把世间的名缰利锁视若虚无而达到精神自由之后的返璞归真;4."别君去兮何时还?且放白鹿青云间,须行即骑访名山",是精神自由之后心灵对生命兴味的许诺;5."安能摧眉折腰事权贵,使我不得开心颜",这是李白生命强度的集中体现,它以傲骨嶙峋,显示做人的尊严;6.上述五点的综合,是李白精神中天人合一精神的高度融合。长期以来,我们把包含着如此丰富的"李白精神"的伟大诗篇,简单类化为一两句政治口号,多么悲哀啊!

巴尔扎克的小说《守财奴》,一些参考书和一些教师一直把"揭露资本主义制度下人与人之间赤裸裸的金钱关系"当作它的主题,把作品对笃信基督教的葛妻的颂扬看作是作者世界观局限的体现。这就完全掩盖了小说的文学性。正如余杰在《阉割外国文学》一文中所言:"作者所要表现的是人性的贪婪和愚昧的一面。这是人性共有的弱点,不是某种社会制度专有的。资本主义社会里有这样的现象,社会主义社会里照样存在。""《守财奴》的作者不是批判资本主义社会的黑暗,而是暴露人性的弱点,进而寻找对人性的疗救之道。作者最后找到了宗教,宗教能否起到如此巨大的作用,当然值得进一步探讨。但是,我们不应当时对别人指手画脚,不负责任地乱说。"

鲁迅先生的小说《药》,在瑜儿的坟上摆了一个花圈,这便有了所谓的"光明的尾巴"。自从提出思想政治教育、德育如何渗透的问题以来,"光明的尾巴"也就成了中学语文似乎是与生俱来的赘物,实质上就是以泛政治化标准对文本解读、对文学作品鉴赏的异化。读汪曾祺的《胡同文化》,就要来一个"新事物是要取代旧事物的",甚至还要发出"安得广厦千万间,大庇天下寒士俱开颜"的感叹。胡同文化只是一种市民文化，汪曾祺哪里是简单讲它的消亡或被替代？他是在叙述一种文化，在品味，在咀嚼，在赏玩，有依恋，有淡淡的感伤，也有一丝丝"无可奈何"的喟叹。他何来那样多的"替代"？学《桃花源记》，就要高唱《桃花盛开的地方》。桃花源，它只是陶渊明笔下一个与世隔绝的空想社会，一个带有传奇色彩的乌托邦，一个作家笔下的"意象"。它与"桃花盛开的地方"除了共有桃花以外，其实毫无可比之处。读《挖荠菜》，最后就要来上几句"珍惜现在的幸福生活，现在的幸福生活来之不易"。通观全文，"珍惜现在的幸福生活"还有点影子；"现在的幸福生活来之不易"有什么依据？这种放之四海而皆准的解读文学模式，是不是也该打破一下了？以上种种根本就不是所谓"渗透"，而是附加与强扭。同时，对"思想政治教育渗透学科教学"的提法，目前也正受到质疑。因为学科本身是内在地有着伦理的和道德的力量的，它有这种功能，并非外加的。正是由于这种强渗式的外加，才有了语文课上的无数"光明的尾巴"。思想政治教育的正途，是文本本身的"力量"和"功能"，除此以外，别无其他。

我国和日本的初中语文课本都选用了鲁迅的小说《故乡》作课文。我国教学《故乡》重在政治教导，日本重在让学生感悟自我人生。人教社初中语文课本第四册《教师教学用书》（1996年版）在教学建议中把"辛亥革命后农村经济衰败和农民生活日益贫困的社会原因；鲁迅对劳动人民的同情和决心改变旧世界、创造新生活的强烈愿望"作为重点。在课后练习中点出《故乡》"反映了帝国主义和封建主义的残酷蹂躏下日趋破产的旧中国农村的社会现实"，"揭示辛亥革命的不彻底性。"

安徒生的著名童话《皇帝的新装》选入我国中学语文教材可谓慧眼有识。然而，编者所写的课文提示却带有泛政治化的影响："作品……以'新装'为线索，以皇帝爱穿新装成癖为引子，描述了一位骄横一世的皇帝在光天化日之下出丑的闹剧。作品以皇帝这个典型形象辛辣地讽刺了封建统治者的丑恶本质。"这种解读与原著相符吗？应该说，《皇帝的新装》中的皇帝并非"骄横一世"，也让人看不出有多少"丑恶本质"。

当然，我们不能一概反对从政治学的角度去解读文学，从政治学的角度解读，只是多种角度中的一种。巴尔扎克的《人间喜剧》被称为19世纪法国社会的历史，曹雪芹的《红楼梦》被称为中国封建社会的没落史，这些见解都是有一定道理的，但决不是唯一的解读。事实上，文学现象是一种非常复杂的现象，优秀的文学作品是可以多角度、多层面解读的，鲁迅先生论《红楼梦》命意的名言和西方那句"一千个读者就有一千个哈姆雷特"，都说明了这个问题。如果我们仅从政治学的角度解读文学，其危害是非常明了的：将充满生命底蕴和人生意趣的文学作品简单类化为一些标语和口号，不仅对文学本身构成极大的伤害，还使学生从根本上形成对文学片面甚至是完全错误的认识，更使学生在这样的"熏陶"下逐渐变成一个"政治人"，"最明显的表现是他们的语言日益泛政治化。"比如现在许多学生的作文充斥着假大空的语言，有的甚至如时事报告一样，空泛的说教一套又一套，就与此干系甚大。《中国青年报》曾经登载的这样一件事可使我们对政治泛化的语言文学教育的后果略见一斑：日本一个母子访华团来到中国。欢迎会上中日双方小朋友分别致辞，日本小朋友说道："今天我能来到向往已久的中国，心里特别高兴。已经经历的几件事使我十分吃惊：一是我发现中国小朋友的眼睛特别明亮，笑起来特别欢畅；二是我原以为熊猫的毛是柔软的，这次有机会亲手摸一摸，才知道根本不是……"日本小朋友通过自己的观察，用自己的语言表达真情实感，具体而生动。轮到中国孩子讲话的时候却是：今天参加这个会谈感到十分荣幸。我真挚地希望中日两国能加强合作，进行多方面的交往……云云，俨然一政治家的口吻。

（二）技术化

所谓"技术化"即无视人的精神存在，无视人文涵养、人文积淀，无视人文价值之于语言文学教育的极端重要性，把语言文学教育降低为纯粹语言形式的技术操作手段，把深具人文精神内涵的语言文学教育异化成纯粹语言文字训练。认为语文教育就是语言训练，是与人的精神无涉的形式训练。它的指向是"精神虚无主义"。

明人杨慎评论杜牧的"千里莺啼绿映红"时说："千里莺啼，谁人听得？千里绿映红，谁人见得？若作十里，则莺啼绿红之景，村郭、楼台、僧寺、酒旗皆在其中矣。"杨慎的话一直为人们所讥笑。何以被讥笑？就在于杨慎用科学阉割了艺术。

杨慎式的评论在我们今天的语文课堂有没有？长期以来，语文阅读教学采用"文章阅读教学法"，以知性分析为主，常常将课文作"生理解剖"。近年来，很多人不满这种方法，纷纷亮出自己的招术，其中以信息论为理论指导的"信息处理"法似乎颇受重视。应当承认，"生理解剖"法对文章学知识的传授有独特的意义，"信息处理"法对培养、提高学生处理文章信息的能力有不可替代的作用。无论是"生理解剖"法，还是"信息处理"法，若将其用之于文学作品的解读，则有科学主义之嫌，其结果必然导致科学对艺术的阉割。

郁达夫的《故都的秋》是一篇令人回味无穷的优美的散文。"秋味"是文章的"关键词"，"'故都的秋味'，以后各段里不断重复（强调）：'秋的味'，秋雨'下得有味'，文人写得'有味'，'秋的深味'，秋的'回味'……一贯到底，确实让人'回味'无穷。"（钱理群《品味"故都"的"秋味"》）但若如一些教师用

"生理解剖"法和"信息处理"法对文章进行结构解剖和信息处理，则"索然寡味"了——

"信息处理"法则将文学等同于科学，将具有强烈个性色彩，具有丰厚文化承载和浓厚审美意味的文学语言，等同于平面、粗浅、没有意趣的纯技术符号；将文学作品看成一个系统的信息集，以期通过识码、解码、选码、编码达到对它的有效理解和把握。以这种方法解读文学，则是完全抛弃了文学作品的"文学"本质，而将文学科学化，是对文学作品教学根本目的的反动。对《故都的秋》的解读，把非常感性、非常个性的郁达夫式的语言抽象成了干巴枯涩的几根"棍子"。用这种方法去解读，文学就在解读之中消失殆尽。有人曾建议托尔斯泰把《安娜·卡列尼娜》的内容用摘要的文学概括出来，他断然拒绝，说："如果我想用文字说出我打算用长篇小说来表达的一切，我就得从头开始写出我的那部长篇小说……"托尔斯泰的话我们应当记取。

夏中义先生说，"把这么一个最富于诗性的、情感的、想象的学科变得工具化、机械化，这对孩子们灵魂的塑造所带来的负面影响不言而喻。"

还有就是用记叙文的六要素分析代替文学作品的学习与鉴赏。一篇好端端的文学作品，要么千篇一律的"何人"、"何事"、"何时"、"何地"、"何因"、"何果"的肢解，要么是千篇一律的"作者介绍"、"时代背景"、"段落大意"、"中心思想"、"写作特点"几大块的训练。文学作品的个性没有了，阅读者个体感悟文本的个性也没有了，有的只是公式化的重复、统一规格的克隆以及模式化的标签等等。没有了形象，没有了意蕴，没有了个体的感悟，哪里还有文学教育的影子？

当文学作品的解读走向机械化操作，文学就成了文章学范畴里记叙文的附庸了，在加上标准答案的禁锢，阅读者解读文学作品的创造性思维的火花，也就彻底地被泯灭了。肢解的结果，是让阅读者只见字、词、句、篇等僵死的"零件"，犹如庖丁解牛，全然没有"全牛"，唯剩牛关节与骨架而已，这实在是抽去了作品的灵魂，抽去了作品丰富的人文精神和审美功能，使文学作品变成了一具没有灵魂的躯壳。

三、正确认识语文的学科性质

文学解读步入泛政治化和技术化的误区的根本原因是多方面的，但对语文学科性质的片面认识是其根本原因。泛政治化源于语文教学意义的追寻。在语文课上进行思想教育的注重源于文以载道、教书育人的传统。而我们所强调的道、所奉行的思想教育，主要是政治思想教育，其核心是政治立场教育、阶级斗争及阶级分析教育、绝对服从的集体主义教育和毫不利己的共产主义教育。由于受政治宣传、阶级斗争和革命运动的影响，语文教学往往更是向政治化方向倾斜、把语文课上成政治课、阶级斗争课，不仅忽视语言的工具性、技术性，忽视语文基础知识、基本技能的掌握，就连人道主义精神、人性、母爱、友情等都遭到不同程度的排斥或批判，剩下的往往只有空洞的说教与架空的分析，结果是学生既受不到文学熏陶与心灵震撼，也学不到语言文字的一技之长。

对语文学科性质的认识直接影响到语文教学方法的选取和语文教学目标的实现。自"语文"单独设科以来，我们不仅对语文的涵义始终没有取得共同的认识，对语文学科的性质的认识也是莫衷一是、一头雾水（这两者之间是有联系的）。有强调工具性的，认为语文是人们的交际工具，是学习和工作的基础工具，因此工具性是语文学科的本质属性。语文课的任务就是进行语言知识教学，培养理解和运用语言的能力，即听、说、读、写能力，课文只是例子。有强调人文性的，认为语文这个工具与一般生产、生活工具不同，它是人们思想、情意、社会文化的负载工具，所以归根到底人文性才是语文的本质属性。语文课的任务主要是通过语言的学习、感悟去培养情感、陶冶审美情操，弘扬中华民族的人文精神。

全面把握语文课程的成份与特性不可再犯片面性的错误。当然，在具体的教学实践中还要根据不同年级的任务与需求以及具体课文的性质和任务，实事求是地确立每一课文教学的重点。总的来说，低年级要更多地注意语言文字工具的掌握，侧重基础知识和基本技能的教学。而随着年级的逐步升高应加强文学的教学。而文学的教学有其艺术审美的一面，也有其人文思想的一面，不可忽视的是它还有语言文字的一面。虽然每一课文都有其特殊的闪光点，但我们应当根据文学教学的总目标将其语言性、艺术性与人文性巧妙地结合起来，在饶有趣味活动中达到全面的育人效果。

第五章　关于改进文学教育的思考

第一节　拓展文学教育理论视野

文学就是文学，文学作品绝不是政治课本，绝不是科学讲义。闻一多先生曾高呼"用'诗'的眼光读《诗经》"，我们今天也要高呼——"用文学的眼光读文学!""把文学作品上成文学课!"怎样才算文学的眼光?文学课应该是如何上的?我们或许可以从狄尔泰的两段话中得到一些启示——

"最伟大的诗人的艺术，在于它能创造一种情节。正是在这种情节中，人类生活的内在关联及其意义才得以呈现出来。这样，诗向我们揭示了人生之谜。"

"诗与生活的关系是这样的:个体从对自己的生存、对象世界和自然的关系的体验出发，把它转化为诗的创作的内在核心。于是，生活的普遍状态就可溯源于总括由生活关系引起的体验的需要，但所有这一切体验的主要内容是诗人对自己生活意义的反思。""诗并不企图像科学那样去认识世界，它只是揭示在生活的巨大网络中某一事件所具有的普遍意义，或一个人所应具有的意义。"

狄尔泰在这里所说的"诗"，我们完全可以把它理解为包括所有文学样式在内的一切艺术。社会的变乱，人生的沉浮，人际关系的种种纠葛，朝廷政治的倾乳斗争，外敌入侵的民族灾难……这些都可以通过作家的独特体验而交汇为某种特定的人生意义之谜，并最终伴随着作家的审美发现而凝结为充满文学光芒，穿越时空屏幕的审美形式。这样，用来解读文学的"文学的眼光"就应当是审美的眼光，应当是破译"人生之谜"的眼光。因为作品中的"人生之谜"是"作家的独特体验"的"交汇"，所以这种"文学的眼光"还应当是伴随着强烈的生命体验的眼光。因此，我们可以把"文学的眼光"解释为"伴随强烈生命体验的审美眼光"，作为文学的解读者，就应当如闻一多先生所说的那样去追寻:"艺术在哪里?

美在哪里？情感在哪里？诗在哪里？"这就要求我们在引领学生解读文学时，不可无视文学作品本体到处贴政治标签、作虚伪的道德说教、作技术化的肢解，而以生命体验的方式化入作品之中，去破解人生和社会之谜；以审美的眼光化出作品之外，发现、感受生命与生活之美，最终获得人生的启迪，实现生命的重塑。当然也不能矫枉过正，完全排除政治、道德、科学诸角度的分析，事实上，不少优秀的文学作品正是靠其深刻的政治思想、崇高的道德追求深深地打动读者的。"把文学教育单纯变成政治教育或与政治隔绝都是不正确的。"（胡乔木语）要真正把文学作品上成文学课要在马克思主义教育理论的指导下借鉴和运用当代阅读理论、文学解读理论及语言哲学的基本思想，来开拓文学教育的理论疆域。下面我们仅以接受美学与语言哲学理论为例分析其给我们展开的比传统文学教育更为宏阔的理论视野。

一、接受美学——读者中心理论

接受美学理论认为，在文本的解读过程中，读者及其具体化在其中占有极其重要的中心地位。读者的具体化是作品意义的源泉，而未定性的文本只不过是承载意义的载体而已。读者不仅仅是鉴赏者、批评者，而且还是作者，因为批评、鉴赏本身就是一种创造和再生产。文学文本绝不可能只存在一种意义，其真正的价值在于读者所做出的种种不同解释。作品的真正生命在永无止境的读者解读之中。

文学接受理论学派的重要理论伊塞尔从解读活动中读者与文本交流的相互作用上分析文本的生成及其意义的实现，阐释读者在解读集合文本意义的基本运作程序，提出了"游移视点"的概念。所谓"游移视点"，就是描述读者如何解读文本、实现文本的一种方式——认为每一个文本中都存在着许多视点，包括"叙述者视点"、"人物视点"、"情节视点"、"读者专设视点"等等，各种视点通过语句得到显示。在解读过程中，读者不断游移文本里的各种视点，不断在文本的各视点转换。而每当转换一个视点，都显示一个清晰连接的解读瞬间，它使诸视点既相互区别又相互联系。读者正是通过游移文本中的各种视点，即从一个视点转向另一个视点，最后展开各视点的复合，才能穿越文本，从文本内部结构去把握对象，发现文本潜在的密码，挖掘文本意义，使读者得以与文本交流。

根据接受美学的这种理论方法，在文学解读教学的过程中便可以从多层次的"视点"来选择文本分析的角度，如"叙述者视点"、"人物视点"等等。应该用哪一种视点对文本进行分析和阐释，既取决于文本所给定的条件，也取决于读者角度的选择。而视点的选择与确立不是一成不变的，也不是呈单一性发展的，要根据文本内容的拓展而及时"游移"其解读的"视点"。如教学莫泊桑的短篇小说

《我的叔叔于勒》，如果开始是以作品中的"叙述者视点"进行解读，那么随着情节的展开，围绕着于勒的出走和复回，众生相粉墨登场表演。"人物视点"又成为解读的主要视点。于勒为什么过去是"全家的恐怖"，而现在则是"全家的希望"？这个令人关切的问题，也很快成为"读者专设视点"。于勒"赚钱来信"把"我"家的闹剧推向高潮："福音书"给姐姐的婚事带来了成功，由婚事的喜悦引出了全家的旅游，在旅游船上牵发出穷愁潦倒的卖牡蛎者于勒。又由于勒的出现带出"父亲"和"母亲"恐慌而气急败坏的表演……动人心弦的故事层层展开，"情节视点"又抓住读者的感情思维。于是，各种视点或交替，或交叉，或转换，或复合，不断"游移"读者的解读视野，从而获得对文本的理解，发现文本潜在的意义。

借鉴读者中心理论的观点，我们可以说文学作品教学的过程是师生共同参与，发现和建构作品意义的过程。作品的教育价值，是师生在阅读鉴赏过程中实现的。文学作品的阅读鉴赏，难免带有更多的主观性和个人色彩。教师应引导学生设身处地地去感受体验，重视对作品中形象和情感的整体感知与把握，注意作品内涵的多义性和模糊性，鼓励学生积极地、富有创意地建构文本意义。当然也应引导学生通过查阅有关资料，了解与作品相关的作家经历、时代背景、创作动机以及作品的社会影响等，加深对作品的理解，努力做到持之有据，言之有理，知人论世。

美国的霍拉勃在《接受理论》中认为，一切客体都具有无限的决定因素，认识活动无论如何也不能穷尽所有特殊客体的每一决定因素。一部文学作品中的对象，必须保持某种程度的未定性，因为它们是意义方面的意象性投射。文本中不可能使用尽可能多的细节来填补所有的"间隙"和"空白"。但是，无论多少细节和暗示都无法消除未定点。在理论上，每一部文学作品，每一个表现的客体或方面，都包含无数的未定之处。因此，读者最重要的活,动就在于排除或填补未定点、空白或文本中的图式化环节。

接受美学认为，文学作品的价值常常是由两极组合而成，一极是具有未定性的文学文本，一极是读者阅读过程中的具体化。这两极的合璧才是文学作品的完整价值。任何文学文本都具有未定性，都不是决定性或自足性的存在，而是一个多层面的充满空白的图式结构。如果离开了读者的介入，它无法产生独立的意义。只有靠读者阅读的具体化才能实现。文本本身的价值和视域是有限的，而读者的具体化结果和充填的意义，随着时代的发展则是无限的，读者的视域也可以说是永无止境。我们可以说离开了读者，任何文本都无法存在，只是一个未完成的文学作品。甚至还可以说，延续不断的读者所创造的价值，要远远超过文学作品本身的价值。因此，在接受美学看来，读者对文本的具体化，也是文学作品的构成要素之一。读者对文本的接受，就是对文本的一种再创造，是文学作品实现其价值的必要过程。如果用这个观点来看中学语文的文学作品教学，可以发现，文学作品的教学过程"也是一种在教师带动、指导和帮助下由学生独立或与他人共同实现阅读对象的开放性，并将课文中的'空白点'加以具体化或明确化的过程。"

期待视野是接受美学另丨重要概念。期待视野主要指读者在阅读理解之前，由读者文学解读经验所构成的思维定向或先在结构，对作品呈现方式、意义、结构等的预测和期望。它是由传统或以前掌握的作品构成的，由一种特殊的态度构成的。这种态度接受一种类型的调节，并消解在新作品中。这种视野包括两大形态：一是由读者以往的审美经验（读者对文学类型、体裁、风格、主题、结构、语言等因素的理论储备和审美积累）所构成的文学解读视野，也可以称作个人期待视野。二是一种更为广阔的社会生活经验（读者对历史或现实社会人生的生活经验）所构成的文学解读视野，也可称作公共期待视野。它以一种十分隐蔽的方式制约、影响着个人期待视野的构成，并决定着文本在不同历史时期被解读的深度和广度。某一文本或某一读者的作用不能离开其受影响的社会历史条件。我们很难想象一部作品会处于知识的真空之中而没有任何特殊的理解环境。"期待视野"可以引导读者的接受和对文本信息的理解。

完全按照文本召唤结构去进行阅读的读者丨就是文本的隐含读者。隐含读者深深地根植于文本的结构之中。可见，隐含读者决不等同于文本具体的实际读者，而是一种理想化的读者，超验的读者，他是与文本的期待视野完全吻合的完美读者。而我们平时的文本实际读者，常常只是实现了隐含读者的一部分功能。

二、语言哲学——对话理论

借助于语言文字，人类迈进了文明世界的门槛，踏入了一个无限敞开、不可穷尽的精神世界，从此，人就永远地把自己放逐在言说的途中。而语言自身，则象一条川流不息、奔腾不已的长河，一代又一代的言说者被它无情地抛在身后，而它，则独自吟唱着时代的歌谣，不知疲倦地涌向存在的彼岸。当海德格尔说不是我们在说语言，而是语言在说我们时，我们真正地陷入了人性的悲哀之中：世间万物都不能逃脱有限性存在的命运，都会被时间的车轮无情地碾碎、销蚀在茫茫的宇宙之中，人类自身也在劫难逃。然而，语言，人类最伟大的发明，却从时光的魔掌中逃脱了，隐身在文字的不朽之躯中，隐身在一代又一代人的言说中，获得了与天地同在的永恒性，因而语言与天道并立："言之文也，天地之心哉"。语言是常用常新，与时俱进的，人类在创制它时却忘记了给它携带上衰老基因。生命之树常青，而语言的家园则青春永驻，因此，语言把人类从有限的生命里拯救出来，把人类的历史连接成一个存在的整体，而每一个个体也正是通过语言的隧道达到了存在的整体。因为语言，人不仅是短暂现实性的存在，也是永恒历史性的存在；不仅是自然生物性的存在，也是文化价值性的存在；不仅是受动的存在，而且也是自由意志的存在。

语言是"言说"出来的，"言说"不是自我独白，"我"的"言说"是面向听者"你"

的。人们的语言行为实际上是一种对话"结构"，是两个人在所谈对象上取得一致看法，并由此而相互理解的共同拥有的中部区域。作为一种语言现象，对话是普遍存在的，但在理论界，对话已超越原始的语言学意义而在哲学的高度上被人们所关注和探讨。最早提出对话概念并使其真正系统化、概念化和理论化的是俄国文艺理论家巴赫金。巴赫金认为：对话是人的存在方式。在他看来，对话可以从狭义和广义的不同层次上加以理解。从广义上讲，对话包括不同范围、不同层次的言语相互作用形式。

首先，用对话思想来关照当今的文学教学，我们看到了对话在文学教学价值中的必然选择。教学是一种语言行为，或者准确地说是一种话语交往行为，这种行为必然是"对话"的，而不能是"独白"的，没有"视界融合"，没有"他性"因素的相互建构，也就没有文学教学。更进一步说，对话理论的重大价值应该是对教育视域中人的生存方式的恰当定位。真正的教育不是道德的灌输和被灌输，也不仅是知识的传授与被传授，而是基于人与人真实与真诚交往的平等对话，是既保持了个人的主体性，又超越了个人主体，而在主体之间获得相互尊重与和谐的人格对话。通过"视界"的相互融合，"他性"的彼此渗透，而体现出的民主平等、沟通合作、互动交往，"充满了把学生从被动世界中解放出来的情怀。它要把学生培植成能动的、创造的、富有对话理性和健康心理的现代人。知识变成了'话题'、变成了手段，课堂、学校真正成为了育人、成人的乐园。"

其次，以对话理论来思考文学教学中的文本阅读，我们看到了迥异于传统阅读观的阅读教学新思路。阅读就是与文本的对话，而与文本对话，就不再把文本看作是僵死的材料，而赋予文本以生命；就不再把阅读过程看作是传授知识的过程，而是创造新意义的过程；同时，教师不再拥有绝对权威，而成为平等的指导者。在对话中，对话者与文本之间的"我"与"他"的对立，变成了"我"与"你"的亲合。而教师既与文本对话，也带领学生与文本对话。他一方面为学生的对话指点途径，另一方面也用自己的"视界"激发和补充学生已有的"视界"，使学生在阅读中达到与文本"视界"最大限度的彼此"融合"。

第二节　发挥教师和学生在文学教育中的主体作用

一、提高语文教师的文学素养

盛海耕先生曾出了一道评价一首诗的题目，近10年间曾请500名左右中学一级语文教师做这道题，结果做对的只有20来人，约占4%。面对文学教育的现状，一个不容回避的事实就是中学语文教师文学素养普遍偏低。首先，许多教师自进入教师角色之后，已逐渐失去了关心文学发展、文学现象的兴趣，其知识大都停留在大学读书时的知识阈内；其次，在进行文学作品教学时，习惯于现成的结论，一切以教参为依据，不愿也不会去认真品味文学语言和意蕴；再者，当今乐于文学写作的语文教师已是凤毛麟角了。不少语文教师避重就轻，大搞自己熟悉的三大文体（记叙文、说明文、议论文）教学，漠视文学教育这块广阔而丰美的领地。新世纪的文学教育亟待教师文学素养的提高。

首先，教师自己要养成勤读文学作品的习惯。当一名有"文学味"的教师，广泛的阅读是基础。试想教师不博览古今中外的文学名著，怎会有课堂上旁征博引的机智、信手拈来的潇洒呢？教师远离了文学作品的浏览，势必会兜圈子，也势必会语言枯燥、见识浅陋。只有自己成为精神产品的"美食家"，才能构建起丰富的内心世界。事实上，学生大凡都喜欢知识面广、文学素养高的教师，而教师自身素养的匮乏，展现于学生的自然是面目可憎了。同时，阅读实践的丰富，对教师自我解读文本的能力具有积极的提升作用。一些教师疏于读书，懒于阅读，造成在教学过程中出现种种不认真解读文本的现象，或是别人代读的，或自己没有读懂，或是对文本庸俗的解读，更有甚者对文本作出错误的解读。

其次，教师要努力提高自己对文学的感悟能力。作为文学教学，其本质是审美的，理应以感性体验为主，以促进想象的灵活性和丰富性的提高为己任，而不能听任理性的分析取代感性的领悟。

二、注重学生对文学作品的个性化解读和真实体验

张炜先生说："最好的文学课就是把它办成一场文学的盛宴，即搞成一堂集体欣赏课。尽可能地诱发每一个体验者，让其个人经验复活，活生生地、一个一个地，从群体中分离出来。这样做的目的是让具体的生命有了具体的感动，而不是把大家的感受搅和到一起，模糊化和统一化，得出一个最大的公约数。""文学欣赏是一次充分激活，是一次呼唤，以此求得千姿百态。要获得淋漓尽致的体验与表达，就要尽可能地把这场盛宴上所有的能力、所有的可能性全部调动起来，从

而形成极其活泼、极其冲动的局面，一瞬间让生命中最敏感的因子飞扬起来。感动、愤慨、回忆、痛苦，整个'合谋'所需要的这些因素全部焕发出来了——这才是一堂真正的文学课。"而文学课要上到这种状态要求我们注重学生对文学作品的真实体验和个性化解读。从方法上可以把握一下几点：

首先，精选解读视角。根据建构主义的学习观和接受美学的观点，文学作品的意义是学生在解读实践过程中建构的，而学生的个性、生活经历、文化知识积累等等许多方面都存在着较大的差异，所以，不同的阅读主体对同一部文学作品的兴趣点是不同的，甚至同一阅读主体在不同的年龄段也会有不一样的阅读兴趣。任何文学作品，一旦和个性鲜明的阅读主体连接起来，都会有其独到的阅读视角，对文学作品的鉴赏，无论是整体感知，还是局部欣赏，个性化阅读视角选择就是个性化解读的开始。

其次，重视个性化解读的完善过程。文学作品的解读难以一次性完成，甚至永远也无法完成，它是一个不断修正和完善的过程。然而，正是这个过程，潜移默化地对阅读主体的思想、情感和价值观发生着作用，从而有助于阅读主体的精神成长。所以，在引导学生对文学作品进行解读的过程中，一方面，我们不必强加定论性的一元理解，另一方面，对学生难以避免的粗糙和褊狭又要进行导航，帮助其作出必要的价值认定，尤其是创设一种氛围，让学生在对话、探讨和争论中调整自己的观点。倡导对文学作品的个性化解读，并不意味着鼓励学生固执地坚持自己偏激的和错误的理解，而是引导学生在论证中要么用自己独特的观点去说服别人，取得共识，要么，接纳别人与己不同的理解，被别人说服。每一个学生都有自己的认知图式，都可以对某个问题形成不同的假设和推论，但各自的假设和推论又往往易片面和挂一漏万。组织有效的合作、讨论、交流活动，可以促使大家梳理、陈述自己的见解，学会聆听、理解他人的想法，在相互接纳、赞赏、争辩、互助的过程中，通过了解问题的不同侧面，反思自己的感受，取他人之长，补自己之短，从而对自己所建构的"意义"产生新的反省，使之更趋独创性。

第三，依据文本，有理有据。虽然文学作品的阅读鉴赏带有更大的个人色彩，作品的文学价值也是在读者阅读鉴赏过程中得以实现的，但是，这并不意味着为了张扬阅读理解的"个性化"，就允许学生脱离文本天马行空式地驰骋想象。每一个文本都有其最基本的层面，这个最基本的层面是个性化解读的基础，是多义、多元解读的空间，也就是说，一千个一万个哈姆雷特也好，毕竟还是哈姆雷特，对文学作品的个性化解读，不能颠覆文本中最基本层面的意义，只有在这个层面上自圆其说、有理有据，所解读的意义才有价值，才是成功的个性化解读、真正的个性化解读。否则，就是对个性化解读的歪曲。

第四，引发、增进体验。可以说，没有体验就没有文学创作，吗没有文学欣赏。课堂文学鉴赏也需要学生生荷经验的参与。学生的体验一旦得到引发，他们对文本独到的解读往往令人惊讶，有时甚至比教师"代劳"的解读更为准确到位。在教学中，教师不妨适时提示学生"如果你处在这种情景，你有何感受"，"设身处地想一想"……这其实就是调动学生生活经验的方式。此外，许多活动式阅读指导如排演课本剧、人物角色转换等，都是调动学生生活体验的有效方式；教师利用图片、影像、音乐等方式也可唤起学生的生活体验以帮助其对文学作品的解读。当然，立足于文本的经验的唤醒依然是文学教育的主要渠道。

文学欣赏需要借助读者的人生经验，同时，文学欣赏也在拓展、丰富、美化着读者的经验。文学以其千姿百态的生活场景、以细致入微的人生体验、以独特的心灵感悟而使读者的精神世界呈现出多姿多彩的风景。文学教育就是这样，既要引发学生的体验以助阅读欣赏，又应借助阅读欣赏增进学生的人生体验。

第三节　开展丰富多彩的文学教育活动

一般说来，生活中的文学欣赏往往表现为带有个体随意性的自由活动，而学校的文学教育则是一种有组织、有计划、有具体教育目的的群体教育活动，是以特定的系统结构、特定的运作方式和特定的目标指向的规范下对人进行的陶冶和塑造的教学过程。我们尝试把学校文学教育活动分为三类：文学欣赏教育活动、文学批评教育活动和文学作品创作和搬演教育活动。

一、文学欣赏教育活动

（一）课堂导读

课堂导读是文学欣赏教育的最基本的教育形式。它是通过教师规范有序的课堂引导过程，使受教育者在一定的指向下进行文学欣赏的教育活动。课堂导读的操作环节主要是课前准备和课堂引导。

课前准备要做好两件事。其一，篇目的选择。教师要针对具体教育对象和教育目标选择进行文学欣赏教育的作品篇目。对选篇的思想内容、艺术特色、作者情况以及作品在文学史上的地位影响，教师要有足够的了解和认识。虽然这些东西并不完全需要向学生一一介绍，但作为施教者本人却应该心中有数。因为，只有在对作品透彻了解的基础上，教师才可能在深层意蕴上把握作品，也才能够诱导学生去感受体验作品的意境意蕴。其二，阅读布置。由于课堂导读时间有限，大部分作品（特别是中、长篇作品）都不可能利用课堂时间阅读，所以要规定一定量的课前业余时间进行阅读，可以采取几种方式：一是学期初或期中，还可以是前一学期的期末，教师根据教学计划开列书单，布置学生业余阅读；二是课前一周或几周布置具体欣赏篇目的阅读。当然，有些短篇作品或诗歌也可以当堂阅读欣赏，甚至有些作品放在课堂导读后再进行业余自由阅读欣赏也未尝不可。

教师在课堂引导中要适当介绍背景情况，如作者的生平和创作、作品产生的时代背景和地位影响等，目的在于开阔欣赏视野，深化欣赏层次。

引导学生进入作品意境是课堂导读的主体过程。可以采取多种方式，如可以按照文学欣赏的一般过程，先带领学生进入艺术感受阶段，通过教师或学生的复述和描绘使大家初步了解作品的人物、情节或情景画面，激发情感；在此基础上进行审美判断，这里可以设计一些提问或展开讨论，让学生充分联想、想象、比较、判断，发现并概括出文学形象的魅力和意义；最后进入寻索玩味阶段，由作品生发开去，师生共同畅谈由此引发的对社会人生的深入思索。

导读过程可以不拘一格，既可以师生共同讨论，也可以教师自问自答，还可以请某个有准备的学生作欣赏讲演。而且，导读也未必局限于对一部作品欣赏的整体过程，可以根据具体教学目标进行专题欣赏训练，如"想象力训练"，可以围绕一个人物形象或一段景物描写而进行想象描述，"理解力训练"则可以就某作品的意境意蕴畅谈独特感受和体验。

（二）朗诵会

朗诵会是具有更大自由度的文学欣赏教育活动。通过声情并茂的朗诵，学生可以自由驰骋于欣赏空间，从而获得能力的培养、性情的陶冶。

朗诵会的形式可分为专题朗诵会和非专题朗诵会。专题朗诵会是以一定专题或主题为中心的朗诵会，可以根据教育目标和对象设定不同范围的专题或主题，如"爱国主义诗歌朗诵会"、"山水田园诗朗诵会"、"五四新诗朗诵会"等专题朗诵会，或"我眼中的世界"，"我与时代"、"歌唱理想"等主题诗歌朗诵会。专题朗诵会的直接功效是以专题为导向，有计划、有目的地定向培养和塑造。非专题朗诵会可以让学生自由选择朗诵题材和体裁，这样可以使其在一个更广阔的艺术空间中充分突出个性特点。

由于这种朗诵会是学生直接参与的教育形式，因而它在具体目的上有别于一般文艺演出性质的朗诵会。它的目的是进行教育，它的过程和结果是同等重要的。实际上教育过程从朗诵会的准备阶段就开始了。受教育者在选篇过程中蕴涵着大量的欣赏和思考，这中间还有师生和生生之间大量的指导、切磋、交流，这本身就是一个教育过程。所以，充分把握朗诵会前的一系列准备过程，是最终实现朗诵升华的重要铺垫。

无论专题朗诵还是非专题朗诵，其目的都在于使受教育者通过朗诵进入作品境界，在艺术感染中进行情感体验和人生领悟。这就是说，朗诵的过程就是体验和领悟的过程。因此，朗诵会情境创设是取得成效的一个重要因素。情境创设包括会场环境布置（如会场装饰）、朗诵者形象设计（如服饰要求）、现场氛围烘托（如穿插音乐欣赏或配乐朗诵）以及听众的规模和范围等，这些都需要在朗诵会前精心策划。

（三）畅谈会

在畅谈会上，受教育者通过自己对文学作品的欣赏畅谈或聆听别人的欣赏畅谈，使心灵受到震荡，获得审美享受和思想教益。

畅谈会既可以是课堂导读后的心得体会交流，也可以是朗诵会后的再欣赏，还可以是自由选篇欣赏或专题、主题作品欣赏。对于课堂导读来说，它是一种对文学接受的检验。导读中主要是老师的诱导，而受教育者的个体接受却是千差万别的，对同一篇作品见仁见智的欣赏将使畅谈会充满启迪而别具一格。对于朗诵会来说，这是一种欣赏的深化。朗诵是一种精神体验，而将这种体验表达出来并与别人交流，则是一种深化和强化。

在某些畅谈会中可以适当加以讨论和总结。如专题作品欣赏会或规定作品欣赏会，可以就欣赏体会展开讨论或发言，或对欣赏的艺术感受加以比较，或对欣赏的审美判断品头论足，或对欣赏的寻索玩味再作阐释。讨论既可以显示出个体主观差异性的独特魅力，还可以使欣赏的教育功能大大强化。同样，适当总结也可以强化教育功能，教师在会中或会末的总结往往会收到画龙点睛的特殊效果。

二、文学批评教育活动

一般的文学批评是批评家通过对文学作品及文学现象的分析评价，阐发其意义价值，从而对文学创作、文学欣赏以及社会生活发生一定的影响。但在文学教育中，文学批评是受教育者开发智力、提高认识、训练能力和把握艺术规律的一种教育途径。因此文学教育中的文学批评在题目的选择、方法的运用以及批评目标的设定等方面都应该在教育计划的规范下有序进行。

（一）课堂导评

课堂导评是文学批评教育最基本的教学活动。它是在充分课前准备基础上，按照一定的教学要求并在教师引导下进行的有关文学作品的评论或批评教育活动。

课前老师选择好批评作品的题目。教师要按照一定的教育目的和教学对象选择批评对象，并对所选篇目的思想内容、艺术特色、作者情况以及在文学史或社会生活中的地位影响有充分的了解和认识。篇目确定后还要确定批评指向，即划定作品思想内容或艺术特点等方面的批评范围及目标定位《然后布置学生阅读。

布置学生阅读的作品应视篇幅长短设定提前量。当然，短篇作品亦可当堂阅读。阅读布置时应提出具体要求和有关思考问题。

在课堂操作过程中，教师应首先适当介绍所选篇目的背景材料，如作品创作的社会时代背景、地位影响、前人批评成果及作者情况等。然后进行作品分析品评。这是课堂导评的主体过程，主要是教师引导、带领学生进行分析和品评，可以根据不同的教学目标的要求采取多种方

当然，实际课堂操作是千变万化、丰富多彩的，需要教师根据具体情况运用自己的教育机智。课堂导评中教师的启发引导是实现预期目标的关键，因此教师在吃透篇目、设计论题、把握进程、点评总结等方面的主导作用尤为重要。

（二）批评习作

文学批评习作是一种受教育者自主性较强的文学教育活动。它不同于课堂导评那样在教师的步步引导下进行，而是充分发挥受教育者自主研究的创造性，独立完成其批评成果。

首先，根据教学目标选定批评作品。选篇的思想内容或艺术特色一定要具有针对性，与教学目标相符合。布置时应适当介绍作品背景材料，并提出批评的具体要求。如系长篇作品，应增加一定的阅读时间。

写作过程是这一教育活动的主体。在写作过程中受教育者应把握住以下环节：

其一，认真阅读作品。在欣赏的过程中，用自己的知识、经验、情感去感受、领悟、判断作品。在审美感受的基础上，将艺术感受抽象为理性认识，进入对作品的审视、鉴别和评判。通过阅读，对作品的思想内容和艺术形式形成深刻的理解。

其二，确定批评角度。根据教学目标确定是就作品的思想内容进行文本解读，还是就作品的艺术特色进行艺术品评，或者是其他的品评角度。

其三，深入分析批判。要用心思考，开掘新意；情理相彰，论证充分；联系实际，启迪心灵。

最后，教师要认真评改每一篇批评文章，做好课堂讲评。

（三）争议作品讨论会

对有争议作品进行讨论是解读和品评的一种强化形式。所谓争议作品，一是指在社会上或学术界引起争议的作品，二是指文学教育中由于受教育者的生活经验、思想水平、知识结构、感悟能力以及个性气质等因素而引起争议的作品。争议作品讨论会通过对作品思想内容和艺术形式等方面的讨论争鸣，使受教育者在思辩中提高对生活的认识和对艺术规律的把握。

争议作品的选择关乎教育成效的取得，因而应特别注意。作品的选择可以根

据当前文艺评论中出现的争鸣情况进行选择，也可以根据文学教育中出现的受教育者认识分歧而确定，还可以直接从文学史上选择篇目进行再评价和争鸣。篇目的选择要适应受教育者的思想水平和认识能力，以保证收到积极的正面教育效果

争鸣氛围的创造也不可忽视。争议作品讨论会这一文学批评教育活动的重点在于各抒己见的讨论过程，其教育成效即在于经过充分论争而实现知识视野、认识水平、思辨能力等方面的提高，因而创造一个自由争鸣的氛围十分重要。首先，充分倡导各抒己见。无论是课堂讨论的口头形式，还是论文写作的笔头形式，都应该充分倡导各抒己见的自由论争，而不应该先入为主地设定一家之言的既定框框，使学生的思维空间受到限制。其次，科学进行讨论总结。对于一部作品进行讨论和争鸣来说，任何人的评价都不是终极裁判，而只能是一时一地的见仁见智，因而争议作品讨论会的结论也不可能是盖棺定论。所以，对于讨论会的总结，应着眼于对受教育者精神驰骋的肯定，而不是简单的是非评价。成功的总结应该是对各方观点给予科学的梳理并阐发出积极意义，使受教育者从中受到教益。

（二）专题辩论会

专题辩论会是一种综合性较强的批评教育活动。在一定形式下进行面对面的辩论，可以使受教育者的认识能力、思维能力、语言能力等多种能力得到培养锻炼。

会前进行充分准备。其一，选拟辩题。题目的拟定可以由教师确定，也可以在学生中征集，还可以从课堂导评、批评习作或争议作品讨论会的篇目中选取。题目的确定要联系文学教育实际，具有理论或实践价值，具有充分的论辩性，并适合受教育者的知识能力水平。其二，确定辩手和辩方。可以通过多种形式确定辩手和正反方。辩手应对自己的正方或反方辩题作充分的知识准备和论证准备以及心理准备。应考虑受教育者的全体参与性，可适当划分小组或以"智囊团"等形式充分调动全体学生的积极性。其三，其它准备工作。主持人、评委、"拉拉队"、奖品、会场布置等方面的准备。

会场操作可选择限时限人、分阶段等规定性论辩和自由阐释、自由辩驳、观众提问等辩论形式。最好由评委或老师给以总结性评论、确定名次及颁奖等。

辩论会的形式可多种多样，随机掌握，如课堂即兴辩论、分组辩论、师生辩论等形式亦可收到不错的效果。

三、文学作品创作和搬演教育活动

文学创作是一种审美创造活动。一般的文学创作活动的成果是以对象的创造为标志，其目的是为了艺术形象的塑造。当在文学教育活动中，文学创作是作为

一种教育方式而存在的，它在创造对象的同时更强调创造主体，或者说它的直接目的就是为了创造主体，使主体通过文学创作获得陶冶和塑造。所以，在文学教育中，创作活动便作为教育方式和手段被纳入特定目标指导下的文学创作训练。作品搬演是学生以一定的角色表演将文学作品的故事情节表现出来的文学教育活动。在这一活动中，受教育者直接进入作品角色，参与作品内容表现，因而可以更加深入地获得情感体验和生活感悟，而搬演过程的多个环节也可以使受教育者的多方面能力素质得到培养锻炼。不少人回忆自己的成长经历时认为中学时代参加文艺活动给他们以难以忘怀的启蒙和教育。同时，在一定范围内的演出，还可以使受教育者在观看演出的过程中接受文学艺术教育。

（一）课堂训练

课堂训练是文学教育创作活动的一中基本形式。它是在教师的引导下，运用一定的课堂形式进行有组织、有目的的文学创作训练。这一训练应在教师的精心组织下完成。通过训练，应该使受教育者的各项基本能力和综合素质获得有效提高。

课前教师要根据教学计划确定本节课的教学内容，吃透知识讲授部分的内容，设计好训练形式（口头、笔头或其它形式）和训练题目。充分估计到教学对象的实际水平和反应状态，做好启发和示范设计及时间安排。

在课堂操作中可选择口头训练、笔头训练或其他形式，可以以一种形式为主，也可以几种形式综合运用。其一，口头训练。课堂安排可分为两部分：理论讲授部分和操作训练部分。操作训练部分可按照设计题目提出要求，提问或依次让受教者按要求进行口头应对，教师适当进行启发、总结。其二，笔头训练。教学内容也可分为两部分：理论讲授部分和操作训练部分。操作训练部分可按照设计要求，留一定课堂时间让学生按要求进行笔头作业，也可让学生在课外时间完成习作。教师对习作要认真评改并进行适当的课堂讲评，对典型习作可示范朗读并点评。

（二）专题习作

在课堂训练的基础上可进行专题习作训练。专题习作是一种类似于命题作文式的创作训练。它不是课堂训练那种带有即兴性、片断性的单项训练，而是综合运用各种能力并创作完整的文学作品的习作训练。

首先根据教学计划选定体裁和题目。体裁选择以短小为宜，如诗歌、散文、短篇小说、杂文等。在习作前应适当讲授相关文体知识及写作方法。题目的选定要切合受教育者实际。布置时明确写作具体要求。

最后进行评改总结。教师在认真批改每一篇习作的基础上总结普遍性问题并进行课堂讲评。专题习作的特点是综合性，如散文创作，立意、构思、谋篇、选词、抒情、想象等各种能力都得到了训练，所以这项训练可以放在各单项能力训练之后进行。

（三）习作朗诵会

习作朗诵会是兼具创作和欣赏的文学教育活动。从习作内容来说，是创作教育。从朗读形式来说，它又是非常好的欣赏教育。而且，由于与受教育者自身生活的贴近，这一活动具有更大的教育空间。

首先涉及到选篇的问题。可以从个人习作中任选，是为非专题朗诵会；也可以选择专题创作作品，是为专题朗诵会。无论非专题或专题，都应该强调全体参与，因为作品创作是第二位的，主体陶冶塑造才是第一位的。只有受教育者的亲自参与，才可能直接获得审美享受和境界升华。旁观者的效果会大打折扣。

然后是情境创设。情境创设包括朗诵会的会场布置、朗读者形象设计、现场气氛烘托等全部氛围条件。精心策划和营造这一条件，可以使活动获得突出成效。

（四）创作谈

创作谈是一种创作心得交流活动。由于创作过程中各种心理机能的和谐运作，使创造力得以集中体现，同时，其中还蕴含着创作者对生活的理解认识和情感体验，所以创作过程充满着对主体的陶冶塑造，及时总结交流创作心得，可以强化其中的体会体验。这对于创作教育具有重要意义。

创作谈可以采取座谈会形式也可以采取其他形式，可以即兴发言也可组织充分准备。交流内容既可以是创作过程的描述，也可以是创作收获的总结，还可以是创作中存在问题的质疑和讨论。

（五）文学社、刊、网

文学社、刊、网是一种业余性的、长期性的创作教育活动形式。文学社、刊、网可以吸引或集合一批文学爱好者，在课堂训练之余更长期地进行文学创作活动，从中获得文学教育。同时，通过社、刊、网的方式，还可以培养文学新人，活跃校园生活，并以其营造校园文化氛围，使更多的人处于文学熏陶之中。

文学社的活动可以丰富多彩，内容可包括创作、欣赏、讲座、经验交流、QQ互动以及举行朗诵会等校园活动。文学刊物或网络是发表作品的园地，可以和文学社结合起来，定期或不定期地发表校园文学佳作，探讨热点文学问题等。

（六）作品搬演

文学和戏剧是既有联系又有区别的两种艺术类型。将仅供阅读的文学作品变成舞台表演的戏剧形式，首先碰到的就是剧本设计问题。首先，选篇的内容要适合受教育的对象，符合教育目的：其次，选篇必须适合舞台演出，进行搬演的文学作品应该具有一定的叙事性，如小说、叙事散文、叙事诗等，且人物、情节、环境不宜过于复杂。

其次是作品的改编的问题。将文学作品改变成受教育者演出的舞台剧本，一般有三种情况。一是基本保留原作品的对话，进行简单串场即可。比如契诃夫的短篇小说《变色龙》，作品本身就是由大量人物语言构成的，改编时只要理清头绪就行。二是根据原作品的题材和主题重新设计人物语言和场景设置。比如，鲁迅的短篇小说《孔乙己》，原作品人物语言并不多，改编成剧本就要设计大量的人物语言和场景等。三是对原作品的人物、情节、主题等进行顺向或逆向的生发再创造。比如，对一些古典作品如《陌上桑》、《木兰诗》等，就完全可以用现代观念进行生发，而生发本身就又是一种想象力或创造力的培养训练。

演出过程就是一个接受教育的过程。首先，从表演者来说，进入表演必须全身心进行角色置换，因而就从一般性阅读欣赏飞跃为身临其境的角色体验，其艺术感受和生活感悟也会随之真切而深刻，而且，受教育者进入表演，在艺术感受和生活感悟的同时，其语言表达、形体动作、心理素质、创造力等方面也相应得到了训练，就这一意义而言，作品搬演的原则应该是过程重于结果。其次，从观看者来说，舞台艺术本身就是一种艺术类型，受教育者观看作品搬演，本身也就是在接受艺术教育。

当然，教师的引导把握应贯穿作品搬演的各个环节，如选篇的把关、作品的推荐、改编的审定、演出的指导以及最后的品评总结等。引导的形式可以和其它的艺术教育形式结合起来，如欣赏导读、创作训练、品评畅谈等。

第四节　不断提升文学教育的境界

"境界"在古汉语中原指"疆界"或"疆域"，如"当更制其境界，使远者不过二百里"中所用之意，后"境界"一词用来翻译佛典，如《无量寿经》上："比丘白佛，斯义宏深，非我境界。"佛学中的境界，其内涵由现实转为精神。中国近代著名学者和文学批评家王国维（1877-1927）将"境界"用作了重要的美学范畴，指艺术造诣和情蕴内涵所达到的层次高度，如"词以境界为最上。有境界则自成高格，自有名句。五代北宋之词所以独绝者在此。"再如"古今之成大事业、大学问者，罔不经过三种之境界：'昨夜西风凋碧树。独上高楼，望尽天涯路。'次第一境界也。'衣带渐宽终不悔，为伊消得人憔悴。'此第二境界也。'众里寻他千百度，蓦然回首，那人却在灯火阑珊处。'此第三境界也。"美学范畴的境界似乎允许我们作静止的界定和微观的分析，但它又追求一种不可分割的浑融的整体效果。我们无意在此对境界这个美学范畴作出明确的界定，只是想借用这个概念来描述文学教育的三个递进的层次或曰维度，这三者各有区别但又浑然一体、既有包容又有递进，或许境界一词真能担当描述它们的重任。我们把这三重境界称之为语言境界、文化境界和心灵境界。

提出文学教育的三重境界，首先是基于文学文本本身的层次性。中外文论史上，都曾有人把文学作品的构成看成是一个由表及里的多层次的审美结构。中国古代的《周易·系辞》在探讨哲学思想的表达时，就提出了"言、象、意"三个要素。后来三国时期的著名经学家王弼在对《周易》进行诠释时，则更为详明地理清了三者之间的关系。他说："夫象者，出意者也。言者明象者也。尽意莫若象，尽象莫若言。言生于象，故可寻言以观象；象生于意，故可寻象以观意。意以象尽，象以言著。"这些论述为人们分析文学作品的文本结构层次启发了思路。比较而言，西方文论由于其表音文字的特点，所以对文本结构的划分着意将语言的声音和意义区分为两个层面予以强调，而中国古代文论由于汉字的表意特点，则首先考虑到的不是声音，而是作品的言意关系。两者的划分虽各有特点，但是在大体上，中西文论对文学文本基本构成方面的理解是相通的。文学理论家们在汲取和借鉴中西文论的基础上，现在通常将文本的结构划分为三个层面，即语言层、现象层和意蕴层。

文学作为"人学"，实际上是人的本体要素的全面展开，所以文学文本的本体与人的本体有明显的统一性。以文学文本为媒介的文学教育活动寻着文本本体的层层深入实际上是对人的本体的理解和探究。卡西尔说：人是符号的动物。语言是人类最重要的符号系统，我们也可以更确切地说人是语言的动物。文学正是人类语言才能的高度发挥，是名副其实的语言艺术。所以文学教育的第一境界是是语言境界。其次，文化是人类的生存方式，是人和动物的重要区别，文学展现的总是一定文化中的人和一定人类的文化生活，文学教育担负着传承人类文化的重要职能，从而促进社会的文明和进步，所以文学教育的第二重境界便是文化的境界。再者，只有人才有丰富的精神生活和心灵世界，而文学似乎正是为了展示人类心灵的丰富性而存在的。文学教育的最终目的是丰富人的精神世界、构建心灵的家园。所以文学的第三境界就是心灵境界。简言之，文学教育是以语言为媒介、文化为内涵、指向人的心灵的人性教育。

从文学活动要素链的角度来分析文学教育的三重境界，我们可以看出不同境界的文学教育涉及或注重的要素是有差别的。把文学作为语言使用的范本，作为学生模仿的对象，这实际上主要是涉及了文学活动四要素中的一个，即"作品"，而且着重于作品的语言的模仿、把玩和品味，这便是文学教育的第一重境界。通过文学教育增加学生对于文化某一"扇面"的了解，扩大他们的知识面，开阔他们的视野，这主要是关注了文学活动四要素中的"世界"，即文学所描绘的人类文化意象，此为文学教育的第二重境界。文学教育丰富了学生的心灵世界，优化了学生的态度、情怀和信念，完善了学生的人格，这便关涉到了文学活动全部的四个要素，即以"作品"为媒介，作为"读者"的师生与"作者"进行精神的沟通，领悟作品所反映的"世界"、丰富了师生的心灵世界，此乃文学教育的第三重境界，也即触及到了文学教育的旨归——构建心灵的家园。

下篇：文学大家教育思想创新性启发

第六章　梁启超文学教育思想特征

　　梁启超文学教育思想特征可以有许多层面的解读，这归因于梁启超本身是一位完整的复杂的思想家，但即使其文学教育思想特征有许多，仍离不开其人生阶段性经历的藩篱。胡适曾言：一时代有一时代之文学。就时空境遇而言，梁启超文学教育思想也是与时代变革相起伏跌宕，在梁启超幼年时期，他虽没有形成我见，但无形中所表露和奉行的正是传统儒家士大夫思想，至其后来遇到康有为，经过康有为一番当头棒喝，忽然似醍醐灌顶，我见大张，开始死心塌地的追随康有为进行启蒙维新运动，这一时期的梁启超所追求的文学教育思想本质上就是为维新变法培育人才。随着维新变法运动的失败，康梁逃亡国外，在宣传保皇运动的过程中，梁启超开始大量接触先进的西方思想文明，渐渐对于康有为今文经学主义产生背离，同时随着时代政治局势的乾坤巨变，康有为所推行的政治主张也越发的与历史的发展相违背，梁启超凭着他独立之批判、自由之思想，终于跳出对老师康有为的片面忠诚，以时局变幻、民族大义为思考的脊梁，提出了倡议共和政治的主张，在文学教育思想方面，则是推行为共和政治的实现主张新民教育，并身体力行，在实践中广为推广，为近代化民主教育的发展做出了巨大贡献。然而，由于政治势力的挤兑，军阀利益的争夺，梁启超所期望的民主共和愿望并没有得到实现，并且由于他相对处于客观冷静的立场分析时势，以至于不容于以激烈革命为主旋律的国民党政治集团，同时由于其大公无私的共和主张，以至于也不容于手握政权的各路军阀，正是在这样一种无奈和失望的境遇下，梁启超开始游历欧洲，开始将自己的人生角色定格到学者身份，在欧游归来后，梁启超除了偶尔参与政治活动，其大部分精力全部投入到社会文化事业中来，而此时的梁启超则更多的从文化本位角度去思考现实问题，在这一阶段所提出的文学教育思想，更多层面上倾向于人文艺术范畴，而非为了配合某种政治主张，这种回归人本主义的思想态度，我们形式上把它称之为审美，之所以定义为审美，因为审美是非功利的，是超脱功利主义后剩余的精神追求。

梁启超文学教育思想的特征，便是根据其人生截然不同的经历以及不同时期前后大变的言论主张为主要线索，分别从功利与审美、善变与不变、尊师与重道三个方面梳理梁启超文学教育思想，从而在梳理其思想主张特征的基础上，更深刻而全面的理解梁启超，以及其光辉思想的超越时代性魅力。

第一节　功利与审美

学术界多赞同梁启超的思想应以1918年欧游为界，分为前后两个阶段，前期为功利，后期为审美。虽然这种分期存在武断的一面，但与梁启超实际的人生轨迹也算相符，并没有过度强加而产生某种不适。梁启超前期所谓的功利，归根结底是与其政治主张相一致，而后期的审美，也是因其政治性色彩的淡出，关于梁启超文学教育思想所具备的功利与审美两大主题。就功利与审美这两大主题的内涵特色进行解读，并借此深入理解梁启超思想的精神特质。

关于梁启超文学教育思想前期的功利性，主要分两个阶段，一是维新变法时期，一是民主共和时期，虽然这两个阶段提出的思想理念有所区别，但无疑都是为政治诉求服务的，这一点在前文已作梳理，在此不作赘述。但具体的区别所在以及为何要为政治诉求服务，在这种特征的背后折射出梁启超什么思想，抛开唯物史观的视角，又具有哪些独特的跨时代性闪光之处，可以为梁启超思想特质的发微推广有所裨益，则需要作进一步深入探讨。

关于时务学堂，1897年11月，梁启超应湖南巡抚陈宝箴之聘，前往长沙任时务学堂总教习，积极参与湖南维新运动。"已而嗣同与黄遵宪、熊希龄等，设时务学堂于长沙，聘梁启超主讲席，唐才常等为助教。启超至，以《公羊》、《孟子》教，课以札记，学生仅四十人，而李炳寰、林圭、蔡锷称高才生焉。启超每日在讲堂四小时，夜则批答诸生札记，每条或至千言，往往彻夜不寐。所言皆当时一派之民乐论，又多言清代故实，胪举失政，盛倡革命。其论学术，则自荀卿以下汉、唐、宋、明、清学者，掊击无完肤。时学生皆住舍，不与外通，堂内空气日日激变，外间莫或知之。及年假，诸生归省，出札记示亲友，全湘大哗。先是嗣同、才常等，设'南学会'聚讲，又设《湘报》（日刊）、《湘学报》（旬刊），所言虽不如学堂中激烈，实阴相策应，又窃印《明夷待访录》、《扬州十日记》等书，加以按语，秘密分布，传播革命思想，信奉者日众，于是湘南新旧派大哄。叶德辉著《翼教丛编》数十万言，将康有为所著书，启超所批学生札记，及《时务报》、《湘报》、《湘学报》诸论文，逐条痛斥。而张之洞亦著《劝学篇》，旨趣略同。戊戌政变前，某御史胪举札记批语数十条指斥清室鼓吹民权者具摺揭参，卒兴大狱，嗣同死焉，启超亡命，才常等被逐，学堂解散，盖学术之争，延为政争矣。

可以发现，此时的梁启超，"所言皆当时一派之民乐论，又多言清代故实，胪举失政，盛倡革命。其论学术，则自荀卿以下汉、唐、宋、明、清学者，掊击无完肤"。为何一个经过传统考据学派训练并在以古文经学为考试范畴的科举中崭露头角的梁启超，会反过来掉准枪头直指旧学？为何其对于革命的热情如此热烈，所言皆当时的民乐论？我想所有这些举动的根源便在于梁启超希望实现维新改良的政治运动，而之所以有这么强烈的政治改良需求，便在于他对现实状况的不满，有不满便会有发泄，当一个人对身边的状态不满意时，他的价值观就会自然有所偏移，为何一个原本发展及前途都很美好的梁启超，会对现实如此不满呢？

康有为的政治企图促成了他对经文经学的热情推广，而梁启超正是受其思想引导从而走上的维新改良运动，说到底，梁启超刚从一个懵懂无知的少年成长为思想发展并开始形成执行力的青年，他此时的状态只是一下子投入了思想崇拜的漩涡，他所追求的改良维新政治运动也只不过是崇拜效应下一种行为投射而已，梁启超此时文学教育思想中的功利性并不具备自我独立性思维，他只不过是康有为的附庸，是这个时代所急需逆转的改良大势的附庸。

然而当梁启超1902年及以后，推行民主共和政治理念的时候，他的文学教育思想中的功利性质就产生了某种质变。这种质变最直接的表现，梁启超在革命排满、民主共和、保教等问题上与康有为发生严重分歧。

关于师徒分途问题，在此便不作赘言。梁启超认为，"启超既日倡革命排满共和之论，而其师康有为深不谓然，屡责备之，继以婉劝，两年间函札数万言。"由此论出发，梁启超虽然自己给自己背叛康有为找了合理的解释，我们不必从中去批判这种解释是否合理，但至少在客观上我们可以肯定的是，梁启超此时的思想已经不再是某种思想的附庸，康有为对他所产生的影响力磁场已经被其自主建立的思想力所冲破，梁启超已经是一个具备独立思想的时代新锐，他此时所奉行的为民主共和培养新民的教育思想，是他为了实现自己的政治主张而进行的推广活动，虽然两个时期的文学教育思想都是功利的，但一个是为他人而功利，一个是为自己而功利，这就是前两次思想本质意义的不同之处。除了功利的这一特点，梁启超思想还有审美的一面，关于梁启超审美的文学教育思想，其形成背景是在梁启超欧游归国后所提的系列主张中逐渐体现，尤其是他对于子女的教育书信中，所表露出的文学教育观念更能代表其对于审美的关注。

总体而言，梁启超文学教育思想，前期是功利的，该功利分为为他人的功利和为自己的功利两个时期，而后期是审美的，该审美是跳出了功利的磁场，开始以更深邃广阔的视角来审视文化，审视社会文明的发展，并且其审美的思想并非为了某项确指的目标，而是在深厚文化积淀的基础上搭建起客观的人文观念。如果从区别来看，各个时期的梁启超都是不同的，都具有阶段性特征。如果从发展的角度来看，梁启超思想又是贯通一致的，经历了从绝对崇拜到自我实现，又从自我实现到客观超然，这样一个思想发展的进程在历史轨迹中恰恰是合理的。所以说，虽然梁启超的思想大体可分为功利和审美，但背后恰恰是其思想成熟轨迹的客观呈现，阶段性的矛盾与人生全程的完整恰恰成为梁启超文学教育思想中，一对看似冲突实则一脉相承的重要特征。

第二节　善变与不变

关于善变，其实梁启超自己也毫不避讳这一"美称"。1901年-1903年间，梁启超因倾向民主共和，宣传破坏主义，反对保教，与其师康有为发生严重思想分歧。

1903年11月，梁启超从美洲回到日本，思想大变，放弃了以前的"破坏主义"，在《新民丛报》第四十至四十一号、四十二至四十三号接连发表《论俄罗斯虚无党》、《答飞生》、《答和事人》，表达了他当时的"用意之所存"。在梁启超看来，"如鄙人每一意见，辄欲淋漓尽致以发挥之，使无余蕴，则亦受性然也。以是为对于社会之一责任而已。"这里可以看到梁启超旅美归来后思想的转变。本来，梁氏信奉卢梭的民权、民约论，旅美后看到美国民主政治的弊病，又感到不得"迷信共和"，"返观比较于我祖国，觉我同胞匪惟不能自治其国而已，乃实不能自治其乡、自治其家、自治其身"。

从中我们不难看出，梁启超善变的彻底性与绝对性毋庸置疑，但这样的善变是否应该承受"二臣"传统道德观的批判？似乎又是值得商榷的。我们不能否认，明末清初时期，无论是统治集团清王朝还是明遗老遗少，对于忠诚这一道德概念的认同是多么强烈。《二臣传》背后的政治嘲讽似乎犹在耳畔，作为儒家传统教化观，忠诚孝子、贞洁烈女历来是道德阵地的丰碑，无数人的人生故事成为其劝导世人的金科玉律，如果中国没有被强拉进全球工业革命体系，如果中国依然可以自给自足不受打扰的沉睡下去，那么这样的道德风尚无疑是有益于社会结构的稳定。但问题便在于梁启超所面对的国家民族状况，恰恰是被西方坚船利炮蹂躏而气节丧尽的现实，在这样一个客观环境下，依旧用传统道德准则来评价梁启超思想的善变，本身就显得不合时宜，本身就需要被批评，所谓穷则变、变则通、通则久，当中国整体现状落后于西方，穷则思变的古训就成了社会普遍行为的写照，而梁启超也只不过是这种历史趋势中一颗闪亮的新星而已，梁启超的善变不是个人的问题，而是整个时代的一种风气。

梁启超善变的特征既然本无可厚非，那么他为何如此善变？以及如此善变的背后有何深层意义？从梁启超文学教育思想分期中，我们已经知道，梁启超思想的转变大致分为四个阶段，第一阶段是对古文经学的刻苦学习，第二阶段则是拜师康有为学习今文经学，第三阶段则是学习西方先进思想文明，最后阶段则是以传统文化为基础进行文化批判，形成自己的思想。而这四个阶段的目的也是分明的，分别由刻苦求取功名到追求改良维新运动，由保皇运动到推行民主共和，由致力于新民教育到回归学者角色整理国故。细细看来，我们不难发现，梁启超思想的发展是一个从无到有、从盲目到理性、从片面到深刻的一个过程。他之所以会在各个时期表现出不一样的思想主张，最主要的根源在于其接触的文化思想在不停的变化，正是由于他的学识在日积月累的逐渐增加，所以他的思想才渐渐的发生着变化，当这一量的积累达到了质的飞跃，梁启超思想就会表现出某种迥然不同的风向标。

如果说梁启超个人的学识不断的进步是其思想发展善变的内因，那么客观社会风潮的变革则是其思想实现突破的外因。梁启超第一次思想变革，归因于晚清政府时期，由于客观上国力的衰败，使得旧有制度日益受到"天朝上国"思想熏陶多年的读书人的怀疑和挑战，他们以魏源、林则徐为代表的知识分子掀起了一场睁眼看世界的风潮，而康有为所宣称的今文经学思想在客观上实现了对旧有制度规范的冲击和破坏，由于其思想具有极强的个性自主意志，对于以因循守旧为特征的旧式学林知识分子而言，所具有的吸引力是毋庸置疑的，梁启超只不过是历史性的相遇了康有为，从而成为晚清社会内在变革呼声的发声筒，这一次的思想变革，直接原因属于个人崇拜，间接原因是时代需要变革的内在风气熏陶所致。梁启超第二次思想变革是放弃了改良维新思想，转入推行民主共和，这一次他的个人思想压力最大，因为他要面对的是如何处理与老师康有为的关系，当然最终的结果，我们看到，梁启超宁愿以最真实的思想暴露于大众视野，也不愿在师徒的制约下放弃自己的思想主张，他之所以会有如此大的决心和勇气，按照他自己的话来说，是因为他的求知欲强，愿意容纳新知识，而他的老师则固步自封以三十岁为学识的顶点，所以他的学识超过了他的老师，以至于不得不提出分手。这一说法表面上看是合情合理的，但骨子里其实是梁启超个人对康有为政治前途的否定，他不看好保皇、维新、改良这群知识分子能够取得成功，虽然他曾是他们最坚定的一员，也许正是因为梁启超深入的了解这群政治主张者，所以才能能清醒的知道他们的不足，也才会毅然决然的与之决裂，当然这份决裂，在客观上也要归因于他在对西方民主政治文化的吸收和批判。在梁启超因民主共和理念屡遭践踏，以至于不得不选择释然，远走欧洲游历各国，他的思想再次发生了巨大变化，他决心淡出政治中心，一心回到学者身份，开始著述讲学，并组织编纂图书，整理国故，他思想上的最后一变，除了主观态度问题，就外因而论，他作为一位文化名人的社会地位不可能让他成功推行个人政治主张，手握政治的军阀们，他们所在乎的是个人的利益，而不是国家民主的文明和进步，所以他的客观环境逼着他放弃了不可为之的政治运动。

　　无论从主观还是客观，无论梁启超在人生的几个阶段展现了怎样善变的角色，但从他善变的事实背后，我们依然可以发现，他对于民族国家最真挚的感情是不变的，他对于文化、艺术、哲学等学术文化的热情是从未衰退的，他在成长过程中对于现实的尊重、对于真理的坚持、以及维护学术正义的秉性没有改变过。梁启超固然是一个善变的人，但他的不变的品质更值得品评和赞叹，正是他的不变的品质，从而促使其在晚清近代的历史舞台中，不断的做出政治看法、思想认识、行为活动上的应对和调整，梁启超善变的是因风而动的客观行为，而不变的是与生俱来的优秀学人品质，我们在评价其善变的同时，更应该看到起善变别后所隐藏的不变的人格主线和精神追求。

第三节　尊师与重道

　　尊师重道本是中国传统文化中向来奉为经典的教化法则，郭沫若《洪波曲》："中国社会是尊师重道的，每家的祖先堂上都供有'天地君亲师'的香位牌。"尊师与重道本是一个问题的两面，《礼记·学记》："师严然后道尊"，汉郑玄注："尊师重道焉，不使处臣位也。"《礼记·学记》："大学之礼，虽诏於天子，无北面，所以尊师也。"《汉书·萧望之传》："国之将兴，尊师而重傅。"南朝梁江淹《齐太祖诔》："聿尚登学，严道尊师。"尊师是重道的前提和途径，重道是尊师的目的和结果，而这一思想经历了数千年的传承和巩固，不仅深入人心而且成为社会思想史中某种集体无意识，以至于中国历代知识分子都特别注重师承门派，就连取士的士子也要自称是天子门生，其实除了这些知识分子以外，尊师重道思想几乎渗透至各行各业，理发师有理发师的徒弟，铁匠有铁匠的弟子，山门道馆、三教九流，几乎没有哪一行业、哪一领域不受尊师重道思想影响，这种来源于经验意识但同时又超越理性范畴的先天绝对存在，成为社会得以有序运行的黄金法则，但同时也对创新和思想突破撒下了弥天大网，令人举步维艰压力重重，一旦有所背离就意味着背负道德上的巨大压力，对这一点的认识，梁启超其实是十分清楚和认同的。

　　他在论及先秦政治思想史时谈到："儒家认教育万能，其政治以教育为基础——谓不经教育之民无政治之可言；又以教育为究竟——谓政治所以可贵者全在其能为教育之工具。《荀子》云：君子治治，非治乱也。……然则国乱将弗治与？曰：国乱而治之者，非案乱而治之之谓也。去污而易之以修，故去乱而非治乱也，去污而非修污也。（《不苟》篇）《大学》引《康诰》曰，'作新民'。《易文言传》曰，'不易乎世，不成乎名'。《论语》记孔子言曰，'天下有道，丘不与易'。孟子曰'亦以新子之国'。新民新国易世易天下，以今语释之，则亦曰革新社会而已。法家之'道之以政，齐之以刑'，儒家则谓为苟且之治，无他，以其欲案乱而治也。夫案乱而治，治之或且益其乱。不见今日之民国乎？案乱而集国会，国会集滋益乱。案乱而议联省，联省建恐滋益乱。案乱而言社会主义，社会主义行恐滋益乱。何也？法万变而人犹是人，民不新，世不易，安往而可也。《论语》记：'子之武城，闻弦歌之声，夫子莞尔而笑曰：割鸡焉用牛刀。子游对曰：昔者偃也闻诸夫子曰，君子学道则爱人，小人学道则易使也。子曰：二三子，偃之言是也，前言戏之耳。'儒家之视一都一邑一国乃至天下，其犹一学校也，其民则犹子弟也。理想政治之象征，则"弦歌之声"也，所谓"绝恶于未萌，起敬于微眇"，所谓"移风易俗，美善相乐"，即儒家政治唯一之出发点，亦其唯一之归宿点也。此无他焉，亦曰去乱而被之以治云尔。在梁启超看来，中国数千年所推行的正统文化——儒家文化，其实就是变相等同于推行了数千年教育文化，加上儒家的道统观仁的观念以及儒家形而下的方法论礼的规范，这种从思想内涵到行为实践都透露着浓浓的集体意志，个人被要求放弃私利，当个人与集体发生矛盾并需要取舍时候，虽然集体在一定程度上也尊重个人的自由。在这样的传统观念和社会风气下，梁启超若背叛其师，则所要面对和承受的压力有多大，也就可想而知了，正因如此，对于如此重压下的梁启超却能够实现道德束缚方面的突破，走出尊师重道的集体无意识，促使其实现这一改变的根源就更值得探讨，这一突破背后体现了梁启超什么精神特质也更值得期待。

戊戌政变发生以后，梁启超和康有为逃亡海外。这时，老师和学生的想法基本上还是一致的，他们都幻想着可以借助日本政府的力量恢复光绪皇帝的权力，梁启超在其诗作《去国行》中就曾明确表示，"我来欲作秦庭七日哭"；在这里，他用了申包胥为求秦国出兵救援楚国，在秦庭不吃不喝痛哭七天七夜的典故。他自比申包胥，而将日本比作秦庭，就是看到了两国之间"种族文教咸我同"的历史渊源。但事实上，康梁的"秦庭之哭"无果而终，愤而转求自救。己亥年六月十三日，保皇会在加拿大成立，而此时梁启超却与革命派孙中山走的很近，和他结交的唐才常领导的自立军在汉口发动"勤王"，不幸失败被杀，株连而死的人相当多，据李云光回忆："梁启超潜入上海策应，但亦无法补救。康氏打了一个电报，要梁氏到香港（疑为新加坡）想回。梁氏到了香港，往亚宾律道一号去见康氏。那里是一座两层楼的洋房，是保皇会的秘密会所，那时亚宾律道三号的房子还没有买下。康梁相见检讨汉口起义失败的事，又转到君主立宪的道理，后来又责问江之岛结义之事，认为梁氏领导十余人倾向革命，便是忘了光绪皇帝的救命大恩，做出忘恩负义之事。应当记得百日维新之时，守旧党要杀我们而甘心，湖南举人曾廉上书，举劾我们反满，大逆不道，应处以极刑。若非光绪皇帝全力卫护，我们早被杀头，哪有今日？当时你口口声声颂扬皇帝恩德，现在却要革他的命。康氏越说越生气，就顺手拿了一个夹着报纸的报夹子，向梁氏掷过去，口中大叫：'你的命是光绪皇帝给你的！'虽然康氏无意真打，一击不中，梁氏却大惊跪下，俯首认罪。从此确定了'保皇'的路线。"

梁启超在骨子里其实并不赞同保皇路线，因为他所理解和追求的"自由"是主张"破坏主义"的，"吾视其方最适于今日之中国者，其惟卢梭先生之民约论（社会契约论）乎。"他看到，"今日之中国，又积数千年之沉疴，合四百兆之痼疾，盘踞膏肓，命在旦夕者也，非去其病，则一切调摄滋补荣卫之术，皆无所用，故破坏之药，遂成为今日第一要件，遂成为今日第一美德"。但是，他并不主张蛮干，他说："凡所以破坏者为成立也，故持破坏主义者，不可不先认此目的。"他还说："虽然，天下事成难于登天，而败易于下海，故苟不案定目的，而惟以破坏为快心之具，为出气之端，恐不免为无成立之破坏。"即使在思想上，梁启超并不认同康有为的保皇思想，但在行动上，还是没有和自己的老师发生明显的冲突，也许是康有为的恫吓吓到了梁启超？又或者更合理的解释是，梁启超此时思想的发展还没有足够强大，另一方面外部客观环境也还不至于非要走到革命的道路才能拯救中国的命运。

历史只能按照自身的逻辑发展，它不会照顾任何人的情绪。到了民国元年是四五月间，梁启超便提出请康有为宣布退隐。这当然不是梁启超一个人的意见，当时，国内各方面对保皇派的攻击非常厉害，梁启超要想在国内站住脚，并在政治上发挥作用，就不得不如此。这一次康有为似乎并没有表示反对，康梁在政治上分道扬镳，大约就是从这时开始。此后，他们再也没能走到一起，并且越走越远。民国五年四月，康有为公开了他的复辟主张；六月，又发表《中国善后议》，主张"虚君共和"，认为"行虚君共和为最良法"。他这里所谓"君"，不是袁世凯，也不是黎元洪，而是他心目中的"故君"，也就是辛亥革命以后退位的满清皇帝。此时梁启超还在广西前线，他当即撰文，公开抨击康有为的谬论。他在所作《辟复辟论》中痛责主张清帝复辟的"耆旧诸公"："当筹安全炙手可热，全国人痛愤欲绝时，袖手以观望成败，今也数省军民为帝制二字断吭绝脰者相续，大憝尚盘踞京师，陷贼之境未复其半，而逍遥河上之耆旧，乃忽仰首伸眉，论列是非，与众为仇，助贼张目。吾既惊其颜之厚，而转不测其居心之何等也。"民国六年，安徽督军张勋拥清帝宣统在北京宣告复辟，康有为果然参与其中，据《南海康先生年谱续编》记载："五月，张勋拥宣统复辟，先君到京，主用虚君共和制，定中华帝国之名，开国民大会，而议宪法、除满汉、合新书、去跪拜、免忌讳，各省疆吏概不更动。而张勋左右刘廷琛、万绳栻等，顽固自专，排斥不用。先君正拟辞去南行，而兵事已起，乃避居美使馆之美森院。康有为一直没有放弃复辟清室的努力。七月一日，张勋正式宣告复辟。七月三日，天津《大公报》就刊载了《梁任公反对复辟之通电》。同日，段祺瑞以讨伐逆军总司令的名义，在天津马厂通电讨伐张勋，电文也出自梁启超之手，为此他不惜与老师决裂，说了那段著名的话："且此次首造逆谋之人，非贪赎无厌之武夫，即大言不惭之书生，于政局甘苦，毫无所知。"这里的大言不惭之书生，指的就是康有为。当时，很多人称赞他写得好，但康有为却恨他恨得咬牙切齿，专门写了一首诗骂他：鸱枭食母獍食父，刑天舞戚虎守关。逢蒙弯弓专射羿，坐看日落泪潸潸。

"后有作新中国史者终不得不以戊戌为第一章。斯万世之公论，匪吾党之阿扬。复辟之役，世多以此为师诟病，虽我小子，亦不敢曲从而漫应。虽然丈夫立身，各有本末，师之所以自处者，岂曰不得其正思报先帝之知于地下，则于吾君之子而行吾敬，栖燕不以人去辞巢，贞松不以岁寒改性。宁冒天下之大不韪，而毅然行吾心之所以自靖。斯正吾师之所以大过人，抑亦人纪之所攸托命。任少年之喜镑，今盖棺而论定，呜呼哀哉，今复何言。在康有为死后，作为弟子的梁启超总算给了老师一个交代。刘太希在《记康有为先生》一文中这样评价梁启超的《祭文》，他说："以曲笔为乃师辩护，梁氏用心可谓良苦。康氏地下有知，亦当有知师莫若弟之感，悔以前詈梁之不当吧！"说到他们二人，还是梁启超的一番话最为精到："启超与康有为最相反之一点，有为太有成见，启超太无成见。其应事也有然，去治学也亦有然。……故有为之学，在今日可以论定；启超之学，则未能论定。然启超以太无成见之故，往往徇物而夺其所守，其创造力不逮有为，殆可断言矣。"也就是说，康有为是以不变应万变，早年由于太超前，晚年由于太落伍，所以一生都被国人视为怪物，总被别人嘲笑；梁启超则以其善变而追求不变，变的是他要努力适应这个时代，不变的是他对国家、对民族、对国民的爱和责任感，这一份大爱当中，当然也包括他的老师康有为。他在公祭后第三天写信给孩子们，还说："南海先生忽然在青岛死去，前日我们在京为他而哭，好生伤感。我的祭文，谅来已在《晨报》上见着了。他身后萧条得万分可怜，我得着电报，赶紧电汇几百块钱去，才能草草成殓哩。我打算替（周）希哲送奠敬百元。你们虽穷，但借贷典当，还有法可想。希哲受南海先生提携之恩最早，总应该尽一点心，谅来你们一定同意。"

尊师重道，虽然是一个问题的两面，但同时更应该看到，尊师与重道未必始终如一，道不同不相为谋，此时之道不同则此时不相谋，彼时道若不同，则彼时不相谋。尊师固然重要，但尊师不等于一定是重道，重道就一定要尊师，也同样经不起推敲，梁启超的经历恰好是这一传统思想观念的最好注释。梁启超从始至终是尊师的，但在尊师的同时，他更愿意重道，当重要与尊师实在无法调和时，那么重道就是其首先选择的方向，所以初期时，他没有反对康有为的保皇观点，但当康有为准备复辟帝制拉历史倒车的时候，梁启超便只好将尊师的道德律令放一边，从重道的角度进行公开反对老师的观点行为。

梁启超文学教育思想的价值，就本质而言，对中国由传统社会向近现代转型，起到了巨大的指导价值和推动作用。梁启超文学教育思想，不仅对过去的近代化进程起到了巨大推动作用，对当下的教育改革具有一定的指导意义，对未来教育的愿景同样可以作为一项参考，尤其是他文学教育思想中具有思维之思维的方法论系统，更值得借鉴和弘扬。从应潮流而变、独立性批判、沉淀出真知，三个维度进行梳理和辨析，并在哲学层面进行阐释，以求在一定范围内实现梁启超文学教育思想研究的理论高度以及系统性，从而为当下文学教育的发展以及未来的改革，又或者可资借鉴的其它领域改革，提供一个相适应的有价值和深度的系统化思想指导。

第四节　应潮流而变

梳理其脉络不难知道，梁启超的善变并非传统道德立场中的不忠，而是由于他的学识在日积月累的逐渐增加，所以他的思想才渐渐的发生着变化，如果说梁启超个人的学识不断的进步是其思想发展善变的内因，那么客观社会风潮的变革则是其思想实现突破的外因。但从他善变的事实背后，我们依然可以发现，他对于民族国家最真挚的感情是不变的，他对于文化、艺术、哲学等学术文化的热情是从未衰退的，他在成长过程中对于现实的尊重、对于真理的坚持、以及维护学术正义的秉性没有改变过。梁启超固然是一个善变的人，但他的不变的品质更值得品评和赞叹，正是他的不变的品质，从而促使其在晚清近代的历史舞台中，不断的做出政治看法、思想认识、行为活动上的应对和调整，梁启超善变的是因风而动的客观行为，而不变的是与生俱来的优秀学人品质。而本节所要谈论的，则是其应潮流而变思想背后的哲学思考，这种因风而动的思想方法为何具有超越时代局限性，对当下以及未来人类社会的发展具有哪些有益的价值启示和思想指导。

就"变"这一概念而言，一直为中国传统文化强调和遵从。《易经》本分为《连山》、《归藏》、《周易》三部，其中《连山》和《归藏》已经失传，唯有《周易》得以流传下来，据《易·系辞上》："河出图，洛出书，圣人则之。"汉儒孔安国、刘歆等解说：伏羲时有龙马出于黄河，马背有旋毛汝星点，称作龙图。伏羲取法以画八卦生蓍法。夏禹治水时有神龟出于洛水，背上有裂纹，纹如文字，禹取法而作《尚书·洪范》"九畴"。《易·系辞下》："古者包牺氏之王天下也，仰则观象于天，俯则观法于地，观鸟兽之文，与地之宜，近取诸身，远取诸物，于是始作八卦，以通神明之德，以类万物之情……《易》穷则变，变则通，通则久，是以'自天祐之，吉无不利'。"周易的来源问题虽然具有一定的神话色彩，但据现有文献而言，中国传统文化的源头恰恰是通过观察自然事物的规律开始，在自然无穷变化的表象前提下，从而得出某些规律性的结论，并依着这些结论来形成一定的数理逻辑结构，从而实现预测未来结果的目的。但人生究竟以什么目的为最终指向？易经并没有做出答复，只是在乾卦《象》中告诉人们："天行健，君子以自强不息"，君子所要做的，仅仅是像周流不息的天一样，保持自强不息的奋斗心。易经文化首先是建立在变的基础上，易的目的也是为了在无穷尽的变化中通过逻辑推导出某一可能性结果。"变"这一概念在中国传统文化中，其实是起着思维起点和行为指向的作用，至于儒家强加其上的道德追求，实际只是形而下意义的一种附庸。

梁启超文学教育思想在具体历史事件中，所表现的是一种追随时代变革的观念发声，而透过这些纷繁复杂的历史语境，撇清目的性的政治诉求，剩下的恰恰是梁启超与传统文化"变"这一概念的无形契合。梁氏自述"启超与康有为最相反之一点，有为太有成见，启超太无成见。其应事也有然，去治学也亦有然。……故有为之学，在今日可以论定；启超之学，则未能论定。然启超以太无成见之故，往往徇物而夺其所守，其创造力不逮有为，殆可断言矣。"他的太无成见之论，严格意义上讲属于自谦之词，毕竟在每一次社会风潮改变的时候，梁启超所表达的思想态度都是坚定而明确的，但从整个历史前行的脉络而言，梁启超的应时代潮流而变在客观上给人的印象又是不坚定的，如果仅仅从儒家道德观而言，确实让人有所失望，但一旦脱离道德语境来审视，梁启超的善变才是对中国传统文化中哲学思想的继承和弘扬。

人的感知是有限的，因此人的认知是局限的，庄子言心斋，老子谈道法自然，佛家无论大小乘皆以出世为根基，基督教劝喻世人皈依上帝，伊斯兰教宣扬唯真主绝对论，西方各哲学流派一直为逻辑起点而争执不休，所有的哲学问题归根到底是无休止的方法论问题。真知、绝对理念、道、德、佛，这些终极世界的彼岸花永远不可能以普泛明见的范式呈现于人的认知体系。但这并不意味着各大流派哲思的无意义，它们虽不能直接以普泛明见的范式呈现，但它们至少为人实现认知的超越提供了相对有益的方法论，师傅领进门，修行靠个人，方法论本身并没有是非。细究方法论，无论是宗教哲学、宗派哲学、又或者思想家，它们启发引领人获得绝对认知的方法，无一例外都是要求在第一认知维度（经验）基础上进行舍弃，只有与第一认知维度绝对分离，才能够得到第二认知维度（理念）的体悟，心斋无非是放空意识以求直接感应，修行无非是隔离经验世界以打破、勘破来达到彼岸世界，一神论之所以强调绝对信奉也只是为了让人断绝与经验世界的来往，至于各大哲学流派的逻辑起点争论，其实也是为了进入第二认知维度而进行逻辑上的去经验主义，不管是禅宗的立意还是康德的绝对理性，客观上都是为了在变化万千周流不息的时空世界里实现认知上的永恒。为何诸多贤达智者一心要引导人走向这样一种认知维度？根源便在于时空的不可逆性以及人个体精神生命的有限性，一旦人跳出了生命长度的局限，所有这些哲思就不再具备存在价值和意义，正因为人个体的短暂性，绝对世界的永恒变化才对人产生了恐惧、忧虑、选择和价值观，哲思的目的就是为了帮助人解决因短暂性和有限性带来的烦恼，而方法论就是为了帮助人有效实现对有限性和短暂性的超越，从而对抗因变化万千、周流不息的宇宙本体所带来的恐惧及相关问题。

文学的意义在于将人异化（脱离低级趣味），教育的目的在于启发（提供思考的方法论），梁启超文学教育思想正是本着对现世的超越从而为受时代局限而心智情感混乱的人们提供一种有益的思想指导。如果说非要以道德作为评价的前提，那么梁启超固然是不足为训，如果去掉道德这一轻纱的遮掩，则梁启超文学教育思想的价值便实现了相对永恒，因为他的"变"本身就是对哲学本体的皈依，就是为了实现对变幻不定的现实进行思维上超越，虽然这一努力总是短暂性达到某种平衡，虽然这一努力本身也在不断的丰富和沉淀。撇开功利的效果论不谈，梁启超文学教育思想因潮流而变的特质，在客观上与哲学本旨是一致的，周流不息的大千世界启发着梁启超生发出永不止步的思想观念，这一不固步自封、不墨守成规、不断打破砂锅的精神对于当下人的思维发展以及文化教育理念的追求具有很好的借鉴意义和指导价值。

现代社会的发展面临诸多问题，现代文学教育的发展同样百病缠身。随着社会经济水平的发展，人的价值观越发呈现出一种病态的呻吟，短平快式的生活趣味把人的生活维度挤压到无处藏身，文学成为名利场上的红粉佳人，教育成为竞技场上的暴力教练。生存压力、生活压力、精神压力不断的碾压现代人的灵魂，随之而来的暴力问题、性取向问题、文化荒漠以及诸多社会病症如狂风巨浪一般汹涌爆发，文化荒漠、教育竞技、思想沦丧的现代病必须得到扭转，否则人类终将会因精神空间的枯萎而走向自我毁灭的境地。梁启超文学教育思想应时代潮流而变的特征，对于当下诸多问题如何解决提供了良好的思维起点，针对当下文学教育以及社会问题，不能固守既有的思维模式，应当有针对性的提出有益人精神健康发展的文学、教育、社会发展理念，这一理念绝不能固化在某一思维体系内，决不能用某一模板进行教条主义照本宣科，千篇一律的人才教育模式，简单粗暴的人才价值标准，唯经济发展为社会进步标尺的理念必须被废除，只有因地制宜的不断进行大胆修正，才能在社会发展、宇宙变幻的客观现实面前，跟上行走的节奏，才能为当下文学教育事业的发展量体裁衣，从而在千变万化的绝对变化中实现与时俱进的客观效果。

第五节　独立性批判

批判一词，据《汉语大辞典》解释有三层意思：一、批示判断。宋司马光《进呈上官均奏乞尚书省札子》："所有都省常程文字，并只委左右丞一面批判，指挥施行。"二、评论；评断。《朱子语类》卷一："而今说天有箇人在那里批判罪恶，固不可；说道全无主之者，又不可。"三、对所认为错误的思想、言行进行批驳否定。郁达夫《迟桂花》："我对于我刚才所触动的那一种自己的心情，更下了一个严正的批判。"而最适合本节批判所指代的即为评论、评断之意，即不是公文行文过程中的批示判断，也不是一味的对错误的思想、言行进行批驳否定，它在此节内容中所指向的，仅仅是评论、评断这一方法论意义上的思维方式，即可以对优越的地方进行肯定，同时对于不足和缺陷的地方进行否定，它是集毁誉与赞誉共行的思维态度，是双向的思维表达而非单项的批评取向。

独立性在本节内容中，所强调的意义在于思维的主动性和不受本体主观意识外因素的影响。之所以强调独立性，其根本的意义在于坚持独立而自由的思想这一概念本身所具备的价值。不可否认，人的思想的形成，是一个不断受到冲击和影响，不断进行自我扬弃和自我修正的过程，在这一过程中，也许会存在思维定式或者沦为他人思想代言人的尴尬角色，但只要这一思想本身是有自主选择权，是能够自主发声的，那么这一思想性质的界定依然是独立的，客观上所表现出他人思想代言人效应的，也当看作是对他人思想一定程度的认同而已。与独立性相背离的，则是丧失了主观态度，把思想完全或半完全寄托或依赖于本体以外的思想，一旦脱离了寄主便无从立足，便陷入混乱与荒芜境地的思维状态。

而独立性批判便是一种建立在主观态度基础上的思考能力，这一独立性批判不仅涵括了康德纯粹理性批判的精神，同时也包括情感意志倾向上的批判态度。这种独立性批判不唯天不唯地，犹如儒家所崇尚的：富贵不能淫，贫贱不能移，威武不能屈，不会因一时成败荣辱而卑躬屈膝，也不会成为"墙头草，风来两边倒"，它是圆满精神个体得以茁壮发展的根基，它是"自由之思想，独立之精神"得以充盈壮大的养料，它具有孟夫子所倡导的"浩然正气"至大至刚的决绝和刚毅。在哲学上，独立性批判是哲学思维的基石，是诸多哲学体系得以建立的前提，只有具备独立性批判意识的人才可能获得哲学形而上的体悟，并将这种体悟以形而下具体可观的语言形式表现出来，哲学思维相较普泛意义的认知、思考、情感、意识、精神而言，更离不开独立性批判这一特质。

梁启超文学教育思想中独立性批判特点一直伴随着梁氏思想发展的始终，正是因其一直秉持独立性批判的理念，他的文学教育思想才会不断的实现突破，才会一直走在时代脉搏的前沿，在某种程度上而言，独立性批判思想特质成就了梁启超近代思想大师的历史地位。

梁启超第一次思想转折是在1890年秋。在与陈通甫"修弟子礼事南海先生"后，梁启超开始接触"陆王心学"和"史学西学之梗概"。同时，决然舍去旧学，而间日请业南海之门。在梁启超看来，其"生平知有学自兹始"第二次思想转折应该定位在1902年。在这一年，康、梁在革命排满、民主共和等问题上发生了分歧。其间，梁氏的《新民丛报》和《新小说》相继创刊。其最负盛名的论著《论小说与群治之关系》等均在此间发表。这一次思想转折的根本原因是受到了西方文化思想的影响。在其赴欧洲游历后，梁启超的思想又产生了变化。其第三次思想转折应该定位在欧游结束归国以后。自欧洲游返的梁启超"决意在言论界有所积极主张"。其主张的结晶有《清代学术概论》、《墨经校释》、《欧游心影录》等等。在梁启超看来，"今日一年之变，率视前此一世纪犹或过之"。这一次，世变催动了梁氏思想之变化。

从三次转折中，我们不难看出，梁启超对于学问的热情以及支撑着他一路前行得以不断进步的独立性批判思想所具有的重要意义。在遇到康有为之前，梁启超是个传统的儒家士子，遇到康有为以后，便彻底唯康有为马首是瞻，这并不是梁启超丧失了独立性批判意识，而是在自我认知体系外忽然遇到另一个思想新大陆，经过独立性批判，毅然决然舍弃旧有思想，深深陶醉于新思想。但当他不断的接触到西方先进思想文化时，他的独立性批判特质又促使其对康有为思想进行重新审视，当他发现与时代潮流并不契合的时候，他又再一次坚持了自己的判断，虽然这一次坚持自己的判断经历了较长时间的酝酿才实现突破。

我们现代文学教育的发展，同样需要独立性批判精神。文学的本质是让人对于现世的困苦实现超越，教育的终极目标在于维护社会肌体的运行。文学教育则强调以文学的超越性熏陶人的性情，从而为社会肌体运行中所受的创伤进行疗养，除此而外的任何期望和意图都将失去成功的可能。而这一目的的实现，必须坚持在独立性批判的基础上，人的性情是多元的，人的禀赋是各异的，人存在于宇宙中所呈现的状态是复杂的，面对这一纷繁迷乱的人间百态，分别心就显得尤为重要，佛家讲分别心就是差别心，应该众生平等无差别，从而破除相的迷惑见到本心，但佛家的本质是出世的，而教育的本质是入世的，因此分别心是文学教育的题中之义，独立性批判的精神在于尊重个体思维，只有尊重个体思维的存在意义，才能够有针对性的进行文学教育活动，那种期望以一种理念一种方式一种途径实现人的教育的期望，不是使整个民族走向极端主义深渊，譬如法西斯主义，就是制造出成批量的工业机器的附庸，当一个民族，一个国家，整体异化为某种符号或者机械时，这个民族、这个国家就再也看不到任何希望。

第六节　沉淀出真知

也许在人类的视域里，从来就没有过真知，所谓真知，也只不过是某一阶段的思想投射，但人们总会愿意相信，真知是确实存在的，只是还没有机缘见到而已。就文明演进的过程而言，所有的真知都是相对而明确的，一阶段有一阶段的文明，一时代有一时代的文化，也许彼时的准确无误恰是此时的荒诞不羁，但这又有什么关系呢？真知不就是在不断的否定之否定中得以确立的吗？真知的存在本身就具有客观局限性，本身就有适用范围的特征，又有什么好纠结失望的呢？无论如何界定，有一点当是确定无疑的，当审视者观察的时间跨度越长，涵括的内容和思想越复杂，则其获得的真知超越时代局限的可能性就越大。梁启超文学教育思想，从其涵养古文经学开始，到其晚年回归传统经典再次梳理和阐释，其各个阶段所呈现的具体表现。其过程的曲折和变化无疑是丰富而惊奇的，但只是在某一阶段进行总结，对于各个阶段之间是否有内在的规律可供思考，也许只有放到一起进行横向比较才能一目了然。

每一阶段的梁启超文学教育思想，都呈现出一定范式的真知与其中，虽然由于阶段的不同，所呈现的真知都具有某种客观局限性，但通过对比，我们不难发现，梁启超文学教育思想确实存在在内在逻辑递进关系，都是在原来基础上进行修正和补充，从而发现新的思维视角并由这一视角抓捕到不同的真知灼见。而在这些不同阶段真知灼见的对比中，一个显而易见的事实越发凸显，他每一次改变后所提的思想都较之前的思想更具有普适性，其最后阶段所提的思想，远远超出了当时的时代需求，在实用性上更具有长远的价值和意义。之所以会呈现出这样的客观效果，他不停吸收内化的新知识以及他人生经历的增加、阅历的增长是主要原因，虽然他的文学教育思想也受到时代变局的客观影响和制约，但毫不影响我们所期望得出的结论：沉淀出真知！

沉淀出真知，对于当下文学教育的困境也许是一剂良药。当下的文学，难逃浮夸的挑逗，一方面由于文人所受时代生存压力的逼迫，不得不选择粗糙而快捷的投机策略去生产文字垃圾，属于社会大环境导致的时代通病；另一方面由于文人本身道德底线的缺失，不愿意沉下心来，专心于文化的厚积薄发，这是文化人自身的素质问题；而导致这一问题的第三个方面，则是由于文化断层，导致学术文脉的难以承继，以至于文学的发展不得不在残垣断壁中负重前行，这是难以抗拒的历史原因所致。而当下的教育，更是令人担忧，为了追求经济效益，不惜违背教育规律，不惜牺牲教育对象身心发展的客观规律，片面强加超负荷的知识教育，而无视身心情绪熏陶的软文化教育，即使是对教育对象进行艺术或者体育乃至情感意志的磨炼，也是出于功利的目的，为了在激烈的竞争中谋求表面化的虚荣，真正从教育规律、教育本旨出发而进行的人才培养体系，在当下这个激烈角逐的市场竞技中，只会沦为彻底的输家，不仅教育体制不认可，教育对象及其家长不认可，施教者本身也是怨声载道。深究其内在原因，则是教育体制机制的问题，而进一步深入研究，则是社会化大生产这一现代生产方式的问题，生产方式的高压性、高机械性、高密度整合性，要求教育的导向必须是高技能性、高专业性、高服从性。如此下去，人类自身的精神空间必将越发局促，人的人本情怀必将越发无处藏身，人的幸福感也必将沦为滔滔江水一去不复返。

真知需要在沉淀中获得，正确的文学教育思想需要在沉淀中渐渐养成，未来的文学教育思想必须从当下的浮夸功利模式中解放出来，这需要未来的教育家必须在人文主义理念下，沉下心来，在文化教育思想的历史长河中大浪淘沙，用心打磨，只有经过沉淀得出的文学教育思想才会真的回归到文学教育的真知灼见当中，也才能对文学教育形成全面的有益的符合永世价值精神范畴的文学教育理念。这一美好的诉求，靠某个人的力量显然是微乎其微的，靠某个团体的努力也是杯水车薪的，靠教育体制机制的转型也是见效甚微的，要想根治当下的病症，必须从国家层面，从社会生产结构层面，从集体无意识价值认同层面，诸条线一起发力，才能够取得标本兼治的效果，这是一项系统庞大纷繁复杂的工程，难度自然是不言而喻的。但人类发展的终极指向必然向着更为人居的方向发展，不管困难有多大，至少希望总是有的，不管生存在当下社会结构中的任何人，只要付出努力，改变的可能总是有的。作为研究者，虽不能起到扭转乾坤的效果，能够将当下的病症指出，能够为合理文学教育理念做一些有益的探讨，纵使只是学术层面的一些思考，也是值得为之欣喜和雀跃的。真心希望未来的文学教育能够回归到文学教育的本旨中去，让文学回归到帮助人实现对于现世苦难的超越，让教育回归到维护社会肌体的运行中去，让文学教育成为真正的关怀人心、呵护人性、熏陶人情怀的有效途径，而不是沦为社会大机器吞噬人心、异化人性、挤压人情怀的帮凶和说客。

第七章　朱光潜文学教育研究

第一节　朱光潜文学教育思想的成因

朱光潜文学教育思想背后所包含的成因是复杂多样的，尤其是在那个破旧立新、战火纷扰的年代，他坚持不懈地去培养学生爱好纯正文学的趣味与热诚，坚守着文学教育者的本心。社会环境与文化氛围的影响不容忽略，而个人的选择与坚持也尤为重要。深入探究，我们会发现，朱光潜所接受的教育，结交的益友以及他一直秉承的以出世的精神做入世的事业的人生态度是其走上文学教育的道路以及形成其独特的文学教育观的主要原因。

一、中西教育的熏陶与建构

朱光潜早期接受的教育是其文学教育思想形成的重要因素，他在对中国传统教育的内在发掘与对西方现代教育的消化吸收的基础上，逐渐形成了具有个人特色的文学教育观。家学的深远影响塑造了朱光潜传统教育的底色。父亲朱子香是乡村私塾先生，朱光潜自六岁（1903年）到十五岁（1912年）一直在接受封建私塾教育。父亲要求他读"四书""五经"和《唐宋八大家文选》《古唐诗选》等书，还得学习写日记、八股文和策论经义等文章。私塾教育对他的影响既有积极的一面也有消极的一面。朱光潜在父亲的影响下，习得了写作说理文的能力，"我写说理文很容易，有理我都可以说得出，很难说的理我能用很浅的话说出来。这不能不归功于幼年的训练"。虽然中国传统教育为朱光潜条理分明、深入浅出的写作风格奠定了基础，但也同样抑制了他想象力的发展，因此他不擅长写作小说和散文。除了在父亲的鞭策下学习"四书""五经"和八股文，朱光潜还偷偷阅读了许多父亲的藏书，像《史记》《战国策》《国语》等书，这个时期的广泛阅读为他打下了深厚的国学根基。后来入孔城高等小学，因学业优异朱光潜只读了一年就跳级考入了桐城中学。在桐城中学期间，让他受益最大的是国文教师——宋诗派诗人潘季野，正是在他的影响下朱光潜才对中国古典诗词产生了浓厚兴趣。中学毕业后朱光潜到桐城大关北峡小学当了半年的小学教师。如果朱光潜终其一生安于在小学任教，那他可能就淹没在了巨大的历史洪流中，处在新旧变革的时代，他及时抓住了时机，实现了人生的转向。因慕国故，朱光潜想去北大国文系继续学习，限于家庭贫困只好就近考取了国立武昌高等师范学校国文系。入学后，朱光潜对学校老师很失望，恰巧一年后，北洋政府教育部要从全国高等师范学校选考学生去香港大学修学教育，朱光潜便立马报名应试。在香港大学复试时，朱光潜因英语成绩差未被录取，需先在港大先修班补习课程，第二年（1919年）再试录取，进入港大教育系学习。

　　进入香港大学学习，是朱光潜一生中重要的转折点，也是他思想发生根本转变的阶段。完全不同于之前接受的教育，朱光潜在香港大学接受的是西方现代化教育，学习英国语言文学、教育学、心理学和哲学等课程，新式课程让他耳目一新，不断汲取未知的知识。求学期间朱光潜一直将书法家方槃君写的"恒、恬、诚、勇"四个大字挂在寝室墙上，作为座右铭激励自己。恒，是恒心、毅力、执著；恬，是恬淡、简朴、箪食瓢饮；诚，是诚实、诚恳、至诚尽性；勇，是勇气、志气、自强不息。勤奋好学的朱光潜在传统教育的基础上开始研究西方学问，这为他后来融会各个学科打下了基础，也奠定了他"一生教育活动和学术活动的方向"。当时正值新文化运动的鼎盛时期，朱光潜发现自己从小接受的教育、学习的内容全都成为了新文化运动的攻击目标，内心有很大的振荡。"我那时正开始研究西方学问。一点浅薄的科学训练使我看出新文化运动是必需的，经过一番剧烈的内心冲突，我终于受了它的洗礼。"正是源于香港大学西式教育的熏陶，朱光潜在经过内心的挣扎后才选择了新文学的方向，实现了从旧派学者向现代知识分子的转变。港大求学五年，朱光潜在教育学、心理学和文学等方面都有了基础的研究，习得了一定的教育科学知识和各地先进的教育理念，与教育相关的知识积累为他以后走上讲台、成为教师提供了理论指导。

　　如果说朱光潜的文学教育思想是在传统教育与港大西式教育的中西结合中初步形成的，那么，欧洲留学期间的美学研究则进一步凝练了他的思想，使他更为明确地推崇文学的趣味培养。1923年，26岁的朱光潜从香港大学毕业获得文学学士学位，先后在上海吴淞中国公学和浙江上虞白马湖春晖中学教英文，继而与叶圣陶、夏衍等人创办立达学园和开明书店，创办《一般》杂志并进行新型教育改革实验，还在此期间考取了安徽官费留英。1925年到1933年，朱光潜在国外度过了八年的留学生活，并在求学期间笔耕不缀，创作了多部著作。1925年朱光潜进入爱丁堡大学文学院学习英国文学、哲学、心理学等课程，在学习中他由对文学的喜爱走向心理学、哲学和美学。从爱丁堡大学取得文学硕士学位毕业后，他又转入伦敦大学文学院就读，同时还在法国巴黎大学注册，常渡海去听课。在巴黎大学上课期间，朱光潜受到文学院院长德拉库瓦讲授的"艺术心理学"的启发，有了创作《文艺心理学》的念头。1931 年朱光潜前往法国斯特拉斯堡大学文学研究所继续深造并于 1933 年获文学博士学位，在留学期间朱光潜出版了《给青年的十二封信》和《谈美》等作品。《谈美》是他将自己研究美学的经验与人分享的通俗作品，他在此书中明确提出自己写作的目的是研究如何"免俗"，即如何进行美感的修养。"我时常领略到能免俗的趣味，这大半是在玩味一首诗、一幅画或是一片自然风景的时候。我能领略到这种趣味，自信颇得力于美学的研究。"。朱光潜在美学研究中认识到了趣味之于文学研究和人生的重要性，进而将其纳入到自己的文学教育思想中，并通过创作和实践的形式传递给他人。

朱光潜在接受中国传统私塾教育的基础上又经过了香港大学的教育学习和八年欧洲留学生活的深造，他对教育学、文学、心理学、哲学和美学都进行了深入的学习和研究。正如钱念孙所说："青年朱光潜跨入学界，并非仅从某一学科谨慎试步，单线作战，而是一开始就多路进发，多点突破，显示出强大的学术爆发力。"多学科的研究背景使他拥有开阔的视野，能在研究西方学问和教育的同时反观中国并将中西文化比较和融合。正是因为在求学时期积累了丰富的知识，才有了在课堂上引经据典、学贯中西的朱光潜。像许多旧派文人一样，朱光潜同样热爱中国的古典诗词和旧文学，但因为接受教育的先进与学识的广博，使得朱光潜能够认清文学发展、前进的方向，不至于固守成规。相反，他还能够以现代化的形式使中国传统诗词在大学校园里传承下去——从西方学理的角度为中国古典诗词作分析与研究。

二、良师益友的启发与引导

朱光潜在文学教育上的独特表现不仅与其所接受的教育经历有关，还与他内心所认同的良师益友有着密切的联系。他曾说过："我们求学最难得的是诚恳的良师和爱的益友。"这里的良师益友不仅包括朱光潜在校期间为他上课的教师和他的同校同学，生活中结交的好友，也包括对他的思想产生深刻影响的著作背后的作者。

青年时期的朱光潜经常从一位族兄那里借书看，他对于"新学"的向往便是从借来的梁启超的《饮冰室文集》开始的。读过梁启超的书后朱光潜才开始对小说和戏剧发生兴趣并开始看一些从前父亲不准他看的《水浒传》《红楼梦》《西厢记》等书，他说那些书给他展示了一个新天地。梁启超及其著作对于朱光潜来说是一种新文化的启蒙，他开始从父亲限制的旧文学规范中跳出来去广泛地阅读。"作者那一种酣畅淋漓的文章对于那时的青年人真有极大的魔力，此后有好多年我是梁任公先生的热烈的崇拜者。有一次报纸误传他在上海被难，我这个素昧平生的小子在一个偏僻的乡村里为他伤心痛哭了一场。"可以说，梁启超以其思想深刻的著作间接地成为了朱光潜所崇敬的对象，即使未曾谋面，也已成为了精神上的导师，指引他开拓人生的新天地。梁启超多次在著作中阐发其趣味主义人生观与趣味教育思想，提出"我信仰的是趣味主义"和"趣味是生活的原动力"。这些思想在一定程度上影响了朱光潜的人生观与教育观，但朱光潜并非完全照搬梁启超的趣味主义而是结合自己的实际经验又对其进行了深化与改造，形成了具有个人特色的文学教育思想。

从朱光潜注重审美体验的文学课堂追根溯源，我们会发现他受香港大学教师的影响颇深，并且他创造性地传承了香港大学教师的教育方式。

如果说港大求学期间朱光潜对于教育的认知仅是理论与观摩层面的话，那么，港大毕业后的教学工作和与友人进行的相关活动则让他对教育的实践有了切身的体验。经过同学高觉敷的介绍，朱光潜结识了吴淞中国公学的校长张东荪，在他的邀请之下，朱光潜离开香港后就到了吴淞中国公学教英文。一年后学校因战事停顿，经夏丏尊介绍，他到了浙江上虞白马湖春晖中学，在这里，朱光潜结识了许多志同道合的朋友，对他走上学术道路与从事教育工作产生了重要影响。在春晖中学任教的时间里，朱光潜与夏丏尊、朱自清、刘薰宇和丰子恺经常一起饮酒品诗赏画，并在友人的影响下开始学习写作。

朋友的认可不仅引导朱光潜走上了创作之路，还为他的作品走向大众和社会铺平了道路。在朋友的帮助下，朱光潜留学期间的作品才得以在中国及时出版，出版之后读者的良好反应，又反过来促进了其个人的发展。《给青年的十二封信》是朱光潜欧洲留学期间创作完成的，并且一经出版就成为了当时的畅销书，还使他赢得了"青年导师"的称号。朱光潜虽然远在大洋彼岸，但却通过文学与广大青年建立了友好关系，他作品的出版离不开国内友人的支持与帮助。朱光潜是在夏丏尊和叶圣陶的督促下才开始给《一般》（后改名为《中学生》）写稿的，"朱光潜这时的写作其实是讲课的变体：尽管脱离了校园和学生，他仍习惯于和青年人保持联系，进行交流，向他们传授自己赴欧以后获得的新经验"。这些与青年交流的稿件最终整理编辑成了《给青年的十二封信》由开明书店出版。正是由于夏丏尊和叶圣陶在出版社工作，才使得朱光潜在留学期间既不必为生活费发愁，也不必为文章无处发表而烦扰，而且作品赢得的声誉还为他留学归来进入高校工作创造了极大的优势条件。

朱光潜的好友不仅在学术和事业上给予了他支持和帮助，还在交往中陶冶了他的性情。"子恺从顶至踵是一个艺术家，他的胸襟，他的言动笑貌，全都是艺术的。他的作品有一点与时下一般画家不同的，就在他有至性深情的流露。"在春晖中学时，丰子恺转送给朱光潜很多弘一法师的墨迹，无形中影响了朱光潜的人生态度。除了丰子恺，朱光潜也评价朱自清说："在做人和做文方面都已做到炉火纯青的地步"。朱光潜在与朋友的交往中得到了艺术感染和情感熏陶并且促进了自身志趣的发展，物以类聚，人以群分，人与人的的交往其实也是一种人生趣味相对接的过程。正因为趣味相投，朱光潜与丰子恺、朱自清、叶圣陶等人才相交甚密，而朋友之间的交往又反过来促进了他文学教育思想的不断深化。

对朱光潜的文学教育产生重要影响的还有一位学者——小泉八云。小泉八云，是一位爱尔兰裔日本作家，曾在东京帝国大学担任过六年的文学教授，学生上他的课时所记的笔记后来得以整理出版。朱光潜从阅读中认识到了小泉八云的教育魅力，称赞他最善于教授文学，并专门撰文推荐他的作品和教授法给文学教师。朱光潜极为赞赏小泉八云的导解教学："把一种作品的精髓神韵宣泄出来，引导你自己去欣赏……把诗人的身世，当时的情境，诗人临境所感触的心情，一齐用浅显文字绘成一幅图画让你看，使你先自己感觉到诗人临境的情致，然后再去玩味诗人的诗，让你自己衡量某某诗是否与某种情致忻合无间。他继而又告诉你他自己从前读这首诗时作何感想，他自己何以憎它或爱它。别人教诗，只教你如何'知'（know），他能教你如何'感'（feel），能教你如何使自己的心和诗人的心相凑拍，相共鸣。"或许当时朱光潜的写作动机是想学习、记录西方的文学教育方式，以期回国后为各位教育界的同仁提供借鉴，当他后来走上文学教育的道路，自己则直接将这种教授法付诸了实践并取得了良好的课堂效果。

对朱光潜的文学教育产生重要影响的良师益友共有三大类，一类是著作背后的精神导师，主要是梁启超与小泉八云，他们分别在教育观与教授法方面为朱光潜的文学教育提供了指导；第二类是学校的教师，最具代表性的是香港大学的辛普森教授，他在英诗教育方面为朱光潜树立了典范；第三类是工作与生活中结交的朋友，主要有夏丏尊、叶圣陶、丰子恺和朱自清，他们一起进行教育实践、切磋学问、饮酒畅谈，为朱光潜的文学教育事业的发展提供了物质帮助和精神动力。

三、出世的精神与入世的事业

如果说朱光潜在求学阶段所接受的教育、工作期间所积累的实践经验和良师益友的影响是朱光潜文学教育思想形成的基础，那么以出世的精神做入世的事业的人生态度就是使其文学教育思想打上个人特色的烙印。

1926年5月，在《悼夏孟刚》中朱光潜首次提出了"以出世的精神，做入世的事业"这一观念。夏孟刚是朱光潜在吴淞中国公学教学时品学最优、属望最殷的学生，他因父兄去世过于悲痛而服药自杀。朱光潜由此撰文抒发内心的烦忧与所感，在此文中朱光潜极力推崇释迦牟尼的活法，说他终生说法，救济众生，以出世的精神做入世的事业。后来，朱光潜撰文《以出世的精神，做入世的事业》来表达对弘一法师的纪念和景仰，并在文中表明"以出世精神做入世事业"是自己的人生理想。在春晖中学时期与丰子恺的交往使得朱光潜知道了不少关于弘一法师佛法和文艺方面的造诣，无形之中受到熏陶，两人也曾有过一面之缘。朱光潜任教北大时更是将丰子恺转送弘一法师的《华严经》偈悬挂在自己的斋室并视为座右铭鞭策自己。

那么，到底何谓"出世"与"入世"？出世，其实是一种超脱现实的观念，即摆脱世俗功利对于生命个体的束缚或禁锢，是"穷则独善其身"的境界追求。1923 年在《消除烦闷与超脱现实》一文中朱光潜提出了三条超脱现实的途径：宗教信仰、美术（文艺）和童心。朱光潜的人生实践表明他主要是选择了第二种途径。当理想在现实中遇挫，欲望得不到满足，我们竭尽所能也无力改变之时，可以选择在文艺世界里寻找心灵的自由来获得暂时的精神世界的满足。但这种精神上的超脱并不意味着是在逃避残酷的现实的，反而是一种征服现实的准备工作，在超脱中养精蓄锐并借此保持住内心的乐观与热情，为"入世的事业"作准备。所谓入世，就是积极投入社会中努力发挥自己的价值，是"达则兼济天下"的人生追求，是"天将降大任与斯人也"的雄心壮志，是"朝抵抗力最大的路径走"的不懈努力。

朱光潜这一人生态度的形成既是五四以后苦闷的时代氛围中知识分子应时处事的策略选择，又是他自小所接受的中国传统文人所提倡的儒家"济世"和道家"隐逸"的生存方式的融合。有学者认为："从某种意义上说，这是朱光潜儒道释互补人格理想的表现，一方面立足于现实；另一方面又追求超越现实。"但仅仅立足于中国传统文化的影响是不全面的，毕竟朱光潜有着五年的港大学习经历与八年的欧洲留学生活，我们不能忽略西方文化对其人生观的浸染与塑造。应当注意的是，西方心理学家弗洛伊德、布洛，哲学家康德、黑格尔、叔本华、尼采、克罗齐等人的思想同样深刻地影响了朱光潜。但是他巧妙地将中国传统文化的儒家思想与西方哲学思想进行了融合与发展，提出了在出世的精神中寻找暂时的超脱，以退为进，来为入世的事业做准备的人生态度。他说他从文艺中习得了一种观世法："凡是不能持冷静的客观的态度的人，毛病都在把'我'看得太大。他们从'我'这一副着色的望远镜里看世界，一切事物于是都失去它们本来的面目。

正因为朱光潜从文学中寻获了心灵的自由与短暂的超脱，形成了对于人生的艺术观照，所以他希望通过文学教育教会更多的人在文艺世界里找到灵魂的栖息地，希望通过文学的审美性洗刷人心。朱光潜的文学教育中包含着对受教育者进行美感修养和情感熏陶的初心，他坚持以一种"无所为而为"的精神做学问和事业。正如朱自清所说他"由艺术走入人生，又将人生纳入艺术之中。"所以，他以培养纯正的文学趣味为文学教育的目的，以实现人生艺术化为文学教育的最高理想，他并不是将文学教育看作稻粱谋的工具，也不愿培养出的学生尽拿文学作为凭证谋求物质生活的富裕。他坚持的入世的事业包含着通过文学教育培养出学生对于文学、艺术乃至人生的趣味，从而实现他们精神世界的丰富，他期待文学能净化人心并由此形成良好的社会风气。

朱光潜所坚持的"以出世的精神做入世的事业"的态度很好地处理了出世与入世的关系，不至于过于理性，过于功利，也不会不食人间烟火，没了人情味，始终以一颗豁达又不失进取的心对待人生。"这种超世观世的态度对于我却是一种救星。它帮助我忘去许多痛苦，容耐许多人所不能容耐的人和事，并且给过我许多生命力，使我勤勤恳恳地做人。"得益于这种人生态度，朱光潜一直坚持着自己的学问研究与教育事业。他曾在给陈源和凌叔华的女儿陈小滢的纪念册上写道："假如你一定要学医，也不要丢开你所擅长的文艺，文艺也是可医人医自己的。"在文学教育的事业中，朱光潜始终坚持着"医人"的热情，也在"医己"中不断修养。

朱光潜文学教育思想形成的原因不止他的教育经历，身边的良师益友与个人的人生态度这三方面，但却是这三方面的原因使其文学教育思想形成了鲜明的个人特色。他接受了新旧交织、中西融合的教育，所以能凭借自己丰厚的知识储备在中西比较中发现中国文学的魅力所在，而对于美学的研究则让他自然而然地去关注文学的审美性；正是良师益友的影响，使他对文学教育有了更为深刻的体验，并且集各家之长融汇一体，并加以转化，在实践中丰富思想；而他的人生态度则是支撑他坚守在教育岗位上诲人不倦的动力，也是他能够将文学美与人生美连接起来的根本原因。

第二节　朱光潜文学教育的价值与意义

朱光潜的文学教育实践与文学教育思想推动了中国文学的现代性转换及中国现代文学的理论建构，促进了民国时期文学教育的发展。他的文学教育具有鲜明特点，在本质上是一种审美教育。在对文学教师提出具体要求的同时他以自身的实践为后世的文学教师树立了榜样。接受了传统教育和现代教育的朱光潜，在中西比较的基础上形成了对文学教育的整体性认识，但受时代和社会环境因素的限制，他的文学教育并未在民国时期得到应有的重视。今天，人们所追求的美好生活，必须要兼顾精神文明与物质文明的发展，不能忽略人的精神世界的建设，而文学教育在其中发挥着重要作用。在这样的背景下，朱光潜从文学的审美性出发去提高受教育者的文学修养并通过个体精神世界的丰富来促进社会风气的良好发展的文学教育思想越来越值得我们重视和发掘。

一、现代文学的理论建构

1931年，胡适在北京大学国文系演讲时说："文学有三方面：一是历史的，二是创造的，三是鉴赏的。历史的研究固甚重要，但创造方面更是要紧，而鉴赏与批评也是不可偏废的。"朱光潜留学归来之所以能顺利进入北大外文系任教，与他的欧洲留学背景与侧重理论批评的研究方向不无关系，胡适改革国文系恰恰需要朱光潜这样的人才。后来在胡适的邀请下朱光潜又去中文系开课，则有更深层次的原因，"胡适是希望梁实秋和朱光潜一班兼通中西文学的人能在北大形成一个健全的文学中心"。让偏重文学作品和批评的外文系教授到中文系开课，一方面是对当时北大国文系重历史考据的学风的一种反拨，另一方面文学教授中西贯通的学识能够开阔学生的视野并在一定程度上弥合中外文学系之间的鸿沟。"哲学，历史，经济，政治，法律各系都是冶古今中外于一炉而求其融合贯通的，独有中国文学与外国语文二系深沟高垒，旗帜分明。这原因只为主持其他各系的教授多归自国外；而中国文学系的教授独身于国学，对新文学及外国文学少有接触，外国语文系的教授又多类似外国人的中国人，对中国文化与文学常苦下手无从，因此便划成二系的鸿沟了。"杨振声对中外文学系间存在的问题曾有此阐发，这也是当时高校中文学教育状况的普遍反映。朱光潜不是被动地充当了一个弥合中文系与外文系之间的鸿沟、促进文学健全发展的角色，而是他学术研究的出发点正与胡适的主张不谋而合。朱光潜主张学术研究应以中西文学的比较为前提，"美丑起于比较，比较资料不够，结论就难正确"。朱光潜的文学课都注重中西互证，在教学实践中尽可能地开阔学生眼界，让他们在比较中见出优劣，在刺激中产生新想法。中西文学的比较研究方法为当时的文学教育注入了鲜活的生命力，"诗论"和"文艺心理学"的课堂内容则让学生习得了建设新文学的西方文艺理论知识，课程本身还对现代意义的"文学理论"学科建设具有重要意义。

对文学创作和文学欣赏来说，文艺理论的研究是不可缺少的。作为朱光潜最有心得的创作，《诗论》从学理角度对中国古典诗进行了系统、科学的研究和梳理，实现了中国传统文学批评的创造性发展，"第一次以有严密系统的专著的形式，从美学的层面深入探讨了诗的本质及其创作欣赏的规律，并且在中西诗学比较的前提下，系统阐释了中国诗歌形式的基本特征，力图为新诗的发展提供切实有用的理论借鉴"。

除了课堂上的讲授，朱光潜还以他的文学创作参与到了民国时期的文学教育中，他的作品被选入西南大学的教材中，被学生们所研究、学习与模仿。由杨振声主持编写的1938年版的西南联大教材《大学国文选》，分上编文言文，中编现代白话文，下编古代诗歌三部分，入选中编的18篇现代白话文中就有朱光潜的《文艺与道德》和《自然美与自然丑》的节选，与鲁迅、郁达夫、巴金、茅盾等人的作品同在。后来教育部规定采用部定课本《大学国文选》，西南联大又编印了《大一国文习作参考文选》，共选录现代白话文13篇，其中还有朱光潜的《文艺与道德》和《无言之美》，与胡适、鲁迅、徐志摩、宗白华等人作品同在，并且据说这本教材当时其他学校也有采用。作品选入教材首先意味着杨振声对朱光潜文艺创作的肯定，其次是作品能够对学生的文学研究与创作产生指导作用。作为学者的朱光潜凭借他的文学创作在更广泛的范围中实现了他的文学教

刊物编辑其实也是朱光潜参与文学教育的一种方式，只不过教育的对象从学校中的学生扩大到了社会中的读者群众。1937年5月，朱光潜与沈从文、朱自清、周作人、胡适等十人创办《文学杂志》，在发刊词中他表明文化思想运动的基本态度是"自由生发，自由讨论"，并指出宽大自由而严肃的文艺刊物应在读者群众中养成爱好纯正文艺的趣味与热忱，为社会发展尽一部分纠正和向导的责任。朱光潜作为京派文学的核心人物，通过主编刊物在文学的理论建设方面作出了巨大努力。"他的文学教育其实是一种富于深度的文化思想教育，是对作家与读者的双重教育，意在为伟大的文学培养理想的读者，这是他的办刊理想。"朱光潜为每期的杂志写编辑后记，不遗余力地扶持文坛新人。

教育实践的背后蕴含着个人对文学发展的态度。作为一个接受了新思想的现代知识分子，朱光潜反对新文学的发展以全盘推翻传统文学为代价。

朱光潜以一名教授、学者兼主编的身份推动了现代文学的理论建构，并在中国传统文化和西方文化的融合和发展方面给人们树立了典范。他以西方文艺理论为主的授课内容和擅长使用的中西文学比较研究法分别为新文学发展提供了理论资源和方法指导；他的文学创作被选入高校文学教育的教材中实现了知识与思想的广泛传播，从而影响了广大学生的文学创作；他以编辑的身份充当作者与读者的媒介人，通过文学刊物在民众间树立了健康纯正的文学风气。

二、作为美育的文学教育

朱光潜的文学教育思想是以全人教育为出发点的，"理想的教育是让天性中所有的潜蓄力量都得尽量发挥，所有的本能都得平均调和发展，以造成一个全人"。受康德和席勒等人的影响，朱光潜认为人类心理的知、情、意三种活动与世间事物的真、善、美三种价值相当，"教育的功用就在顺应人类求知、想好、爱美的天性，使一个人在这三方面得到最大限度的调和的发展"，于是有智育、德育与美育

三方面的要求。但在现实的教育中，美育在理论与实施方面却很少有人顾及。朱光潜的文学教育追求高尚纯正的文学趣味，以培养学生欣赏和创造文学的能力为文学教育的主要内容，使文学教育实现了审美性的回归。"朱光潜的文学教育观的渊源，承接的就是西方文艺美学的传统和精神……他首先带给文学教育的是美学启蒙"。也可以说，朱光潜的文学教育主要是一种美育。

美育即审美教育，它指导人们树立正确的审美观，提高人们的审美力，培养人们的审美创造力。梁启超提出了"新民说""文学移人说""趣味教育说""生活艺术化""情感教育说"等蕴含美育的思想观点，但他提倡美育主要是从政治家的角度出发的，民族启蒙是他美育思想的核心。王国维将美育与德育、智育相提并论，他充分认识到了美育对于丰富国民精神生活和发展个体完满人格的重要作用并高度重视文学艺术的审美活动。蔡元培首次将美育列入了教育方针中，他倡导教育发展应德、智、体、美四育并举，提出了"美育代宗教"说，认为"美育者，应用美学之理论于教育，以陶养感情为目的者也"，并通过在大学开展音乐、美术、书法等活动来实施美育。朱光潜的美育思想在一定程度上受到了梁启超、王国维与蔡元培的影响，但又在他们的思想基础上进行了新的探索实践，形成了具有个人特色的美育思想。与梁启超相比，朱光潜是从教育家的角度出发来倡导美育，以期实现全人教育和人生的艺术化；与王国维相比，朱光潜在如何实施美育方面进行了多方面的拓展；与蔡元培相比，朱光潜尤其强调音乐、绘画、雕塑等艺术美中的文学艺术并对如何通过文学实现美育作了详细阐述。

实现"人生艺术化"，是朱光潜美育思想的核心，也是其文学教育思想的最高理想。他认为，过一世的生活就好比做一篇文章，文章应具备艺术的完整性、语言文字间应自然流露深情、切忌滥俗，人生也就要有人格、有情趣、有本色。善于生活的人能在认真时严肃且能在摆脱时豁达。人生的艺术化是对于生命中的一切持有一种"无所为而为的玩索"的欣赏态度，能够欣赏生活的人就能够发现和享受生命中的趣味。文学与其他艺术都具备美的特质，但文学艺术又不同于绘画、雕刻、音乐等其他艺术。其他艺术对人运用形色、音调的能力有一定要求，而文学是以语言文字为媒介的艺术，"语言文字是每个人表现情感思想的一套随身法宝，它与情感思想有最直接的关系"。所以，文学是一般人接近艺术的一条最简便的路，也是一种与人生最密切相关的艺术，是完全实现人生必不可少的条件。朱光潜着重通过文学展开美育并不意味着文学就高于其他艺术形式，而是因为通过文学来进行美育对受教育者的要求较低，受其他条件的限制也较少，从而能自由、灵活、广泛地展开与实施教育，也更有利于普及美育。"诗歌是最高的艺术体裁……诗歌用流畅的人类语言来表达，这语言既是音响，又是图画，又是明确的、清楚地说出的概念。"

　　沈从文与朱光潜处于同一时代，也从事过大学文学教育并特别重视文学的审美性。民国时期，沈从文在中国工学、青岛大学、武汉大学和西南联大几所学校担任助教或教授，讲授新文学课程与写作课。在文学教育实践中，沈从文的写作课强调发挥学生的主观能动性，更多的让学生去写作和练习，他"在学生的作业后面写很长的读后感，有时会比原作还长"读后感有时是剖析作文，有时则谈及创作，文笔讲究。在他的学生汪曾祺的回忆中，沈从文讲课是毫无系统的，经常以学生的作业讲评为主，从不引经据典而是凭直觉说话。沈从文文学教育的审美性主要集中在文学创作方面，他的美育主要是通过自身的艺术创作来实现的，他在文学作品中为读者呈现了自然美、社会美、艺术美以及人性美，读者则在文学欣赏中获得审美体验。文学教育是一种有意识的审美教育活动，"文学作品有'镜子'的作用，具有使人发现自己的'反观'效应，能够潜移默化地改变人的精神和品格，最终引领人们实现精神上的超越"。与沈从文相比，朱光潜以文学实施美育的途径主要是在课堂教学，他引领学生在文学欣赏中获得审美体验、情绪感染与人格熏陶，他的美育是一种情感教育，重视感性与理性的协调发展。具体到教学内容，朱光潜的文学教育以西方文学名著和文艺理论为主，重视文学批评对创作的指导作用，同样重视阅读与写作过程中的精神享受，而沈从文主要重视写作练习，这与他的作家身份与教育经历有关。小学毕业的沈从文并没有接受过多系统的教育，所以他并不擅长在课堂上系统条理地授课，而朱光潜接受新旧中西教育的背景则为他上好文学课奠定了坚实的学识基础。

　　虽然沈从文与朱光潜借文学实施美育的途径不一致，但他们都认识到了美育对于个体的精神丰富与人格塑造乃至营造良好社会风气的重要作用。沈从文提出文学经典要经得起时间的考验，要为社会、国家与民族的发展起推动作用，他重视作者文学创作的艺术化与经典化。朱光潜则全面认识到了作者与读者之间的相互作用：作者在创作时应将读者放在心里，当读者是平等的朋友来进行一种情感交流，所说所写都应进入到读者心灵深处；作者高水准的文学创作可以提高读者的审美趣味，而读者审美趣味的提高又可以反作用于作者的创作，"作者与读者互相提高水准，文学才能顺利迅速地发挥光大"。

　　朱光潜对于美学与美育的研究和认知，渗透到他教育的方方面面，了解他的美育思想，对于我们深入了解他的文学教育的本质有着重要意义。朱光潜曾解释他为何要在乱世中谈美："我坚信中国社会闹得如此之糟，不完全是制度的问题，是大半由于人心太坏。我坚信情感比理智重要，要洗刷人心，并非几句道德家言所可了事，一定要从'怡情养性'做起，一定要于饱食暖衣、高官厚禄等等之外，别有较高尚、较纯洁的企求。要求人心净化，先要求人生美化。"在社会动荡的年代，呼吁人们不顾温饱而去怡情养性，这显然如天方夜谭，太不现实，从这个方面来看，朱光潜的教育思想存在着过于理想化的局限性。实际上，个人的物质生活需求与精神生活需要应当兼顾，在不解决温饱问题的情况下去谈人生美化，只能是空中楼阁，雾里看花。但在人们的物质需求逐渐得以满足，精神生活却日益贫瘠的今天，朱光潜通过文艺净化人心、美化人生的思想价值就得以凸显出来。朱光潜认为要想人生美化，就应有高尚纯正的趣味，文学的审美特性就要发挥它的关键作用。他提出美育的功用在于怡情养性，是德育的基础，是解放的和自由的。文艺让我们情有所托，借助文学家的眼睛我们看到人生世相中的趣味，通过艺术创造我们在想象中实现精神世界的满足，感受到人的尊严，美育是本能冲动和情感的解放，也是眼界和自然限制的解放。除外，朱光潜还强调应从年轻时就抓住时机进行美育，无论哪个行业的人都应该将艺术欣赏融入到日常生活中。

　　朱光潜不是空谈美育，他在言传身教中传递给学生们的就是一种艺术化的人生态度。在武汉大学任教时他经常邀请学生去家里喝茶叙话，齐邦媛便有深刻的记忆。有一次，她和同学走进老师家的院子时，一位男同学看到地上有厚厚的落叶便要拿扫帚清扫。"朱老师立刻阻止他说：'我等了好久才存了这么多层落叶，晚上在书房看书，可以听见雨落下来，风卷起的声音。这个记忆，比读许多秋天境界的诗更为生动、深刻。'由于是同一年的事，我一生都把那一院子落叶和雪莱的《西风颂》中的意象联想在一起。在我父亲去世之后，更加上济慈的《秋颂》，深感岁月凋零之悲中有美，也同时深深感念他们对我生命品位的启发。"对齐邦媛来说，朱光潜的教育早已超越了课堂上知识的短暂传授，而是作为一种艺术体验永久地融入了她的生命，影响着她的生活。

　　朱光潜的文学教育是以美育为底色的，他认识到了通过文学艺术进行审美教育的独特性，注重在文学教育中与受教育者的情感交流与精神沟通，追求实现受教育者的精神丰富与审美提高。他作为美育的文学教育不仅仅止步于个体完善，还追求人生美化，更是清楚认识到了这种教育对于社会发展的推动作用。同时也必须承认，他的教育存在着过于理想化的缺点。总之，朱光潜的文学教育是以美的追求为突出特点的。

三、文学教师的自我塑造

　　"能够教学生们懂得什么才是一首好诗或是一篇好小说，能够使他们培养成对于文学的兴趣和热情，那才是一位好的文学教师。"朱光潜对文学教师的自我塑造提出了具体要求，而他自身的行为表现也为教师树立了榜样。尽管大部分时间他都在大学任教，但是却从未忽略中小学教育的重要性，在《有志青年要做中小学教师》一文中，他呼吁广大青年走上中小学教师岗位，为国家建设贡献力量。朱光潜充分认识到了中小学教育与高等教育的内在联系："要有健全的中小学，才能有健全的高等教育。"处于中小学年龄阶段的人最富有感受性，教师应抓住关键期培养学生的兴趣，让学生打好基础，养成良好习惯。中小学教师和大学教师都应该充分认识到自己所担负的责任，"专心致志""久于其任"，只有教师认同并要热爱自己的职业才能全身心地投入到教学之

朱光潜多次强调教师要更正自己的教育理念，认清自己的工作不仅在教书还在育人。针对大学中授课方式的机械化问题，朱光潜发出了"救救大学生！救救大学教授！"的呼喊，"现在学校制度最大的毛病就在缺乏情谊的基础与人格的薰（熏）陶"。上课若只是日复一日的机械重复，不仅学生会失去兴趣，教师也会陷入倦怠。梁启超说："当先生的常常拿'和学生赛跑'的精神去做学问，教那一门功课，教一回自己务要得一回进步，天天有新教材，年年有新教法，怎么还会倦？"教师在教中学，学中教，保持教学的热情，才会有精彩的课堂。并且知识的传授不应是灌输式的而应是启发式的，循循善诱，做学生的引路人。

文学教育对教师的阅读和写作都提出了更高的要求，教师应不断提高自己的专业水平，阅读的内容不能仅局限于学科知识和教育知识，应广泛涉猎，不断提升自我，同时应当经常练笔写作，在日常积累中不断提高自身的文学修养和文学鉴赏力。"本来想学生们对于文学发生热情，自己先要有热情，想学生们养成文学口胃，自己先要有一种锐敏的口胃……一个好文学教师的影响，往往作始简而将毕巨。"教师课上对作品的讲解中总会蕴含着自己对文学的理解与感悟，教师的文学趣味会直接或间接地影响学生。只有教师自身发现了文学的美，才可能在课堂中将这种美传递给学生。"教师是否拥有感受佳妙的能力，是否具有纯正的文学趣味，在相当程度上决定了教学的成败。"

朱光潜文学教育的一大贡献就在于为从教者提供了一面镜子，以他为镜可以反思自身的不足之处，争取更大的进步。朱光潜的教学风格以严谨著称。严谨体现在对学生的日常要求中：做到课前预习、课上专注、课后阅读，期末考试时他灵活出题，严格把关，得分审慎。诗人方敬于20世纪30年代初考入北大外语系，他说朱光潜在教学上素来要求严格："讲得扎扎实实，让学生认真记笔记，规定课外必读和选读的作品和参考书……他提倡学生自己阅读、思考、探讨、写作、翻译，让学生自己动脑动笔。他批改作业和指导论文任劳尽责。他讲授的内容，注重文学作品、文学理论和文学史的结合。"朱光潜一直秉承着尊重学术和知识的态度，授课内容充实丰富、条理清晰，让学生生发兴趣并学有所获。他培养出了一批批优秀的学生，并在无形中影响了他们的人格。季羡林评价朱光潜说："他显然同鲁迅先生所说的那一类，在外国把老子或庄子写成论文让洋人吓了一跳，回国后却偏又讲康德、黑格尔的教授，完全不可相提并论。""他是一个有学问的人，一个在学术上诚实的人。他不哗众取宠，他不用连自己都不懂的"洋玩意儿"去

欺骗、吓唬年轻的中国学生……他老老实实，本本分分，自己认识到什么程度，就讲到什么程度，一步一个脚印，无形中影响了学生。"从季羡林回忆的文学课堂中我们可以看出来，朱光潜以他学术诚实的品格影响了学生。

朱光潜不仅在课堂内传道受业解惑，而且在课堂外也关心学生的成长与进步，是学生们的良师益友。1939年入武汉大学外文系的张高峰回忆："我们一些爱好文学和新闻的同学，组织有'文联'、'新闻部队'等社团，每年春秋两季，必请朱光潜、叶圣陶、苏学林、钱歌川等教授郊游茶话，请他们指导学习和写作。"在周末或节假日，也常有学生前往朱光潜家里请教，"闲谈中，朱先生多次教导我们做学问既要'专'又要'博'"。不同于课堂上的知识传授，生活中对于学生的指导拉近了教师与学生的距离，是一种必要的以情谊为基础的师生交往。

朱光潜的学生在回忆他的课堂时，无一例外都提到了他的口音问题，他一直带着浓重的安徽口音给学生上课。对于地域不同的学生来说，这样的课堂或许难以听懂。若是有讲义做对照，还可减轻一些隔阂，但若没有讲义，这口音问题就会影响学生的学习效果。"他的口才并不好，讲一口带安徽味的蓝青官话，听起来并不'美'。看来他不是一个演说家，讲课从来不看学生，两只眼向上翻，看的好像是天花板上或者窗户上的某一块地方。"这是朱光潜在清华大学兼课时的情形，或许是因为他那时刚从欧洲留学归来，在大学任教的经验不充足，不排除是上课紧张的一种表现。但是忽略与学生的眼神交流，这在一定程度上会影响到课堂效果。即便口音问题一直伴随着朱光潜，但他的课依然很受欢迎。

朱光潜在课上态度严谨、贯通中西、以情感人，在课下保持与学生及青年群体的交流——书信联系、当面切磋或以文会友，他的文学教育是"润物细无声"式的，熏染到学生生活的方方面面，给学生传授做学问的态度和做人的道理。南昌大学的教授张国功在读过齐邦媛的《巨流河》中关于朱光潜的回忆后，引发感慨："有什么样的教育，就有什么样的个人情怀；而每一个个体都不是人性的残缺废品，当然就会组合、交汇成令我们羡慕、留恋的时代底色、人文生态。只是，时移世易，在今天外表光鲜、配置豪奢的大学校园，日益为课题、论文、职称等奔走诱蚀的教师们，还有没有人会性情率真地告诉学生们，自己'等了好久才存了这么多层落叶'？"这样的问题，值得所有的教师和即将从教者去深思。

第八章　闻一多文学教育研究

第一节　闻一多文学教育的实践方式及成果

人格教育理论认为，教育对象是完整的生命体，而非被动的认知体或为了满足某种需要的工具，所以教育者要尊重受教育者的个体独特性，关注其自我发展与完善的需要。从闻一多的教学实践来看，他所持的正是这样的教育观，因而无论是在哪个时期的闻一多，都深得学生的敬重与喜爱。课堂之上的他风趣幽默，才华横溢，将诗人的浪漫和感性挥洒到极致，使枯燥的内容变得生动而形象，引得不少其他专业乃至其他学校的学生前来听讲；课堂之外的他亲切疏朗，热情洋溢，积极参与同学的社团活动，无论是在新诗社还是话剧团，都能看到他的身影，在提出指导性意见的同时，给了学生们极大的鼓舞。他积极践行着自己的教育理念，桃李天下，成果累累，培养出一大批英才，臧克家、陈梦家就是其中的代表。

一、风格独特的课内授课方式

教育家赫尔巴特曾说过："教育者本身对于学生来说也是一种丰富而直接的经验对象。"他认为，作为教育者的教师与作为被教育者的学生在课堂上互相交流，通过语言的传达共同发挥想象力，在这样的教学过程中，己故的历史人物和文学作品中的人物都可以获得新生命。而教学的重点仍在于教师，如果教师的想象力丰富，语言生动活泼，那么学生便会"随着他的想象而想象"，由此教师与学生可以成为"伟大的、精选的伙伴"。

文学作品是文人内心情感的外化，而教师与学生又是带有感情色彩的个体，由此决定了文学教育必然带有情感性特征。在教学过程中，只有作者的情感与师生的情感实现交融与统一，才能在教师、学生、作者三者之间产生共振，才能使教学产生美。据闻一多的学生回忆，由于闻一多平时勤于钻研，积累丰厚，对现实观察深入，因此，他的授课方式不仅富于学术性、启发性，而且精彩动人，形象而富有诗意，让人心领神会，妙趣自得。总的来说，他的授课方式有以下几个特点：

（一）入情入境

美国教育家杜威极为重视情境对于教学过程的影响力，他曾说过："我们主张必须有一个实际的经验情境，作为思维的开始阶段。"前苏联教育家苏霍姆林斯基也提到过加强情境教学的作用，他认为，"环境的美观是由于天然的和人造的景物的和谐而造成的，这种和谐唤起了人们欢乐的感情"当环境恰到好处的时候，便可以鲜明的形象、画面和印象为学生的思想意识提供"养料"，带来美的印象。闻一多也深谙"情境"对于教学的意义，他常常将学生带到山川秀丽之地讲解诗歌，以更好地体会诗歌意境；在青岛大学授课期间，他还特意申请把课调到晚上七点钟，以求一种昏暗悠远的意境。等到了时间，他"高梳着他那浓厚的黑发，架着银边的眼镜，穿着黑色的长衫，抱着他那数年来钻研所得的大叠大叠的手抄稿本，像一位道士样地昂然走进教室里来"。他缓吸一支烟，像念"座场诗"一样，拉着极其迂缓的腔调，念道：

"痛——饮——酒——

熟读尚骚

方得为真——名——士！"

这样率性洒脱的风格颇有几分魏晋名士的风范。学生们既为他深厚的文学功底折服，也被他所散发出的独特风采吸引，因而教室里总是座无虚席。

据他的学生汪曾祺回忆说，在西南联大教书期间，闻一多所教授的古代文学非常"叫座"。来听课的不仅是中文系、文学院的学生，理工院、工学院的学生也慕名而来。原因是闻一多讲课生动有趣，别具风采。本是晦涩枯燥的内容，一到他的课上便会焕发别样生机。在讲伏羲、女娲等古代神话中的人物时，他会图文并茂，将画像钉在黑板上，口讲指画，有声有色，条理严密，高低抑扬，引人入胜。在这样的讲述中，学生感受到了一种美，这种美之中既饱含思想之深度，富含才华之动人，同时亦不乏逻辑之精妙，令人沉醉其中，仿佛享受了一场动人的视听盛宴。为了能听他讲课，有的学生不惜穿越一座昆明城而来。汪曾祺在他回忆恩师闻一多的散文中感慨说："听这样的课，穿一座城，也值得。"

文学教育不代表干巴巴的知识与抽象难懂的理论的灌输，而应该根据学生的认知特点和文本本身的内容，在师生之间进行鲜活的、情感经验的传达，以实现感情的共鸣。文学本身就带有情感性的特征，所以体验式的学习方式可以更好地理解作品中的感情与作家的感受。文学教育的价值也在于此，所有体会到的精神内涵都会内化为学生的生命智慧，提升自己的人生境界。

（二）语言诗化

根据建构主义学说理论，语言是知识的文化积累、传输和表征的基本形式，知识只有在学习者进行的为他人所知的"建构活动"中获得，而这种知识的建构需要借助于语言和对话。教学情境下，语言的传递即是教育发挥传递、选择和影响功能的过程，语言作为一种中介，起着至关重要的作用。学贯中西、博古通今的闻一多，在课堂上的语言永远精炼、形象而富有诗意。他的学生汪曾祺和郑临川都曾将三尺讲台上的闻一多比作一个"好演员"。他从不会照念讲稿，而是像进入角色的优秀演员一般，通过熟练生动的台词和与之配合的肢体语言，将时代遥远的各色人物的形象带到学生跟前。在他讲时代背景时，就好像在讲述自己的亲身经历；在讲具体诗人时，又好像在讲自己熟识的朋友亲人；在分析具体作品时，又好像亲眼见证过作品的整个创作过程。如此就令学生产生如临其境、如见其人的神奇感受，在其中得到无穷的启发和妙趣。他的学生曾在文章中写道："《诗经》虽老，一经闻先生讲说，就会肥白粉嫩地跳舞了；《楚辞》虽旧，一经闻先生解过，就会五色斑烂地鲜明了。""老旧"的文学作品之所以可以在他的讲解中"跳舞"、"鲜明"，正是因为他对于语言纯熟的把握和运用。

作为诗人的闻一多，会很自然地把诗化的语言运用到授课之中。讲《诗经》、《楚辞》时，他会为学生恢复一个光怪陆离、充满意趣的远古时代；讲西方诗歌时，他会用充满诗情的腔调将诗歌吟诵出来，为学生勾勒一幅诗人想象出的奇妙图景；讲唐诗时，他会用诗人的语言催眠学生，为学生营造一个诗意的境界。

讲现代诗歌时，闻一多同样尽情展示着自己过人的语言天赋。1943年，闻一多在课堂上大声朗诵田间的诗，在朗诵结束后说："我有一个想像，假若这教室里的光从黑色的，暗淡的，慢慢变到灰色，白色，光辉，一直到红色；我底头从银幕上远远地，小的，慢慢地移近，大起来，大得充满了银幕……教室里的温度渐渐升高，使你们都流出汗来，筋暴起来……"在场的学生后来在文章中写道："我想告诉他，我们已经流着汗，已经落到那种境界里去了啊。"

闻一多在讲解诗歌的时候会着重渲染一种意境，在意境之中，将诗歌中的情感、哲思或文化思考一一传达给学生。学者陈平原在谈到文学教育时说过："任何一个好老师，每堂课都是一次精心准备的演出，既充满激情，又不可重复。"闻一多把每一堂课都变成了精彩的话剧演出，通过面对面的交流，引领学生探索古代文人所写就的作品之中所蕴涵着的语言之美、人性之美与大自然之美。

（三）紧贴现实

在开展文学教育的过程中，不少教育者死抱文学教材，句句不离作品，以至于忽略了与现实生活的对接，不仅令学生失去了学习兴趣，久而久之也会让他们在社会民生方面逐渐冷漠，失去青年人应有的精神。作为爱国主义人士的闻一多虽然曾经因逃避现实而"两耳不闻窗外事"，但当抗日战争爆发之后，他所教授的每堂课几乎都与现实血肉相连。抗日战争期间，闻一多所讲的诗文大多关系到国家兴衰，含有深切的家国情怀。1938年，抗日战争刚刚开始不久，许多将士奔赴战场，故而闻一多在讲《诗经》的时候，重点讲解了其中《东山》一诗，用生动的语言描述了东征后得以归家的战士的心情，语音低沉，情真意切，使在场的同学们仿佛可以想像到抗战胜利后将士们归来的模样，无不为之动容。1944年，闻一多在西南联大课堂上讲《庄子》。他认为《庄子》一书反映的正是战国时代知识分子，即"士"的悲哀。在讲到"相呴以湿"这一句时，闻一多感慨说，当时的"士"在精神上备受煎熬，彼此间只好如涸辙之鱼一样"相呴以湿"。而在今天的中国，有思想、有个性的知识分子，虽与当时的"士"走的是不同的道路，但在横遭迫害与摧残之时，除了因看到民众的觉醒而让信心有所增强外，相互的同情与支持也成了重要的安慰和鼓舞——"这也有类于'相呴以湿'啊！"在课堂即将结束之时，闻一多将庄子的思想总结为"自欺"、"逃避"，并希望当时的知识分子能走出新的道路，因为"今天的国事，不是帝王一家的事，而是全体人民自己的事"。

闻一多对于真理、正义和自由的追寻一直未曾磨灭。有一次，美国新闻处招待昆明教育界看电影《The moon is down）），闻一多看了很受震撼。待到上唐诗课的时候，他对学生感慨道："为什么外国的人民这样热爱祖国，而中国汉奸这样多，这完全是因为人民平时受压迫，不能组织起来反抗，我要问，为什么仗要打败？为什么不给人民自由？"言语间尽显对人民的同情，对战争的厌恶和对压迫者的愤恨。

不仅如此，在给学生布置的作业中，闻一多也时时注入现实元素，培养学生们关切社会的自觉性。在给昆明中学兼课期间，闻一多给学生出了三道作文题，分别是《写给蒋委员长的一封公开信》、《病兵》和《号角》。每一个作文题目都紧贴当时的时代命题，引导学生关注民生，增强自身对国家的责任感，希望学生"身在课堂，心怀国事"。

教育家赫尔巴特说："教学起点在于个性，终点在于德性。"文学教育尤为如此。它是关于人的灵魂的教育，而非理性知识的堆积。闻一多深谙这一点，因而无论是讲古代神话、《诗经》、《楚辞》还是唐诗，他授课的最终落脚点都在于启迪学生的创作灵感，激发学生的爱国热情，让学生因体味到祖国历史文化之悠久深厚而产生自豪之感，并由此不自觉地产生继承和发扬它的责任感。同时，他既注重知识的传授讲解，又自觉地把教学同国民命运联系起来，同当时正在进行的伟大的抗日战争和革命斗争结合起来，使学校教学与时代精神紧密结合在一起，为后世的文学教育提供了范例。

二、丰富多彩的课外实践活动

著名教育家苏霍姆林斯基认为，学生在智力、道德、审美、身体诸方面的发展和完善，大部分都是在课外发生的，课堂学习只是学生全部精神生活的一部分，此外还应有激发、发展和满足与必修课没有直接联系的多种多样的智力兴趣的各种课外活动，让这些活动带给参与者欢乐与自豪。尽管闻一多对于课堂教育极为重视，但他也并不认为课堂是唯一可以进行教育的场所。他曾慨叹说："学岂必在课堂乎？"在课堂之外，他对学生的实践活动同样给予重视，并多次参与其中。他通过演讲、座谈、指导社团活动、带学生采集民谣等各种课外实践方式教育和指导学生，引导他们更深入地了解文学的广阔世界，理解"天下兴亡，匹夫有责"的精神内涵，主动担当起为国家、为文学而努力奋斗的职责。在多种实践方式中，以指导社团活动为最主要的实践方式。

在精心的设计和紧张的排练后，1939年2月，这出话剧在昆明的演出引起了轰动，后来连续演出8天，连重庆、上海等地的报纸都刊登了这次演出的盛况。而后在曹禺的戏剧《原野》排演中，闻一多又担任服装设计，同时也负责舞台布景，布景有的是他自己设计并亲手绘制的，有的是他指导艺专的同学制作的。因其有丰富的舞台设计经验和强大的影响力，1944年，西南联大学生文艺团体"剧艺社"特请闻一多来指导社团活动。自此，他为学生戏剧创作和排演活动提出了许多宝贵意见，不仅会到场观看演出，而且还会到后台与同学们进行交流，指导社团的进一步发展。

闻一多不仅参与过"剧艺社"的活动，同时也为"新诗社"的兴起和壮大贡献了自己的力量。1944年4月，西南联大十四名爱好诗歌的同学聚在一起，组成了社团"新诗社"，并找到闻一多来做他们的导师。闻一多不仅直率地评讲了学生们带来的诗歌习作，而且对于组织诗社一事表示大力支持，并为同学讲述了他对诗歌的见解。他首先批评了传统的"诗教"，提出"温柔敦厚"的诗歌理念"要不得"；而后提出了"做人"与"作诗"之间的关联，强调"要写新的诗，首先要做新的'人'"，不可再做奴隶；最后对诗社表达了自己的期望，希望学生们融入到人民中去，理解人民的痛苦，喊出人民的真正呼声，"去写不仅在形式上是最新的而且在内容上也是最新的诗"。闻一多的话给学生们指明了方向，新诗社自此走上了自己的道路，队伍也逐渐壮大起来。渐渐的，新诗社成了西南联大最活跃的团体之一。

新诗社的学生常常到闻一多家中拜访，交流有关社团发展和诗歌创作的心得，听取老师的意见。如果碰到社员之间有争议，也会请他出面来评理，协调在诗歌欣赏和创作方面迥异的观点。同时，如果在学生的诗作中发现缺点，他也会严肃地指出并认真地加以修改。他说："年轻人有幼稚病，这没有什么可怕，要勇敢地发现问题，学会正确地解决问题。"在闻一多正确的指导下，社团活动蓬勃开展，新诗社由小到大，自校内到校外，逐渐成为昆明有影响力和号召力的社团，且培养出不少优秀人才。

对于新诗社取得的成就，作为导师的闻一多感到极为欣慰。在该社成立半周年之际，他还特意为新诗社刻了一枚图章，并写下边款："古人论诗的功能说：可以兴，可以观，可以群，可以怨，我们正做到了这里最重要的一个群字，这是值得庆幸的。"

新诗社以举办朗诵会为主要形式，参加朗诵的人从开始的几十人，到后来的几千人。参与的人也从联大本校的同学，扩展到许多校外的同学、公务人员、中学教员、报馆编辑、记者……社会各界人士都带着自己的诗歌来朗诵，也成了新诗社的一份子。而每一次新诗社举办活动，闻一多几乎都到现场，与众人一起朗诵、评点诗歌，他还曾亲自登台朗诵过艾青的《火把》、《大堰河——我的褓姆》等诗作，他卓越的朗诵才能经常把学生们的热情推向高潮，换来热烈的掌声。闻一多还会朗诵一些青年诗歌爱好者的优秀诗作，如董康的《生命之歌》、沈季平的《山》。沈季平后来回忆说："他朗诵了一些诗，也读了我的一首。他读时，我觉得害羞，但又感到幸福的发慌。"他称闻一多为"教我学步的人"，就是源于这段在新诗社的经历。

新诗社不仅组织诗歌朗诵会，还出《诗与画》壁报。壁报后来分为"新诗"和"阳光美术社"两个部分，"阳光美术社"吸引了许多喜爱绘画的同学，两个社团共同合作，团队力量更为壮大。闻一多由此也成为了阳光美术社的导师，他不仅为学生们带来绘画技法上的指导，而且在绘画理念上也给予他们独特的见解：他鼓励学生们多画漫画与宣传画，尤其在"国家危急存亡之秋"，更不可装点"风雅"。

在闻一多先生遇害后，他曾指导过的社团并没有因为他的逝去而颓败，他们秉承着闻一多的精神，践行着闻一多的理念，团结着拥有同样爱国热忱的同学，继续坚定前行。1948年4月9日，何孝达同学在新诗社成立四周年之际写了《新诗社》一诗。其中有一段写道：

"新诗社，继承着闻一多的决心/信仰着/闻一多信仰的真理/闻一多为了什么而献出自己/闻一多为了什么而永远存在/新诗社也将为什么而永远存在。"

　　新诗社的社员们写的正是闻一多喜爱的、提倡的"比田间更新的诗",他们争当"鼓手",为人民高歌;而"阳光美术社"的同学们也继承着老师的遗志,继续开展他们的爱国活动。在当时尖锐的斗争形势下,墙报板子常于深夜中被同学们挂在走廊上,上面或画着美军占领青岛的图景,或画着讽刺当局不作为的图画。在闻一多遇害周年追悼大会上,"阳光美术社"的社员们还画了一张闻一多的巨幅画像挂在大礼堂,同时还为老师献了一副挽联:"以鲜血写历史,以生命争自由。"

　　闻一多在西南联大教书期间,多次在公众场所演讲,发表他个人对于文学、对于时局的观点与看法,在学生之中的影响力甚广。比较有名的是他于1944年发表的几场演说。1944年5月8日,他在五四文艺晚会上的讲话中说道:"我们要知道,新文学运动之所以为'新',它是与政治、社会思想之革新分不开的,不是仅仅文言、白话的问题。旧文学的要不得,在于它代表君主这一套旧的意识,并不是它的艺术价值低。"演讲结束后,"同学们尽最大的力量向闻先生致敬,掌声盖过了一切的声音。"1944年12月12日晚,闻一多在西南联大昆北教室发表演讲,演说内容为《士大夫与中国社会》,主要内容是分析儒家的功过,同时也提到了墨家、法家、道家的思想。当时听众甚多,不仅大教室内分外拥挤,就连门窗上都爬满了同学。演讲取得了非凡的效果,以至于在闻一多结束演讲、准备回家之际,还有五十多名同学跟着闻一多一道走,不停地询问各种文学上的问题,闻一多也为他们一一耐心作答。

　　文学教育与其它教育的区别很大,从闻一多课外实践的方式来看,有以下几个特征:第一,文学教育是非功利性的,不以达到某种物质上的目标为目的;第二,文学教育寓教于乐,方式多样化,既可以在课堂展开,也可以在课外的多种活动中得到实现;第三,在文学教育过程中,教师起主导作用,而学生占主体性地位。闻一多只为各个社团提供指导思想,社团活动的展开还是由学生来进行。文学教育是个长期的过程,教育成果往往并不能立竿见影,但在潜移默化之中,它促进了学生知识的日益丰富和人格的逐渐形成。

　　通过一系列的课外实践活动,闻一多从青年人身上学到了不少进步思想,也从他们之中感受到了活力与"热量"。他曾对新诗社的同学们说:"我是到你们中间来取暖的!""热量"可以在师生之间互相传递,正如新诗社的同学曾写下的语句:"我们的生命,也正是他所点燃的火炬。"闻一多愈接近青年学生,学生愈是敬重他。不仅因为他渊博的学识和尽心的教导,更重要的是他的热情和坦直具有独特的个人魅力,他的思想、感情也可与学生产生强烈的共鸣。他理解青年人的苦闷与迷茫,也明白青年们的优点与缺陷,以"朋友"的姿态相交,这样学生才愿意向他求教,在学术和人生两方面接受闻一多的引导。这种新型的师生关系,在当时的国统区,实为罕见。

三、闻一多文学教育的实践成果

闻一多既是在新诗创作领域卓有成就的诗人，又是掌握中西方渊博学识的学者，因而他的分析与议论常常既富于热情和想象，又兼有科学的态度。他不仅为学生从事专业研究提供了良好示范，也将钻研精神与创新精神传递给了自己的学生。他的教学实践成果非常丰厚，他的学生有的成为国内一流的学者，有的成了诗歌界不可多得的人才，每当他们回忆起恩师闻一多时，无不充满了感激和敬佩。

在学生的学术研究方面，闻一多一直给予大力支持。他鼓励学生多注意收集文学史的资料，仔细研读其中的细小之处。如《诗经》中《芣苢》一诗共三段十二句，除了重复的字句之外，具有变化的只有六个字，闻一多却对其中每个字都细细研读，并告诉学生说："每读一首诗，必须把那里每个字的意义都追问透彻，不许存下丝毫的疑惑——这态度在原则上总是不错的。"因为在闻一多看来，有时读不懂的那个字也许恰恰是全诗之中最要紧的字，一旦错过，也就无法理解诗歌的精髓了。在学术问题具体研究过程中，闻一多教导学生要大胆提出自己的想法，不能抄袭他人陈说。他从不将学问当成"私产"，而是常常将心得悉心传授，把未发表的笔记或讲义借给学生们传抄，从不忌讳。然而，为了让学生懂得做学问的艰难，他会在学生经过一段时间的查阅后再把自己的笔记借给他们。

闻一多经常教导学生，在听了他的课之后，不能到此止步，应该学会他严谨、科学的治学方法，保留对传统文化的热忱，回头走自己的路。他的教育思想与文学观念影响了众多学生，臧克家、陈梦家就是其中的代表。

闻一多谈诗很具体，耐心指出诗歌中哪一处艺术手法用得好，哪些字下得太"嫩"，一边谈一边从书架上抽出英文诗集加以对比，为臧克家寻到合适的范例。据臧克家自己回忆，在学生时代，《死水》被他置于案头，几年未曾离手，其中几乎每一篇都可以背诵出来。他的诗歌风格和诗歌特色都深受老师影响。闻一多喜欢在诗歌中运用比喻的修辞手法，臧克家也"在创造新鲜的隐喻上见出他的本领"；闻一多鼓励诗人在抗战时期多发表展望胜利的诗歌，臧克家就写下《东线归来》和《淮上吟》。影响他的不仅是老师闻一多的诗歌观念，还有他的为人。在潜移默化的影响中，臧克家成为了新诗诗人队伍里的重要一员。正如臧克家所感慨的，"闻先生的诗同他的为人一样的谨言。他的诗，在技巧的磨练上所下的工夫，所付出的心血，足以使一个初学者消解了浮泄的'自是'心，拉回乱放的野马，觉得新诗不是草率可以成功的，它比旧诗还难！"

将他领入新诗的世界后，闻一多又毫不吝啬地予以帮助。起初，臧克家的《洋车夫》《失眠》等诗就是由老师拿去发表的，也正是这些诗作让他得到了诗坛的认可。之后他的《老哥哥》《贩鱼郎》等诗在发表之前，都曾寄给闻一多批阅，有赞赏的地方闻一多仍为他画上红圈，有不妥的便为他指点一二。

1933年7月，闻一多为臧克家的第一本诗集《烙印》写序。闻一多开头便写："由克家自己看来，我是最能懂他的诗了。"可见此时的他们不仅是师生，也是彼此的知己。闻一多将臧克家比作唐代诗人孟郊，在他眼里，孟郊结合了自己的生活实践，继承了杜甫的写实精神，走着文学与人生合一的大路，而臧克家的诗态度沉着而有锋棱，"没有一首不具有一种极顶真的生活的意义"，"没有克家的经验，便不知道生活的严重"。在内核上两个诗人是相似的，虽然他们的诗作读起来会让人颇有不快，然而诗作中所藏的世界是真实的、有血有肉的，可以切切实实地带给人以思考。

在闻一多书房的书桌上，一左一右放了两张照片，一张是臧克家，另外一张是陈梦家，两人都是他的得意门生。他时常对来访的客人介绍说，我左有梦家，右有克家。对于学生所取得的成就，他既为之欢欣自豪，又因自己老师的身份不胜得意。在1930年闻一多写给友人的信中，他提及读了学生陈梦家、方玮德的诗作后，极其"欢欣鼓舞"。自豪之下，闻一多坦言，"我的门徒恐怕已经成了我的劲敌，我的畏友。"有一次，他拿陈梦家的诗歌《萤火》来为学生阐释"诗无达诂"的内涵，声情并茂地说道："深夜里，这点萤火，一闪一闪的，你说这是萤火吗？但它也可以是一盏小灯，一点爱情，一个希望……"虽然自己不再进行诗歌创作了，然而他对于诗歌的热情却未曾磨灭，学生的创作常带给他精神上的新体验。

为避免诗歌在情感方面出现"刻露"的弊病，闻一多作诗常常要在有所感触之后历经数月才动笔，此时琐碎的枝节已经遗忘，只留下"情绪的轮廓"。他将自己诗歌创作的心得一一教予学生，对于老师的意见，学生们往往虚心接受，如果有疑义，还会书信或当面交流，细心探讨。陈梦家《悼闻一多先生》一文中写道："我们常常面对着一壶浓茶，为着一个字的解释打架。"在这样"打架"的过程中，双方都取得了长足进步。

1938年4月2日，奉国民政府教育部令，撤退到昆明的长沙临时大学正式更名为西南联合大学。这所由北大、清华、南开三所高校所组建的最高学府在中国教育史上的意义极其重大，它汇集了当时全国顶尖的学者和优秀的学生，各所学校虽然校风不同，却能和谐共处，在交流中焕发生机。《国立西南联合大学纪念碑文》由冯友兰撰文、闻一多篆额，书写了西南联大值得纪念之因："联合大学以其兼容并包之精神，转移社会一时之风气，内树学术自由之规模，外来民主堡垒之称号；违千夫之诺诺，作一士之谔谔，此其可纪念者三也。"汪曾祺就是西南联大的学子之一。在西南联大就读之时，他跟随闻一多学习唐诗、《楚辞》等内容。据汪曾祺回忆，闻一多很重视培养学生独立思考的能力。在评价作业时，闻一多极不喜欢学生因循守旧，沿袭前人轨迹，他鼓励学生在独立思考后，提出自己真实的想法。对于学生的作业，他有自己的一套标准，即：不怕新，不怕怪，而不尚平庸，不喜欢人云亦云，只抄书，无创见。有一次，一位选修唐诗课的同学在考试中得了低分，闻一多教导她说："你只会背我讲的笔记，难道没有你自己的看法吗？"作为老师，他一直主张学生要敢于创新，敢于提出自己的想法，即使失败了，也能从中得到教训，好过"食前人的余唾"。

而汪曾祺恰是因为想法的"新"与"怪"而得到闻一多的赏识。一次，汪曾祺在读书报告里写，"别人的诗都是画在白底子上的画，李贺的诗是画在黑底子上的画，故颜色特别浓烈。"如此新颖的想法让闻一多感到惊奇，对此十分赞赏。汪曾祺还提到，当时昆明的学生，之所以在为学为人方面比较开放，同时比较"新鲜活泼"，皆要归功于闻一多为代表的西南联大一批具有新思想的老师。在最艰苦的条件下，西南联大保存了完好的教育方式，培养出了一大批优秀的人才，不得不称之为奇迹。之所以能够塑造出这么多的人才，是因为很多西南联大的老师都接受过西式教育，拥有更广阔的视野，不因循守旧，也不对学生提出刻板要求，他们给了学生自由的学术氛围和表达自己想法的空间。

在掌握老师所教授的方法，接受老师所秉持的信念后，闻一多的学生将它们一一传承。臧克家坦言，在领悟到闻一多诗集《死水》的精髓后，他把它融入到了自己对学生的教育中，也借其影响过朋友，且用此去"攻破死抱住五七律的人"。他很庆幸自己得到了老师的教诲，以此"滋养了自己，也用它折服了许多顽固的心"。

闻一多的文学教育思想不仅体现在学识与文化的传承中，更重要的是高尚的艺术人格和内在精神气质的相续。他洒脱旷达的风格，平易近人的态度，坦率真诚的性格，追求真理锲而不舍的精神，一直留在学生的心中，指引着他们前行。虽然难以阐述其所带来的硕果，然而并不能否认其存在。就如汪曾祺所说，"这是精神方面的东西，是抽象的，是一种气质，一种格调，难于确指，但这种影响确实存在。如云如水，水流云在。"

第二节 闻一多文学教育的意义和启示

闻一多从事教育二十一年，既有成就，也有不足。从闻一多的教学生涯中，我们可以看到他对于人文精神的信仰、对审美教育的重视和对传统文化的热爱，他将这些融入到了他的每封信、每堂课、每次演讲中。一方面，他注重让学生获得切身的审美体验，以陶冶性情，涵养心灵，引导学生进行自我人格的完善；另一方面，他帮助学生提升人生境界，在炮火声中逐步加深对个人与国家、个人与社会关系的思考和认识。

然而，闻一多后期文学教育思想的转变同样带来了许多负面的影响。当传统文化的守护者变成了传统文化的决然反叛者和否定者，闻一多已然偏离了前期文学教育的轨道。创新行为从来都是不可能与历史完全割裂的，因为"人们总是处于过去和未来之间，总是历史过站中的过客，故此真正能够产生持久影响的创新行为，由于种种前定条件的有形无形的制约，也由于此后富于惯性的历史环境的筛选，就反而只有通过对于旧有传统的有效激活和改造方能完成"。在改变的过程中，极端的态度和过激的行为皆是不可取的。从闻一多的教学经历之中，我们既可以得到启示，也可以其中吸取教训。

一、人文精神的融入

现代人文精神是以人作为终极关怀对象，以彻底的人道主义为至高无上原则的一种精神。以这种精神作为标准来评判文学教育，可以确定文学教育的真正核心——追求真、善、美。今天，应试教育使我们的教育方式偏重于工具主义，学生在大多数情况下无法得到美的体验，感知文学作品的温度，更得不到精神上的熏陶，文学教育中的人文精神逐渐流失，让学生失去了对真、善、美的追求。

自古以来，无论东方还是西方，人类都把追求真、善、美作为自身的价值理想。"真"体现在艺术作品需蕴含真挚感情的要求，也体现了对真理的终极追求；

"善"是对道德的肯定和渴求，饱含人类的人文关怀；"美"是对美及其艺术表现历程的关注和反思——三者共同构成了哲学的"智慧"。关于真善美的智慧，就是最高意义上的"人文精神"。美学家朱光潜先生认为，物有真、善、美三个方面，心有知、情、意三个方面，教育分为智育、德育和美育，恰是从真、善、美三个角度出发的。"智育叫人研究学问，求知识，寻真理；德育叫人培养良善品格，学做人处事方法和道理；美育叫人创造艺术，欣赏艺术与自然，在人生世相中寻出丰富的兴趣。"这三者应该放到同等重要的位置，缺一不可。闻一多同样看重对于真、善、美的追求，具体表现如下：

在关于"真"的问题上，闻一多一直强调创作文学作品要"发之于心"。美的情感必须是真挚的，如此方能称得上是美。这里的"真"，是情感自身的真。王国维在《人间词话》中对于诗词中的"真"有这样的诠释："大家之作，其言情也必沁人心脾，其写景也必豁人耳目，其辞脱口而出，无矫揉装束之态。"之所以有这样的"大家之作"诞生，是因为作者"所见者真，所知者深也"。

关于文学作品中语言与情感之间的关系，朱光潜先生将它们分为三类：作品短小精悍而情感充盈者，为"情溢乎辞"；作品的语言与感情完全契合者，为"情尽乎辞"；作品的语言繁杂华丽而感情寥寥者，为"辞溢乎情"。其中，"情溢乎辞"是古代中国文人最推崇的原则。言有尽而意无穷,"此时无声胜有声",是绝大部分诗人的追求。而"情溢乎辞"也在一定程度上代表着作者拥有丰富的感情,同时拥有着驾驭语目的尚超技巧。闻一多很看重诗歌的语目与感情之间的关系。他曾教导新诗社的学生们,诗歌如果想要争取别人的共鸣,就必须用"最好的语言",而想要让"最好的语言"产生,就必须是诗人对生活产生了某种感受且有强烈的、想要倾吐的欲望,这时写出来的诗歌才会真实且有内涵。他盛赞曹禺先生所写的戏剧《原野》,不仅亲自担任演出的服装设计,而且还特为剧本写了说明书,在其中感慨《原野》中"蕴蓄着莽苍浑厚的诗情",而原始人的爱欲仇恨与生命内在有一种"单纯真挚的如泰山如洪流所撼不动的力量",这种力量才是让人震撼和折服的原因。

因所持对"真"的追求,闻一多在自己创作诗歌时也秉承着这样的理念。1923年,在美国的闻一多写给弟弟闻家驷的信中说:"我将乘此多作些爱国思乡的诗。这种作品若出于至性至情,价值甚高,恐怕比那些无病呻吟的情诗又高些。"无论是诗集《红烛》,还是后来所写的诗集《死水》,没有一首不是因为内心的"火山"喷发而作。

在讲授《诗经》时,闻一多尽力为学生还原了《诗经》所反映的人民生活与感情,揭开了《诗经》的本来面目。《诗经》曾被许多封建卫道士赋予政治意味,强硬地进行不合理的解读,以欺瞒和"教导"人民。这不仅背离《诗经》的创作初衷,也背离了人性本身。闻一多以坦直的态度和翔实的分析让学生明白,《诗经》中的许多民歌是情歌,只是远古时期人类为了表达自己的感情和愿望而作,与政治几乎没有关联性。闻一多常对学生说,"《诗经》中的爱是赤裸裸的,绝不像后代那样扭扭捏捏"。这"赤裸裸"的爱,正是"真"的体现。他之所以喜好讲《诗经》、唐诗而不讲词曲,正是因为后者不够真率与健康。

"善"体现在文学作品之中,其实就是一种人文关怀。著名学者钱理群曾专门为学生解释"人文关怀"的含义:"所谓'人文关怀'就是要关心人之为人的精神问题,注重自我与他人的精神发展。"在文学教育中重视并渗透人文关怀,可以帮助学生开拓精神的自由空间,陶冶性情,铸炼人格,提高精神境界。而只有具备了人文关怀,学生才能在成为合格的专业人才的同时,形成健全的人格。在关于"善"的问题上,闻一多不仅引导学生带着人文关怀重新看待和理解过去的文学作品,而且对拥有人道主义情怀的诗人还会给予更多的关注和赞誉。他认为,读古书需要脱离开今人的狭隘眼光,结合当时的历史背景来体会与理解。为了能让"局部化了石的古代"复活在学生心中,他在解读伏羲的神话时常与生活相联系,妙语迭出,颇为生动。

在解读《诗经》时,闻一多对每一首"国风"的分析,都帮助学生们更加深刻地去了解当时人民的生活和愿望。如他解读《芣苢》一诗时，就从训诂学入手，阐明"芣苢"这种植物的本意是"胚胎"，因有"宜子的功能"，故而被古代妇女寄托了"结子的愿望"。继而又从社会学的角度进行阐释，指出一个女人如果不能为种族实现繁衍功能的严重后果——她不仅会被她的男人诅咒以至驱逐，还会受到神的谴责。因而在那个时代，采芣苢的风俗所含的意义是严肃和神圣的。他的学生康倪在文章《忆闻一多先生》中曾写道："就在那深湛而翔实的讲述中，使我们认识到千百年前的人民生活如何反映在光辉的文学作品里，而伟大的作家们又如何同人民血肉相连。"

闻一多常对青年学生说："要做一个认识人民、热爱人民、觉悟的知识分子。"他最推崇的知识分子也都是"同人民血肉相连"的，如古代诗人屈原、杜甫，又如现代诗人艾青、田间。在其中尤以屈原为主。他在课上说："屈原最突出的品性，无宁是孤高与激烈"，但是"一个孤高激烈的奴隶，决不是好的奴隶，所以名士爱他，腐儒恨他，可是一个不好的奴隶，正是一个好的'人'。"正是因为屈原坚持道德原则，善恶分明，不甘做一个"奴隶"，而"妄想"做一个真正的"人"，故而受到楚王和权臣的打压，驱逐出都城，在流亡之中绝望而死。尽管如此，屈原也未曾忘记自己是人民的一份子，他写下《楚辞》，控诉政治的腐败，也为人民发出愤怒之声。闻一多认为，《楚辞》之中的"人民性"是最为珍贵的，屈原始终在为人民而呼喊，为人性而歌唱，这是他令人折服的地方。

闻一多不仅在讲解文学作品的过程中引导学生向善，关心民众疾苦，关怀人性本身，而且他也致力于教导学生去辨别善恶。1945年6月4日，闻一多应邀到西南联大附中做《道家的人生观》的演讲，在演讲的尾声总结道："儒家着重一个'爱'字，从前的教育也偏向'爱'这方面。但这所谓'爱'，乃是片面的，'忠孝仁爱'那一套，都是对帝王说的。今后的新教育应是'爱'与'憎'并重的。我们不要做傻子，我们得认清黑暗。"他教导学生，"爱憎"并重，即对"善"要学会去爱，对"恶"要学会去"憎"。在他讲《诗经》、《楚辞》之时，总为学生勾勒出人民在旧制度下痛苦挣扎的图景，启发学生联想到今日国内同样严峻的现状，激发他们"天下兴亡，匹夫有责"的担当意识。这正是人文精神中"善"的真谛——尊重人类普遍价值的公理，崇尚自由、平等、公正的社会，强调社会中的每一个人都负有不可推卸的道德责任。

好友冰心提到闻一多时写道："他正直，他热情，他豪放，他热爱他的祖国，热爱他的亲朋，热爱一切值得他爱的人和物。"然而过度的热情也常常代表着极端的态度和理性的缺失。他在对学生的演讲中"兴奋得咆哮不已"，因此有人给他起了一个绰号"闻疯子"。他在散文中批判魏晋的文学家，称他们将艺术当作麻醉工具，实则是现实生活之中的懦夫。魏晋文学家的代表是阮籍和陶渊明。他们两者在闻一多看来都是个人主义的"超然"，为了自身的安全，阮籍刻意远离政治、表现超脱，却无法逃离心中的痛苦，陶渊明选择归隐田园、饮酒赏花，则是另外一种形式的逃避，逃避现实的同时也只是为了保护自己，丧失了"士"应有的人文关怀，皆不可取。1944 年 7 月 10 日，闻一多参加讨论文史各系课程标准的文法科会议，会上，他针对一些学校的中文教学内容提出了严肃批评，痛斥各大学之国学教法，为国难期间大学中依旧流行风花雪月、谈诗作赋等"恶劣不堪之情形"而深感痛心。这些观点未免过于偏激，但在战争期间却极易被年轻的学生群体所接受，因其带着"爱国主义"的色彩，尽管盲目却充满着殊死一搏的热血。

在关于"美"的问题上，闻一多有他作为一个诗人和画家独特的见解。他曾在美国学习绘画，虽然后来没有从事相关职业，那段经历却指引着他走向"爱美的道路"，他写新诗讲究格律声韵，住房子讲究光线色彩，对于书面装帧、篆刻印章都有他自己的在行的看法。在致友人的书信中，他一再强调"布局"对于长诗的重要性。他认为，拿短诗堆叠起来的长诗并没有存在的价值，想要写出一篇真正有意蕴的长诗，需在动笔之前想好全篇布局，以求和谐之美。他写道："宇宙底一切的美，——事理的美，情绪的美，艺术的美，都在其各部分间和睦之关系，而不单在其每一部分底充实。诗中之布局正为求此和睦之关系而设也。"这也是他评价文学作品的标准之一，他告诉学生，文学作品"以思想为精髓可也，以情感为精髓亦无不可；以冲淡为风格也可，以浓丽为风格亦无不可"，无论是作者还是读者，审美意趣往往大相径庭，只要其中的情是"真"的，其中的"美"是"和谐"的，那么这样的作品就是值得一读的。

闻一多曾赴美主修绘画专业，因而他擅长将绘画与文学结合起来，形成一种以画家身份解读文学作品之美的独特方式。汪曾祺回忆说，闻一多在讲唐诗时讲到李贺，就此联想到了印象派里的点画派，称李贺的诗与点画派的画有异曲同工之妙：点画之中的点颜色虽不相同，互相之间也似乎并不连属，但仔细凝视后仍可以发现点与点之间存在内在联系；李贺的诗也是如此。再如闻一多讲到王昌龄的诗《长信秋词》时，特别提到其中"玉颜"、"寒鸦"对比，恰如白色与黑色交织，颜色对撞强烈。且"玉颜不及寒鸦色"一句是"点的写法"，不同于孟浩然诗作"线"的穿梭。汪曾祺感慨道："这样讲唐诗，必须本人既是诗人，也是画家，有谁能办到？"

同时期的教育实践者中，沈从文也一直保持了对于真、善、美的不懈追求。他认为，文学作品应该以颂扬人性美为宗旨，表现一种"人生的形式"。他的代表作《边城》借描绘湘西人民的生活图景讴歌了人性之纯美，勾画出一种"优美、健康、自然"的"人生形式"，表达了他对于人性的理解和对理想人格的向往。

在"美"与"愁"的对照中，读者可以很自然地获得审美体验。与此同时，相比于真与美，沈从文更看重"善"的力量。他认为，"一个好作品照例会使人觉得在真美感觉之外，还有一种引人'向善'的力量。……我指的是这个读者从作品中接触了另外一种人生，从这种人生景象中有所启示。对人生和生命能作更深一层的理解。"沈从文对于"善"的阐释与闻一多略有不同，前者更关注文学作品对学生性灵的启迪，后者更看重文学作品对学生社会责任感的激发。不管怎样，沈从文和闻一多都认识到了人文精神的重要性，并力求将其融于自己的教育实践

学习文学既是一个语言实践的过程，又是一个生活实践的过程，更是一个生命实践的过程。闻一多将拥有真、善、美内涵的人文精神融注到文学教育中，真正做到尊重创作文学作品的文学家，也尊重学生多样化的审美情趣与风格，在更贴近作品的同时，将崇高的精神和欣赏美的能力赋予学生，让他们在感受文学魅力之后，提升自身的素养，更好地担当起社会责任。然而，闻一多前期过于强调"真"与"美"，对于文学作品的外在形式十分看重，有时到了吹毛求疵的程度；后期又过于重视"善"而忽视了"真"与"美"，在否定之中抛却了既有的评价标准，在一定程度上影响了学生对诗歌原有的正确理解和客观判断，这一点是值得我们注意和反思的。

二、中西方文化的交流

课程设置是具体指导教学内容以及教学环节的"纲"，从侧面反映了大学的教育理念与培养目标。在武汉大学任职期间，作为文学院院长的闻一多积极地探索课程设置的优化方式，大力促进艺术类专业的发展。在民国时期，几乎所有大学都存在重科学而轻艺术的教育倾向，不仅学习艺术类专业的学生所占比例小，且学生学习态度也受不良教育风气影响。闻一多认为，艺术和科学不仅"并行不悖"，而且缺一不可。学生的眼光如果局限在专业范围内，会导致精神的狭窄化与自我工具化，最后导致人变成科学技术、专业知识的奴隶；如果只对科学抱以崇拜和热忱，而对艺术态度冷淡，也势必会导致未来的社会变成一副机器——虽然物质运动"灵敏万分"，但是理想的感情却"完全缺乏"，更甚者还会把整个社会变成"疯人院"，导致军事惨剧的发生。所以在课程设置方面，他提出科学与艺术要放到同样重要的位置上。

将科学与艺术并重，反映出闻一多文学教育思想的一个侧面：主张实现"全人"教育。他认为，在大学教育之中，应该重视各门基础课程的学习，让学生既接受到系统的技能上的训练，又能获取美的体验，提升人文素养，在知识和人格方面得到平衡发展。这与清华大学校长梅贻琦的想法有相似之处。梅贻琦提出，大学教育不应只着眼于某一门专业的"专论"，而应看重"通识"的训练，因为大学教育的根本目的是培养"全人格的人"，"知、情、意"三方面不可偏废一方。

所谓"知"，即获得知识与技能；所谓"情"，即拥有高尚的情操；所谓"意"，即拥有坚定的意志力。他认为，大学教育应使学生"意志得以锻炼，情绪得以裁节"，成为"持志坚定"、"用情有度"之人。与此同时，他极其重视教师在培养学生"情"与"意"上的重要作用，将学校比作"水"，教师与学生比作"鱼"，而教师的行为和态度会对学生产生潜移默化的影响——"大鱼前导，小鱼尾随，是从游也，从游既久，其濡染观摩之效，自不期而至"。

后来，在《调整大学文学院中国文学、外国语文学二系机构刍议》一文中，闻一多又明确指出中国大学的体制有"中西对立，语文不分"的问题。在文学系中，中国文学、西方文学被分成两个系，不仅在中西文学之间立起厚重壁垒，互相之间难以很好地对比、吸收，也会造成两种极端：既有"极端守旧的国粹派"，也会有"假洋鬼子"。在闭塞视听的情况下，两个系的学生常常互存歧视和误解，有时还会走入另一个极端："极端守旧的国粹派学起时髦来比谁还要肉麻，相反的，假洋鬼子也常常会醉心本位文化到歇斯底里的程度。"对比哲学系，就未将中国哲学和西方哲学分成两系。故而他建议，将中国文学系与外国文学系合改为文学系与语言学系，把语言学单独列出成系，因为语言学近似于科学，而文学属于艺术。让语言学独立成系，既可以促进它本身的发展，也可以促进历史考古学与社会人类学的发展。这样的构想也基于新时代的要求，如果想要在文化上做到"不复古，也不媚外"，文学就应该配合政治、经济及文化的动向，不应该将文学看作修辞学，那样会导致出现偏重形式而忽略文化内涵的弊端。闻一多看到，想要建设成型的中国文学研究与批评体系，培养出能为新文学添砖加瓦的英才，就必须要在文学教育中同时渗透中西方文化，不可忽视任何一方。

闻一多这种沟通中西文化的教改构想的提出，绝不是偶然的。早在1923年《〈女神〉之地方色彩》一文中，他就反驳了构建"世界文学"的观点，而代之以本民族为本位的文化交流。他从学习西方绘画艺术的经历出发，称"一样颜色画不成一幅完全的画"。一幅画之所以动人，是因为拥有不同的色彩，将各种文学并成一种"世界文学"，便等于将各种颜色合成一种黑色，所绘的图案必定索然无味。所以他提出，"只有各国文学充分发展其地方色彩，同时又贯以一种共同的时代精神，然后并而观之，各种色料虽互相差异，却又互相调和，这便正符那条艺术的金科玉律'变异中之一律'了。"

闻一多多次教导学生，民族文化的生命力不仅在于保存旧文化，更在于接受新文化的程度。"文化史上每一次放光，都是受了外来的刺激，而不是因为死抓着自己固有的东西。不但中国如此，世界上多少文化都曾经因接触而交流，而放出异彩。"而中国文化却存在着以自我为中心的自负感，勇于"予"的同时虽不怯于"受"，但仅仅这样是不够的，还要真正勇于"受"。在文化方面是否敢于"受"是一场关于勇气的测验，也是我们能否继续做自己文化的主人的测验。每一种文化在不同的阶段都有值得汲取和学习的地方，而"不愿学习旁人的民族，没有不归于灭亡的"。这与鲁迅的"拿来主义"的观点有异曲同工之处。鲁迅在文化交流方面，也看到了中国"闭关主义"的弊端：喜欢将文化输出，却不喜欢文化的吸取和纳入。一方面基于文化上的优越感，另一方面是因为被"送来"的东西"吓怕了"。故而他鼓励中国人"运用脑髓，放出眼光，自己来拿"，主动"拿"和勇于"受"很相似，都提倡在文化自信基础上掌握汲取外来文化的主动权和选择权，经过"占有"和"挑选"后"或使用，或存放，或毁灭"。唯有这样，才可以做自己文化的主人。

在前期，闻一多始终坚持以本民族、本文化为本位。在清华大学读书时期，闻一多发现了清华的文学教育存在着严重的弊端。当时文学系分国文部和西文部两部，在英文课上，学生正襟危坐，"驯良如山羊"；在国文课上，学生却公然谈笑戏谑，恶作剧频出，无所不为，致使课堂"比戏院、茶馆、赌场还不如"。教育者和教育方式也在不同层面出现了问题，西文部大多是赴美留学后回来的年轻老师，"学问不多，架子不小"，被称为"美国资产阶级精神文化的推销员"；而国文部里则多是些思想老旧腐化、满口"子曰"、"诗云"的封建遗老。在这样的环境中，不少学生开始崇尚西方物质文明与生活方式，对中国传统文化嗤之以鼻，对此闻一多深感痛心。他呼吁改进国文课堂的秩序，重视国文教学，又写下《美国化的清华》一文，称"美国化教育"是造成学生"平庸，肤浅，虚荣，浮躁，奢华"的元凶，并对其大力谴责，大声疾呼："美国化的清华，够了够了！"实际上，当时的清华包括中国其他大学都处于教育改革的过渡期，并没能学习到西方近代教育的精髓之处。1917年，陈独秀在天津南开学校的演讲中指出，教育需要"取法西洋"，然而"读几本历史洋文，学一点理化博物，算不得是真正的近代西洋教育只有真正落实西方教育中"启发的教授法"，才能消除过去教育的方式如"被动主义"、"灌输主义"的恶劣影响。一直到后期，闻一多仍在感慨，以美国作蓝本的大学教育是"享乐的，自私的，排它的"教育，只教人学会了一些皮毛，却隔绝了更重要的东西。他厌恶填鸭式的教学，指出问题的严重性，号召青年人"掉过头来自己选择"

其实，当时的清华是20世纪初中国社会的缩影，折射着西方文化的锐利姿态和中国传统文化的失落与彷徨。在中西文化激烈碰撞的过程中，传统文化接受着质疑、否定、责难，陷入了困境。文化冲突和社会冲突迭起，中华民族面临着前所未有的政治危机、经济危机和文化危机。如何改造社会，扭转局势，重拾对传统文化的信仰，成为闻一多这一代知识分子所要面临的重要课题。

赴美留学期间，摆在眼前的西方制度、科技、艺术给处在青年时期的闻一多不小的冲击，他不得不承认比起中国，美国在工业与艺术方面皆有优越之处。与此同时，他也对祖国的"落后"开始进行反思：为何在美国，机械与艺术可以同时达到发达的程度？在东方社会，人们既没有造就发达的机械工艺，又没有形成成熟的艺术体系，究竟是何原因？然而，闻一多正处在血气方刚的年纪，加之阅历的缺乏和极端的性格，他无法进入深层思索的空间，只停留于浅显直接的层面："西方文明是物质的，东方的是精神的。"将西方文明归于物质文明，东方文明归于精神文明，忽略文化内部的多样性和复杂性，显然不够成熟和客观。这个时期的闻一多是极其矛盾的，他一方面钦佩着西方文明，为祖国的固步自封和思想落后而感到担忧，另一方面又因为切身感受到西方社会对东方人的鄙夷而愤慨，转而向中国传统文化讨要自信和力量，发出"我乃有祖国之民，我有五千年之历史与文化，我有何不若彼美人者"的怒吼。同时，他在给友人梁实秋的信中也表达了对祖国前途的担忧："我国前途之危险不独政治、经济有被人征服之虑，且有文化被人征服之祸患。文化之征服甚于他方面之征服千百倍。""文化之征服"的忧患令他倍感不安，因而他提出应恢复对于旧文学的"信仰"，并且，他相信东方的文化拥有"绝对的美"和韵雅，是"人类所有的最彻底的文化"。

青年时期的闻一多对于中国传统文化选择了珍视、肯定和保护的姿态，对西方文化有了排斥推拒之感，然而，等到回国面对国内破败、残酷的社会现实之时，他感受到了极大的失望，精神上产生了落差。在颇为严峻的社会形势下，闻一多想要救国民于水火，重塑知识分子的人格，但他不愿意走复古的道路，也不甘愿被西方思想所同化，故而提出了以本民族为本位的中西文化交融的想法。在这个阶段，他极为重视民族传统文化，在他看来，如果对本民族文化抱以鄙夷的态度，就可能盲从外国的文化，产生民族虚无主义；相反，如果熟悉、热爱本民族的传统文化，就会产生文化上的自信，增强民族凝聚力。他明白，"文化乃国家之精神团结力也，文化摧残则国家灭亡矣，故求文化之保存及发扬，即国家生命之保存及发扬也。"自小饱读儒家诗书，让他对传统文化有着强烈的热爱之情；因为读过新式学堂，又到海外留学，他对于传统文化有了更客观的认识，自信而不至于自负，在反传统浪潮汹涌而来的时候，保持了清醒和从容。

抗日战争爆发后，闻一多的思想与前期相比发生了极大的转变。在1944年的鲁迅纪念会上，他对自己过去的思想进行了深刻的剖析与反思："我们过去那种美国式的教育，完全错误，因为它教我们脱离人们。""过去我们看不起鲁迅，骂他，说他海派，而自鸣清高，现在我才知道，鲁迅是对的，我们错了！"他的转变，在西南联大师生中颇具影响，常常成为朋友间通信的内容之一。联大学生王瑶在给友人的信中说："现闻先生为援助贫病作家，纪念鲁迅，文协，及青年人主办之刊物，皆帮忙不少，态度之诚挚，为弟十年来所仅见。……在联大上课时，旁听者常满坑满谷，青年人对之甚为钦佩。"遗憾的是，此时的闻一多已然站在了传统文化的对立面，声称之所以研究古典文学，正是为了发现其中的弊端，并号召有"五四血统"的青年和自己一起"里应外合"打倒它，被狂热的感性冲动所控制，难以再看清传统文化对于中国的真正意义了。

闻一多的民族文学观，可简单概括为两句话：立足本土，面向世界。在1943年写给学生臧克家的书信中，他再次提到了自己的民族文学观："我始终没有忘记除了我们的今天外，还有那二三千年的昨天，除了我们这角落还有整个世界。"这样宏阔的视角基于他对中西文化的深刻了解，让他在文学和教育的发展方面都能以更长远的眼光来看待。他认为，文化之间应该交流互通，却不应该将之"合一"。直至今天，他在课程设置和中西文化交流等方面的见解，仍可以给我们以启示。

三、审美教育的重视

美育，又称审美教育，是以特定时代、特定阶级的审美观念为标准，以情感为核心，以实现人的全面发展为宗旨，以培养人形成美的品格、美的素养以及欣赏美、创造美的能力为目的的教育方式，包括美感教育、美学知识教育、学科美育等内容。由此可见，美育是审美与教育的结合，在体验、欣赏、鉴别美的过程中培养个体认识美、感受美和创造美的能力，陶冶情操，丰富感情，开拓视野，全面提尚人的素质。

1920年10月，闻一多在《清华周刊》上发表了《征求艺术专门的同业者的呼声》一文。在文中他提到，艺术"是社会的需要"，是"促进人类的友谊、抬高社会的程度、改造社会的根本方法"。所以，他主张用艺术来净化灵魂，积极倡导美育，并把新诗创作及戏剧、美术等活动，都作为推行美育改良教育的实践而不遗余力地进行。1925年，教育部批准北京艺术学院增设剧曲、音乐二科。这是闻一多多方奔走的结果，在此之前，无论是戏剧还是音乐，都在中国被视为不可登大雅之堂的专业。剧曲科的增设对我国现代戏剧事业的发展意义非凡，从此教育与戏剧相结合，培养出了大量优秀的戏剧人才。洪深曾在《中国新文学大系·戏剧集·导言》中说："这是我国视为卑鄙不堪之戏剧，与国家教育机关发生关系的第一朝。"

闻一多曾提倡美育救国，主要是受五四运动爱国潮流的影响，特别是受著名教育家蔡元培的美学思想的影响。蔡元培对康德的美学思想有精深的研究，对于席勒的审美教育论也颇为赞赏。早在1912年4月，他就发表了《对于教育方针之意见》一文，提出了要重视美育的观点。1917年8月，蔡元培在《新青年》杂志上发表《以美育代宗教说》，正式提出以审美教育取代宗教信仰的主张。他为美育的定义做出这样的诠释："美育者，应用美学理论于教育，以陶冶情感为目的者也。"他认为，人总是要在意志的指导下进行活动，而意志有其盲目性，所以需要"智育"来帮助意志做出理性的决断；而意志也需有"不顾祸福，不计生死，以热烈之感情奔赴之"的时候，这就要靠美育来帮助意志达成。所以美育是与智育相辅而成，并帮助德育完成的中介。宗教虽能帮人达到灵魂备受洗礼后的崇高境界，然而历史上不乏信仰不同宗教的人在宗教感情的刺激下相互杀戮的悲剧，故而蔡元培提出："专尚陶冶感情之术，则莫如舍宗教而易以纯粹之美育。"因为美育在陶冶人情操的同时，还可避免宗教的弊病，使人不致陷入狂热的崇拜和感性的冲动之中。

在美的本质和美育的功能方面，闻一多对蔡元培的学说颇为信服。他们同样看到了中国生活环境的恶劣与公共艺术的缺失，认为审美教育的实践和推广势在必行。对于"美育为何有改造社会的功能"这个问题，闻一多给出了这样的答案："发达精神的生活，以调剂过度的物质生活底流弊，只有三种方法：1.伦理，2.宗教，3.艺术；而这三者之中，数伦理为最下乘。"在闻一多看来，"伦理"只能起防范于未然的消极作用，而宗教具有增强人的生命意志的作用，但又背离科学精神，近乎于迷信。而美育之所以能起到作用，是因为人人都具有爱美的天性。关于这一点，闻一多在《对于双十祝典的感想》一文中也有阐释，他在文中称，各种艺术活动的感染力可以使"最险恶虚伪的心也能闪出慈柔的诚恳的光耀"，"这时人类中男女、长幼、富贵、贫贱各种界限，同各种礼教的约束都无形消灭了……我们不独图一己的快乐，并处处使得别人快乐……人的一切美德都泄露无遗了"。闻一多将之归纳为"美的魔力的作用"。

根据蔡元培的阐释，美感有两种，一为"优雅之美"，二为"崇高之美"。闻一多对这"二美"都颇为重视，并将它们融入到了自己的教育中。他在课堂上讲到《庄子》时告诉学生，"《庄子》的文学价值还不只在文辞上……他的思想的本身便是一首绝妙的诗。"郭沫若曾写文描述过闻一多对与庄子的喜爱和痴迷："你看他那陶醉于庄子'乐不可支'的神情！他在迷恋着'超人'，迷恋着'高古'、'神圣'、'古铜古玉'、'以丑为美'，甚至于迷恋庄子的'道'。"真正的文学家之所以有亘古不休的魅力，就在于他们对于人生和宇宙都抱以最为虔诚的"爱"与"敬"的情感，庄子便是如此。他向往的"道"之中有他领悟到的人生真境，在体验中他发现真理与价值，并选择以一种优雅的姿态去坚持。虽然闻一多不赞成道家避世隐居的态度，然而这并不妨碍他在前期赞赏庄子的精神和思想。因为庄子身上有一种"优雅之美"，这种美向后世传递下去，传至竹林七贤，传至陶渊明，传至林逋，在任何一个时代散发着它的无穷魅力。就连闻一多本人也曾被这种"美"所诱惑，也曾想成为田园诗人。可他骨子里仍是一个"斗士"，这也注定了他会对第二种美——崇高之美抱以更高的认可与赞许。

在课堂上，闻一多称中国伟大的诗人有三位代表，分别是庄子、阮籍和陈子昂。其中，陈子昂是唐朝诗人中较为有名的一位。闻一多认为，陈子昂是一个"既有寥廓宇宙意识，又有人生情调的大诗人"。他的诗作里不仅有宇宙意识，还有社会意识，因而可以读出"悲天悯人的深意"。这种悲悯的情怀里有一种博爱，他已经挣脱了为自己感慨悲伤的桎梏，拥有了对整个人类的关切和同情，在孤独的境界中悲愤长啸，因而产生了"崇高之美"。基于美好人格而诞生的美既有炽热的感情，又有坚强的意志。对于人民和同行者，诗人不惜一切去维护；对于真理和正义，诗人宁死也要去追随。这种不计利害又激情洋溢的感情融入到审美意象之中，就是美学范畴内的"崇高"。同时，闻一多还推崇另一位拥有"崇高之美"的诗人代表——杜甫。在课堂上，闻一多尽心解读杜甫的"三吏"、"三别"，反复吟诵"安得广厦千万间，大庇天下寒士俱欢颜"的名句，让学生们感受他对民间疾苦的深切了解与同情，也体味他"吾庐独破受冻死亦足"的崇高与伟大，在这种审美教育中，仁人志士以社会的普遍幸福为个体生命之终极价值的情怀，以无比自然的方式获得了学生的共鸣与敬佩，也培养了他们"博爱"的人道情怀，从而获得一种既具有宗教式的终极关怀意味、又无宗教狂热之弊病的精神。

英国美学家柏克论及对于崇高的审美体验时指出："再没有什么比这种无法理喻的体验更强烈地感动我们的了。……我们不向恐怖的景象屈服，而是坚持与它抗争，且由于其存在而实际上感到我们力量的升华和增强，这些就是崇高现象的因素，也是它的最深沉的审美效果的基础。"闻一多的诗歌以及他的为人本身就带有这样的崇高性。到了抗日战争后期，由于蒋介石反动派实行一系列反动政策，整个大后方陷入白色恐怖状态。为了为救国救民出一份力，闻一多奔走呼号，投身民主运动，成为昆明这个"民主堡垒"里最英勇的战士。在他的影响下，许多学生也加入到了民主运动之中。1945年，国民党特务制造了"一二·一"惨案，而后又杀害了爱国人士李公朴，闻一多满怀悲愤，撰文揭露真相，控诉特务恶行，亲自为死难烈士出殡。他带领广大进步学生加入民主同盟，组织众多反独裁、反内战的活动，贴壁报、做演讲、起草宣言和抗议书，言辞激烈，旗帜鲜明，因而被国民党特务列入暗杀黑名单。但闻一多无所畏惧，继续从事各种进步活动。在受到威胁的情况下，闻一多仍然没有停下脚步，最终他被国民党特务暗杀，壮烈牺牲。

美育是一种情感教育，也是一种生命教育。在学校中，实行美育的目的，在于培养每一个学生的性灵，塑造独特的人格美。一个拥有人格美的人，虽不能掌握绝对真理，但却永远不会失去追求真理的热忱；虽不是道德上的完人，却永远持有宁死守卫正义的卓越情操；虽不一定成为文学家，却永远不会丧失诗的激情和人道主义精神，也必有感动和唤醒人类良知的人格魅力。

同样提倡审美教育的还有美学家朱光潜先生。他认为人有"求知、想好、爱美"三方面的天性，而教育的功能就是顺应它们，"使一个人在这三方面得到最大限度的调和的发展，以达到完美的生活"。他主张"全人"教育，提出"理想的教育不是摧残一部分天性而去培养另一部分天性，以致造成畸形的发展，理想的教育是让天性中所有的潜蓄力量都得尽量发挥，所有的本能都得平均调和发展，以造成一个全人"。审美教育作为朱光潜先生文学教育思想的重要组成部分，主要包括两个方面：一方面，他提出"美感教育是一种情感教育"，将美育看作德育的基础。因为对美的感知可以陶冶性情，人们在体验美的过程中获得思维方式的拓展和精神上的震撼，继而将震撼内化为道德感情；另一方面，朱光潜将审美教育与人的精神需求相联系，认为审美教育"不是替有闲阶级增加一件奢侈，而是使人在丰富华严的世界中随处吸收支持生命和推展生命的活力"。

这些观点与闻一多的观点具有内在上的一致性，他们同样看到教育中审美教育的缺席，认识到审美教育与道德教育之间的关系，再三强调审美教育的重要性与必要性。所不同的是，闻一多对传统儒家教育并不认可，但是朱光潜在其中寻找出了"审美教育"的踪迹。儒家教育重视诗，又重礼乐，内在的性情在诗与乐的陶冶中可以达到和谐的境界，外在的行为会受到礼的调节而具有秩序性。"从伦理观点看，是最善的；从美感观点看，也是最美的。"同时，在分析美育的作用时，朱光潜更重视它对人自身素养的提升，而闻一多更多地将其与改造社会联系起来，希望能通过推行美育改变教育，改造社会。在欣赏文学作品角度方面，朱光潜主张要"站到一定的距离之外"，而闻一多则主张要贴近作品，融入其中，感受作者的真情实感。

从这些区别来看，朱光潜更接近一个清醒的学者，多从理论角度进行剖析和论证；而闻一多更具有"士"的情怀，怀揣着救国救民的迫切愿望。他把艺术、美育提到极其重要的位置，这种艺术救国论或美育救国论其实是很不现实的，充满了知识分子的理想主义色彩。虽然想法不免幼稚，然而他把艺术同社会改造联系起来，将美育融入到自己的教学中，还是有它的积极意义。放到今天来看，当前的文学教育有文学史压倒文学之态势，因此也就失去了对于美的感受和触碰，使学生得不到美的熏陶和滋养。我们应该给予审美教育以更多重视，由此塑造素质更高的新时代人才。

纵观闻一多的文学教育，除了值得称颂和学习的方面之外，同样也存在着诸多问题。在前期，他过于看重古典文学而忽视新文学，虽然鼓励学生创作新诗，但却从不在课堂上讲授新文学的相关内容；他重视考据，鼓励学生在研究古典文献的基础上提出新的阐释，但过于求奇求新，所得出的结论常常引起争议。同时，知识分子的身份和极端的性格让他在人生的后期陷入精神的窠臼。事实上，中国知识分子的思维方式存在很大问题，重理想和目的而不重方法与手段，重勾画蓝图却不重方法的可行性，同时缺乏自省的精神和辩证的态度。在政治方面，闻一多是天真的理想主义者，带着"初生牛犊不怕虎"的勇气搏斗，但是对政治的过分热情，导致了他对文学教育的忽视，和对前期文学教育思想的否定。他称抗战以来教书生活的经验让他"整个地否定了我们的教育"，"再不是袖手旁观或装聋作哑的消极的中立学者"，而要转而专心从事政治活动。他不仅在演讲中鼓舞学生放弃学业去参军，而且过度肯定为革命斗争呐喊的文学作品，对与革命无关的文学作品则采取了轻视甚至否定的态度。

1938年4月6日，当闻一多旅行团一行抵达安顺县时，安顺中学的学生们因仰慕闻一多的盛名纷纷前来迎接。学生刘兆吉将诗集《红烛》《死水》推荐给了安顺中学的学生们，待他们走后，闻一多却对他进行了批评："你多话了，《红烛》、《死水》那样的诗过时了，我自己也不满意，所以这几年来，没再写诗。国难期间，没有活力，没有革命气息的作品，不要介绍给青年人。"可见，此时的闻一多在讲授和传播文学作品方面有了新的标准。自此以后，他在课堂上所大力称赞的作品，无不"有活力"、"有革命气息"。他不只一次在讲台上吟诵那些思想感情和人民打成一片，为抗战而歌唱的新诗，如田间的《时代的鼓声》、艾青的《向太阳》。他赞扬田间的诗作"爆炸着生命的热力"，艾青的诗作"表现人民及战争，用我们知识分子最心爱的，崇拜的东西去装饰，去理想化"，

1944年，与诗人薛诚之交谈时，闻一多说："这时代一个特点是诗的题材注意农民、工人、兵士及贫苦的人民，远非徐志摩等人轻飘飘的描写所能及的。"把徐志摩等人的诗歌评价为"轻飘飘的描写"，足以见得这个时期的闻一多在思想上已经进入狂热的"怪圈"。在他看来，战争时期的诗人不应该对现实持冷淡旁观的态度，而应该与人民同在，用诗作反应人民的苦难生活，替他们发声，领导他们前行。他不再重视诗歌的技巧和结构，也不再强调诗歌的音乐美、建筑美、绘画美，只看重诗歌是否反映了人民的愿景，是否具有政治号召力和影响力。反映到他的课堂上，则显现出一种情绪的煽动和理性的缺失，在西南联大学生的记忆中，闻一多更多地活跃于演讲中，慷慨激昂又热情高涨，不再像过去一样作为一个风趣、沉稳、渊博、将所学娓娓道来的老师形象而存在。同时，让学生颇为遗憾的是，这个阶段他也放弃了对唐诗、《楚辞》的研究，称自己曾被"关入象牙之塔"，就这样，一个"纯粹的诗人，头等的学者"走上了追求民主的道路，把大部分精力用于革命方面，本来有可能添补的学术空白就此搁置，一直到他去世也未能完成。

到后期，闻一多坚持秉承"做一个中国人比做一个文艺家更重要"的观点，主张作家要亲身参与到民主活动中，创作民主主义的作品。对于传统文化，他已

经无法持辩证的观点，而是一以否定，将国家破败、政治腐败的现状归咎于传统的思想体系。在和友人交谈的过程中，他坦率地表示："二十年前，我曾替'温柔敦厚'担心，还怕它会绝迹呢！而现在变了。"这里的"温柔敦厚"就代表着中国的传统文化，曾是闻一多致力于去了解和讲授给学生的主要内容。1943年，在给学生臧克家的信里，他对传统文化的态度更为偏激，言辞也更为激烈："你想不到我比任何人还恨那故纸堆，但正因恨它，更不能不弄个明白。你诬枉了我，当我是一个蠹鱼，不晓得我是杀蠹的芸香。"他称自己看清了中华民族，也寻到了文化上的病症，因而"敢于开方了"。然而他并不清楚具体的形式是什么，空怀一腔热血，只顾在联大的圈子里鼓动学生参与政治活动，还要"向圈子外喊去"，忽视了自己作为文学系教授的本职工作。这些都给闻一多的文学教育造成了诸多负面的影响，留下不可挽回的遗憾，值得我们思索和反思其中的缘由，以吸取教训。

第九章　朱自清文学教育研究

第一节　《中国新文学研究纲要》与朱自清文学教育的代际传承

　　1928年8月，清华大学由"清华学校"升格为"国立清华大学"，杨振声出任中文系主任。杨振声与朱自清等励精图治，希望能突出清华大学的特色，呈现出一所全新的大学的全新的面貌，即"注重新旧文学的贯通与中外文学的融会"。方针订立之后，作为发起人之一的朱自清身先士卒，自1929年起开设"中国新文学研究"一课，这门课以现代文学前十年的创作成就作为课程的内容，具有很大的开创意义，此举同时为之后的中国现当代文学史学科的形成和文学史的写作奠定了基础。

　　这门课由1929年开设至1933年。开课之后受到了学生的强烈欢迎，以至于名声传出了清华园，朱自清还受邀去北京师范大学兼课。在北师大时，虽然是周末上课，但是师大的学生同样热情高涨。虽然新文学得到了学生和部分教师的一致认可，但是在大学文学教育的大环境中，新文学课程缺乏足够的生存空间。1933年迫于保守势力的压力，朱自清停开了这门课。关于这门课的"兴"与"亡"，我们只能从史料中抽丝剥茧；这门课在当时的受欢迎程度，我们只能从听课者日后的回忆中窥见一二。遗憾的是我们无法回到历史现场，感受朱自清的师者风范。"中国新文学研究"作为一门课程，虽然仅仅持续了4年，但是幸而朱自清为我们留下了一份讲义，让我们有机会能了解朱自清的文学教育理念，构建朱自清的新文学课堂，更重要的是能够探析新文学进入大学课堂的历史意义，以及朱自清对学科建设和文学史写作的奠基作用。

　　《中国新文学研究纲要》是朱自清在讲授"中国新文学研究"课时所编撰的讲义。朱自清去世后，1949年筹备出版《朱自清全集》时本计划将《纲要》收入其中，但是后来"全集"改为更精简的"文集"，《纲要》便没有收录。1988年江苏教育出版社筹备出版《朱自清全集》时，将其收入第8卷中。

朱自清从教28年，可谓"桃李满天下"。他培养的众多学生，例如王瑶、季镇淮、林庚、吴组缃、李广田、冯雪峰，汪静之、柔石、李健吾等等，都成为了中国文学的创作、批评领域和研究、教育领域的中流砥柱。他们或是继承了朱自清的学术思想，或是继承了朱自清的研究方法，亦或是朱自清的人格与精神。他们在不同的岗位与不同的领域，将朱自清的光辉发扬光大，并将其再度传承给自己的学生或者后辈。

在诸多的学生中，王瑶可以说是受朱自清影响最深的学生，也是在文学教育方面，传承朱自清思想最多的学生。建国后，王瑶在清华大学教授"中国新文学史"这样一门全新的课程，他一边教课，一边编撰讲义，两年后基本成书，即是《中国新文学史稿》。此书一出，引发了巨大的反响，同时成为了文学史写作的范例。无论是在具体的写作方法方面，还是在立场与观念方面，《中国新文学史稿》的写作大量继承了《中国新文学研究纲要》，这实际上体现的是王瑶对朱自清的治学理念的继承。

一、《中国新文学研究纲要》及其内容和风格

（一）民国大学的"讲义热"现象

《中国新文学研究纲要》是朱自清"中国新文学研究"这门课程的讲义，这就牵涉到了民国大学教育的一种独特的教学方式，即讲义的编撰与印

讲义由任课教师根据自己计划中的授课内容进行编写，一般一节课为一讲，在课前编写好，交由相关人员誊抄、印刷，然后在上课前发放给学生。几乎每门课的教师都会编写讲义，学生对于讲义的依赖性也逐渐增加，北大还曾因为经费原因，迫不得已的向学生征收讲义费，由此引发了一次风潮。许多优秀的讲义逐渐走出了校园，出版成书，成为某一研究领域的论著，促进了平民文学教育的发展。"讲义热"的现象，由此而逐渐形成。

民国时期的"讲义热"现象，是民国文学教育中的一种重要且独特的教育现象。"讲义热"现象产生的原因，第一在于大学的中文系没有固定的教科书可用。这不同于中学的国文教育，教育部统一为中学编订了教科书，朱自清就曾多次参与这项工作。民国时期正是现代大学初创的时期，中国缺乏办大学的经验，学校之间的水平和各校的生源水平相差较大，因此很难统一教材。再者大学中文系的课程设置也处于一个摸索的阶段，每一学年的课程设置常常发生变动。这两点致使大学的文学教育很难进行统一的教材编写，因此大学的教授们需要为自己所讲

授的课程自行编选讲义，以方便自己的教学和学生的学习。许多日后成为中国文学研究领域的学术名作的，在当时都是作者在大学讲授某一门课的讲义。比如鲁迅的《中国小说史略》，就是 1920 年冬鲁迅在北大兼课时的讲义。"讲义热"现象产生的第二个原因在于当时的学术氛围浓厚，讲义的编选实际上是教授的学术研究水准的体现。大学的文学教育需要教授们的学术研究的支撑，研究的水准一定程度上影响着上课的水准。因此朱自清常常苦闷于自己的研究水平不足，在上课前会花费大量的时间备课，上课时如果讲错或者讲得不充分，会令他羞愧不已。"上国文，讲错一句，惭愧之至！惭愧之至！"因此许多教授为了编选讲义会付出大量的时间。

讲义编选好之后，还需要不断的增添及修改。伴随着课程的结束，讲义的编撰基本也划上了句号。这时许多出版社会找上门，着手将讲义汇编成册，面向全社会出版。因此编选讲义，在教授们看来，也成为了展现真才实学、体现自己的学术研究水准的机会。教授们的"虚荣心"，成为了形成"讲义热"现象的原因之一。一代大师们对待讲义的一丝不苟的精神，是学生之幸运，也为我们留下了数不胜数的精神财富。"讲义热"现象产生的第三个原因较为有趣，许多教授方音浓重，学生的听课难度很大。因此为了便于学生听懂，将课上要讲授的内容提前编好讲义印发给学生，学生对照讲义听课，可以降低口音给他们造成的困扰。章太炎弟子朱希祖的海盐话极其难懂，除了江浙地区的学生，北方学生完全无法听懂他的讲课。而朱希祖对于讲义又极不上心，常常拖延，这直接的导致了北大学生发起了针对朱希祖的"排朱运动"。

（二）《中国新文学研究纲要》的内容和风格

回到朱自清的《中国新文学研究纲要》。《纲要》分为"总论"和"各论"两部分，"总论"又分"背景"、"经过"、"'外国的影响'与现在的分野"三章；"各论"则按照文体分为"诗"、"小说"、"戏剧"、"散文"、"文学批评"五部分。在时间范围上，《纲要》所包含的范畴，上起于戊戌变法和辛亥革命，下至于课程结束的 1933 年左右。1929 年至 1933 年开课期间，朱自清还会伴随着文坛的发展而不断补充自己的讲义。比如张天翼的《鬼土日记》出版于 1931 年，臧克家的《烙印》和卞之琳的《三秋草》出版于 1933 年，都是在朱自清开课期间出版的作品，他都将这些最新的作品补充进了自己的讲义中。对于《纲要》的这一"与时俱进"的特点，王瑶认为这说明了"这门课程实际上既有文学史的性质，也有当代文学批评的性质"。

纵览朱自清的《中国新文学研究纲要》，其最主要的风格在于客观性。此处的"客观性"有多个内涵，主要体现于以下几个方面：

第一，"凡是重要的，即有一定社会基础并发生过相当影响的，它都予以评价，而且首先是介绍论述对象自身的主张和特点。他比较尊重客观事实和重视社会影响，避免武断和偏爱，让学生有思考判断的余地"。

第二，对待不同的文学主张、文学流派、作家等等，都能保持不偏不倚的中立态度，在讲义中客观的论述而不表现出个人化的倾向，直面优缺点，着重于介绍而非评价。例如朱自清将学衡派的复古运动收入进讲义中，虽然朱自清的立场与之对立，但他仅是从《学衡》杂志上摘录学衡派的主张，将其罗列于讲义中，却不做出任何的评判，这就给与了学生思考判断的余地，是一名优秀的教师所应具备的特质。再比如朱自清倾向于新月诗派的作品，对于左翼文学则是持保留的立场。但是在《经过》中，朱自清并没有表现出任何的喜好，依旧是将新月派和左翼文学的主张与观点罗列开来。朱自清较少的进行总结性质的论述，因为总结往往需要对总结对象进行评判，容易表露出评判者的个人观点。朱自清习惯于借助他人之观点，将他人对论述对象的评价引述过来。朱自清在引述他人的评价时，肯定的与否定的兼具。例如引述的矛盾对左翼文学的评价，既有"质朴有力的抓住了小资产阶级生活的核心的描写"这样肯定的评价，也有"不要太欧化，不要多用新术语，不要太多了象征色彩，不要从正面说教似的宣传新思想"这样建议性的，实则是指出缺点的评价。

第三，将作品的艺术水准作为惟一的衡量标准，不因个人间的私交而左右评价。因为同事、朋友之间往往"低头不见抬头见"，碍于情面，对他们的作品的评价，尤其是缺点，只需点到为止即可。若是过分批评，难免影响此后的相处。朱自清在《纲要》中评价自己的同事或好友的作品时，哪怕是缺点，也是直言不讳的指出。但是朱自清完全是以创作水准作为考量标准，他的评价不具有任何创作之外的成见。杨振声作为清华大学中文系的系主任，实则是朱自清的上级，也是与朱自清因共同的志向走在一起的同事、朋友。对于杨振声的小说《玉君》，朱自清在《纲要》中直言不讳的指出了其缺点："无深刻的心理描写"、"玉君的性格不分明"以及"无甚关系的插话"。读过《玉君》之后我们会发现，朱自清的评价是非常准确的。杨振声将主人公玉君的形象塑造的太过于理想化，将太多的优点集中在了她的身上，因而造成了形象完美却反而性格不分明的特点。叶圣陶是朱自清多年的挚友，但是对于他的作品《倪焕之》的缺点，朱自清毫不客气的列出了四条："头重脚轻"、"穿插不恰当"、"后半部给人以'空浮的不很实在的印象'"以及"前半部说教的冗长的对话"。这四条对作品的创作手法的批评，是略显严厉的。可能是因为与叶圣陶亲密的友谊，越是期盼好友写出更加优秀的作品，批评的也就愈加严厉。

朱自清的《中国新文学研究纲要》之所以具有客观性这一风格，是与朱自清严谨、认真的治学态度密切相关的。首先，朱自清在讲课时，如同他的讲义一样，极少地谈及个人的观点：

他讲的大多援引别人的意见，或是详细地叙述一个新作家的思想与风格。他极少说他自己的意见；偶而说及，也是嗫嗫嚅嚅的，显得要再三斟酌词句，唯恐说溜了一个字，但不上几句，他就好象觉得已经越出了范围，极不妥当，赶快打住。于是连连用他那叠起的白手帕抹汗珠。

其次，朱自清在讲课时，从来不讲自己的作品：

有一天同学发现他的讲演里漏了他自己的作品，因而提出质问。他就面红耳赤，非常慌张而且不好意思。半晌，他才镇静了自己，说："这恐怕很不重要，我们没时间来讲到，而且也很难讲。"有些同学不肯罢休，坚要他讲一讲。他看让不掉，就想了想，端庄严肃的说："写的都是些个人的情绪，大半是的。早年的作品，又多是无愁之愁；没有愁，偏要愁，那是活该。就让他自个儿愁去罢。"就是这几句，我所录的大致没错。

吴组缃作为著名的小说家，上述的两处描写非常精彩，将朱自清的动作、语言、神态等描写的活灵活现，似乎将我们带回了当时的课堂。关于朱自清严谨、认真的治学态度的例子还有很多，我们不再列举。上述的这两处，吴组缃所记载的，就是发生在朱自清"中国新文学研究"这门课上的。从讲课方式来看，与讲义所呈现出来的客观的风格是极为贴合的。大多援引被人的观点、极少抒发自己的看法，这都是讲义的客观性的表现。朱自清作为一名新诗作家以及散文作家，其作品是得到了同行与读者的认可的，尤其是他的散文，更是独具特色。但是朱自清在《纲要》中，无论是《诗》还是《散文》，都没有提及自己的作品，在上课时被学生问到，也是绝口不谈，甚至于会感到"慌张"，这不仅是朱自清严谨、认真的治学态度的体现，还是他谦虚的品格的体现。

除了客观性，朱自清的《中国新文学研究纲要》所体现出的另一个风格，在于艺术本位的文学批评立场。所谓艺术本位，就是朱自清在对作品进行文学批评时，着重于作品的艺术技巧，而将作品的思想内涵放在次要的位置。在讲义中，朱自清对于作品的思想内涵的介绍，往往是简单带过，将更多的注意力放在了对作品的写作技巧的介绍上。所谓"简单带过"，是朱自清较少的对作品的思想内涵进行褒或贬的评价，他只是将思想内涵摆出来，并不进行评价，"表现出一定的意识形态模糊性"。但是对于作品的艺术技巧，朱自清却并不隐藏自己的观点，如果他人的观点能够与他的观点一致，或是比他的观点更精深，他一般会援引他人的评价代替自己的评价，其余的则会自己进行总结。朱自清在《纲要》中是尽力避免表现出个人性的观点的，这是他之所以经常援引别人的观点的原因，吴组缃对朱自清的课堂情况的回忆，也体现了这一点。朱自清虽竭力避免，但是在《纲要》

中，依旧存有大量的个人观点。在介绍文学运动、文学思潮、文体理论等理论方面的内容时，朱自清的个人性的论述也保持着客观中立，采用一种叙述的语言，只有在对作品进行评价时，才可以见到评价性的语言。

在《纲要》的《小说》和《戏剧》中，我们选取几个例子来看。在对鲁迅进行评价时，朱自清共列举了八个条目。其中前四条——"冷酷的感伤主义者"、"攻击国民性与人间的普通的黑暗方面"、"攻击传统的思想"以及"对于人道主义的反顾"是对鲁迅作品的思想内涵的总结，均是援引的别人的评价。而后四条——"乡村的发现"、"对于恋爱的嘲讽"、"两种作风"以及"谨严的结构与讽刺的古典的笔调"是对鲁迅作品的艺术特征的概括，这四条均是朱自清个人的总结，没有援引。对老舍的《老张的哲学》和《赵子曰》进行评价时，"'钱本位'与人本位"、"不一贯的情调"、"过火的讽刺的描写"、"浮浅的哲学"、"解释与议论太多"、"结尾的无力"、"'轻松的文笔'"以及"鲁迅的影响"这8条评价，都是从题材、主题、语言等小说技巧方面对作品的介绍。在对徐志摩的戏剧进行总结时，朱自清罗列了5条，分别为："结构经济，无废话废字"、"对白流利、俏皮"、"巧智的情感"、"无问题无教训"以及"幽默"。这5条总结，朱自清抓住了戏剧的特点，并贴合了了徐志摩的戏剧创作。

从上述来看，朱自清在《小说》和《戏剧》中，与《诗》一章大体相似。朱自清的论述中，是可以看出具有倾向性的评价的。例如"冷酷的感伤主义者"是对鲁迅作品的负面的评价，"不一贯的情调"、"过火的讽刺的描写"、"浮浅的哲学"、"解释与议论太多"、"结尾的无力"都是对《老张的哲学》和《赵子曰》的批评。"结构经济，无废话废字"、"对白流利、俏皮"、"巧智的情感"则是对徐志摩的戏剧的正面的评价。

朱自清在《纲要》中所体现出来的艺术本位的文学批评立场，是客观性之外的第二个风格。朱自清对于文学运动、文学思潮、作品的思想内涵等非艺术技巧的方面，能够在讲义中客观、中立的进行叙述，不掺杂正面或负面的具有倾向性的观点，不会推崇某一种文学观点，也不会对新文学的反对者进行抨击。但是当涉及到作品的艺术技巧的评价时，朱自清虽然也不会推崇或贬低某些作品，但是不会再采取一种描述的方式，将作品的艺术特点简单罗列出来，而是对其优点与缺点进行了评判，尤其是对于艺术上的缺陷，朱自清的态度是较为严厉的。朱自清或是援引他人的观点，或是自己进行评价，无论是二者中的哪一者，都是较为精到且贴切的，这也体现了朱自清深厚的文学批评功底。

二、《中国新文学研究纲要》对胡适《五十年来中国之文学》的借鉴

朱自清的"中国新文学研究"这门课程，是在大学中较早出现的新文学课程，

因为是"开风气之先",因此朱自清在讲授这门课时,几乎没有可以借鉴的经验,需要个人的独创性来发挥作用。虽然《纲要》是一份讲义,但是事实上他是具有文学史的性质的,从《纲要》中我们处处可以见到文学史写作的影子。虽然新文学的文学史在《纲要》之前极少,但是文学史却是不缺乏的。朱自清的《中国新文学研究纲要》的编撰以及他的许多文学观点,都来自于他的老师胡适以及胡适的《五十年来中国之文学》。

胡适的《五十年来中国之文学》写于1922年,因此所谓"五十年来"的中国文学,上起于1872年。胡适的这篇文章是为了纪念《申报》50周年所写,因此他将1872年《申报》的诞生作为这部简短的文学史的开端。以《申报》诞生为起点,胡适相继论述了桐城派古文、林译小说、小说界革命、诗界革命、白话小说以及文学革命等等近代与现代的著名文学事件与文学运动等。从时间范围与内容来看,朱自清《纲要》的《总论》的第一章《背景》和第二章《经过》的小部分,大致与胡适的《五十年来中国之文学》相贴合。朱自清的《纲要》本身是一份提纲性质的讲义,因此远不如《五十年来中国之文学》所论述的那样详细。朱自清的《中国新文学研究纲要》,在继承《五十年来中国之文学》的基础上,又有所发展。

首先,《五十年来中国之文学》中论述到的文学史上的文学事件、文学思潮、文学主张、作家作品等,给了朱自清一个可参照着进行选取的范围。胡适的论述是较为全面的,因此朱自清可以选取将哪些思潮、作品等收编进自己的讲义中。在朱自清的《纲要》中,他为"戊戌政变"和辛亥革命、小说界革命和诗界革命、谴责小说、林译小说、白话运动等都设置了专节,上述都是《五十年来中国之文学》中胡适也进行了论述的。尤其是对林译小说的评价——"替古文开辟一个新殖民地"和"滑稽的风味"更是直接援引了胡适的评价。这是对《五十年来中国之文学》的继承。

其次,《五十年来中国之文学》中没有进行论述的,也给予了朱自清一个发挥主观能动性的机会。胡适在《五十年来中国之文学》中采取了一种所谓的"双线的文学史观"。即胡适在进行文学史的阐释时,按照语言形式将文学史分类,分别论述这五十年来的以古文为核心的文学史和以白话文核心的文学史。胡适选择这种方式的根本目的,在于将古文与白话文对立,然后推崇白话文学在新文学发展中的作用,贬低近代文学的作用。朱自清在《中国新文学研究纲要》中却没有遵循胡适的这种观点,而是秉持着自己的客观性立场进行叙述。对于苏曼殊的小说,朱自清给出的评价是:"礼教与个性的冲突、悲剧的意味、诗人的情调、谈话的口吻。"从朱自清的评价来看,他对苏曼殊持有肯定的态度,"显见得是要从小说内容方面替苏氏和新文学的内容做一个接引"。"甲寅派"的代表人物章士钊,因反对白话而闻名。对于章士钊，立场明确的胡适在《五十年来中国之文学》中自然不会给予他什么积极性的评价。而在《中国新文学研究纲要》中，朱自清也再次体现了自己艺术本位的立场，他没有谈及章士钊以及其背后的"甲寅派"与新文学之间的对立，而是评点了他的小说作品《双枰记》，并给予了"真切的描写"这样的正面的评价。上述是朱自清对《五十年来中国之文学》的发展。

胡适的《五十年来中国之文学》与朱自清的《中国新文学研究纲要》实际上是存在着诸多的差异的。朱自清的《纲要》，是一份具有文学史性质的讲义，而《五十年来中国之文学》却更多的是站在个人的立场上对过去五十年的文坛的总结。朱自清对《五十年来中国之文学》的态度，存在一点"取其精华，去其糟粕"的意味。因为当时的现代文学史正处于一个初创的阶段，一切都要重新创造，因此朱自清需要借鉴他人的成果，我认为这也是朱自清为什么在《中国新文学研究纲要》中大量援引别人的学术观点的原因。加上朱自清的严谨、认真的治学品格，更不会冒然在这份讲义中首开先河的对新文学十年的成就妄而总结。王瑶认为，朱自清的《中国新文学研究纲要》"是最早用历史总结的态度来系统研究新文学的成果"的。朱自清之所以实现了"历史总结"，是因为能够在继承的基础上发展，发挥自己的独创性。《五十年来中国之文学》是含有门户之见的，但是《中国新文学研究纲要》却撇开了门户之见，以一种文学史家的宽广胸怀，记录着文学之历史。立场上的对立，并不能抹杀对立方在文学史上的贡献，内容、题材、风格哪一项也不能作为衡量作品的艺术水准的惟一标准。朱自清与胡适，实现了一种文学教育的代际传承，同样，朱自清的《中国新文学研究纲要》，也为后世的文学史家树立了典范，将这种代际间的传承延续了下去。

三、《中国新文学研究纲要》对王瑶《中国新文学史稿》的启发

王瑶1934年考入清华大学中国文学系，1943年7月毕业，接受闻一多建议，报考清华研究院，拜朱自清为师。1943年9月成功考入，师从朱自清攻读中古文学。1946年毕业后，被聘为中文系教员，留校任教。

1942年9月的新学期，朱自清开设了"文辞研究"一课，选择这门课的只有王瑶一名学生。王瑶是惟一选这门课的学生，而且还不怎么给朱自清捧场，接连旷课，使得朱自清还因此而情绪低落，怀疑自己的讲课能力。同为朱自清学生的季镇淮，在文章中有对这门课的情况的记载：

听课学生只有二人，一个是王瑶，原清华中文系的复学生；另一个是我，清华研究生。……。王瑶坐在前面，照抄笔记；我坐在后面，没抄笔记。

由此可见，王瑶虽然时常缺课，但是不缺课的时候，听讲还是非常认真的。隔年，王瑶上交了这门课的课程论文，题目为《说喻》，朱自清对这篇作业的评价

尚可，称赞了他在文章中能提出新的论点。朱自清和王瑶这一师一生，因为这门课而逐渐建立起了他们之间的代际传承。

跟随朱自清读了三年的研究生之后，王瑶又提交了他的毕业论文，朱自清的日记中对评阅此文的过程，也有记载。一开始朱自清对王瑶的论文不甚满意，接下来却越读越满意，接连对其论文进行摘录，朱自清一直有做读书笔记的习惯，从优秀的著作和文章中进行摘录，朱自清常在日记中进行相关记载。由此可见，朱自清对王瑶的毕业论文经历了一个从不满意到满意的过程。朱自清在日记中还记载了王瑶与他分享自己的恋爱之事，可见多年的师生关系，二人间已建立起了一种亦师亦友的亲密感情。

毕业后王瑶留校任教，这对师生又成为了同事。无论是治学还是为人，朱自清对王瑶都产生了深刻的影响，我们从王瑶所写的怀念恩师的文章中，都能够感受得到。王瑶曾说过："我自己对于文学史的看法，和朱先生是完全一致的。多少年来在一起，自信对于朱先生的治学态度也有相当的了解，也常常在一起讨论。"在治学方面，朱自清对王瑶的影响的一个很重要的体现，就是他的《中国新文学研究纲要》，启发与影响了王瑶《中国新文学史稿》的写作。

王瑶的《中国新文学史稿》，是1949年他在清华大学新开设的"中国新文学史"一门课的讲义。起初王瑶讲授的是"中国文学史分期研究（汉魏六朝）"一课，但是学生要求将课程的内容改为"五四"至建国前的一段，于是次年清华大学就添设了"中国新文学史"一课，教师由王瑶担任。王瑶一边上课一边编写讲义，后结集成书，成书后就是《中国新文学史稿》。建国之后，新文学课程的地位飞速上升，由民国时期在大学艰难生存，一变而为大学中文系的主要课程之一，遗憾的是，为新文学教育倾注了巨大的心血的朱自清，却无法亲自见证了。

虽然《纲要》和《史稿》有着不同的写作背景，不同的意识形态，不同的指导思想等等区别，但是朱自清在治学上的品质，却引导着王瑶将他的文学教育的品格延续下去。因此在王瑶的《中国新文学史稿》中，我们可以发现在诸多的地方借鉴了朱自清的《中国新文学研究纲要》，尤其是王瑶所说的"对于文学史的看法"，即文学史观。下面我们将具体分析。

（一）体例安排（写作范式）的继承与借鉴

王瑶的《中国新文学史稿》对朱自清的《中国新文学研究纲要》的继承与借鉴，首先就体现在写作的体例安排上，也即写作范式。朱自清的《纲要》，所采取的体例是一种"总论——分论"的形式。总论部分进行一个宏观性的梳理，将自近代起到二十年代末左右的历次的文学运动、文学思潮、文学流派等进行总结与梳理，各论部分按照文体分为诗、小说、戏剧、散文与文学批评，就文体介绍代表作家的创作成就。对于这种文学史写作方式的缺陷与优势，事实上王瑶是有清楚的认识的。这种文体分类方法会把一个作家的不同文体的创作，分割于不同的章节中进行论述，这样读者也就只能分别对作家的不同创作领域进行了解，很难对作家进行宏观的把握。虽然大部分作家都是有其专攻并擅长的文体方向的，但是也存在像是郭沫若这样的精于各种文体的创作全才。王瑶认为，相对而言，"总论——分论"的文学史写作体例，是最合适的体例，是"最容易表现历史本来面目和作者观点的体例"了。

按照文体进行分类的文学史体例安排，有其明显的缺陷，但是"任何一种体例安排都不可能完美无缺"，别的体例同样具有缺陷。因此在不存在一种"完美无缺"的体例的前提下，出发点就变成了"择善从之"，选取一种最能够凸显文学史的价值的体例。王瑶的观点既是为朱自清的《中国新文学研究纲要》做辩护，其实也是为继承与借鉴了《纲要》的体例的自己辩护。下面我们来看王瑶的《中国新文学史稿》是如何继承与借鉴了朱自清的《纲要》的体例安排的。

我们就以《史稿》的第一编为例。第一编《伟大的开始及发展》，在时间的范围上是1919年至1927年，也就是新文学的第一个十年。本编共分五章：第一章《从文学革命到革命文学》，第二章《觉醒了的歌唱》，第三章《成长中的小说》，第四章《萌芽期的戏剧》，第五章《收获丰富的散文》。第二章《觉醒了的歌唱》从题目似乎无法直观的看出所论述的内容，"歌唱"对应的是诗歌，第二章是对19191927年期间的新诗成就的介绍。第三、四、五章是对第一个十年的小说、戏剧和散文成就的总结。这四章相当于朱自清《纲要》的《各论》部分，根据文体的差异分门别类的论述。不同的地方在于，《史稿》并没有为文学批评设立专章。第一章《从文学革命到革命文学》之下又分为五节，分别是文学革命、思想斗争、文学社团、创作态度和革命文学，因此这一章对应的是朱自清《纲要》的《总论》部分，是对文坛重要事件的梳理。不同的地方在于时间的范围，《纲要》并没有收入晚清的文学运动，也就是近代文学的部分。

从《史稿》的第一编来看，在体例的安排上，确实是对朱自清《纲要》的大量借鉴与继承。《史稿》的其它编是否也是如此呢？第二编《左联十年》，包含第六章至第十章。章节分别是：第六章《鲁迅领导的方向》，第七章《前夜的歌》，第八章《多样的小说》，第九章《进展中的戏剧》，第十章《杂文·报告·小品》。由此看来，第二编依旧遵循的《纲要》"总论——分论"的体例。第三编和第四编基本也是如此，我们不再赘述。

通过对比可以看出，在体例安排（写作范式）上，王瑶的《中国新文学史稿》借鉴了朱自清的《中国新文学研究纲要》，但是在个别的方面，又有所变化，毕竟二者的写作背景以及意识形态方面都存在着较大的差异，作者本人的创作理念，也是各不相同的。

（二）客观性风格的继承与借鉴

客观性是朱自清的《中国新文学研究纲要》所体现出来的最重要的风格，而王瑶的《中国新文学史稿》，也从朱自清那里继承了这一风格。

朱自清的《纲要》，经常会援引别人的观点放入自己的讲义中，以替代自己的观点。朱自清这么做的原因，是尽量避免发表个人性的意见，以保证讲义的客观性。在《史稿》中，王瑶也大量援引了前人的观点。我们依旧以《史稿》的第一编为例。在第一编的《从文学革命到革命文学》中，有学者对此细致的作了调查：

从后面列出的注释来看，有4处来自毛泽东作品的引文；有8处引用了鲁迅的观点；引用茅盾者有9处；引用瞿秋白有5处；其他如胡适、钱玄同、傅斯年、刘半农……章士钊也都列名其中。在正文中被引用的还有周作人"人的文学"的口号等。

对毛泽东的引用，主要是他的《新民主主义论》，这也是王瑶的《史稿》所依照的精神。对茅盾、郑振铎、郑伯奇的引用主要是《中国新文学大系》的导言系列。对其他人的引用也是较为丰富的，既有理论性的著作，也有作品。尤其需要指出的是，王瑶在《史稿》中，对朱自清观点的引用，也是较多的。诗歌是朱自清用力最深的文体，对于新诗，朱自清一直倾注着热情，他有许多独到且精深的评点。王瑶在谈到"湖畔诗社"时，就引用了朱自清在《<中国新文学大系>诗集导言》中的论述。在论述到诗人李金发时，又借鉴了朱自清在《〈中国新文学大系〉诗集导言》中对李金发的评价。对于自己大量援引别人的观点的做法，王瑶曾经坦露自己的目的在于"少犯错误"。

借用他人的观点，是为了避免表达个人的观点，以求在最大的程度上实现讲义的客观性。这对于文学史的写作来说，是一种优秀的品质，因此王瑶才会选择继承与借鉴朱自清的客观性风格。但是文学史的写作无法脱离意识形态的影响，朱自清的《纲要》虽然也有意地模糊意识形态倾向，但是个人的治学品格也在编写过程中起到了重要作用。而王瑶的《史稿》却受到了意识形态的较大影响，虽然他以毛泽东的《新民主主义论》和《在延安文艺座谈会上的讲话》作为《史稿》的指导思想，用其观点统帅全书，但是依旧因为全书所体现出来的"纯客观"态度而遭受了批判。在1952年的由中央人民政府出版总署与《人民日报》共同召开的关于《中国新文学史稿（上册）》的座谈会上，《史稿》被指责政治性和思想性不够强，缺乏阶级立场，没有突出新文学发展过程中的主流。1955年的"胡风反革命集团"又将《史稿》牵涉进来，认为其有客观主义的倾向。客观性与客观主义是有本质区别的两个概念，因为客观而使得《史稿》遭受的批评，是时代导致的本不应该有的责难。

第二节　朱自清文学教育的特征及其成因

一、新、旧文学兼及的特征

1916年秋，朱自清考入北京大学预科，此时新文化运动方兴未艾。1917年，朱自清升入北京大学中国哲学系一年级，"中国哲学"和"中国哲学史"两门课的教师是"新文化"先驱胡适。到了二年级，"西洋哲学史大纲"这门课的教师依然是胡适。年轻人往往对新生事物具有好奇心，也更乐于接触新生事物，加上北大又是新文化运动的中心，在环境氛围的影响之下，自小就热爱文学创作的朱自清，心中的创作火苗终于被点燃。从1919年2月创作第一首新诗《"睡吧，小小的人"》起，朱自清便一发而不可收，到1920年5月毕业止，期间发表了十余首新诗和多篇译文，还参加了时任校长蔡元培创办的平民教育讲演团，加入了新潮社。朱自清渐渐凭借新诗的创作而有了名气，1921年在浙江一师任教时，已经被同学们称为诗人了。此后，朱自清更是凭借散文的创作成为了著名的作家。当我们从作家的视角审视朱自清时，毫无疑问他会被归类为新文学作家，但当我们从学术研究的视角审视朱自清时，他却被视为古典文学研究领域颇具造诣的学者。民国时期的大学文学教育，古典文学掌握着绝对的话语权。作为一名体制内的教授，教学的需要与学术成果的压力，迫使教师们投入巨大的精力于古典文学的研究之中，朱自清也不例外。但是朱自清始终坚持着力推新文学的立场，在以古典文学为主导的文学教育的夹缝中，努力为新文学争取话语权，通过文学教育推动新文学的传播与发展。虽然古典文学研究占据了朱自清大部分的精力，但是他为自己的古典文学研究所订立的原则，就是以"更好地发展新文学"为目的和出发点。这便将旧文学研究纳入了自己的新文学体系之中，并且打破了新、旧文学之间的隔阂，把两者通过一个共同的目标捆绑在一起，建立了一种独特的联系。朱自清是如何建立这种联系的呢？朱自清的古典文学研究，受制于体制，但是是否也受到了朱自清本人的兴趣的影响呢？杨振声主事中文系后，朱自清和他一起力推新文学，成为了开风气之先的人，可日后却偃旗息鼓，将大部分精力投入古典文学的研究和教学，但新文学创作的业绩也依旧显赫，朱自清是如何兼顾新文学与旧文学的呢？这些问题的答案，归根结底是形成朱自清文学教育特征的成因。

二、复杂的成因

（一）个人兴趣因素

朱自清最早接受的启蒙教育是由他的父母所提供的。后来，朱自清被送到了镇上的一所私塾。一年后，朱自清全家搬到扬州，上的依旧是私塾学校，学习经籍、古文和诗词。此时中、小学的新式学堂也早已兴起，但朱自清依旧被送到了私塾，跟随有功名的先生，是因为父亲朱鸿钧"并不信任新式学校"。父亲对朱自清的要求非常严格，因此几年下来，朱自清打下了深厚的国学基础。朱自清在《国文教学序》中提出，青年不愿读文言的原因，在于"不容易懂，并且跟现代生活好像无甚关系似的"，如果"加上白话注释，并附适当的题解或导言，愿意读的人也许多些"。文言文无论是在词汇上还是语法上，都与白话文有较大的差异，并且包含典故等，更是增加了阅读与理解的难度，因而读不懂的人自然就不爱读。反过来说，若对文言文进行注解，降低文言文的阅读与理解的难度，就能使读者体味到文言文的意蕴，读的人就多了。若从兴趣的角度考虑，少有人会喜欢读自己读不懂的东西，而越能读懂，兴趣越能增加。因此，朱自清自小接受的经史子集的训练，一方面为他今后从事古典文学研究打下了根基，降低了进入古典文学研究领域的门槛，另一方面，因为具备读、解古典文学的能力，体味了文言文之美，无论是对古典文学的欣赏还是学术研究，朱自清都饱含着真正的兴趣。

结束了私塾的学习之后，朱自清接连进入安徽旅洋公学高等小学和扬州八中读书，这两所学校均为新式学堂，朱自清最早接受的新式教育，就是在这两所学校。在高小，朱自清还接触了英文，并且激发了对英文的兴趣。见到朱自清在新式学堂学到了私塾里学不到的东西，成绩也不错，父亲朱鸿钧改变了对新式学堂的看法，从"不信任"转为"欣然首肯"。扬州八中毕业后，朱自清考入了北京大学预科，后进入哲学系，虽然没有进入中文系学习，但课余时间通过各种活动，也接触到了新文学。朱自清进入北京大学读书时，恰逢蔡元培接任了校长一职，他"兼容并包"的办学方针，使北京大学既有刘师培、黄侃、陈汉章和梁漱溟这些旧派教师，也有胡适、陈大齐、杨昌济和蒋梦麟这些新派教师，"新旧两派教授各以其所长滋润着朱自清，为朱自清以后从事学术研究打下了深厚的基础"。

纵览朱自清的受教育经历，他同时接受了新式和旧式教育。旧式教育帮助朱自清打下了坚实的古典文学基础，新式教育则帮助朱自清适应了时代的发展和变化，开拓了他的视野和思路，在来到北京大学之后，当面临着时代巨变的时候，朱自清在思想上迅速转换，融入"五四"大潮。大学虽然没有直接接受文学教育，但朱自清依旧走上了新文学的创作道路，从而成为了一名新文学创作的干将。朱自清后期转向于古典文学研究，个中原因有很多，但其因古典文学积淀而带来的兴趣，毫无疑问是原因之一。

（二）课程设置因素

清华大学初建时名为"清华国立学堂"，是20世纪初用美国"退还的"的"庚子赔款"创办的"游美预备学校"，辛亥革命后改名"清华学校"。1925年设立大学部，有意向综合性大学逐渐过渡。办大学自然需要教师，朱自清就是在这一契机下来到清华任教的。初入清华的朱自清，教旧制部学生李杜诗，教大学普通部学生国文。1926年，继续讲授这两门课程。1927年，朱自清新开设了"古今诗选"、"中国文学书选读"和"古今文选、记叙文、论说文、书翰文"三门课。由此可见，初入清华，朱自清的课程几乎全为古典文学课程，并且有增加的趋势。"国文"课一般在大学一年级授课，所以也称"大一国文"，这门课并非是中文系的专属，而是不论专业，全部的一年级学生都要上课并通过考试，类似于当下的大学教育中的英语与政治等公共课。"国文"课的授课内容，主要也是以文言文为主的。只有像是朱自清这样的开明的教师，才会在其中加入新文学内容。"他承继了西南联大的传统，在大一国文课里加进鲁迅的许多作品和其他一些白话作品。他不顾任何人的反对，规定了高尔基的《母亲》，茅盾的《清明前后》，夏衍的《法西斯细菌》，屠格涅夫的《罗亭》和沙汀的《淘金记》为大一国文必读书。这五本书的内容都是进步的。"为了上好"李杜诗"这门课，朱自清研究之余，还努力练习作旧诗，并拜了大师黄节为师，指导自己的创作。为了迎合课程的设置，朱自清开始花费大量的时间与精力研究古典文学。1928年，杨振声出任中文系系主任，他的到来改变了中文系的局面。作为新文学的坚决的推动者，杨振声有意提高新文学的地位。杨振声曾说："系中一切计划，朱先生与我商量规定者多"。二位新文学先驱一拍即合，朱自清于1929春新开设了"中国新文学研究"一课，1929年秋又新开了"中国歌谣"一课。这两门新课的开设，使人耳目一新。同事浦江请对"中国歌谣"课的评价是："在当时保守的中国文学系学程表上显得突出而新鲜，很能引起学生的兴味。"

当时的清华学生王瑶对"中国新文学研究"这门课的评价是："朱先生开设此课后，受到同学们的热烈欢迎，燕京、师大两校也由于同学们的要求，请他兼课。"去师大兼课同样受到学生的热烈欢迎，虽然是上课时间安排在周六的选修课，但是依然座无虚席，学校因此还更换了教室，将座位更多的礼堂作为上课地点。

由此看来，无论是同事还是本校和外校的学生，都对朱自清的这两门课有较高的评价，并且这两门课获得了相当好的教学反馈。但是好景不长，1933年9月的新学期，朱自清就停开了"中国新文学研究"课和"中国歌谣"课，而改为新开设"陶渊明诗"课，保留了"大一国文"课。此后"中国新文学研究"课虽然降格为选修课而一直保留到1936-1937学年度，但已形同虚设，朱自清没有授课，也没有别的教师授课。1931年，朱自清游学归来，正式接替系主任一职，他在《清华大学中国文学系概况》中，立场鲜明的表述了自己"创造新文学"的思路，并试图延续杨振声的建系宗旨，强调新文学在中文系的地位，阐明了大学开设新文学课程的合理性。虽然在态度上对旧文学也非常友善，但悄然将旧文学放在了新文学的附属地位——旧文学研究的出发点，实则是为了创造新文

朱自清作为系主任，有着推行新文学的便利条件，加之其坚定的立场，新文学在清华大学的前景看似坦荡。然而仅三年之后，朱自清立场急转，1934年6月出版的《清华周刊》第41卷上所载的《中国文学系概况》只字未提新文学，更多的是在讨论"研究中国文学又可分为考据，鉴赏及批评等"。此时"中国新文学研究"课和"中国歌谣"课也已经停开，朱自清讲授的是"陶渊明诗"和"李贺诗"。1932年底，文学系教授会通过了《中国文学系改定必修选修科目案》，1933年度开始实施，"新设了国学要籍一类课程，……以培养古典文学研究人才和语言文字学研究人才"。原课程的停开，以及新课程的增设，都与《中国文学系改定必修选修科目案》密切相关。为何仅仅两年，朱自清的新文学课程就在清华中文系偃旗息鼓了呢，是朱自清本人脱离了新文学，一心走向了旧文学吗？1947年，朱自清在文章《关于大学中国文学系的两个意见》中又提出了在大学中文系提高新文学地位的建议。

朱自清的立场，与16年前《清华大学中国文学系概况》中的立场可以说是几乎未变。再翻看朱自清这期间所写的其它文章，他始终是与新文学密切相联系的，因此，1933起清华中文系的"去新迎旧"，朱自清在一定程度上是无能为力的，他无法以个人之力左右局面。在此之前，杨振声和罗家伦相继离开清华，校内的保守的势力再度占据了上风。

《中国文学系改定必修选修科目案》是文学系教授会集体通过的，朱自清虽然身为系主任，但在大趋势面前，很难起到阻碍作用。为何《改定案》可以通过并实施呢？因为当时的清华中文系，保守风气浓厚，从教授到学生，大多数是"一心向旧"的。1925年，清华创办了"国学研究院"，虽然只存在了不到4年，但"会聚了世界一流的大师级的人物，培养造就了整整一代的国学人才"。"国学研究院"是彼时清华的一大特色，虽然建立的出发点，是具备一定的现代性意味的，即"正确对待中西文化的交流与融通"，但根本的目的，还是在于当面对西方文化的冲击时，保护并发扬本国文化，培养专门的国学人才。因此，"国学研究院"势必给清华涂抹上了浓厚的旧文学色彩，形成了"向旧"的风气，悄然影响着教师

与学生。中国文学系的学程表是非常保守的，我们看一下1930年度中文系的开课情况：

所开课程	任课教师
大一国文	杨树达、张煦、刘文典、朱自清
音韵学	赵元任
赋	刘文典
文	刘文典
诗	朱自清
中国新文学研究	朱自清
歌谣	朱自清
高级作文	朱自清
文	杨树达
古书词例	杨树达
古书校读法	杨树达
目录学	杨树达
词	俞平伯
戏曲	俞平伯
小说	俞平伯
文学专家研究	黄节、张煦、杨树达
曹子建诗	黄节
阮嗣宗诗	黄节
乐府	黄节
中国文学批评史	郭绍虞
佛经翻译文学	陈寅恪
当代比较小说	杨振声

从上表来看，新文学课程只有"中国新文学研究"、"歌谣"和"当代比较小说"3门课，而古典文学课有18门，比例为1：6，讲授新文学课程的教师也只有朱自清和杨振声，这种情况，还是朱、杨二人力排众议、锐意求新的结果，可见风气之保守。我们再看看王瑶的说法：

当时大学中文系的课程还有着浓厚的尊古之风，所谓许（慎）郑（玄）之学仍然是学生入门的先导，文字、声韵、训诂之类课程充斥其间，而"新文学"是没有地位的。……但他无疑受到了压力，一九三三年以后就再没有教这门课程了。

朱自清所遭受的压力，自然是在清华校内，因讲授新文学而带来的，在一个风气保守的环境之中，阻碍是方方面面的，而压力更是时刻都要面对的。因为旧文学研究的风气太盛，因此旧文学研究的成绩自然成为衡量一位教授学术水平的标准，在这一方面，朱自清甚为自卑，他的日记中多有记载：

1931 年 12 月 5 日在其中一个梦里，我被清华大学解聘，并取消了教授资格，因为我的学识不足。

1932 年 1 月 11 日梦见我因研究精神不够而被解聘。这是我第二次梦见这种事了。

1934 年 1 月 5 日自恨学力太差，不知在此站得稳否。

这三天的日记，足以体现出朱自清身上所担负的压力。在这种情况下，朱自清放弃新文学课程，而将精力都用于旧文学的研究，是必然且无奈的结果。

清华大学风气保守，但清华并非是特例，当时整个学界的风气，都是偏于保守的。北京大学作为新文化运动的中心，直到 1931 年秋天，课程表上方才出现"新文艺试作"字样，而且很有可能还是受到了清华大学的启示。在新文学进入大学课堂这方面，清华大学还是开风气之先者。整个学界的风气都倾向于保守的原因有三：一是旧文学根基深厚，新文学尚需发展。中国古典文学有近四千年的历史，博大而深厚，且理论体系完整。反观新文学，以 1915 年的新文化运动为起点，只有十几年的历史，创作仍处于试探的阶段，较为幼稚，也缺乏系统的评价。因此旧文学的研究，比新文学有更多的可依靠的标准，更容易取得成果；二是彼时的学者，其本人所接受的教育，大多数仍是旧式的，受经史子集的熏陶多年，徜徉于诗词歌赋之中，因而在其成为学者之后，也自然的回归其中；三是受胡适的"整理国故"运动的影响。1919 年，胡适连续写了《新思潮的意义》《论国故学——答毛子水》《清代学者的治学方法》等文章，亮出了"整理国故"的旗帜，从新文化运动的领袖，急转而走向了另一端，成为了旧文化的捍卫者。口号一出，响应者颇多。事实上，胡适所发起的这一运动，引发了巨大的反响，其本身并非具备多么大的影响力，只是顺应了大势，替保守的风气竖起了保护伞，替旧文学的研究者找到了一个可以使自己的研究具有明确的价值与意义的"证书"，因为他们的旧文学研究使其成为了胡适的追随者。

清华大学所存在的保守的风气，有其本身的原因，也有社会大环境的原因，这股风气始终左右着朱自清的授课与研究方向，虽然他在大学力推新文学的立场未曾改变，但还是将越来越多的精力投入到古典文学的研究之中。

（三）研究目的因素

1925 年朱自清进入清华大学以后，他的身份虽然依旧是教师，但和中学教师相比有着较大的差别，因为大学教师还兼有学者这一层身份。在大学任教，需要学术研究的支撑。第一学期朱自清就被安排给旧部制学生上"李杜诗"课。职业的需要，授课的需要，加上当时大学内保守的学术风气，朱自清开始投入精力于中国古典文学的研究。在《现代人眼中的古代——介绍郭沫若著的<十批判书>》中，朱自清说："理解了古代的生活态度，这才能亲切的做那批判的工作。"就此看来，朱自清虽然曾经是"五四"的热血青年，但也逐渐将走上和身边的诸多同事一样的埋首于故纸堆的道路。但是我们不可忽视的是，"批判的工作"这5个字说明了朱自清的旧文学研究，不同于传统的考据式的研究，而是要进行批评。"五四"时期的经历以及多年来的新文学创作，还是对朱自清起到了一定的影响，他虽然也研究旧文学，但他的旧文学研究的出发点，是与别的研究者迥然不同的。朱自清始终是站在"现代"的立场而发起研究的。

《现代生活的学术价值》这篇文章，写于1926年，此时的朱自清初涉研究领域，他在文章中提出了许多新颖的观点。这篇文章的立论，是建立在国学研究的基础之上的。虽然讨论的是如何研究国学，但是目的在于打破只研究"经史"的国学研究的旧有框架，拓宽国学研究的道路，为研究注入新的活力。而方法就是将现代生活的材料加入国学研究之中。如此，既可懂得古代，也可懂得现代了。朱自清的立场，可谓"旧瓶装新酒"，初入研究领域的朱自清，就能发现当时的国学研究中存在的问题，并且提出了一个新鲜且合理的解决方法，可以说是具备创新精神的。学术研究生涯的开端，朱自清并没有遵循惯有的研究思路，而是思路清晰、目标明确，一开始就创造了一套自己的研究方法，这套方法充分吸纳了"五四"之精神。在此之后，朱自清始终沿着这条道路继续下去，站在"现代"的立场研究旧文学。朱自清在《论雅俗共赏序》中，曾说自己"企图从现代的立场上来了解传统的势力"，这篇文章写于1948年2月，已是朱自清研究生涯的末期了，但是在立场上与其二十二年前在《现代生活的学术价值》中提出的观点一脉相承。

在《古文学的欣赏》一文中，朱自清表明了自己研究古文学的"现代的立场"，是"批判的继承"。"五四"的影响，帮助朱自清脱离传统的国学研究方法的束缚，形成了颇具现代性的研究体系。而朱自清为何选择"批判继承"呢？其根本的目的，依旧在于文学教育。朱自清是为了更好的实现中国古典文学的教学以及经典的普及化，才以"批判继承"作为自己的研究道路的。

朱自清曾经多次在文章中提及，青年人不愿意读古文，原因不外乎三个：一是青年人的文言水平有限，难以支撑他们去深入阅读古文；二是古文本身较为难读，无论是词汇还是句式，都与白话文存在较大的差异，而且古文中还存在典故等等，更增加了古文阅读的难度；三是新文学的影响力在不断的提升，作品如雨后春笋，年轻人乐于接受新鲜的事物，并且新文学大多由白话写成，易读易懂。作为中国文学系的教授，在推动古文传承的方面是责无旁贷的，因此朱自清自觉地担负起了责任。若像是老先生那样枯燥、机械的传授，且不说学生难以吸收，还会进一步增强他们的抵触心理。因此在文学教育方面，为了更好的讲授中国古典文学，也使学生能够更好的接纳它，教师首先要研究透彻，才能做到游刃有余的，将知识以一种深入浅出的方式传授给学生。同时，结合时代的需要，衡量旧文学中哪些内容是不利于学生的成长的，哪些内容是学生需要继承的，这个"取其精华去其糟粕"的过程，也需要教师来完成，将经过他们改良的、经典的东西传授给学生。若教师不对旧文学进行全面深入的研究，无法准确把握舍与留。现代立场的旧文学研究，一方面是为了文学教育，另一方面则是为了普及经典。普及经典，是"帮助青年诸君的了解，引起他们的兴趣，更注意的是要养成他们分析的态度"。我们以朱自清的《古诗十九首释》和《经典常谈》为例。《古诗十九首释》是朱自清对我国最早的五言诗——古诗十九首所作出的注解，朱自清选取了其中的九首，对其进行了详细的解读，既有对典故的注解，也有对词意和句意的翻译，还有对诗歌的节奏、组织方法、情感的分析等等。《经典常谈》是朱自清将《诗经》《春秋》《史记》等国学经典进行整理，因为"我国经典，未经整理，读起来特别难，一般人往往望而生畏，结果是敬而远之"。整理之后，则是"能启发他们的兴趣，引他们到经典的大路上去"。朱自清的语言清新活泼，阐释富有吸引力，时至今日，此书依旧在热销，成为经典解读方面的经典之作。

朱自清在1928年的《那里走》一文中曾说过："国学是我的职业，文学是我的娱乐。"从亲历"五四"，到凭借新诗和散文名扬天下，再到力推大学的新文学课程，新文学是朱自清最大的兴趣所在，在他的心中占有举足轻重的地位。大学教师是朱自清的职业，国学研究是因职业的需求所必须从事的，但是在研究时，朱自清始终是站在现代的立场，以更好的发展新文学为目的，去进行自己的旧文学研究的。

（四）社会政治因素

1927年4月12日的蒋介石反革命政变发生后，国内局势愈发动荡起来。朱自清受到了大社会环境的影响，正如看不到这个国家的出路一样，朱自清也困惑于自己的人生道路该走向何处。"我是要找一条自己好走的路；只想找着'自己'好走的路罢了。但那里走呢？或者，那里走呢！我所彷徨的便是这个。说'那里走?'，是还有路可走；只须选定一条便好。"时不待人，1927年的朱自清马上就要迎来而立之年了，好的方面是他终于不用再四处辗转，拥有了一份稳定的工作，但是大学教授的工作却也没能帮助他明确自己的人生方向。做中学教师的时候，整日奔波忙于生计，朱自清无暇顾及时代的巨变。成为大学教师以后，与时代贴近了一点，但是彼时信息闭塞，仅想通过报纸跟上时代是很困难的，朱自清依然处在一个与社会脱节的状态中。无论是对政党，还是对革命，朱自清都缺乏了解，这可以从《那里走》这篇文章中看出。朱自清平和淡然的性格，也促使他选择一种"超然世外"的生活方式而求得能够"独善其身"。因此，当朋友劝他入党的时候，他没有同意。

朱自清虽然对阶级斗争的认识不太清晰，但他将自己归类为小资产阶级，认为自己很难成为无产阶级，可以看出朱自清对自己的认识是较为清醒的，因此对于未来，虽然他暂时依旧是迷茫的，但是有自己的想法和规划。摆在朱自清面前的道路有三条：一是参加革命或反对革命。这一条道路朱自清是不会选择的；二是享乐，有责任心有担当的朱自清，也断不会选择这条道路；三是学术、文学和艺术。既在大学中亲历了"五四"，接受了新文学的熏染，成为了一名新文学的作家，如今又成为了中国文学系的教授，这第三条道路，是朱自清面临无路可选时的最后一根稻草，却也是最适合朱自清的一条路。虽然选择这条路，但学术、文学和艺术所涵盖的范畴又太过宽广，一个人的精力是有限的，必须再对这条道路进行细化，选择大路的一条支路去走。朱自清又进行了一次选择，他走上了国学这条支路。原因是"国学比文学更远于现实；担心着政治风的袭来的，这是个更安全的逃避所。"革命文学当时正席卷全国，因此若研究文学，必然要对革命文学做出某些评价，评价又很难不涉及个人的观点，因此很容易被卷入政治大潮。而国学都是老祖宗的东西，与政治相隔较远，并且胡适的整理国故运动为国学赋予新的生机。从迷茫困惑到做出选择，从做出选择到细化选择，政治始终在左右着朱自清，他竭力想要规避政治，最终决定了国学，这才找到了一件可以"钻了进去，消磨了这一生"的事情。这是朱自清在被动的情况下，以一种极其消极的心态所选择的"死路"，至于这条路走向何方，朱自清也不知道，但是是他所乐意的，也是最适合他的道路。

我们分析了朱自清始终是以现代的立场与方法进行古典文学的研究的，因此虽然朱自清是被迫走上这条道路的，但他一直在努力走好这条路；虽然他不知道这条路将走向何方，但他努力让这条路往最对的方向发展。

有学者认为，朱自清之所以遁入书斋，还是在政治的影响下，是其早年因教育理想破灭而形成的刹那主义的继续。"刹那主义"是朱自清在1924年形成的思想。朱自清的"刹那主义"，其关键词在于"现在"。不同于颓废的和享乐的刹那主义，朱自清的刹那主义是积极且乐观的。要立足于当下，要抓住当下，珍惜可用的时间而加紧努力。因此，当朱自清选择研究作为自己的道路时，他没有将其仅当作一种出路，或是"消磨一生"的事情，而是去努力研究，力图有所成就。

综上所述，我们从四个方面进行了总结。第一个方面，是朱自清自小所接受的新式与旧式的双重教育，培养了他对新旧文学的同时的兴趣。因而作为一个新文学作家，他在进入清华大学之后，可以顺利的过度到旧文学的研究，在旧文学研究花费了他大量的时间和精力的情况下，他反过来也没有丢下新文学的创作；第二个方面，是清华大学的课程安排非常保守，几乎全为传统的旧文学的课程，新文学在大学没有足够的生存空间。朱自清初入清华，就被安排讲授"李杜诗"课，此后还上过"宋诗"、"陶渊明诗"等等课程，因此为了上好这些课程，朱自清必须进行相关的研究，以支撑自己的教学；第三个方面，朱自清确立了"以更好地发展新文学为目的"的旧文学研究的立场，原因在于"五四"新思想对朱自清产生了很大的影响，他有着坚定的支持与发展新文学的信念。因此朱自清的古典文学研究，也试图以一个能够为新文学带来益处的立场，去进行研究。他的旧文学研究不同于传统的研究，他形成了一套自己的研究体系，他始终站在"现代"的立场，力图通过自己的研究，使得旧文学一方面能够更好地通过文学教育传授给学生，一方面能够将其中的经典在全社会进行普及；第四个方面，是社会政治方面的原因。社会时局的动荡，使得朱自清对未来感到迷茫。他对政党、革命既没有兴趣，也缺乏了解，因而对政治具有排斥心理，力图超然世外而独善其身。因此他选择国学研究作为自己的出路，希望借此能置身事外，在书斋中消磨了一生。

　　四个方面并非是独立的，而是有着紧密的联系，单论哪一个方面，都不能直接形成朱自清文学教育的特征，而是在共同的作用下，才对他的文学教育产生了影响。

第十章　贾平凹与文学教育研究

对于文学个体来说，从事文学教育是延续文学知识的必要手段。贾平凹虽无法与教育大家相比，但是他丰富的生活体验和教育经历成为他实施文学教育的集中表现。无论是创刊《美文》杂志，提出"大散文"观念，还是与作为文化传播、文学教育的"基地"高校有着密切的联系，担任硕博导，还是广泛交友、通信、写序，亦或是作品进入语文教材、文学馆或文化馆的修建等，我们不能忽视他在文学教育过程中作出的种种努力，贾平凹以多种方式进入了文学教育，并在这个过程中一直在尽其所能地从事着文学教育。但是，他在这一过程中引起的质疑和争议，也是我们在阐述时无法回避的。

第一节　报刊编辑与文学教育的双向互动

对于中国现当代文学而言，报刊杂志、文学期刊的兴起和发展开启了20世界中国文学的新时代，是发掘具有文学潜能的新人，促进文学创作繁荣发展的重要力量。一份报刊杂志在其创办人和主要成员的推动下，会对其读者群产生一种有力的文学影响和感染力量，并成为知识青年的施展平台，这正是报刊杂志产生文学教育作用的独特表现。对于贾平凹来说，《美文》杂志的创办正是他实施文学教育的独特方式，包括提出的"大散文"观念。通过《美文》发表作品，有意识、有目的的发现、培养文学新人，并向那些文学爱好者传输自己的文学理念。

一、编辑的实践与《美文》的创办

具体来说，贾平凹第一次接触报刊编辑的实践是在初中毕业后因文革而被迫回家生产的时期，在水库工地上负责《工地战报》的编辑，因为他是新来的，所以需要跟在比他资历老的前辈后面学习。后来，因他刻了一期战报的蜡版，又写了文章，被队上赞赏和表扬，因此，队上让他独编《工地战报》。工地战报是一张16开的双道林纸，两面油印了文章，由他一人担任主编、记者、撰稿人、美工、排版工、刻印工、发行等七职，身兼数职让贾平凹逐渐熟悉报刊的编辑过程，这应是贾平凹从事报刊编辑的首次实践。

1975年贾平凹从西北大学毕业之后，当时的他在西安文坛上已小有名气，经过出版社和文艺部门的极力争取，他被分配在陕西人民出版社文艺部工作，担任助理编辑。在这一时期，他曾参与过陈策和李若冰负责的烽火社史的编写工作，他在其中带领陕师大的学生，一方面要看学生的稿子，一方面要参与社史的编写。陈策在后来的回忆中提到此事时，认为贾平凹具有写作才能，给予他很高的评价，这对他之后从事编辑的工作奠定了一定的基础。

《美文》创刊与它的前身《长安》文学月刊是有密切关系的。1980年1月，《长安》杂志创办，它隶属于西安市委宣传部下的市文联，在五十年代被称为《工人文艺》，文革之后改名为"长安"，每期发行6万册，它在审稿中始终坚持"在稿件质量面前人人平等"的原则，受到国内读者的追捧和文艺界的重视，培养出了一批有前途的作者，也见证了上世纪80年代西安的文学生活历史。但是，1989年《长安》文学月刊因违反办刊规定遭遇了停刊整顿，西安市文联为挽救《长安》月刊，将重任交到贾平凹身上，之所以这样做是因为贾平凹与《长安》杂志也有着密不可分的联系，1980年4月，贾平凹被调到《长安》编辑部，直到去当专业作家前，他在《长安》编辑部工作了将近三年半的时间。这一时期，贾平凹在这里见过形形色色的文学青年，对于他们，他耐心地给他们的创作进行指导和鼓励，对于别人指出自己作品中的失误，他也丝毫不避讳，坦诚相待，承认自己的错误并予以更正说明。应该说，做编辑、办刊物，他已有相当丰富的经验了。

1992年，市文联为重新筹办杂志，并召开工作会议，决定让贾平凹任主编，在经过多方讨论决定将杂志定位为散文杂志，一方面是因为贾平凹身为散文大家，在全国范围有一定的影响力和号召力；另一方面是因为在当时环境下，原有《长安》杂志特色已经过时，而散文杂志的起步相对容易，且能够吸引一定的读者。杂志的定位确定，刊名也经过多次讨论后才最终决定为《美文》，在这期间，贾平凹去了北京、天津等地，拜访了许多老一辈的作家和文化名人，如孙犁、冰心、萧乾、汪曾祺等人，并得到他们的支持和帮助。1992年5月8日，《美文》的刊号正式审批通过，《美文》正式创刊。

1992年9月初始的四期杂志分别为"创刊一号"、"创刊二号"、"创刊三号"、"创刊四号"，是为避免直接叫10月号的唐突，又因为贾平凹本人的号召力，收到的好文章太多，因而连发了4期创刊号。身为主编的贾平凹一边阅读，一边写批语，"《卖车记》：要注意选发此类贴近现实生活的作品。《石钟山乱弹》：这类文章应注意采用，虽然写得太学者化了点。《五十心境》：前头和前半部确实不错，后边拖了些。能否改动后边。彻底模仿生活会失去散文的独立品格。《儿子》：何立伟是有灵性的，要用……"贾平凹在对待这些有着文学追求的青年时，认真阅读他们的文章，从不敷衍了事，始终注重对他们的创作指导，尽可能地提供自己的见解，并成为他们坚实的依靠。

《美文》的创办为一大批爱好文学的青年提供了一个创作的机会，贾平凹本人也多次在上面刊登散文和评论，这对当下青年阅读群体的文学追求产生极大的影响，也成为贾平凹实施文学教育的有力证明。《美文》为众多文学青年提供了发表文学作品的平台，并为社会挖掘和培养文学新人，注入新鲜血液，促进当代文学事业不断向前发展。

二、"大散文"观念与《美文》文学教育的成果

《美文》的创办，是贾平凹在报刊编辑的实践中从事文学教育的直接体现。《美文》创刊时为散文月刊，2001年发展成半月刊，上半月刊以成人阅读为主体，下半月刊则为"少年散文"，以少年阅读为主体，已经成为贾平凹实施文学教育的有力平台。"在现代中国，一个有势力的文学期刊比一个大学的影响还要更大、更深长"，与大学教育相比，文学刊物以它独有的出版发行方式和大量、快速传播的特点，体现出创刊者及其核心成员的文学观念与审美追求。因此，对阅读杂志期刊的群体来说，阅读期刊杂志成为他们获得文学知识、提高文学繁养的主要方式。作为《美文》的主要编辑人，无论是办刊宗旨还是栏目的具体设置，贾平凹都在文学青年对创作的崇拜和渴望中实施文学教育，践行他特有的文学理念。

《美文》的前身《长安》月刊原是集小说、诗歌、散文和评论于一身的综合类杂志，为了能够做出特色，《美文》将散文作为其突破口。贾平凹在创刊词中就曾提到："我们倡导美的文章……散文是大而化之的，散文是大可随便的，散文就是一切的文章……鼓呼大散文的概念，鼓呼扫除浮艳之风，鼓呼弃除陈言旧套，鼓呼散文的现实感，史诗感，真情感，鼓呼真正的散文大家，鼓呼真正属于我们身外的这个时代的散文"，他提出了"大散文"的文学理念。应该说，"大散文"是《美文》办刊的核心宗旨和指导思想。

贾平凹之所以提出"大散文"的理念，是鉴于当时散文在文学界遭到冷落，格局已大不如前，呈现出"浮靡甜腻"之风，逐渐成为小说、诗歌的附庸。"大散文"不是一个具体的定义，它主要有三个指向，一是散文写什么的问题，要创作的是"真正属于这个时代的散文"；二是散文的审美追求，追求的是"清正之气"和"时代、社会、人生的意味"；三是对散文文体形式的不断扩充，扩大了散文的文体范围，拓宽散文的创作范围。在他看来，"大散文"是"一种思维，一种观

念"，没有固定的标准和规范，因而《美文》不需要划分作者和题材，它面向的是"任何作家、老作家、中年作家、青年作家、专业作家、业余作家、……以及并未列入过作家队伍，但文章写得很好的科学家、哲学家、学者、艺术家等等。"《美文》中除了贾平凹本人的散文文章和由他操刀的读稿人语，还吸引了不少我们所熟悉的名家发表作品，发挥文学榜样的力量和影响力，如 1992 年创刊 2 号上冰心的《五行缺火》，1993 年第 5 期金克木的《猫语》和张中行的《故园人影》、第 6 期蹇先艾的《喜读〈中国当代散文精华〉》、第 9 期杨绛的《忆高崇熙先生——旧事拾零》以及莫言的写"狗"三部曲（《狗的趣谈》、《狗的冤枉》、《狗的悼文》），1994 年第 3 期沈从文的家书《由长沙致张兆和》，1994 年第 9 期台静农的《读〈国剧艺术汇考〉的感想》，1995 年第 7 期郑振铎的《失书记》等等。

"大散文"观念的提出冲击了原有的散文理论，受到了不少批评，但是我们要看到并且承认《美文》的出现引起了散文的变革。首先是对散文创作主体和内容范围的扩大，没有将散文局限于文人创作，散文不应该是散文作家的专利，只要是好的文章，都可以被刊登和发表；内容上开始关注社会重要事件、瞬间和民生问题，如《美文》在 2003 年刊发的一位基层干部所写的《向农民道歉》一文，2004 年发表的关于伊拉克战争问题系列文章和对 2003 年渭河特大水灾的记录，2008 年第 7 期发表的《我们的责任——5·12 四川大地震纪念专辑》，2009 年第三期收录的《第 56 届美国总统就职演说》和《第 54 届美国总统卸任演说》等，同时也对历史进行重新解读和反思，如 2009 年鲍鹏山的《明朝帝王师》和 2010 年陈峰的《宋朝士林将坛说》。其次是对海外文学作家的吸引，仅从 1993 年至 2011 年这九年间《美文》共刊登海外作家散文 225 篇，并还设立如"日本当代散文选择"、"旅美华人散文作家笔会"等专辑研究。最后是栏目的不断扩充，1993 年设立"散文与诗歌和小说的界限专栏"，对散文文体展开探讨；1995 年设立"海外华人写作"专栏；1998 年设立"当代散文写作随访"专栏，采访当时文坛的五十位作家、评论家以及学者并发表他们对散文的见解；1999 年设立"行动散文"专栏，提倡"走出书斋，走出后花园"，同时在 1999 年第 1 期设立"报人散文奖"，将记者、编辑也纳入"大散文"行列，此举成为全国报刊杂志首位。

2000 年，《美文》开始筹办下半月刊。2001 年，《美文》正式分为上半月刊和下半月刊并且扩大页数，上半月刊彻底以成人为阅读群体，下半月刊则主要出版发行的是中小学生创作的优秀散文作品，以文学少年阅读为主。2009 年，《美文》将散文以长篇、中篇、短篇进行编排，引起"散文革命"。可以说，《美文》及其所提倡的"大散文"观念对散文创作做了一种新的尝试，直指当时散文界的弊病，对散文的创作作了全新阐释，促进了散文内容与形式的变革，同时也为无数爱好文学的青年提供了展现自己的平台，号召他们从事文学创作，提升创作水平，并在互相交流中学习进步。

借助《美文》这个极具特色的期刊与贾平凹的文学号召力，将大散文理论与实际相结合，作为发掘文学创作新人的平台，它是有意识培养青年一代的，更在青年读者群众中产生了巨大影响。《美文》不仅吸引集合一批名家，更培养了一大批散文新人，王新民在《贾平凹与〈美文〉创新》一文中曾写道，"大散文观念的提出使一批业余作者的思想解放、眼界开阔，原来散文可以这么写，其题材范围如此广阔……古人尚且在工余写出那么多的文章，我有何不可呢。"此外，在1994年第5、7、9三期开设"大中学生征文"专栏，共刊登了10篇散文，如1994年第9期高恒文的《"燕窝"》，王开林的《都市二题》、邢建海的《第二个太阳》，第10期含辛的《遍地歌声》、毛汉珍的《阿扬》、小惠的《一条路》、紫地的《母亲的微笑》等等，虽然他们的文笔还稍显雅嫩，但是散文未来的发展希望必属于这些学生们。因此2001年《美文》以少年阅读为主体的下半月刊正式出版发行，下半月刊每期选登华人少年优秀散文作品和中外优秀散文作品，以此来提高青少年的鉴赏阅读水平，同时请一些教师和专家予以点评，来激励青少年创作，提高他们的写作水平，在它的发刊词中也曾提到"它的任务是圆少年的文学之梦……帮助少年去发展他们的天才，促进他们的想象力、观察力和文字表述能力。"2002年《美文》成功举办首届"全球华人少年美文写作大赛"，其中费滢、丛治辰、兰姗三人获得金奖，"少年美文奖"328人，"少年美文优秀奖"86人，"少年美文大奖"14人，其中5篇获奖作品更是入选国家全日制中学语文必修读本。2004年有10篇作品入选国家全日制中学语文必修读本，仅从2002年到2008年这七年间，"全球华人少年美文写作大赛"举办7期，获奖作品共有87篇，其中17篇作品被选进国家全日制中学课本或读本，也有将近50篇散文入选不同省市的中小学课本和教辅用书，学生们的文学创作热情被不断激发，写作充满了"美文"的味道，《美文》已经成为入选语文教材最多的文学杂志。它有力号召了文学青年从事创作，增加创作经验，不断成长，源源不断地为文学界输入新的力量，发展新的散文家。许多杂志也纷纷效仿《美文》，设立了大散文专栏，促进国内文学事业的不断发展。

据此我们不难看出，贾平凹早期以助理编辑、报刊编辑形式的实践活动，为他日后创办《美文》奠定了坚实的基础。创办报刊、报刊刊载、读者阅读的文学活动形式在作家和读者之间形成了多元互动的模式。一方面，知名作家创办刊物、编辑出版的行为培养了读者群的文学兴趣和文学理念，提升了文学青年的阅读水平和创作能力；另一方面，读者群的不断扩大也为出版事业扩展空间，二者在彼此紧密联系中共同促进了文化事业的进步与发展。直至今日，截止到2018年4月，《美文》共出版516期，它已经不是一份简单的文学刊物，里面承载的是青年的文

学梦和理念，是贾平凹作为文人应承担的责任，也是实施文学教育最有力的证

第二节　高校任教与文学作家的双重体验

高校是文学继续传承的重要基地，与过去名家鲁迅、胡适、郭沫若、周作人、茅盾等人进高校当教授一样，贾平凹也进入了高校，这对他来说，是开启人生的新篇章。进入了一个与职业作家不同的体制内，身兼导师与作家的双重角色，让他能以大学教师和学院管理者的身份认识到文学教育的特点，更让他对自己的创作有了更深层次的思考。因此我们不能忽略他与高校之间的密切联系，但是我们同样也要看到贾平凹在进入高校后的局限和引起的争议。

一、作为高校教师的贾平凹

1975 年，贾平凹从西北大学毕业后，开启他的专业作家之路。1985 年，他应陕西师范大学之邀成为客座教授，给当时中文系的学生讲述《新时期的散文创作》，这是他在高校任教最初的体验。在他所写的《新时期散文写作》一文中，我们可以看到他对这个课的设计，一共十五次课，"1. 总论。2. 散文与时代精神。3. 散文的心灵感应。4. 散文生活领域之扩展。5. 散文的哲理。6. 人之境界的境养。7. 主题的模糊与多义。8. 散文的第二自然创造。9. 散文的语言。10. 散文的'作诗在诗外'。11. 中西散文比较。12. 西北散文与东南散文之比较。13. 老一代散文家与中青年散文家的散文之比较。14. 余光中散文之启示与思维开放。15. 小结与交流。"他主张散文应该是美文，不仅要关注内容的问题，也要关注如何写的问题，遗憾的是仅仅在备了两节课后，贾平凹因身体不适住院长达一年，之后无法进行备课、授课，因而此事也就无果而终。

1993 年，他的母校西北大学将他聘为兼职教授。作为西北地区历史最为悠久的高等学府——西北大学，建立于 1902 年，贾平凹是作为工农兵学员从 1972 年到 1975 年在这里度过了三年零五个月的时光。当年，他因为《废都》而饱受非议无处安身时，西大接纳了他，成为他的疗伤之地，让他重新站了起来。在西大的受聘答谢辞中，他说道，"我曾经是这个学校的学生出去，现在又作为兼职教授回来……我姓贾，贾字上半部旁西，下半部旁为北（贝），命运的不可知中却隐隐地暗示着我与西字的有关，陕西，西安，现在又受聘于西北大学。能到西大来，这是命运所致，是幸运所得。" 2001 年，贾平凹开始招收当代文学创作研究方面的研究生，做起了硕士研究生导师。他在西大主要承担现当代文学的教学，从作家的角度出发给学生讲述自己的文学观，传授知识，并认为当下中国文学应该建立自己的文学观，"文学境界一定要向西方靠拢，学习西方，形式上有民族的东西，表面

上好像是传统的，实际上骨子里全是现代的东西。"对于研究生，他不主张给他们讲授文学史方面的课，让学生自主看书，转变他们的思维，扩大思维，给他们讲述自己在创作和读书时所领悟到的知识，让学生建立自己世界观和生命观。对于自己不擅长的内容，他会专门请人来给研究生上课，他给自己的研究生每周上一次课，虽然是漫谈式授课，只讲两至三小时，但是他依然认真备课，他深知自己没有经验，担心误人子弟，因而认真对待。他所指导的两位学生毕业于2004年，论文题目分别为《吸纳·创化：对贾平凹小说创作中传统文化含蕴的考察》、《冲突·交流：从中西比较中看贾平凹的创作》。

2003年，贾平凹被聘为西安建筑科技大学人文学院院长。2008年，他开始在西安建筑科技大学担任博士生导师，招收博士生，从硕导到博导，这对他来说，是一场新的考验，"现在不但要作为教授，还有一个院长的名称，我真的不知所措。"但从当西建大人文学院院长以来，只要和人文学院有关的重大事情和活动，他都尽量参加，对于人文学院所聘请的老师，他也认真给出自己的意见，以应聘者的个人能力为聘请标准，不徇私，承担起一位院长的职责。他给中文系的学生讲授过有关文学的语言和沈从文文学等课程，他同每一位普通的大学老师一样，授课认真，板书工整，辅导并修改学生的论文，由他和韩鲁华联合培养的两位博士分别毕业于2013年和2015年，论文题目分别是《城市空间的文化记忆与生存体验：贾平凹都市小说的建筑文化内涵解析》和《符号学理论视域下建筑语言与文学语言的关系研究》。学生没有因为他是作家就对他产生偏见，反而认为他作为教授非常合适，不仅给严谨正规的高校教育带来一丝鲜活的体验，而且利于学生创造思维，发散思维。此外，贾平凹也先后成为中国海洋大学、北京师范大学的驻校作家，被西北师范大学聘为兼职教授，多次在高校里举办讲座和作品研讨会，如2002年，贾平凹先后在苏州大学、北京大学发表题为《关于小说语言》和《对当今散文的一些看法》的演讲；2006年，贾平凹在苏州大学文学院第九届读书节的开幕式上发表讲话；2011年11月13日长篇新作《古炉》学术研讨会在常熟理工学院举行；2013年6月1日出席在兰州大学召开雷达的文学评论与中国化批诗学建设研讨会；2014年12月6日参加在复旦大学举行《老生》学术研讨会；2015年10月26日，出席在香港浸会大学举办的"贾平凹文学作品国际学术研讨会"，并以"文学与地理"为主题发言；2016年3月27日参加西北师范大学举办的《极花》研讨会；2015年贾平凹研究中心在西北大学成立等等。

当代作家进入高校阵地一直是高校文学教育中的热点问题，作家学者化现已成为一个普遍现象。实际上，当代作家进入高校任职总是会引起一些非议，总是会被人带有色眼镜看待，质疑他是否有炒作的嫌疑，但是贾平凹对此有着自己的想法，"作家在大学任教，我觉得这种选择非常正常，没有什么奇怪和不合适的，这样的选择非常自然也很普通。"在当下社会，高校教授数不胜数，但是真正拥有作家身份的没有几个，学生的创作能力高校并没有重视起来，高校学生都统一地被培养成学术科研人员，中文系出身的作家却寥寥无几。作家进高校执教不应该被套上枷锁，作家与高校之间的互动是有益和双向的，陈思和说过："作家进大学是非常好的事，因为它使当代文学学科和当代文学现实结合在一起了……我认为一个好的文学研究者应该和作家携起手来，一起创造、解释我们今天的社会生活。"作家在大学任教一方面可以提升学校和自己的知名度，打破作家只在作协体制内进行活动的传统，为作家提供新的创作天地，更重要的是高校的文学环境下有利于作家创作，雷抒雁也曾说过，在中文系内，作家之间的联系，文学的氛围，对一个作家坚持写作非常重要。另一方面，作家有了传播自己文学理念的公共平台，使得热爱文学的学生有了作为学习的榜样，中文系的学生能在作家的指导下培养创作兴趣，从他们对其创作的言传身教中激发从事文学创作的热情，提高精神境界，更能促进文学创作的传承。据统计，2000年之前受过高等教育的作家在一半以上，而2000年之后，茅盾文学奖、鲁迅文学奖等国家重大文学奖项和排行榜统计下来，几乎所有获奖者或者上榜者都拥有大学以上的学历，高校作家班的普遍出现就是有力证明。

但是，我们也要认识到贾平凹在这一方面的局限性。当代作家进大学与"五四"时期作家进入大学是不可同日而语的，1949年之前，中国新文学可以说是与中国现代大学有着密不可分的联系。1917年蔡元培继任北京大学校长，将陈独秀聘为北大文科学长，陈独秀的到来同时也将《新青年》带入到北大，紧接着当时的许多名家如李大钊、鲁迅等人也进入到北大，《新青年》在北大这个阵地里汇集了一股力量，新的思想、新的小说、新的诗歌等新文学的内容源源不断地从这里涌出，陈万雄在其著作《五四新文学的源流》中曾说过，"这一刊一校革新力量的结合，倡导新文化运动才形成了一个集团性的力量。"除此之外，像当时在北京大专院校的郑振铎、王统照、瞿秋白等人因对俄罗斯文学产生极大的兴趣，开始对它进行翻译和评论，30年代京派、海派的校园文艺运动等等，都是在间接促进新文学的创作与发展，应该说"中国现代大学与中国现代文学之间是一种良性互动的关系，一种相互哺育的关系。"而在1949年之后，现代文学进入了当代文学时代，与大学之间的关系不复从前，作家身兼二职的这种现象也基本绝迹，直到90年代，当代文学才又与大学之间重新建立关系。但是，"大学不再是原来的大学，文学也不再是原来的文学，大学与文学之间都发生了巨大的变异"，当代作家的文学素养在一定程度上可能不如49年之前那些经历新文学起落的现代大家的。更重要的是作家与大学教师在当代是两个相互独立的职业，因为职业的独立性，当代作家无法像正式大学教师一样每天按时定点进行授课，只能一周或是几周内上一堂课，甚至一学期都不一定授课，这也许是贾平凹甚至是许多当代作家作为高校教师的不足之处。

二、文学、创作的思考给文学教育的启示

陈思和曾在访谈中谈到，"文学教育是人文教育的最初形态……在西方社会（尤其是美国），大学校园里的作家教授是很普遍的现象……在中国则刚刚开始获得普遍认可，渐渐地普及开来。我觉得这是好事，……是建筑在一种文学想象、审美想象的共同空间之上，文学会使校园变得更加美好。"

作家进入高校正如在之前所叙述到的，一方面是为作家创作提供良好的环境氛围，是有助于作家创作的，另一方面则是作家独特的文学观和创作的想法、见解不仅能够给高校的文学教育带来启示，而且他们敏锐的观察力和独特的视角能够在学术上带来创新。当今大学中文系过于注重知识教育（专业课教育）、学术教育，忽视文学教育，高校中的中文系自古以来就承担着实施文学教育的责任，中文系本就应为作家的培养地，除了要培养专业的学术人才，更要通过文学写作来培养创作人才，不能忽视甚至轻视学生的作家梦、文学梦，要鼓励学生主动参与文学创作活动，而非一味地将学生培养为研究人员。

首先，贾平凹对于中国文学的发展有自己的见解，虽然无法与学术界的观点相吻合，但是从作家独特的角度去解读中国文学的发展对于现今的学术研究也具有价值意义。他在西安建筑科技大学作的名为《沈从文的文学》演讲里先是对沈从文的生平进行叙述，得出沈从文的作品具有"阴柔性温暖性、神性和唯美性"的特点，从这四个特点分析叙述沈从文的作品，最后得出"文学是人学，应该写出人的理想，写出人对自身的追问"的结论。不难看出贾平凹对于沈从文是有着自己的观点，他站在作家的角度去分析另外的作家给今天的作家研究提供了一个全新的视野，不仅仅是用文学理论分析作家作品，作家与作家之间有时是"惺惺相惜"的，他们能注意到有时我们忽略的地方，从作家对作家的分析有时能得出全新的学术观点，这为作家研究提供了新的角度和方向。此外，他对现今中国文学的发展一直主张中国文学若要写出自己的味道，要写出中国化，境界上可以吸收西方的内容，但是形式上一定要用本民族的。

其次他对于创作有自己的经验方法。他认为，创作小说时选材要重视故事的意义，要清楚表达的是个人意识还是集体意识；小说的语言要简单、明白、准确，要有趣地表达情绪，能形成自己的风格。他曾在苏州大学作了名为《关于小说的语言》的演讲，叙述"要学会用形容词，多用些动词，还原成语，善于运用闲话"四点内容，在他看来，语言是作家文学素养体现之一。另外，要会把握小说的气息，作品要鲜活，要讲究叙述方式，更重要的是文学作品要有传统性、民间性和

现代性，这些认识对中文系的学生可谓是受益匪浅，由作家本人叙述自己是如何创作，不仅对于研究他具有学术价值，而且对于中文系学生的写作实践也起着指导作用，这都是其他大学教师无法传授给学生的方面。对于创作散文，他曾在北大做过一场演讲，共分成了九个部分讲述他对当下散文独特的看法，"一、关于改变思维建立新的思维观，二、关于向西方学习什么，三、关于寻找一种什么样的语感，四、关于继承民族传统的问题，五、关于大散文和清理门户……八、关于散文的杂文化，九、关于书斋和激情。""大散文"观念是他对散文认识的精华，此观念一经提出就引起散文界的变革，"大散文"提倡拓宽写作范围和写作队伍，张扬散文清正之气，他所创办的《美文》则是最好的实践证明，《美文》所带来的影响在前面已经论述过，"大散文"观念已经成为散文写作的标志，无数怀揣文学梦的青年都可以借此踏上文学路。此外，西安建筑科技大学建筑文化博士点的设立也离不开贾平凹的助推，他曾与其校长徐德龙交谈，里面谈到他对建筑语言和文学语言、建筑结构与文学结构的见解，这番谈话成为西建大建筑文化博士点诞生的诱因。

最后，他对现在大学生文学阅读提出自己的建议，他认为"大量地读一些杂书，就是啥书都要读。不能单一地读……读任何作品都要在里边寻他的好东西，欣赏的眼光去读，你就能寻到他的好东西，对你有益。"他本人阅读范围很广，而且种类很杂，各种书都阅读，因而他对于现在高校学生的文学阅读主张多读其他方面的书，不能只读本专业的书籍，专心创作的不能只读小说，专心学术的不能只读理论，只有多读不同类别的书，带着欣赏的眼光去读，寻找作品的闪光点，才能扩大自己的知识面，打开自己的视野，思想也变得更开阔，这对于研究和创作都是有帮助的。因此，这对于当今高校学生只认为专业书籍对自己有用的观念是良好的建议。

我们知道，人文学科的发展，除了要有专业研究人员，也离不开对学生文学感悟和文学审美、写作的培养和锻炼。大学教育原本格外注重将学生引上学术道路，更有"中文系不培养作家"的观念，这样导致的结果就是中文系学生提笔就是研究论文，做学问，而真正进行文学创作的没有几人。但是现今，"教育观念的不断变化，作家进入高校执教对学生的创作起着激励和鼓励的作用，文学作品已经可以代替学术论文作为毕业论文，复旦大学为王安忆设立的文学写作硕士点就将高校体制与文学教育联系起来，二者之间并不存在矛盾，学生可以不再依托学术研究论文获得学位，通过一定数量和质量的文学作品也可以参加答辩，获得学位，这为大学教育体制改革指出了一个新的方向。更重要的是，作家能传授学生不同于传统大学教师所传授的内容，什么样的老师就会出什么样的学生，正如贾平凹自己所说的，"作家上课有自己的优势，可以有别于一般的老师"，他们能够对文学创作提供实实在在的指导作用，使学生对文学创作有更真切的体会和感悟。作家与高校教育的联系不仅可以促进高校学生的发展，而且可以将作家文化带入到高校中，高校的氛围也能激发和保障作家的创作，这必然会促进当代作家研究的良性发展。

第三节　独特文学教育方式的实践

文学教育作为一种强调受教育者与施教者之间的双向互动的特殊活动，对于受教者来说，要充分获取各种知识汲取营养，来提高自己的文学素养，并完成文学教育这一过程。对于施教者而言，如何传授知识来帮助受教者提升文学素养和知识积累才是最重要的。在这一双向过程中，他们二者之间反映了"教育者与受教育者之间体现出一种主体间性，即二者的交往关系是主体间的相互作用、相互交流和相互沟通的关系。"

一、文学馆/文化馆等不断成立——促进文学教育文化传播

作为当代文学教育文化传播的特殊形式——文学馆或文化馆，它们不仅承担着保存珍贵文学史料、传播文学精神的功能，更重要的是具有公共资源共享的特点，能与大众之间进行良好的互动，同时利用名人的影响力和号召力吸引读者，赢得社会的关注，从而促进文学教育文化传播。

在我国，文学馆种类和数量数不胜数，除了中国现代文学馆这种国家级的文学馆，或者省市级文学馆，当下最普遍建立的应属作家文学馆，比如贺敬之文学馆、莫言文学馆、陈忠实文学馆、柳青文学馆等，贾平凹当然也不例外。以贾平凹命名的文学馆或文化馆现在已经超过四处，他的家乡商洛地区有两处，贵州铜仁一处，西安有三处分别位于西安建筑科技大学、西安大唐芙蓉园、西安临潼。此外，2011年，贾平凹文化艺术研究院成立，这是国内唯一一所研究他的艺术成就的专业机构。

贾平凹文学馆或文化馆的建立，一方面对于保存关于贾平凹的文学史料有重要的价值意义，这几处的文学馆或文化馆里面都通过大量的文献资料或详实照片、影像资料等，全方位、多方面地向大众展示贾平凹文学艺术创作生涯，如西安建筑科技大学的贾平凹文学艺术馆里就以不同的主题分为七个展室，里面涵盖了贾平凹文学创作、书画、收藏等多项内容，其中用三个展馆分别展出贾平凹的文学创作历程："贾平凹的农村生活与乡土叙事"、"贾平凹的生存境遇与生命写作"和"贾平凹文学作品的文化传播和社会影响"，还有让大众亲身感受贾平凹进行文学创作的展厅；位于大唐芙蓉园的贾平凹文学馆则主要分为两个展区，同样展示贾

平凹的作品、书画、收藏等物品，其中也将贾平凹的创作室"曲江书房"作为展厅供大众参观。另一方面则与大众之间形成双向互动，作为面向大众的公益性开放文化机构，免费开放、服务大众，传播知识是其最基本的功能。这些文学馆或文化馆曾多次举办展览活动、学术讲座和文化交流活动，组织中小学生参观，与其他社会团体、名人之间保持密切往来，如2007年在西安建筑科技大学贾平凹文学馆展开他的字画展暨《贾平凹书画》首发式；2008年与武侯祠联合举办《贾平凹书画精品展》等，通过这些活动为大众提供了解中国当代文学的窗口，让他们亲身感受和接触作家的创作历程，参与文学创作，更是一个让他们对文学产生兴趣的契机，为他们提供学习和交流的平台，许多青年正是以此作为自己开启文学之路的起点。此外，贾平凹文化艺术研究院也在不遗余力的推广文学传播，除了线上不停的请名家办讲座，开展"贾平凹邀您共读书"系列活动，举办"贾平凹大讲堂"系列学术交流活动，开办"长安文坛"专栏发表原创作品等，线下利用微信、微博等新媒体每天推送贾平凹散文或是其他文学作品，这种线上与线下结合的新方式在不遗余力的推广贾平凹或是其他作家，不断促进文学文化的传播，同时也将最鲜活的文学和读书理念传递给读者。

新的事物的出现必定会引起各方面的争论和质疑。建大的贾平凹文学艺术馆是国内第一座以在世作家命名的文学馆，按照以往文学界的传统，多数的文学馆或文化馆都和逝去的文学家相关，在他们的旧居或故居基础上修建，如冰心文学馆、柳青文学馆、贺敬之文学馆等，因而在世的作家创作事业远远没有完成，他们的文学成就和地位还未"盖棺定论"，这样做是不是为时过早。同时，许多文学馆或文化馆格局太小，无法在当地形成规模影响，而且易被市场绑架，过于看重商业价值，忽略其文学价值，成为地区的"摇钱树"，这都是引起争议的关键原因。但是我们必须要承认一个事实就是在世作家修建文学馆或文化馆的趋势是无法阻挡的，现代文学与当代文学已经发展多年，留下无数珍贵的文献资料，只有利用文学馆或文化馆这种带有博物馆属性的建筑才能收集和保留这些资料，进而促进现当代文学的研究向前发展。因此，从长远看，作家文学馆一旦步入常态化会对中国现当代文学产生不可估量的影响，它们为青年批评家提供珍贵的第一手资料，促进作家研究的深入发展。同时，对大众来说，参观文学馆或文化馆，或是参加学术讲座、交流学习的活动，他们都在不自觉地接受这些文学馆、文化馆或研究院传递出的文化知识和文学观念，对培养自身的文学兴趣、提高自身的文学素养起着潜移默化的作用。

目前，文学馆或文化馆的格局正在不断完善中，富有地方特色的作家文学馆还会不断增加。这类文学馆或文化馆不受制约，运营方式、与大众之间的互动也会更加灵活，它们以自己独有的方式传播文化、文明，间接影响着它的受众，在

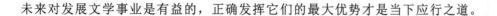

未来对发展文学事业是有益的，正确发挥它们的最大优势才是当下应行之道。

二、语文教材中的贾平凹

作为传输知识、启蒙教育的承载体——语文教材，除了承担着反映社会现实的功能，还承担着思想教育、开发智力、知识传播和语文技能训练教育等重要功能。对于作家来说，其作品进入语文教材正是证明他的思想、文学价值获得了官方话语认同。

无论是中小学还是大学高校，语文教材选用贾平凹作品的目的都在于教学。对于中小学生来说，不同年级因不同的教学目标，因而选择的作品就不同。新课程语文课程标准中，对于三至四年级和五至六年级的阶段目标虽略有不同，但是整体目标是一致的，都要培养学生的阅读兴趣和写作兴趣，体会文章的思想感情。小学中不同版本的教材选用作品也会不同，小学语文教材中选用都是篇幅较短，易于学生体会、理解和把握的作品，如《丑石》（北师大版六年级上册），讲述的是幼时家门口一块被世人讨厌和误解的"丑石"的故事，通过托物言志的写作手法来让学生明白事物要透过现象看本质的道理；《月迹》（北师大版四年级上册），讲述"我"儿时寻找月亮的故事，重在培养学生的想象力；《风筝》（人教版三年级上册），讲述"我"儿时放风筝、找风筝的故事，贴近生活，让学生感知心情变化；《我的小桃树》（鄂教版六年级下册），讲述的是以小桃树为寄托，青年一代慢慢成长起来，同命运作斗争的故事，通过托物言志的写作手法让学生树立追求人生理想的执着信念。而中学则选用的是篇幅稍长的作品，其中蕴含的哲理启示也更为深刻，初中选用的作品与小学选用的大致相同，如《月迹》在苏教版七年级下册、鄂教版八年级下册又再次选用，但还是有差别，如《风雨》（人教版七年级上册）、《落叶》（北师大版七年级上册、鲁教版九年级上册），《风雨》和《落叶》都描述了生活中常见的自然现象，旨在培养学生对大自然的观察与写作能力。高中则选用的是如《我不是个好儿子》（鲁教版必修三）、《读书示小妹十八生日书》（沪教版第三册、华师大版高二上册）、《秦腔》（粤教〈中国现代散文〉选修、北京出版社选修）等作品，《我不是个好儿子》通过生活中的琐事表现出母亲对儿子的爱，《读书示小妹十八生日书》同样也是通过生活中的细节表现亲情，兄妹之间的感情深厚真挚，同时也传递出自己爱书成痴的情感，这两篇作品重在让学生学习如何用生活中的细节描写来传递感情；《秦腔》则通过描写西北地区最具代表性秦腔来表现秦地、秦人的地域文化特点，旨在培养学生的阅读兴趣。

各个版本收录的贾平凹的作品将近20篇，其中包括被不同年级和不同版本多次使用的作品。简单分析中小学语文教材中的选材，不难看出，这些教材中所选用的散文作品都是以贴近学生生活为主，贴合他们的生活世界，可读性强，语言朴实，说理自然，符合新课标的要求，"符合学生的身心发展特点，适应学生的认知水平，密切联系学生的经验世界和想象世界，有助于激发学生的学习兴趣和创新精神。"这些散文或从孩童的视角入手，表现儿时的理想；或从大自然、生活中的细节入手，通过它们获得生活哲理和启示；或是描写地域文化特色，激发学生的学习阅读兴趣。每当读到最后，他的散文总是发人深省，善于用生活中熟悉的事物和细节发现真理，以小见大，托物言志，借景抒情，传达自己的人生体悟等等。

中小学生正处于发展的黄金阶段，正是接受新事物新思想的最佳阶段，也是培养文学兴趣的重要阶段。贾平凹的散文每一篇都是"美"的画面和意境，《月迹》中的美好与纯净，《丑石》中的以丑为美的倾向，都在无形中加强学生的审美体会，丰富他们的想象力，提升审美品位。文学教育的目的不在于灌输某种文学观念，而在于阅读过程中要引导学生能够自主阅读文章，独立思考，并且体会作者想要表达的情感和深意。此外，贾平凹的散文对于初期学习写作的中小学生是一个非常好的范本，他的写作贴近现实生活，自然，不需要华丽的辞藻来修饰，追求"美"和"真"，要鼓励学生多观察身边事物，发现事物，积累素材，锻炼思维能力，才能提高文学创作能力、提升文学修养。

新课程语文标准认为"选文要文质兼美，具有典范性，富有文化内涵和时代气息，题材、体裁、风格丰富多样……要重视开发高质量的新课文。"近年来语文教材中鲁迅、郭沫若的作品数量在下降，贾平凹作品数量在上升，虽然无法与这二位前辈大家比肩，但是也证明了贾平凹的作品是符合新课程价值取向的。作为教学范文，他的散文能够引起学生情感共鸣，并起到教育意义的。同时，他的作品具有现代意识和现代特点，内容上关注现实、自然和人生，语言优美、清新、朴实、不繁琐，符合学生学习的要求。

此外，贾平凹在大学语文教材中的出现一方面是在当代文学史部分中作为80年代代表作家予以介绍，对他的生平和文学史地位进行学习和了解，以他的作品为中心对他进行深层发掘和解读，高校中的教师和学生成为研究他的"主力军"，高校学报及期刊也成为发表相关成果的主要阵地。另一方面则是在《大学语文》这样的教材中收录《丑石》、《读书示小妹十八生日书》等散文作品，是培养非中文系学生文学兴趣和积累文学知识的通识读本。虽然贾平凹在文学界是有一定争议的一个人，但是对他的阅读是不会就此止步的，其作品中所蕴含的文学价值是不会被掩盖的，我们不能带着有色眼镜看待，正如《丑石》中的"丑石"是不能用世俗的眼光去衡量的。贾平凹一直以《一颗小桃树》中对人生理想执着追求的信念，给予新一代青年追寻他们自己文学梦的力量。

三、通信作序，广泛交友

从1978年开始创作以来，贾平凹在众多领域中都结交了许多友人，如与高校学者丁帆、谢有顺等人之间的往来，因为写作与编辑费秉勋、唐铁海、侯琪、张月庚等人之间的交往，因为爱好书法和绘画与张义潜、张之光等人交流，这其中既有青年学者、作家，也有与他年龄相当或年长于他的学者、作家，广泛结交，与他们互通书信。"写作同任何事情一样都要的是过程，过程要扎实，扎实需要细节…越急的地方不能急，别人可能不写或少写的地方你就去写和多写，越写得扎实…也就是说，作品的境界就大。反之，境界会小，你讲究的立意要靠不住，害了你。"这是贾平凹在给友人的信中的一则，在这篇给友人的信中，他分别阐述了他对写作的见解给友人的写作进行点评和指导。在另外一篇《关于散文的通信》中他对刚开始创作散文的朱鸿给予精心的指导，在他二人的通信中，他对于朱鸿散文的优点毫不掩饰的赞美，"它清新鲜活，涌动之势正旺，我衷心祝愿你保持真气，往大的境界迈进"，对散文中的不足也直言不讳地指出，并且提出自己的建议，"不妨扩大你的读书面，除读散文书外，多读些小说、诗，若能练习写写小说、诗，情况就可能有改观。"对于爱好文学的青年，贾平凹对于每一位向他请教的人都会认真指导，给出自己的意见。在他的文学创作中，序和跋作为"副文本"占了相当一部分比重，从数量上看，从1978年开始创作到2012年仅仅这三十多年间，贾平凹共创作序和跋也超过了100篇，以时代文艺出版社2015年出版的《贾平凹散文全编》中为他人的散文集、诗集或是作品集所作的序就将近50篇，这其中，有贾平凹对其作品创作、评价及与他之间交往过程的叙述，也有他文学理念和观念的寄托；为推介他人的画作和书法作品的序有13篇左右，还有一些其他著作的序如《西安文学院学员作品选》序有20篇左右，这些序的发表一方面是贾平凹对作家和作品的总结与推介，另一方面则是对爱好文学的青年培养与鼓励的体现。

1985年贾平凹为《西安文学院学员作品选》作序，《西安文学院学院作品选》是西安市作协多次举办文学讲座、开办文学院并进行授课，辅导写作近2000多件作品，百余篇作品收录并出版。在该序言中，贾平凹对学员的作品进行了总体评价"无论小说，无论散文，无论诗歌，都显示了这批学员对社会对人生的极大的热情和冷静的思索，显示了对文学艺术从内容到形式的孜孜不倦的借监、研究和追求。当然，我们不敢说这些作品都达到了多么高的水平……"，他对这些学员的创作潜力予以鼓励和期待。1986年在病中的贾平凹为周同宾作了《周同宾散文集序》，这应是他为推介作家作品作的第一篇序，在该序言中，他指出"他的散文，不靠那些所谓诗的语言伪装，在很盛行的一种洋装演化中，他本质本分本色，文章就有了憨憨之情，可爱之处。"但他也客观的指出周同宾的不足之处，"他若要突破的，是不是更应注意题材的扩大、角度的变化，更开放、活泼一些呢？"周同宾虽然在年龄上比贾平凹大，但是贾平凹并没有因此刻意吹捧其作品，而是公正客观地给出自己的评价和意见。对于从《美文》出身的业余作家，他也是竭诚支持他们的文学创作，为他们作序推介，如2005年他作的《李育善散文集序》里他盛赞李育善的文章"看似平实又很讲究，自成特点"，认为若是给予他支持，让他汲取文学营养，他在文学上会达到更高的层次的。再如他为唐兴顺的《大道在水》作的序中，他赞美唐兴顺文章给他的感觉是"精神饱满，使文章有了一股鲜活"，充满雅致。对于青年作家，贾平凹更是竭尽所能的向世人推荐，在他为齐杨萍的散文作品集《奢侈心情序》中，他评价她"文章写法多，有的平实，有的飞扬；有的犀利，有的温婉；有的严肃；有的优美……"，给予她的作品极高的评价，认为她是在文学上是非常有发展潜力的。又如他为王洁散文集《六月初五》题序，认为她的散文"既大气又细致，在质朴中又洋溢着浪漫的气息。"

对自己的女儿贾浅浅亦是如此，他在贾浅浅的第一部诗集《第一百个夜晚》上给她的信中也提到，他并没有因为她是自己的女儿就盲目鼓励她写诗发表，反而告诫她，"诗可以养人，不可以养家，安分过一般日子吧"，这反倒激发了贾浅浅的创作激情，不停地写作，不断地发表，终成为小有名气的诗人。贾平凹依然以他创作多年的经验给予她建议，以一位文学前辈同时也是一位父亲的身份指导她，"警惕概念化、形式化，更不能早早定格，形成硬壳。……要不断向前，无限向前。"这些无一不体现出他对像周同宾这样成名稍晚的作家，又或是一些业余作家，又或是具有发展潜力的青年作家的帮助和鼓励，也凸显出其爱惜作家的局尚人格。

此外，除推介文学作品，贾平凹也在不遗余力的向外推荐青年画家和书法家。他在《推荐马河声》一文中竭诚向世人推介马河声，在他看来"我不推荐他，我的良知却时时受到谴责……从书画艺术修养上他却应该称作是我的老师"，他极力赞美马河声的书画艺术，为他有着相当高的艺术水平却还是默默无闻而可惜，因而在此文中重复多次"推荐马河声"此类的话语，足以看出他对马河声的爱才惜才之意。

因此，序或跋可以说是一种可供读者群与作家之间相互交流的渠道。对于名人来说，他们所题的序与跋能将作家作品推向大众和市场，是能够鼓励文学创作，提升文化素养和文学教育水平的重要组成部分。对于青年作家或是还未出名的作家来说，名人所题的序或跋为他们与读者大众之间建构交流的桥梁，受众在阅读序跋之后为满足自己的好奇心在期待的视野下去阅读作品，进入一种审美心理并内化为自己的审美体验，这不正如贾平凹所言的，"序的正文若是每一位读者在读了全书之后将其感想再作为介绍给予另一位读者，岂不是有大来大往的乐趣吗？"

第十一章　苏轼对苏门弟子的文学传授

苏轼谨记欧阳修的教诲，秉承师尊赋予他传承斯文之道的责任，为北宋文坛文脉的延续积蓄了丰足的力量。明·胡应麟《诗薮·杂编》卷五曾列举与子瞻善者和从东坡游者共41人。苏轼门下齐聚着"苏门四学士"（黄庭坚、秦观、晁补之、张耒）、"苏门六君子"（黄庭坚、秦观、晁补之、张耒、陈师道、李廌）、"苏门后四学士"（李格非、廖正一、李禧、董荣）等很有代表性的一批文人学士，成为后人学习的典范。王水照先生说："'苏门'是以交往为联结纽带的松散的文人群体。它经历了先由个别交游到'元祐更化'时期聚集于苏轼门下的自然发展过程，形成以苏轼为核心，'四学士'、'六君子'为骨干的不同层次的人才结构网络。"在苏轼文艺精神的影响下，苏门诸子独具面貌，创新振奇。

第一节　苏轼对"苏门四学士"、"苏门六君子"的文学传授及影响

苏轼爱才惜才，身边集聚了一大批苏门后秀，他们与苏轼从游后，各自的人生命运亦与其师休戚相关。

张耒与苏轼相交于熙宁四年（1071年），苏轼出任杭州通判，与在陈州为学官的苏辙话别，张耒得以谒见苏轼，为其所知。《宋史》本传载："耒幼颖异，十三岁能为文，十七时作《函关赋》，已传人口。游学于陈，学官苏辙爱之，因得从轼游。轼亦深知之，称其文汪洋冲淡，有一唱三叹之声。"

苏轼对张耒的欣赏与诗文评价很高，在《答张文潜县丞书》中曰："惠示文编，三复感叹，甚矣，君之似子由也。子由之文实胜仆，而世俗不知，乃以为不如。其为人深不愿人知之，其文如其为人，故汪洋澹泊，有一唱三叹之声，而其秀杰之气，终不可没。"苏轼以子由作比，对张耒加以勉励、寄以期盼。直至政和四年（1114年）去世，张耒是"苏门四学士"中追随苏轼最长的一位。对于苏轼，

张耒亦终身执弟子之礼。他弘扬师道、以"明理"观诲人作文，致力于将"苏门"一脉文艺精神发扬光大。

时二苏及黄庭坚、晁补之辈相继没，耒独存，士人就学者众，分日载酒肴饮食之。诲人作文以理为主，尝著论云："自《六经》以下，至于诸子百氏骚人辩士论述，大抵皆将以为寓理之具也。故学文之端，急于明理，如知文而不务理，求文之工，世未尝有也……江、河、淮、海之水，理达之文也，不求奇而奇至矣。激沟渎而求水之奇，此无见于理，而欲以言语句读为奇，反覆咀嚼，卒亦无有，文之陋也。"学者以为至张耒诗文与苏轼豪放雄劲的风格颇近，且讲究平易舒坦，苏轼称赞他"气韵雄拔，疏通秀明"，耒晚年趋从其就学者数人。张耒文学思想中有着十分显明的重文痕迹，却又以文能明理与之抗衡。"如知文而不务理，求文之工，世未尝有是也。"（《答李推官书》）他所谓的"理"，是指对文学创作内蕴的考究，对文学审美特质的尊重。张耒于诗

中说："文以意为车，意以文为马。理强意乃胜，气盛文如驾。文章古亦众，其道则一也。"（《与友人论文因以诗投之》）表明了文在于明理（即道），文道相辅相存，缺一不可。苏轼说："辞至于能达，则文不可胜用矣。"（《与谢民师推官书》）就是要求文章必须达"意"，张耒称之"理"，正是对苏轼辞达观的认同与升华。

张耒与苏轼的文字往来始于熙宁八年（1075年），苏轼在密州任太守期间，有感于"斋厨索然"的生活现状，作了《后杞菊赋》，以示涟水令盛侨。是年秋，张耒因赴任临淮主簿，得见此赋拜读，顿觉"心地洞然"，遂即以《杞菊赋》应和，文中以"达者"、"哲人"称颂苏轼，并对苏轼相对主义齐物观的思想，深有感触，提出人应安于本分、知足常乐的看法。

是年底，超然台建成。"（轼）命诸公赋之。予在东海，子瞻令贡父来命。"通过组织这种同题创作，苏轼意则推荐青年才士张耒，望其与四方文友同逞笔力，有所获益。苏轼作《超然台记》，以"乐"意贯彻首尾，反映出游于物外，旷达自适的思想境界。张耒在《超然台赋》中对这种"超然"境界作出论辩，进一步阐述了苏轼自得其"乐"的心态以及摆脱世俗系缚、达到物我两忘的超越精神。

苏轼与弟子间也常研讨切磋，徐度《却扫编》载：东坡初欲为富韩公神道碑，久之，未有意思。一日昼寝，梦伟丈夫，称是寇莱公来访。已共语久之，既即，下笔首叙景德澶渊之功以及庆历议和，顷刻而就。以示张文潜，文潜曰："有一字未甚安，请试言之。盖碑之末，初曰：''公之动在史官，德在生民，天子虚己听公，西戎、北狄视公进退以为轻重，然一赵济能摇之。'窃谓'能'不若'敢'也。东坡大以为然，即更定焉。"

元祐时期，正是苏轼仕宦巅峰阶段，居京师。张耒亦入为太学录，二人日相

过从，赏叹追和。

元祐元年（1086年），张耒专程寄诗二首贺苏轼任中书舍人一职：

皎皎连城璧，实惟天地珍。足伤曾不售，宝气终氤氲。山川媚余秀，星斗揽奇氛。终然不可掩，三浴被埃尘。天王斋戒受，严庭具九宾。贮之黄金台，籍以九龙菌。事称忘礼厚，人谁骇其新。车轮走四方，争睹快一陈。无瑕故易伤，敛辉志乃神。

张耒非常倾慕苏轼的为人为文，诗中表达了由衷的赞美，希望苏轼不要锋芒毕露，以免招致灾祸，显示了他对恩师的真诚劝告与关心。

是年十一月，苏轼在京都重逢旧友，抚今追昔，作《武昌西山》记叙当年登游寒溪西山时的独特生命体验。苏轼笔下的"寒溪西山"不仅仅只是一个地域符号，它是贬谪生活中诗意理想的印证，也成为有着同样贬谪经历士子们的共同记忆，馆阁臣僚纷纷追和。张耒亦有和作《次韵苏公武昌西山》：

灵均不醉楚人醑，秋兰藭羌堂下栽。九江仙人弃家去，吴市不知身姓梅。东坡先生送二子，一丘便欲藏崔嵬。脱遗簪弩玩杖屦，招揖鱼鸟营池台。西山寂寥旧风月，百年石樽埋古埃。洗樽致酒招浪士，荒坟空余黄土堆。但传言语古味在，一勺玄酒藏山罍。邓公叹息为摩抚，重刻文字苍崖隈。五年见尽江上客，两屐踏遍空山苔。谢公富贵知不免，醉眼来为苍生开。长虹一吐谁得掩，六翮故在何人摧。横翔相与顾鸿雁，宝剑再合张与雷。山猿涧鸟汝勿怨，天遣两公聊一来。岂如屈贾终不遇，诗赋长遣后人哀。

围绕此诗进行唱和者，竟达三十余人之多。"能文之士，多在其间。"张耒虽未曾践履，大概只是悬拟揣想，却能从原作中体会到苏轼在仕宦沉落中，淡视得失，游览西山寒溪逍遥自得的心境。张耒借"浪士"的意象，映现出苏轼在党争贬谪过程中萧散旷达的状态。正如哲学家罗曼·英加登所言，"虽然和抒情之'我'一道生活在这个现在，并体验到他的全部情感内容，我们却不局限于它，而是从现在的角度看到过去生活的景象，并体验到现在是过去的一个回声。"张耒感慨苏轼不平的遭际，对他能重返官场，尽心苍生，由衷欣喜。

晁补之谒见苏轼是经父晁端友荐引。熙宁四年（1071年），晁端友为杭州属县新城令，补之随侍官所。是年，苏轼乞外补，十一月到杭州通判任。当时苏轼以文章称雄天下，晁补之对苏轼的文章为人倾慕已久，"不佞生十五年，知读阁下书。"（《再见苏公书》）直到熙宁六年（1073年），苏轼巡视属县，晁补之拜师求学的愿望终于得到实现，"始拜门下，年甫冠，先人方强仕，家固自如，在门下二年。"（《及第谢苏公书》）又据补之《上苏公书》：

阁下之入吴也，……补之将首为吴人庆，而次为天下有望于阁下而化者庆也。某济北之鄙人，生年二十矣。其才力学术，不足以自致于阁下之前，独幸阁下官

于吴，而某亦侍亲从宦于吴也。故愿随吴人拜堂庑而望精光也。（《济北晁先生鸡肋集》卷五一）

这记载了晁补之首次面晤苏轼的经过。不过，这次上书，惜未获奉教。但他并不气馁，很快再度上书，与苏轼"文理自然"的审美趣尚相吻合，终获接纳，成为苏轼门生。

李昭圮在《上眉阳先生》中载：请质，必待见先生而后去。先生亦与之优游讲析，不记寝食，必意尽而后止。"……（补之）尝曰："此文苏公谓某如此作，此文某所作，苏公以为然者也。"又数年，先生罢东武还朝，晁君见先生于京师。既归，昏夜叩门，开轩置烛，出先生新文十余篇，促席吟诵。

在苏轼的精心指导和自己的勤奋努力下，晁补之学业进步很快，大有一日千里之势。他所作的《七述》就是在苏轼的启发指导下创作出来的。苏轼赞曰："博辩隽伟，绝人远甚。"自己原本想写一篇描述杭州风物的辞赋，现在可以搁笔了。又见《宋史》本传云："先生才气俊逸，嗜学知不倦，文章温润典缛，其凌奇卓出于天成。"可见晁补之超凡脱俗的作文特色。在苏轼的延誉推扬下，晁补之的才名渐渐被人所知。

元丰二年（1079年），晁补之进士及第，写了《及第谢苏公书》，表感恩之意："教育之赐，拳拳之心，言不能数。"表达出苏公传授补之文学教育，使他受益匪浅。

晁文在章法结构上颇得苏文"萦纡曲折"之妙。他对文道观的认识受苏轼的影响。他批判重文轻道现象，提出"道在文中"。文道互为表里，不能偏废一方，文以达意，这才是为文真谛："文犹质也，质犹文也。虎豹之鞟犹犬羊之鞟，所贵乎文者，以其有别也。圣人则炳，君子则蔚，辩人则萃。见乎外，不掩乎内者如此。"（《策问十九首·其五》）

近代诗人陈衍评晁诗云："得苏之隽爽，而不得其雄骏。"（《宋诗精华录》）

晁词成就高于其诗，词风步武东坡。刘熙载称："东坡词在当时鲜与同调"，仅"晁无咎坦易之怀，磊落之气，差堪骖靳。"（《艺概》卷四）清人胡薇元则说："其词神姿高秀，可与坡老肩随。"（《岁寒居词话》）

张耒在《晁无咎墓志铭》中说："苏公以文章名，一时士争归之，得一言足以自重，而延誉公如不及，至屈辈行与公交。由此，公名藉甚于士夫夫间。"（《柯山集》卷十二）晁补之曾代苏轼作《为皇弟诸王贺冬至表》等十二篇文章，这是苏轼对他的信任与器重。

元祐元年（1086年）十一月，晁补之等人同来拜会苏轼，苏轼在《书黄泥坂词后》一文中记载这样一件趣事："余在黄州，大醉中作此词，小儿辈藏去稿，醒后不复见也。前夜与黄鲁直、张文潜、晁无咎夜坐。三客翻倒几案，搜索箧笥，偶得之。字半不可读，以意寻究，乃得其全。"这是东坡与门下士人借雅聚吟诗赋词、赏画题跋，展现了一种轻松愉悦的学风。

元祐六年（1091年）春，晁补之除秘阁校理，任扬州通判。次年三月，苏轼由颍州调任知扬州军州事。补之"以门弟子佐守"，得知苏轼前来，特吟诗相迎。《东坡先生移守广陵，以诗往迎，先生以淮南旱，书中教虎头祈雨法，始走诸祠，得甘霖，因为贺》诗中写道："世上逡夫乱红紫，天教仁政满东南。青袍门人老州佐，干世无成志消惰。封章去国人恨公，醉笑从公神许我。"体现了补之对苏公的深厚衷情。苏轼《次韵晁无咎学士相迎》诗云："少年独识晁新城，闭门却扫卷旆旌。胸中自有谈天口，坐却秦军发墨守。……每到平山忆醉翁，悬知他日君思我。路傍小儿笑相逢，齐歌万事转头空。赖有风流贤别驾，犹堪十里卷春风。"可知苏轼对补之很是赏识，与补之吟诗诵词，何等欢恰！是年五月，苏轼开始写和陶诗，他的《和陶渊明饮酒诗》二十首诗叙和诗句中都提到晁补之，补之也写了二十首次陶诗韵。苏、晁师徒共守扬州的时日虽短暂，但却充满了乐趣与诗意。

崇宁三年（1104年），晁补之撰《题陶渊明诗后》，当中提到"诗以一字论工拙"的观点。他回忆当年在扬州与苏轼论陶诗："采菊东篱下，悠然见南山"之句，特别论及"见"字谓"无意望山，适举首而见之，故悠然忘情，趣闲而景远。"如改成"望南山"，则"意尽于此，无余蕴矣。"体现出晁补之将老师的教言牢记于心。何汶《竹庄诗话》亦有载。

据《与陈履常尺牍二首》可知，关于陈师道与苏轼的文学交往最早是熙宁八年（1075年）前后，时苏轼知密州，在书信中提及蝗灾之事。

熙宁十年（1077年），苏轼知徐州。因组织军民抗洪有功，受到朝廷嘉奖，遂于徐州东门城墙上修建黄楼作为纪念，"使其客陈师道以为之铭"，这就是《黄楼铭》，师道从此游于苏门。

元丰八年（1085年）六月，苏轼被召还朝，时师道寓居陈州门，乃作诗贺苏轼归京。《秋怀十首·其七》中云："翼翼陈州门，万里迁人道。雨泪落成血，著木木立槁。今年苏礼部，马迹犹未扫。昔日死别处，一笑欲绝倒。"表达了陈师道对苏轼还朝的欣喜之情，同时也体现了友生之间的绵绵情谊。

元祐二年（1087年），苏轼在朝任翰林学士兼侍读学士，上《荐布衣陈师道状》荐引仍为一介布衣的陈师道，称其"文词高古，度越流辈，安贫守道，若将终身，苟非其人，义不往见，过壮未仕（时陈三十五岁），实为遗才。"

元祐四年（1089年），苏轼被命为龙图阁学士知杭州。赴杭途中，时为徐州教授的陈师道不顾孙觉劝阻，"擅去官次"，越境前来送行，一直把苏轼送到宿州，相别而后返。临别赠《送苏公知杭州》诗，极尽对苏轼的相念仰慕。

元祐五年（1090年），陈师道移任颍州教授。次年，苏轼出知颍州，于是苏、陈第四次于颍州相会，这也是苏、陈关系最为密切的时期。在这半年多的时间里，陈师道得以与这位"一代不数人，百年能几见"的文坛领袖会饮品茗，更迭唱和，颇为相得，见于文字者不少。现集中于《苏轼诗集》卷三十四及《后山诗注》卷三。不难发现，陈师道在此期间所作的次韵诗歌，颇为接近苏轼的诗歌风格。同与交游者还有赵令畤、欧阳修之子欧阳棐、欧阳辩，以及苏轼友人、门生黄庭坚、张耒、晁补之等人。

元祐七年（1092年）二月，苏轼调知扬州，陈师道仍在颍州，但二人书信往还未曾中断。苏轼在《答陈传道五首·其四》中对师道兄弟的道德情操作过品评："古人日远，俗学衰陋，作者风气，犹存君家伯仲间。近见报，履常作正字，伯仲介特之操，处穷益励，时流孰知之者？"苏轼尤其看重陈师道人品道德，欲使他"参诸门弟子间"。陈师道作《上苏公书》，回忆与苏轼相从的情景，对与苏轼相知相处的快乐非常怀念："盖士方相从时莫知其乐，及相别亦不为难，至其离居穷独，默默自守，然后知相从之乐，相别之难也。"最后，劝诫苏轼不要"为扬州而与颍事"，说："常谓士大夫视天下不平之事，不当怀不平之意。平居愤愤，切齿扼腕，诚非为己；一旦当事而发之，如决江河，其可御耶？必有过甚覆溺之忧。"当是鉴于苏轼才高贻祸，屡遭贬谪颠踬的教训，害怕其重蹈覆辙，故恳言相劝。

元祐八年（1093年），苏轼差知定州，当时朝局已生剧变。陈师道在感受到政治风向转变时先后作有《寄侍读苏尚书》、《寄送定州苏尚书》诗奉劝苏轼功成身退。

绍圣元年（1094年），苏轼被贬惠州。陈师道被目为苏轼余党，受株累而被撤销颍州教职。在离颍归徐州之际，道士吴复古准备前往惠州探望苏轼，陈师道作《送吴先生谒惠州苏副使》诗，表达对苏轼的牵挂、慰勉："百年双白鬓，万里一秋风。为说任安在，依然一秃翁。"

绍圣四年（1097年），苏轼远贬儋州，中原亲朋故旧与之联系者寥寥，陈师道却始终惦念着远在岭海的东坡，又作《怀远》一诗："海外三年谪，天南万里行。生前只为累，身后更须名。未得平安报，空怀故旧情。斯人有如此，无复涕纵横。"首先点出南谪之远，谪期之长；接着为苏轼的才高难用深感不平；最后，充分表达出对作为师友的苏轼浓浓的思念。全诗写得情真意切，感人肺腑。

苏、陈文学交往长达二十余年。朱弁《曲洧旧闻》卷九载：

或曰："东坡诗始学刘梦得，不识此论诚然乎哉？"予应之曰："予建中靖国间在参寥座，见宗子士东以此问参寥，参寥曰："此陈无己之论也。东坡天才，无施不可。而少也实嗜梦得诗，故造词遣言、峻峙渊深，时有梦得波峭。然无己此论，施于黄州已前可也，东坡自元丰末还朝后，出入李杜，则梦得已有奔逸绝尘之叹矣。无己近来得渡岭越海篇章，行吟坐咏不绝舌吻，尝云：此老深入少陵堂奥，他人何可及。其心悦诚服如此,则岂复守昔日之论乎。予闻参寥此说三十余年矣,不因吾子,无由发也。"

陈师道对苏轼终身服膺,他认为苏轼岭海时期的创作颇得杜诗精神韵致,逼肖杜诗。从陈师道作品中,可以看出他对苏轼是相当敬佩的。他独立的创作意识和富有个性化的创作风格也是苏轼所嘉许的。叶梦得《石林燕语》卷八云:"苏子瞻尝称陈师道诗云:'凡诗,须做到众人不爱可恶处方为工。今君诗不惟可恶却可慕,不惟可慕却可妒。'"苏轼鼓励和支持门下士追求多样化的艺术风格,对陈师道独特的诗歌风格给以充分肯定。

据叶梦得《避暑录话》卷三曰:"苏子瞻于四学士中最善子游,故他文未尝不极口称赞,岂特乐府?"

元丰元年(1078年)四月,经孙觉、李常的引荐,秦观携文谒见徐州知州苏轼,望亲聆教诲。陈师道在《淮海居士字序》中有云:"熙宁、元丰之间,眉苏公之守徐,余以民事太守,闻见如客。扬秦子过焉,置礼备乐,如师弟子。"苏、秦初晤,便有诗文相赠,秦观作《别子瞻》云:"人生异趣各有求,系风捕影只怀忧。我独不愿万户侯,惟愿一识苏徐州。"苏轼以《次韵秦观秀才见赠,秦与孙莘老、李公择(常)甚熟,将入京应举》和之,诗中云:"故人坐上见君文,谓此古人吁莫测",流露出对秦观才情的赏识,并鼓励他"纵横所值无不可,知君不怕新书新。"此次缔交后,二人文字往来频

九月,徐州黄楼落成后,在苏轼的邀约下,秦观写了《黄楼赋》寄送之,苏轼遂作《太虚以黄楼赋见寄,作诗为谢》大加赞赏秦观"雄词杂今古,中有屈宋姿"。《诗薮》外编卷五云:"苏长公极推秦太虚《黄楼赋》,谓屈、宋遗风固过许,然此赋颇得仲宣(王粲)步骤,宋人殊不多见。"

本年秋,秦观科举失利。苏轼对他关切备至,作诗文劝慰,在《次韵参寥师寄秦太虚三绝句,时秦君举进士不得》中褒奖秦观才学之高,揭示了科举法对人才的扼杀,为其落榜抱屈,宽慰他"不须闻此气峥嵘",又在《答秦太虚书》中说:"然见解榜,不见太虚名字,甚惋叹也。此不足为太虚损益,但吊有司之不幸尔。……程文甚美,信非当世君子之所取也。"再次表现出了苏轼对秦观的关心与支持。秦观遂作《与苏公第一简》道出自己的怀才不遇,表明深受恩师鼓舞。

元丰二年(1079年),苏轼知湖州,在高邮与道潜、秦观等人相见,结伴游历,作了不少诗文。苏轼有《余去金山五年而复至次旧诗韵赠宝觉长老》、《与秦太虚、参寥会于松江,而关彦长、徐安中适至,分韵得风字二首》、《自记吴兴诗》、《泛舟城南,会者五人,分韵赋诗,得"人皆若炎"字四首》、《游惠山(并叙)》、《次韵秦太虚见戏耳聋》等,秦观则有《次韵子瞻赠金山宝觉大师》、《同子瞻赋游惠山三首》、《与子瞻会松江得浪字》、《同子瞻午日游诸寺赋得深字》、

《德清道中还寄子瞻》等。

元丰三年（1080年），苏轼经乌台诗案后贬谪黄州，"自获罪以来，不敢复与人事，虽骨肉至亲，未肯有一字往来"。（《与章子厚参政书》）秦观却与恩师始终患难与共，不离不弃。秦观屡次寄示诗文问候近况云云，苏轼称其作"皆超然胜绝"，"卓然有可用之实"，并对秦观的前途命运很关心，多以指点：

太虚未免求禄仕，方应举求之，应举不可必。窃为君谋，多著书，如所示论兵及盗贼等数篇，但似此得数十首，当卓然有可用之实者，不须及时事也。但旋作此书，亦不可废应举，此书若成，聊复相示，当有知君者，想喻此意也。

尔后，他精研经史，专注时文创作，学问大进。苏轼说："秦观自少年从臣学文，词采绚发，议论锋起，臣实爱重其人。"（《辨贾易弹奏待罪札子》）可以说，秦观所作的政论文思路直接承之于苏轼。"如秦少游之才，终身从东坡步骤次第，上宗西汉，可谓善学矣。"（吕本中《童蒙诗训》）

元丰五年（1082年），秦观再次应考未中。元丰七年（1084年），苏、秦在润州金山寺相会，宴游赋诗。苏轼又作《上荆公书》将秦观荐引于王安石：

向屡言高邮进士秦观太虚，公亦粗知其人。今得其诗文数十首，拜呈。词格高下，固已无逃于左右，独其行义修饬，才敏过人，有志于忠义者，其请以身任之。此外，博综史传，通晓佛书，讲集医药，明练法律，若此类，未易——数也。才难之叹，古今共之，如观等辈，实不易得。顾公少借齿牙，使增重于世，其他无所望也。

元丰八年（1085年），三十七岁的秦观终登进士第。

秦观不仅在文学创作实践上深契于苏轼的文艺观念，而且他的历史观、哲学态度，显然受到苏轼的影响。苏轼屡遭贬谪之后，早期那种"道理贯心肝，忠义填骨髓"的豪迈气概受到重创，他转而合理吸取佛、道的东西来寻求精神慰藉，他游历过近百处寺庙，交往过数十位僧人，又受到欧阳修、张方平等师长前辈思想的熏染，然能以儒一以贯之，融通佛老。秦观在《答傅彬老简》中对苏轼的思想有深刻的把握："苏氏之道，最深于性命自得之际；其次则器足以任重，识足以致远。至于议论文章，乃其与世周旋，至粗者也。"秦观认为苏轼思想精要是"深于性命自得之际"，而且评其"如日月星辰，经纬天地；有生之类，皆知仰其高明。"杨胜宽先生说："就哲学思想而言，秦观基本上继承了苏轼的主要思想。而当把这些基本思想用来试图解决所面对的社会政治生活难题时，却在许多方面与苏轼不同。"秦观的思想状态中，有关人生出处的观念得苏轼的传授与感染，能将佛、道较好地融摄到自己的儒学思想中去。

元丰元年（1078年），黄庭坚以诗文为贽，表示向慕已久之忱和师事之愿，执礼谦恭。于秋初苏轼回文，二人定交。他在《古诗二首，上苏子瞻》、《上苏子瞻书》中表达了对苏轼的钦仰、师从之意，情谊迫切又高雅却俗。苏轼在《答黄鲁直书》中称赏黄庭坚的学问文章与人品，德风仁意，溢于字里行间："轼始见足下诗文于孙莘老之坐上，耸然异之，以为非今世之人也。莘老言此人，人知之者尚少，子可为称扬其名。"轼笑曰："此人如精金美玉，不即人而人即之，将逃名而不可得，何以我称扬为？"然观其文以求其为人，必轻外物而自重者，今之君子莫能用也。其后过李公择于济南，则见足下之诗文愈多，而得其为人益详，意其超逸绝尘，独立万物之表，驭风骑气，以与造物者游，非独今世之君子所不能用，虽如轼之放浪自弃，与世阔疏者，亦莫得而友也。……《古风》二首，托物引类，真得古诗人之风。

自熙宁五年（1072年）苏轼从孙觉那里闻知黄庭坚的诗文，知其为人，至元丰元年（1078年）黄庭坚投书赠诗入"苏门"，直到元祐元年春初，苏、黄方得晤面。二人通过诗文唱和、翰墨往还，建立了情意相契的真挚友谊。这两位大文学家就是从品评诗文开始，此后在道德和文学上相互推许，引为知己。

黄庭坚亲炙于苏门，却又有出蓝之胜。他的诗内容丰富，题材多样，众体兼备；有多种艺术风格，又有独到的艺术造诣。宋人吴垌云山谷"受知于东坡先生，而名达四夷，遂有苏、黄之称。"（《五总志》）黄诗的艺术风格得到苏轼的推扬："与秦少游、张文潜论诗，二公谓不然。久之，东坡先生以为一代之诗当推鲁直。二公遂舍旧而图新。其初改辕易辙，如枯弦敝诊，虽成声而跌宕不满人耳；少焉遂使师旷忘味，钟期改容也。"（黄庭坚《与王周彦书》）南宋刘克庄云：

至六一、坡公，蔚然为大家数，学者宗焉。然二公亦各极其天才笔力之所至而已，非必锻炼勤苦而成也。豫章稍后出，会粹百家句律之长，穷极历代体制之变，搜奇笔，穿异穴，间作古律，自成一家，虽只字半句不轻出，遂为本朝诗家宗祖。

（《后村先生大全集》卷五九）

元祐初，苏轼调汴京任中书舍人、翰林学士知制诰等职，黄庭坚入职馆阁，得以面晤恩师，这期间二人过往频繁，留下了大量唱和次韵诗作。

元祐二年（1087年），苏轼作《赠杨孟容》一诗，自谓"效黄鲁直体"。黄庭坚读后，特地和了一首《子瞻诗句妙一世，乃云效庭坚体，盖退之戏效孟郊、樊宗师之比，以文滑稽耳，恐后生不解，故次韵道之》，诗中传达出他对苏轼诗品、人品的的倾心崇拜。苏轼在谈艺论文时，对门人的品德相当看重，他说："君子爱人以德"（《书黄鲁直画跋后》），在举荐黄庭坚时也以德衡鉴："孝友之行，追配古人"（《举黄庭坚自代状》）。黄庭坚自觉接受德胜于才的观点，为人谦谨，他说："择师而行其言，如闻父母之命，择胜己者友，而闻其切磋琢磨，有兄之爱，有弟之敬，不能悦亲则无本，不求益友则无乐，常傲恨则无救。"（《书生以扇

乞书》）

在对作品的品评中，苏、黄之间也常表现出善意的调侃斗智。例如，苏、黄在一起讨论书法。宋人曾敏行在《独醒杂志》卷三中载："东坡尝与山谷论书，东坡曰：'鲁直近字虽清劲，而笔势有时太瘦，几如树梢挂蛇。'山谷曰：'公之字固不敢轻议，然间觉褊浅，亦甚似石压蝦蟆。'二公大笑，以为深中其病。"

他们在戏谑中倒也形象地概括了两家不同的书法艺术风格，于机智幽默中显露适恰的见解。

黄庭坚与苏轼的交游也表现在二人参禅悟道的趋同上。黄庭坚以儒家之徒自居，又力图以佛、道两家裨补之。南宋黄震对黄庭坚思想概括得较为详尽：

涪翁孝友忠信，笃行君子人也。世但见其嗜佛老，工嘲咏，善品藻书画，遂以苏门学士例目之。今愚熟考其书，其论著虽先《庄子》而后《语》、《孟》，至晚年自刊其文，则欲以合于周、孔者为内集，不合于周、孔者为外集。……平生好交僧人，游戏翰墨，要不过消遣世虑之为，而究其所能垂芳百世者，实以天性之忠孝，吾儒之论说。至若禅家句眼不可究诘其是非者，等于戏剧，于公岂徒无益而已哉！读涪翁之书，而不于其本心之正大不可泯没者求之，岂惟不足知涪翁，亦恐自误。黄庭坚好尚忠信孝友的儒家伦理道德，"少喜学佛"，又究心于《老子》、《庄子》、《列子》等道学经典，但他对儒学的态度是贯彻始末的。黄庭坚与苏轼都有过党祸、文祸之灾，却都能泊然处之。

《论语·泰伯》引曾子语："可以托六尺之孤，可以寄百里之命，临大节而不可夺也一君子人与？君子人也。"苏轼身上体现出来的儒者刚健之气，为黄庭坚所称道："东坡之在天下，如太仓之一梯米。至于临大节而不可夺，则与天地相终始。"（《东坡先生真赞》）东坡风节坚贞超迈、跨越时空，这种至刚至大的气节也是黄庭坚模效的。

"在苏门六君子"中，李廌结识苏轼的时间最晚，与苏轼的年龄差距也最大。元丰二年（1079年），苏轼遭遇"乌台诗案"后谪居黄州，期间，"朋游稀少"，而李廌却在这四年多的时间里与之保持着密切的书信联系，令苏轼无比感动："无状何以致足下拳拳之不忘如此。"

据《宋史·文苑传》载：

廌六岁而孤，能自奋力，少长，以学问称乡里。谒苏轼于黄州，赍文求知。轼谓其笔墨澜翻，有飞沙走石之势，拊其背曰："子之才，万人敌也，抗之以高节，莫之能御矣。"廌再拜受教。而家素贫，三世未葬，一夕抚枕流涕曰："吾学忠孝焉，而亲未葬，何以学为！"且而别轼，将客游四方，以葬其事。轼解衣为助，又作诗以劝风义者。于是不数年，尽致累世之丧三十余柩，归窆华山下，范镇为表墓以美之。益闭门读书，又数年再见轼，轼阅其所著，叹曰："张耒、秦观之流也。"

　　李廌因文章受知于苏轼，订师生之份。两人相交二十余载，李廌"在创作上、在生活上、在立身行事上，得到过苏轼很多的帮助。"苏轼对李廌大力延誉，使之文声鹊起。朱弁《风月堂诗话》载，"东坡知贡举，李廌方叔久为东坡所知，其年到省诸路举子，人人欲识其面，考试官莫不欲得方叔也。坡亦自言有司以第一拔方叔耳。"看得出，苏轼竭诚为李廌扩大交往范围和影响。

　　元丰五年（1082年），苏轼在《答李方叔书》中，评论其诗文："惠示古赋，近诗，词气卓越，意趣不凡，甚可喜也。"同时又指出不足："微伤冗，后当稍收敛之。"并道："足下之文，正如川之方增，当极其所至，霜降水落，自见涯涘。"这说明，李廌初入苏门时，涉世未深，诗赋尚欠成熟，故苏轼时有直率和坦诚的批评。对其所献之文不加掩饰地直陈其弊："极为奇丽，但过相粉饰，深非所望，殆是益其病尔。"

　　元丰八年（1085年），李廌自阳翟到南京来见，苏轼作《眉子石砚歌》送李廌，李廌《师友谈记》载：

　　廌少时有好名急进之弊，献书公车者三，多触闻罢。然其志不已，复多游巨公之门。自丙寅年，东坡尝诲之，曰："如子之才，自当不没，要当循分，不可躁求，王公之门，何必时曳裾也。"尔后常以为戒。自昔二三名卿已相知外，八年中未尝一谒贵人。中间有贵人使人谕殷勤，欲相见，又其人之贤可亲，然廌所守匹夫之志，亦未敢自变也。

　　对李廌的急进好名，苏轼颇为耐心地开导。李廌牢记老师的忠告，克服自身性格上的弱点，逐渐形成了对穷达得失的达观认识。在离开南都前，苏轼又以友人梁先所送的绢十匹、丝百两转赠之，并答应为其父作哀辞。

　　元祐二年（1087年），李廌代秦观撰《鲜于子骏行状》，苏轼赞曰："辞意整暇"，同时，也指出了其文章的不足。告诫他要"积学不倦"，希望他通过积累学识提高德性修

　　至若前所示《兵鉴》，则读之终篇，莫知所谓。意者足下未甚有得于中而张其外者；不然，则老病昏惑，不识其趣也。以此，私意犹冀足下积学不倦，落其华而成其实。深愿足下为礼义君子，不愿足下丰于才而廉于德也。若进退之际，不甚慎静，则于定命不能有毫发增益，而于道德有丘山之损矣。古之君子，贵贱相因，先后相援，固多矣。

　　显然，李廌充分领略了老师的为文之道。他在《答赵士舞德茂宣义论宏词书》中说："凡文章之不可无者有四：一曰体，二曰志，三曰气，四曰韵。述之以事，本之以道，考其理之所在，辨其义之所宜……士欲以文章显名后世者，不可不慎其所言之文，不可不慎乎所养之德。"他赞同"有道之文"，并提出文章不只在于

"意"、"德",还兼具"气"、"韵"的特质。

元祐四年(1089年),苏轼将朝廷所赐天厩马赠与李廌,又写了一首《赠李方叔赐马券》作为凭据,措辞婉转:"元祐元年,予初入玉堂,蒙恩赐玉鼻辟。今年出守杭州,复沾此赐。东南例乘肩舆,得一马足矣,而李方叔未有马,故以赠之。又恐方叔别获嘉马,不免卖此,故为出公据。四年四月十五日,轼书。"李廌得马甚为感激,亦作诗以谢。苏轼通过物质媒介助其摆脱困境,又不至于伤害到李廌的自尊心,体现了他爱护弟子的一片至诚。

从元祐元年至元祐四年,李廌在京城的时间较多,有机会当面请益苏试。叶寘《爱日斋丛钞》卷五载:

东坡作《艾子》中有一条,以彭祖八百岁,其妇哭之,以九百者尚在。李方叔问东坡曰:"俗语以憨痴骀駸为九百,岂可笔之文字间乎?"坡曰子未知所据耳,张平子《西京赋》云:'乃有祕书,小说九百。'盖稗官小说,凡九百四十三篇,皆巫医厌祝及里巷之所传言,集为是书,西汉虞初,洛阳人,以其书事汉武帝,出入骑从,衣黄衣,号黄衣使者,其说亦号九百,吾言岂无据也?"方叔后读《文选》,见其事,具《文选》注,始叹曰:"坡翁於世间书,何往不精通耶?"

两人谈诗论文,交流心得,相处甚欢。当然,这也进一步增加了李廌对良师的景仰之情,几近言语必"书诸绅"的虔诚。

建中靖国元年(1101年),苏轼北归至虔州,写给李廌简,说:"比年于稠人中,骤得张、秦、黄、晁及方叔、履常辈,意谓天不爱宝,其获盖未艾也。比来经涉世故,间关四方,更欲求其似,邈不可得。以此知人决不徒出,不有立于今,必有觉于后,决不碌碌与草木同腐也。"苏轼对"四学士"、"六君子"抱以很高的期望。事实证明,他们的文章才学、道德风范对后世产生了深远的影响。在苏轼与李廌最后的书信互通中,对因自己而受牵累的门生弟子,他内心不安,深表歉疚:"如方叔飘然一布衣,亦几不免。纯甫、少游,又安所获罪于天,遂断弃其命,言之何益,付之清议而已。忧患虽已过,更宜慎口以安晚节。"

是年,苏轼卒。李廌作祭文曰:"道大不容,才高为累。……皇天后土,知一生忠义之心;名山大川,还千古英灵之气。"道出了自己对苏轼的仰慕和缅怀,文辞感人,"人无贤愚皆诵之"。李廌感念苏轼的知遇之恩,以事父之礼事师,奔走师门为最勤者,冠诸"学士"。他编辑所成的《师友谈记》一书,是将苏门师友日常交游交谈整理记录,其中记述了大量苏轼语录,可见他传承"师道"之意甚明。

第二节 苏轼对"后四学士"的文学传授及影响

宋韩淲《涧泉日记》卷上载:"廖正一明略、李格非文叔、李禧膺仲、董荣武子，时号'后四学士'。明略有《竹林集》，文叔有《济北集》，膺仲、武子文集未之见也。"元祐间，"后四学士"曾受知苏轼，与前"四学士"、"六君子"一样，他们也是属于苏门一派的，成为元祐文坛的力量之一。

从苏轼贬黄期间所作的《与文叔先辈二首》、《与李先辈》推知，李格非与苏轼最早的往来应在元丰年间。苏轼在《与文叔先辈二首·其一》中，称赞他"新诗绝佳，足认标裁"，两人相交颇为契合。

元祐六年（1091年），李格非以文章受知于苏轼，得游长公门下。他取法于东坡，但形成了自己较为系统的文学理论。《宋史·李格非传》曰："格非苦心于词章，陵栋直前，无难易可否，笔力不少滞。尝言：'文不可以苟作，诚不著焉，则不能工。且晋人能文者多矣，至刘伶《酒德颂》、陶渊明《归去来辞》，字字如肺肝出，遂高步晋人之上，其诚著也。'"《类说》卷五五、《仕学规范》卷三四、《冷斋夜话》卷三也有类似的表

李格非提出文学批评的标准是"诚著"，即主张文章要真实自然，作家应写真情实感。论文讲求"笔力不少滞"，信笔挥洒，自然流出。这与苏轼所提倡的"常行于所当行，止于不可不止"的创作主张有异曲同工之妙。而且认为好的作文是"从肺腑中流出"，这样才能无斧凿痕，达到艺术表现上"其意超迈如此"的较高境界。

刘克庄《后村诗话》续集卷三曰：

文叔《祭淇水文》云："惟先生自《诗》、《书》以来载籍，所记历代治乱，九流百氏，凡一过目，确不忘坠。其发为文章，则泛而汪洋，密而精致，悀然高爽，敛然沉毅，骤肆而隐，忽纷而治。绝驰者无遗影，适淡者有余味。如金玉之就雕章，湖海之失涯涘，云烟之变化，春物之稂丽，见之者不能定名，学之者不能仿佛。"笔势略与淇水相颉颃，精深可讽味。

李格非所作的《祭淇水文》汪洋恣肆，任性自然，意到言到，大有苏文气象。

他论文不仅尚"气"，尚"诚"，还尚"横"。张邦基《墨庄漫录》卷六载：

余（李格非）尝与宋遐叔言，孟子之言道，如项羽之用兵，直行曲施，逆见错出，皆当大败，而举世莫能当者，何其横也。左丘明之于辞令，亦甚横。自汉后千年，惟韩退之之于文，李太白之于诗，亦皆横者。近得眉山《赏笛谷记》、《经藏记》，又今世横文章也。

他进一步指出，"夫其横，乃其事得而杂绝俗、畦径间者。"也就是说，文学创作必须摆脱俗套，力求创新。不仅如此，他认同苏轼"中于时病而不为空言"的文论观。他所写的《洛阳名园记》借古喻今，因小见大，引人深思。邵博《邵氏闻见后录》卷二十四曰：洛阳名公卿园林，为天下第一。裔夷以势役祝融、回禄，尽取以去矣。予得李格非文叔《洛阳名园记》，读之至流涕。文叔出东坡之

门，其文亦可观，如论"天下之治乱，候于洛阳之盛衰，洛阳之盛衰，候于园圃之兴废。"其知言哉！

绍圣元年（1094年）四月，苏轼遭御史虞策、殿中丞御史来之邵弹劾，被诬指"所作文字，讥斥先朝"以此远谪岭南，李格非也出为广信军通判，次年李格非寄书问候。苏轼在《与孙志康二首·其二》中提及两人虽相隔万里，却依旧关心着对方，维系着这份珍贵的文学交谊："李文叔书已领，会见无期，千万节哀自重。"

据《东都事略·廖正一传》云："元祐中，苏轼在翰苑，试馆职之士，得正一对策，奇之，除秘书省正字。……轼门人黄、秦、张、晁，世谓之四学士，每过轼，轼必取密云龙瀹以饮之。正一诣轼谢，轼亦取密云龙以待正一。由是，正一之名亚于四人者。"晁公武《郡斋读书志》卷一九、杨慎《词品》卷三所记事略同。

元丰年间，苏轼谪居黄州之时，在《与李昭圯书》中对廖正一诸人的唱和诗作有过褒奖："观足下新制，及鲁直、无咎、明略等诸人唱和，于拙者便可阁笔，不复措词。"

元祐二年（1087年），廖正一因对策得苏轼赏爱，成为苏门文人群体中一员。他是由苏轼直接简拔的文士，在当时与苏轼的关系及声望，仅次于前"四学士"。"密云龙"乃是一种名茶，极为珍罕。苏轼在《行香子·茶词》中描述过此茶的来历与奇妙："绮席才终，欢意犹浓。酒阑时，高兴无穷。共夸君赐，初拆臣封。看分香饼、黄金缕、密云龙。斗赢一水，功敌千钟。觉凉生，两腋清风。暂留红袖，少却纱笼。放笙歌散、庭馆静、略从容。"这说明廖正一是苏轼所认可的"佳客"。

元祐三年（1088年），朝廷命苏轼权知贡举，此次贡举廖正一等人为点检试卷。在锁院期间，考官为打发时间，例有唱和，蔚然成文苑奇观。苏轼在《题跋·书试院中诗》中详记此事：

元祐三年二月二十一日领贡举事，辟李伯时为考校官。三月初，考校既毕，待诸厅参会，故数往诣伯时。伯时苦水悸，幅幅不欲食，作欲马展马以排闷。黄鲁直诗先成，遂得之。鲁直诗云："仪鸾供帐饕虮行，翰林湿薪爆竹声，风帘官烛泪纵横。木穿石盘未渠透，坐窗不遨令人瘦，贫马百蔽逢一豆。眼明见此玉花骢，径思着鞭随诗翁，城西野桃寻小红。"子瞻次韵云："少年鞍马勤远行，夜闻啮草风雨声，见此忽思短策横。千重故纸钻未透，那更陪君作诗瘦，不如芋魁归饭豆。门前欲嘶御史骢，诏恩三日休老翁，羡君怀中双橘红。"蔡天启、晁无咎、舒尧文、廖明略皆继，此不能尽录。予又戏作绝句："竹头抢地风不举，文书堆案睡自语。看马欲展顿风尘，亦思归家洗袍裤。"伯时笑曰："有顿尘马欲入笔。"疾取纸来写之后。三月六日所作皆是也。眉山苏轼书。

苏轼与廖正一等门人弟子谈笑吟诗、酬唱相得的场景，无不令时人倾心向往。

此后二人萍飘蓬转，亦时通音问。苏轼对廖正一的进退出处，挂念在心："得来书，乃知明略复官……皆一时庆幸。"在他晚年由儋州北归之际，亦作《答廖明略》书二首，其一云：

远去左右，俯仰十年，相与更此百罹，非复人事，置之，勿污笔墨可也。所幸平安，复见天日。彼数子者，何辜独先朝露，吾俦皆可庆，宁复戚戚于既往哉！公议皎然，荣辱竟安在？其余梦幻去来，何啻蚊虫亡之过目前也。矧公才学过人远甚，虽欲忘世而世不我忘，晚节功名，直恐不免尔。老朽欲屏归田里，犹或得见，蜂蚁之微，寻以变灭，终不足道。区区爱仰，念有以广公之意者，切欲启事上答，冗迫不能就，惟深亮之。

从中可以看出，面对坎坷不平的遭际，苏轼一直保持着开朗乐观的精神面貌。同时，也流露出他对廖正一的爱怜与推许。

绍圣二年（1095年），廖正一知常州，入元祐党籍，贬监玉山税。时隔五年，苏轼仍提及此事："衰陋之甚，惟有归田杜门面壁，更无余事。示谕极过当，读之悚汗。毗陵异政，遥颂蔼然，至今不忘。为民除秽，以至蚕尾，吴越户知之，此非特儿子能言也。圣主明如日月，行遂展庆，众论如此。"

苏轼对廖正一当时所作政绩进行了颂扬，同时也对他受党祸之罪表示同情与劝慰。

至于李禧、董荣二人与苏轼的文学交游活动，从流传篇什和宋人评说中偶有提及，他们与前"四学士"一样，也是苏轼文学的传人，但限于史料，皆知之不多。

第三节　苏轼对其他苏门弟子的文学传授及影响

与苏轼往来酬唱、交往密切的苏门人士还有王巩、李之仪等。

王巩与苏轼交往的时间，《王巩与苏轼交谊考论》一文中认为，大约始于仁宗嘉祐时期（1056年-1063年）；《孔凡礼〈苏轼年谱〉指瑕》一文中对《孔谱》作了辨误，考证时间为嘉祐六年（1061年）；《三苏年谱》一书中推测为嘉祐四年（1059年）。综上，可以确定的是在英宗治平之前，苏、王已经相识相交。

熙宁十年（1077年）苏轼作《送颜复兼寄王巩》一诗邀王巩到徐州参加黄楼庆功宴会。元丰元年（1078年），重阳之日，王巩应约而来。"与客游泗水，登魋山，吹笛饮酒，乘月而归。轼待之于黄楼上，谓巩曰：'李太白死，世无此乐三百年矣。'"苏轼与巩饮酒赋诗，融洽随意。王巩作别时，苏轼写《九日次韵王巩》，恳切挽留，情意拳拳。这次彭城诗会，无疑是两人性情相投的重要活动。

王巩被贬宾州去监督盐酒税务的三年多时间里，苏轼担心王巩不能适应岭南化外之地的生存环境，致信安慰开导，获知其"益自刻励，晨起入局，视盐税事，退则穷经著书，或以赋诗自娱。"（《王定国注论语序》）"豪气不少挫"，遂心有所安。又屡以"爱身啬色"、"以道自遣"规劝之：

粉白黛绿者，俱是火宅中狐狸、射干之流，愿深以道眼看破。

前书所忧，惟恐定国不能爱身啬色，愿常置此书于座右。如君美材多文，忠孝天禀，但得不死，必有用于时。虽贤者明了，不待鄙言，但目前日见可欲而不动心，大是难事。又寻常人失意无聊中，多以声色自遣。定国奇特之人，勿袭此态。相知之深，不觉言语直突。

苏轼对王巩学业上的进步，备感欣慰，并勉其多读史：

君学术日益，如川之方增，幸更著鞭多读书史，仍手自抄为妙。某自谪居以来，可了得《易传》九卷、《论语说》五卷，今又下手作《书传》。迂拙之学，聊以遣日，且以为子孙藏耳。

自到此，惟以书史为乐，比从仕废学，少免荒唐也。

王巩勤于写作，每以所作新诗寄予苏轼，这也成为二人贬谪时期排解忧愁、倾诉内心情感的方式之一。

递中领书及新诗，感慰无穷。

来诗愈奇，欲和，又不欲频频破戒。

定国所寄临江军书，久已收得。二书反复议论及处忧患者甚详，既以解忧，又以洗我昏蒙，所得不少也。然所得非苟知之亦允蹈之者，愿公常诵此语也。杜子美穷困之中，一饮一食，未尝忘君。诗人以来，一人而已。今见定国，每有书皆有感恩念咎之语，甚得诗人之本意。

王巩并没有因诗案牵连遭处置而与苏轼的感情疏远，他一如既往地仰慕之并师事之，时常写信通消息、探讨学术问题。"以其岭外所作诗数百首寄余，皆清平丰融，蔼然有治世之音，其言志与得道行者无异。"足见王巩的诗文创作不仅数量可观，而且质量也备受苏轼称许。此后江湖风雨几十年，两人互通消息，交谊深厚。

按苏轼给李常的信中说："某已到扬州，此行天幸，既得李端叔与老兄。"可知在熙宁七年（1074年），苏轼自杭州改知密州时，就得知有李之仪如此良才。

元丰三年（1080年），李之仪从苏轼游。是年，苏轼作《答李端叔书》，对李之仪在自己遭贬之时屡次投书致意表示感激，通过读了李之仪的诗词文章，对他的文采、品行有所了解，称赞其"才高识明"，还向其谈到自己的求仕经历，表达了自己对科举文字及因文字而获罪的看法，指出"妄论利害，搀说得失，此正制科人习气"，极言自己罪废之身，已淡泊利禄声名，决不轻易作文为诗，享受"扁舟草履，放浪山水间"的乐趣。这是他苏、李诗文互通的开始。

元祐元年（1086年），苏轼返京，任中书舍人，复迁翰林学士知制诰。闲暇之余，常和胡宗愈、钱勰、秦观、黄庭坚等人凑在一起诗酒唱酬。李之仪为枢密院编修，亦成为苏门常客。

苏轼《答李端叔十首·其一》云："辱书，并示伯时所画地藏。某本无此学，安能知其所得于古者为谁何，但知其为轶妙而造神，能于道子之外，探顾、陆古意耳。公与伯时想皆期我于度数之表，故特相示耶！有近评吴画百十字，辄封呈，并画纳上。"这是就李公麟所画地藏，李之仪求教苏轼，望其品评，苏轼自是给予了很高的评价。

李之仪在《李方叔济南月岩集序》中记载了他与老师互相讨论李廌作品之事：

吾宗方叔，初未相识，得其文于东坡老人之座。读之，如泛长江，溯秋月，直欲拿云上汉，不知其千万里之远也。为之愕眙久之而不能释目。东坡笑相谓曰："子何谛观之不舍耶？斯文足以使人如是。谢安蹈海，至于风涛荡而不知返，徐问舟人曰，去将何之？子岂涉是境界以追谢公乎？"又曰："吾尝评斯文如大川淮注，昼夜不息，不至于海不止。"余曰："不腆所得亦几然。"东坡曰："闻之欧阳文忠公曰，文章如金玉，固有定价，不能异人之目也。"已而曰："或者患其多，子颇觉乎？"余曰："觉则殆矣。惟其不觉其殆，所以为斯文也。"

又苏轼有《次韵答李端叔》诗："若人如马亦如班，笑履壶头出玉关。已入西羌度沙碛，又从东海看涛山。识君小异千人里，慰我长思十载间。西省邻居时邂逅，相逢有味是偷闲。"苏轼认为李之仪的才华可与司马迁、班固相比，从末句可以想见两人经常见面畅聊，亲切自在，其乐融融之状。

元祐二年（1087年），受驸马王诜之邀，苏轼等十六人齐聚西园，切磋艺事。北宋李公麟画了《西园雅集图》，接着，米芾作《西园雅集图记》对此场面进行了描摹：

其乌帽黄道服捉笔而书者，为东坡先生。仙桃巾紫袭而坐观者，为王晋卿。幅巾青衣据方几而凝伫者，为丹阳蔡天启。捉椅而视者为李端叔。后有女奴，云鬟翠饰，侍立自然，富贵风韵，乃晋卿之家姬也。……自东坡而下，凡十有六人，俱以文章议论、博学辨识、英辞妙墨、好古多闻、雄豪绝俗之资、高僧羽流之杰，卓然高致，名动四夷。后之揽者，不独图画之可观，亦足仿佛其人耳。

元祐三年（1088年）苏轼作《夜直玉堂，携李之仪端叔诗百余首，读至夜半，书其后》一诗："玉堂清冷不成眠，伴直难呼孟浩然。暂借好诗消永夜，每逢佳处辄参禅。愁侵砚滴初含冻，喜入灯花欲斗妍。寄语君家小儿子，他时此句一时编。"苏轼用"好诗"、"参禅"赞其诗作，颇有深味。引东坡《跋李端叔诗卷》云："作诗，用意太过，参禅之语，所以警之云。"于弊病之间，委婉指评。

元祐八年（1093年），据《苏轼年谱》载：九月"二十六日，（苏轼）朝辞赴定州，上论事状。"十月，"李之仪应辟离京师赴定州。"十一月，"李之仪到定州，入幕，为言近日京师时事。"

虽然苏轼在定州任职为时仅半年，但与之仪朝夕相处，吟诗作词，交流文字，批讼理案，主宾甚欢。《答李端叔十首·其二》云："某启。辱简，承起居佳胜。近读近稿，讽味达晨。辄附小诗。更蒙酬和，益深感叹，朝夕就局中会晤也。"

李之仪《跋戚氏》载师友政事之暇，欢聚的盛况：

开府延辟，多取其气类，故之仪以门生从辟。……五人者，每辨色会于公厅，领所事意，按前所约之地穷日力尽欢而罢。或夜，则以晓角动为期。方从容谈笑间，多令歌妓随意歌于坐侧，各因其谱，即席赋咏。一日，歌者辄于老人之侧作《戚氏》，意将索老人之才于仓卒，以验天下之向幕者。老人笑而颔之，邂逅方论《穆天子传》，颇摘其虚诞，遂资以应之。随声随写，歌竟篇就，才点定五六字尔。坐中随声击节，终席不间他辞，亦不容别进一语，临分，曰："足以为中山一时盛事，前固莫与此，而来者未必能继也。"

苏轼即兴之作《戚氏》已达到出神入化的境界。《老学庵笔记》卷九谓苏轼作此词"最得意"。

在苏轼去世以后，李之仪作了一首《东坡挽词》："从来忧患许追随，末路文词特见知。肯向虞兮悲盖世，空惭赐也可言诗。炎荒不死疑阴相，汉水相招本素期。月堕星沉岂人力，辉光他日看丰碑。"李之仪在文学上受苏轼熏陶、指点，二人始终保持一种志道相投、亲密无间的关系，其文缘友情非同一般。

综上所述，苏轼秉承欧风，乐于奖掖人才培植后进，"四学士"、"六君子"、"后四学士"、王巩、李之仪等皆拜入门下。苏轼自谓："每念处世穷困，所向辄值墙谷，无一遂者。独于文人胜士，多获所欲，如黄庭坚鲁直、晁补之无咎、秦观太虚、张耒文潜之流，皆世未之知，而轼独先知之。"苏轼希望门下子弟能将文学事业薪火相传，他宣称："文章之任，亦在名世之士相与主盟，则其道不坠。方今太平之盛，文士辈出，要使一时之文有所宗主。昔欧阳文忠常以是任付与某，故不敢不勉；异时文章盟主，责在诸君，亦如文忠之付授也。"诚然，在交游唱和等文翰活动中，苏轼以其卓越的学识才情、崇高的道德力量、亦师亦友的文宗师范，令无数青年学子倾慕景仰、殷勤追随。这些好学之士因相似的文化志趣、人生体味云集一堂，推动了文学事业的发展，从而逐渐形成了自由欢畅、影响广泛的"苏门"。

第四节　苏轼对苏氏后代的文学传授

苏氏家族素有重教的传统，苏轼秉父教，承家法。他对子孙后辈的教育亦是身体力行，曾在与王巩的信中提及著书、督子、养生，"三者皆大事"。苏氏家学渊博宽广，苏氏后代中博学多识者辈出，皆能继承家学家风。

苏轼长子苏迈，幼承庭训、师范家学。苏轼曾评其诗"颇有思致"。《侯靖录》卷二谓："苏迈伯达，东坡长子，豪迈虽不及其父，而问学、语言，亦胜他人子也。"《宋元学案》卷九九云："苏迈，……文章政事，卓有父风。"

苏迈"天资朴鲁"，苏轼希望他不要受仕宦的羁绊，安安稳稳地生活。在《付迈一首》曰："古人有言，有若无，实若虚，况汝实无而虚者耶？使人谓汝庸人，实无所能，闻于吾者，乃吾之望也。慎言语，节饮食，晏寝早起，务安其形骸为善也。"

苏轼因为自己一生颠沛流离，仕途上不断受挫，屡屡面临生命危险，故希望儿子能吸取他的教训，甘为"庸人"、"安其形骸"。

他在与友人参寥子谈论家事时，对迈、迨的实际生活能力表示欣慰："某垂老再被严遣，……迈将家大半就食宜兴，既不失所外，何复挂心，实潇然此行也。"

熙宁四年（1071年），苏轼任杭州通判时，苏轼常与迈历览佳山好水、访寺探观，体察风土人情，这种经历也为苏迈提供了丰厚的创作素材。

元丰三年（1080年），苏轼责授黄州团练副使时，迈陪往。学问文章成为父子俩日常生活的一部分。一日，苏迈与父夜坐联句。苏轼对儿子诗作很是满意，认为儿子能继家法，作诗赞曰："传家诗律细，已自过宗武。短诗膝上成，聊以感怀祖。"宗武指杜甫之子，这里是苏轼自拟杜甫父子。

侍父黄州的几年间，当是苏迈诗文丰收的时期。

元丰七年（1084年），苏迈被任命为江西饶州德兴县尉，与家人告别之际，苏轼以一方亲手作铭的砚台赠之："以此进道常若渴；以此求进常若惊；以此治财常思予；以此书狱常思生。"（《迈砚铭》）这是苏轼对儿子迈在治学、仕进、治财及为政诸方面作出的要求，他的殷殷期望与谆谆告诫可见一斑。苏迈初次步入仕途，苏轼特意送子履职，途中经过湖口，便和迈游览了石钟山。经过一番实地勘察后，苏轼道出一个深刻的结论："事不目见耳闻，而臆断其有无，可乎？"（《石钟山记》）这也让苏迈清晰地认识到凡事"求实"的重要性。

苏轼次子苏迨，长于议论，《诗薮》杂编卷五载"论古今事废兴成败，稍有可观。"有"得坡舌"的美誉，且善作诗赋，陈师道评他"真字飘扬今有种，清谈绝倒古无传。"（《送苏迨》）参寥子称赞说："文章造深淳，词力宽不纵。"（《次韵

苏仲豫承务寄伯达推官》）

元丰年间，迈、迨、过三子随父于黄州，亲炙乃父教诲，他们系统地从父习学诗文。苏迨读书勤奋，颇有长进。元符四年（1101年），苏轼曾作书李方叔，称赞迨、过刻苦好学。元符元年（1098年），在与侄孙元老书中，夸赞苏迈、苏迨为学甚长进。

元丰八年（1085年），苏迨随父赴登州任上，途中偶遇大风，迨就此经历作了《淮口遇风诗》。苏轼读后欣然和诗《迨作淮口遇风诗，戏用其韵》赞他颇具文才：

我诗如病辕，悲鸣向衰草。有儿真壤子，一喷群马倒。养气勿吟哦，声名忌太早。风涛借笔力，势逐孤云扫。何如陶家儿，绕舍觅梨枣。君看押强韵，已胜郊与岛。

苏轼在《与杨康公三首·其三》中提到："某有三儿，其次者，十六岁矣，颇知作诗。今日忽吟《淮口遇见》一篇，粗可观，戏为和之。"

绍圣元年（1094年），苏轼以所作六赋相赠，勉励之：

予中子迨，本相从英州，舟行已至姑熟，而予道贬建昌军司马惠州安置，不可复以家行。独与少子过往，而使迨以家归阳羡，从长子迈居。迨好学，知为楚词，有世外奇志，故书此六赋，以赠其行。

苏轼三子"俱善为文"，但以幼子过的文学成就最高。在良好家风的熏染下，苏过得以传承乃父诗文创作精神，绰有父风。

苏过与父亲苏轼生活在一起的时间是最长的。苏轼在密州、徐州、湖州时，苏过伴父迁徙而居，后苏轼谪居黄州、惠州、儋州，苏过一直随侍父亲左右。自然而然，无论是文学创作，还是立身处世诸多方面苏过都受到父亲的深刻影响。苏轼的学问、功业、品格是苏过所仰慕的。尤其在文学创作上他深得乃父之精髓，荣居"四苏"之列，"苏叔党翰墨文章能世其家，士大夫以'小坡'目之。他深厚的文学功底以及由此所取得的崇高的文学声望与苏轼的关爱教化是密不可分的。

苏轼常给苏过传授创作经验，希望他能吸取、学习。他教导苏过："后辈作古诗，当以老杜《北征》为法。"从苏过的诗文如《李方叔治颍川水磨作诗戏之》、《戏赠吴子野》等，可以看出其中含有杜诗沉郁的身影。

宋·周辉《清波杂志》卷七中载：

东坡教诸子作文，或辞多而意寡，或虚字多，实字少，皆批输之。又有问作文之法，坡云："譬如城市间，种种物有之，欲致而为我用，有一物焉，曰钱。得钱，则物皆为我用。作文先有意，则经、史皆为我用。"大抵论文，以意为主。

这段话中苏轼设喻巧答了创作方法，他教导诸子作文要以意为纲，经史为目，方能做到纲举目张。

元祐年间，苏轼多次作诗文指导苏过，在《评诗人写物》中写道：

诗人有写物之功。"桑之未落，其叶沃若"，他木殆不可以当此。林逋《梅花》诗云：

疏影横斜水清浅，暗香浮动月黄昏。"决非桃、李诗。皮日休《白莲》诗云："无情有恨何人见，月晓风清欲堕时。"决非红莲诗。此乃写物之功。若石曼卿《红梅》诗云："认桃无绿叶，辨杏有青枝。"此至陋语，盖村学中体也。元祐三年十二月六日，书付过。

苏轼论诗强调"以意为主"，他肯定了前三例写物的形神兼具之妙，指出石氏《红梅》通俗浅近，认为"此至陋语，盖村学中体也。"并讥讽其为物所役的诗奴心态，是缺乏个性特征的"形似"，"诗老（石曼卿）不知梅格在，更看绿叶与青枝。"苏过在父亲的指教下，文艺领悟水平提高了不少。

朱弁《曲洧旧闻》卷五载，东坡尝语子过曰："秦少游、张文潜才识学问为当世第一，无能优劣二人者。少游下笔精悍，心所默识而口不能传者，能以笔传之。然而气韵雄拔、疏通秀朗，当推文潜。二人皆辱与予游，同升而并黜，有自雷州来者，递至少游所惠书诗累幅。近居蛮夷，得此如在齐闻韶也，汝可记之，勿忘吾言。"

在父亲耳提面命，磨砻砥砺之下，苏过读书不缀。不仅大量阅览各类书籍，熟习掌故旧闻，还勤加练习，写下很多精彩的史评史论。如《萧何论》、《论海南黎事书》、《士燮论》、《书周亚夫传后》等。苏轼认为抄书能帮助理解、记忆史学著作，自己深受其益。在海南期间，他也用这种方法指导儿子学习。苏轼在《与程秀才三首·其三》中云："儿子到此，抄得《唐书》一部，又借得《前汉》欲抄。若了此二书，便是穷儿暴富也。呵呵。老拙亦欲为此，而目昏心疲，不能自苦，故乐以此告壮者尔。"苏过在《借书》一诗中说："海南寡书籍，蠹简仅编缀。……借书如假田，主以岁月计。常恐遗地力，敢有不敛撷？便便五经腹，三冬良可继。倘有愧寸阴，得无讥没世。"因海岛书籍贫乏，自然免不了整部抄写而读。苏轼《与侄孙元老四首·其二》中亦提及："海外亦粗为书籍，六郎（过）不废学。"在《与徐得之十四首·其十三》中云："儿子过颇了事，寝食之余，百不知管，亦颇力学长进也。"又命过作《孔子弟子别传》。可见苏轼对苏过走上文学创作道路有重要引导作用。

苏过吟诗著文，不减乃父。清人赵怀玉评曰："今观其诗文具有家法：东坡好和陶，而叔党有小斜川之作；东坡善言兵，而叔党有论黎事之书。出处进退，未忘家国。使天假以年，名或不在其父下。"（《校刻斜川集序》）据晁说之《苏叔党墓志铭》载，苏过初至海上，作《志隐》一篇。先生览之，曰："吾可以安于岛夷矣！"欲自为"《广志隐》，以极穷通得丧之理。"《志隐》通过主客对话，表现出一种冲淡平和、与世无争的豁达情怀。"考《志隐》之作，上宗庄周之齐物，下衍东坡之旷达，滔滔汨汨，博辩无碍。……叔党之论，庶几可谓达矣？再其为文也，行止得宜，跌宕有致，广征故实而无'书袋'之累，深寓妙理而不涉玄虚之迹，宜其先人览而嘉之也？"苏过作此赋虽是"以为老人之娱"，却也透露了他真实的志隐之心。

与父朝夕相处，苏轼心忧苍生的淑世精神，秉持己见、不顾身害、忠人之事的道德坚守，游于物外的旷放襟怀，这些为人风范也对子过产生着潜移默化的影响。苏轼在《与王定国四十一首·其四十》中说过："某到此八月，独与幼子、三庖者来，凡百不失所。某既缘此弃绝世故，身心俱安，而小儿亦超然物外，非此父不生此子也。"正如学者所云，"无论是知识的传授解惑，诗文写作的指导启发，或是父子二人的诗歌唱和，都可看到苏过对父亲诗文的传承与发展。另外，苏轼的言教身教更不可轻忽之……"

对不经事的少年子弟，苏轼适时不断地加以激励，无疑具有推波助澜的培育效果。在《与孙志康二首·其二》说："诸儿子为学颇长进，迨自吴兴寄诗来，文采甚可观。"在《游罗浮山一首示儿子过》诗中称言："小儿少年有奇志，中宵起坐存黄庭。近者戏作《凌云赋》，笔势仿佛离骚经。"他还说"誉儿"已成自己的"癖好"，毫无保留地奖誉后辈能传其学。苏轼在《与陈季常十六首·其十六》中云："长子迈作吏，颇有父风；二子作诗骚殊胜，咄咄皆有跨灶之兴。"他也为儿子的每一点收获与进步感到由衷的高兴。在《答刘沔都漕书》中论述道："轼穷困，本坐文字。盖愿剞形去智，而不可得者。然幼子过文益奇，在海外孤寂无聊时，出一篇见娱，则为数日喜，寝食有味。以此知文章如金玉珠贝，未易鄙弃也。"

绍圣四年（1094年），苏过做诗送昙秀归，苏轼为书曰："儿子过粗能搜句，时有可观，此篇殆咄咄逼老人矣。"（《书过送昙秀诗后》）在儋耳，苏过曾得兄苏迈寄来书信，做诗一首，父亲苏轼、叔父苏辙皆有和诗。

在岭南期间，自然环境恶劣、生活条件艰辛，苏轼父子常以读书、著述、诗文酬唱、谈学论道来抚慰心灵、打发时日。苏轼曾言："独与幼子过处，著书以为乐。"《和陶归园田居六首》序曰："归卧既觉，闻儿子过诵渊明《归园田诗》六首，乃悉次其韵。"尝尽世道冷暖、隐退下来的苏轼以学陶诗作为一大爱好，苏轼学陶诗、和陶诗，有评其作曰："精深华妙，不见老人衰惫之气。"苏过"伴父读陶、和陶，既学陶又学父"，他对陶渊明淡远简古的文学风格和不慕富贵、廉洁静退的品德也非常推崇。转徙岭南各地时，苏过陪同父亲游览过许多名山胜水，父子皆有唱和诗。元符二年（1099年），父子俩出外游玩，苏轼兴之所至，和作陶诗云：

谪居澹无事，何异老且休。虽过靖节年，未失斜川游。春江渌未波，人卧船自流。我本无所适，泛泛随鸣鸥。中流遇状洄，舍舟步层丘。有口可与饮，何必逢我俦。过子诗似翁，我唱而辄酬。未知陶彭泽，颇有此乐不。问点尔何如，不与圣同忧。问翁何所笑，不为由与求。

诗的前半段交代了自己谪居的情况，仿陶渊明游斜川的情怀，在精神上与陶公达成共鸣。后半段写父子诗文酬唱之乐，对儿子继承其诗才颇感自豪未知陶彭泽，颇有此乐不？"又引《论语·先进》中弟子言志的典故，表露出苏过不图仕进、淡泊功名的心态，并"学陶以自适"，也反映出父子俩超脱豁达的出游心境。清·纪昀评苏诗曰："有自然之乐，形神俱似陶公。"苏轼曾作和陶诗十四首送给苏过和其他子孙，通过这些诗歌对子孙们进行了人格训诲。

苏过鲜明地继承并发扬了苏轼的文章道德，陆游赞曰："焚香细读斜川集，候火亲烹顾渚茶。"（《示子聿》）据《诗薮》杂编卷五："甲秀堂坡一帖云：'过作诗楚辞，亦不凡也。……过《飓风赋》、《鼠鬚笔》诗，可谓过得坡笔。'"苏轼的"文与道俱"、"文理自然"等创作主张为苏过接续与发展。

侄婿王庠善学好问，苏轼为其作荐书推扬，在《与王庠五首·其一》中，曰：

寄示高文新诗，词气比旧益见奇伟，粲然如珠贝溢目。非独乡闾世不乏人为喜，又幸珍材异产，近出姻戚，数日读不释手。每执以告人曰："此吾家王郎之文也。"文行皆超然，笔力有余，出语不凡，可收为吾党也。自蜀遣人来惠，云："鲁直在黔，决当往见，求书为先容。"嘉其有奇操，故为作书。然旧闻其太夫人多病，未易远去，谩为一言。眉人有程遵晦者，亦奇士，文益老，王郎盖师之。此两人者有致穷之具，而与不肖，又欲往求黄鲁，其穷殆未易瘳也。

在《与王庠书》中，苏轼记述了王庠向其请益文学之事：

前后所示著述文字，皆有古作者风力，大略能道意所欲言者。孔子曰："辞达而已矣。"辞至于达，止矣，不可以有加矣。《经说》一篇，诚哉是言也。西汉以来，以文设科而文始衰，自贾谊、司马迁，其文已不逮先秦古书，况其下者。文章犹尔，况所谓道德者乎？若所论周勃，则恐不然。……轼少时好议论古人，既老，涉世更变，往往悔其言之过，故乐以此告君也。儒者之病，多空文而少实用。贾谊、陆贽之学，殆不传于世。老病且死，独欲以此教子弟，岂意姻亲中，乃有王郎乎？三复来贶，喜作不已。应举者志于得而已。今程试文字，千人一律，考官亦厌之，未必得也。如君自信不回，必不为时所弃也。又况得失有命，决不可移乎？勉守所学，以卒远业。

在这段话中苏轼根据孔子的"辞达"说提出为文之道，即作文要准确、深刻地表达作者的思想。接着批评了王庠的《周勃论》，以自己毕生写作的主要体会传授此郎，只有增长阅历，晓习时事，才能知人论世，进而写出切实有用的作品。针对文字之衰，希望后辈要摆脱陈规旧套，写作中"求物之妙"，有意而言。鼓励王庠"自信不回"，倘若按此法坚持下去，将来自然为世所用。

《与王庠五首·其五》曰：

少年应科目时，记录名数沿革及题目等，……今皆无有，然亦无用也。实无捷径必得之术……积学数年，自有可得之道……但卑意欲少年为学者，每一书，皆作数过尽之。书富如入海，百货皆有之，人之精力，不能兼收尽取……故愿学者，每次作一意求之。如欲求古人兴亡治乱圣贤作用，但作此意求之，勿生余念……他皆仿此。此虽迂钝，而他日学成，八面受敌，与涉猎者不可同日而语也。甚非速化之术。

苏轼奉劝这位青年后辈，那些应科的文字是没有多大用处的。治学"实无捷径必得之术"，只要长期坚持读书积学，日久自有长进。但是读书也要讲究方法，他用自创的"八面受敌"法引导他，以反复数遍去熟悉一本书的不同方面，这样才能根深蒂固，不断提高自身的创作水平。

根据自己学习写作的经验，苏轼勉励后辈多读经史，扎扎实实打好文史基础。他告诫侄子苏千之"近来史学凋废，去岁作试官，问史传中事，无一两人详者。可读史书，为益不少也。"嘱咐侄孙苏元老"亦须多读书史……侄孙宜熟读前后汉史及韩柳文。"苏氏后辈多承此传统。苏轼《过于海舶得迈寄书、酒，作诗，远和之，皆粲然可观。子由有书相庆也，因用其韵赋一篇，并寄诸子侄》称赞说："《春秋》、《古史》乃家法，《诗》笔《离骚》亦时用。"迫、过二子喜好读史，苏轼有诗云："小儿强好古，侍史笑流汗。"，至子苏适"好学广记，贯穿图史，能窥前人之深意，手编其可用之言，将以施于行事，而非徒习空文者也。"侄孙苏元老犹擅《春秋》。

在经学上，苏氏后辈多有承家学而显扬者。苏迈喜《易传》，叔父苏辙有诗云："林下酒尊还漫设，床头《易传》近看无？"（《喜侄迈还家》）苏符曾侍奉祖父苏轼身边十五年，苏轼对他很是器重，称为"作诗孙"。苏符精于六经，在易学上深有所得，据《苏符行状》载，"幼力学，负大志，……闭户读书，守家学自珍，……问学深于六经，盖其说独得于传注之先。奏事殿中，非经不言。……平居以经学自娱，……玩《易》爻象，达死生之变。属纩之际，言如平生。"可谓学有家法，行有家风。

苏氏后代中多有文学俊彦。在文学创作上，三子各有所长。苏轼对后辈们的学业文章、品格修养等多方面都有过明确的训示，对他们寄望甚殷。长子苏迈，苏轼告诫他不要争名斗利，要善作一个平常人，否则，"木秀于林，风必摧之"。他注重对迈、迫独立能力的培养，委以重任。幼子苏过聪颖刚介，苏轼着意磨练他如劲松般的坚忍不拔的品格意志。侄子（苏适、苏千之），侄婿（王庠），孙子（苏符），侄孙（苏元老）等，他们得聆苏轼亲教、传家学，是肩负苏氏一族繁荣的下一代。

参考文献

［1］崔志海.梁启超自述［M］.郑州：河南人民出版社，2004

［2］崔荣华.梁启超论教育宗旨［M］.南通：南通大学学报（教育科学版），2007

［3］杜垒.际遇：梁启超家书［M］.北京：北京出版社，2008

［4］方红梅.梁启超趣味论研究［M］.上海：人民出版社，2009

［5］郭延礼.20世纪中国近代文学研究学术史［M］.南昌：江西高校出版社，2004

［6］黄克武.一个被放弃的选择——梁启超调适思想之研究［M］.北京：新星出版社，2006

［7］陈平原.作为学科的文学史：文学教育的方法、途径及境界［M］.北京：北京大学出版社，2016

［8］陈小滢，高艳华.散落的珍珠：小滢的纪念册［M］.天津：百花文艺出版社，2008

［9］陈思和.思和文存第三卷·人文传承中实践［M］.合肥：黄山书社，2012

［10］郭九苓，漆永祥，赵国栋.北大中文名师教育谈［M］.桂林：广西师范大学出版社，2015

［11］何二元.现代大学国文教育［M］.上海：华东师范大学出版社，2017

［12］胡适.中国文艺复兴：胡适演讲集（一）［M］.北京：北京大学出版社，2013

［13］金鑫.民国大学中文学科讲义研究［M］.北京：北京大学出版社，2016

［14］季羡林.季羡林随想录（五）我看北大［M］.北京：中国城市出版社，2009

[15] 季羡林.季羡林随想录（六）我眼中的清华园 [M].北京：中国城市出版社，2009

[16] 李茂增.无言之美：朱光潜评传 [M].上海：学林出版社，2015

[17] 李宗刚，谢慧聪辑较.杨振声文献史料汇编 [M].济南：山东人民出版社，2016

[18] 梁启超.为学与做人 [M].苏州：苏州古吴轩出版社，2016

[19] 梁启超.梁启超全集第7册 [M].北京：北京出版社，1999

[20] 柳立新，梁建军.教师职业道德 [M].北京：中国科学技术出版社，2004

[21] 刘道玉.刘道玉演讲录 [M].武汉：华中师范大学出版社，2013

[22] 潘新和.语文：回望与沉思——走近大师 [M].福州：福建人民出版社，2012

[23] 齐邦媛.巨流河 [M].北京：生活·读书·新知三联书店，2011

[24] 全国十二所重点师范大学联合编写.教育学基础 [M].北京：教育科学出版社，2008

[25] 商金林.朱光潜与中国现代文学 [M].合肥：安徽教育出版社，1995

[26] 沈卫威.民国大学的文脉 [M].北京：人民文学出版社，2014

[27] 王杰主编.美学 [M].北京：高等教育出版社，2008

[28] 王攸欣.朱光潜传 [M].北京：人民出版社，2011

[29] 汪曾祺.人间草木 [M].天津：天津人民出版社，2014

[30] 温儒敏.中国现代文学批评史 [M].北京：北京大学出版社，1993

[31] 吴泰昌.我认识的朱光潜 [M].北京：生活·读书·新知三联书店，2010

[32] 肖学周.朱光潜评传 [M].合肥：黄山书社，2016

[33] 叶圣陶.叶圣陶年谱长编第2卷 [M].北京：人民教育出版社，2004

[34] 赵焕亭.中国现当代文学与文学教育研究 [M].北京：人民出版社，2012

[35] 张国功.风流与风骨——现当代知识分子其人其文 [M].南昌：二十一世纪出版社集团，2015

[36] 朱洪.朱光潜大传 [M].北京：人民日报出版社，2012

[37] 朱光潜.谈修养 [M].北京：中华书局，2012

[38] 朱光潜.此生有美自芳华：朱光潜美学精选集 [M].北京：北京联合出版公司，2017

[39] 朱光潜.诗论讲义 [M].北京：北京大学出版社，2018

［40］费冬梅.朱光潜的文学沙龙与一场诗歌论争［J］.社会科学论坛，2015，（10）

［41］古风.关于当前我国文学教育的两个问题［J］.延安大学学报（社会科学版），2008，（4）

［42］黄晶晶.朱光潜"尽性全人"教育思想简论［J］.安庆师范学院学报（社会科学版），2014，（6）

［43］李宗刚.文学教育与大学的文学传承［J］.文艺争鸣，2011，（7）

［44］李宗刚.精神导师与五四文学的发生［J］.中山大学学报（社会科学版），2015，（2）

［45］李宗刚.杨振声的文学教育与文学的代际传承［J］.山东社会科学，2015，（9）

［46］李宗刚.杨振声的文学教育实践与文学教育思想［J］.山东师范大学学报（人文社会科学版），2015，（6）

［47］李宗刚，金星.民国文学教育研究的历史、现状与反思［J］.北京联合大学学报（人文社会科学版），2017，（1）

［48］李丽.朱光潜教育理念与历史贡献［J］.兰台世界，2012，（34）

［49］刘思璇.朱光潜的"人生艺术化"美学思想与当代审美教育［J］.赤峰学院学报（汉文哲学社会科学版），2013，（7）

［50］潘新和.朱光潜论文学教育［J］.语文建设，2007，（4）

［51］钱念孙.朱光潜先生的人生跌宕与进退有常［N］.光明日报，2017，10（30）

［52］蔡元培.蔡元培美学文选［M］.合肥：安徽文艺出版社，2015

［53］陈平原.六说文学教育［M］.北京：东方出版社，2016

［54］陈平原.作为学科的文学史：文学教育的方法、途径及境界［M］.北京：北京大学出版社，2016

［55］罗岗.民国大学的文脉［M］.北京：人民文学出版社，2014

［56］孙希磊.中国现代教育思想史十论［M］.北京：首都师范大学出版社，2012

［57］王国维.人间词话［M］.北京：北京联合出版公司，2015

［58］闻一多.唐诗杂论诗与批评［M］.北京：生活·读书·新知三联书店，2012

［59］闻一多讲述，郑临川记录.闻一多西南联大授课录［M］.北京：北京出版社，2014

［60］余小茅.探寻本真教育雅斯贝尔斯教育思想的文本学解读［M］.北京：

北京师范大学出版社，2015

[61] 房福贤.文学教育应当回到文学教育自身 [J].文艺争鸣，2012，（07）

[62] 于书娟.世界著名教育思想家丛书雅斯贝尔斯 [M].北京：北京师范大学出版社，2012

[63] 赵焕亭.中国现当代文学与文学教育研究 [M].北京：人民出版社，2012

[64] 朱光潜.朱光潜全集（第1卷）[M].北京：中华书局，2012

[65] ［德］赫尔巴特.赫尔巴特教育论著精选 [M].杭州：浙江教育出版社，2011

[66] 陈平原.文学史、文学教育与文学读本 [J].河北学刊，2013，（02）

[67] 丁盈莉，李云凤.当代中国社会的审美教育 [J].文学教育（上），2013，（05）

[68] 金鑫.民国时期新文学作家大学讲义编写活动初探 [J].中国现代文学研究丛刊，2016，（08）

[69] 李勇.情感与生命：大学审美教育的重要环节 [J].陕西教育（高教版），2012，（07）

[70] 李宗刚.民国教育体制对中国现代文学的正反作用辨析 [J].山东社会科学，2017，（17）

[71] 李宗刚，金星.民国文学教育研究的历史、现状与反思 [J].北京联合大学学报（人文社会科学版），2017，（01）

[72] 庞海芍，郇秀红.素质教育与大学教育改革 [J].中国高教研究，2015，（09）

[73] 陈平原.作为学科的文学史：文学教育的方法、途径及境界 [M].北京：北京大学出版社，2016

[74] 刘东.西南联大国文课 [M].南京：译林出版社，2015

[75] 胡适.胡适文存（第二集）[M].北京：首都经济贸易大学出版社，2013

[76] 李宗刚.父权缺失与五四文学的发生 [M].北京：人民出版社，2015

[77] 李宗刚，谢慧聪.杨振声文献史料汇编 [M].济南：山东人民出版社，2016

[78] 陈卫，陈茜.朱自清：中国现代诗学的重要奠基者 [J].长沙理工大学学报，2014，（5）

[79] 金鑫.民国大学中文学科讲义研究 [D].南开大学，2014

[80] 李宗刚.革命谱系中朱自清朱自清的散文家影像 [J].山西大学学报，

2017，（1）

［81］李宗刚.民国教育体制对中国现代文学的正反作用辨析［J］.山东社会科学，2017，（12）

［82］李宗刚，关珊.民国教育体制内的朱自清及其历史影像［J］.福建师范大学学报，2016，（3）

［83］李宗刚.民国教育体制与中国现代文学的奠基和发展［J］.山东大学学报，2017，（5）

［84］李宗刚.民国中小学作文与现代作家的培育［J］.齐鲁学刊，2016，（1）

［85］林建法，李桂玲.说贾平凹［M］.沈阳：辽宁人民出版社，2014

［86］吴小攀.十年谈：当代文学名家专访［M］.广州：花城出版社，2014

［87］李伯钧.贾平凹研究［M］.西安：陕西师范大学出版总社，2014

［88］叶圣陶.叶圣陶教育论集［M］.北京：教育科学出版社，2015

［89］程华.商州情结长安气象——贾平凹的文艺世界［M］.西安：陕西新华出版传媒集团、陕西人民出版社，2015

［90］陈平原.六说文学教育［M］.北京：东方出版社，2016

［91］孙见喜，孙立盎.贾平凹传［M］.西安：陕西人民出版社，2017

［92］（宋）苏轼.苏轼诗集［M］.北京：中华书局，2009

［93］（宋）徐度.却扫编［M］.上海：上海古籍出版社，2012

［94］（宋）叶寘.爱日斋丛抄［M］.北京：中华书局，2010

［95］林语堂.苏东坡传［M］.长沙：湖南文艺出版社，2012

［96］（日）吉川幸次郎.宋元明诗概说［M］.上海：复旦大学出版社，2012

［97］杨胜宽.苏轼与苏门文人集团研究［M］.成都：四川人民出版社，2010

［98］侯小宝.文彦博评传［M］.成都：四川大学出版社，2010

［99］刘咸炘.刘咸炘论史学［M］.上海：上海科学技术文献出版社，2008

［100］颜中其，姚德臣.苏姓名人传（第二版）［M］.长春：吉林人民出版社，2005